FEDERHERZ
VERLAG

ALESSIA GOLD

RUTHLESS VILLAINS

VON IHNEN ENTFÜHRT

RUTHLESS VILLAINS
Von ihnen entführt

Copyright: Alessia Gold, 2023, Deutschland
Cover & Umschlag: Vivien Summer
Bildmaterial: Shutterstock (Efetova Anna/weha/
Architect91/mamita/Julia Ershova), Freepik, Rawpixel
Korrektorat: Korrektorat & Lektorat Judith Bingel M. A.

Bestellung und Vertrieb: Nova MD GmbH, Vachendorf

ISBN: 978-3-98595-696-8

Druckerei Smilkov Print Ltd
Pokrovnishko shose
2700, Blagoevgrad

Federherz Verlag
Süntelstraße 70
31848 Bad Münder
www.federherzverlag.de
Instagram: @federherz.verlag

Für alle, die sich gern in andere Leben träumen, um der Realität zu entfliehen.

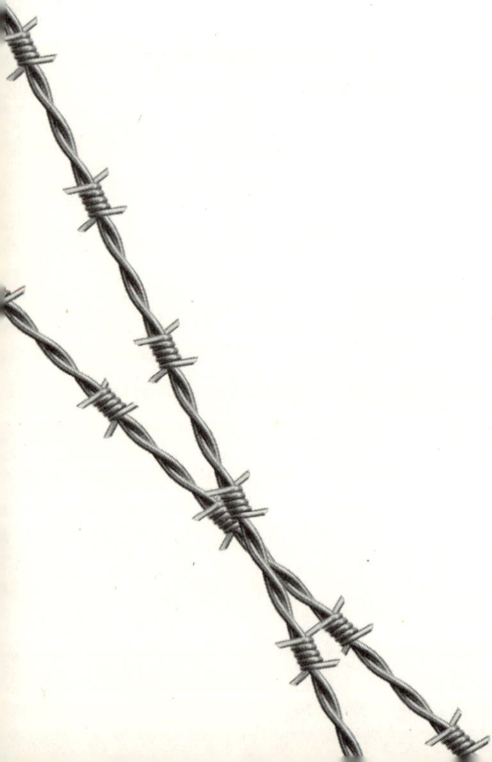

Triggerwarnung

Solltest du eine Triggerwarnung brauchen,
ist dieses Buch nicht das richtige für dich.
(Dennoch findest du auf der letzten Seite eine Auflistung der Themen. Achtung, Spoiler möglich!)

Was du ebenso wenig bei der Lektüre der Reihe benötigst:

- deine Moral
- deine feministische Seite
- monogame Beziehungsansichten
- Ekel vor Körperflüssigkeiten jedweder Art

Was sich allerdings dringend empfiehlt:

- ein Ersatzhöschen
- oder auch zwei

Hinweis

Ihr Lieben,
diese Trilogie spielt in einem Universum bestehend aus insgesamt drei Reihen, deren Geschichten und Protagonisten alle mehr oder weniger eng miteinander verknüpft sind.
Ich empfehle für den maximalen Lesespaß (und um Spoiler zu vermeiden) folgende Lesereihenfolge:

1. Twin Deal – Verkauft an zwei Brüder
Twin Deal – Verliebt in zwei Brüder

2. Dark Blossom – Er ist Gift für dein Herz
Cherry Blossom – Sie ist Gift für sein Herz

3. Ruthless Villains – Band 1–3

Ich wünsche euch ein letztes Mal ganz viel Spaß im »Twin-Verse«!
Eure Alessia

Eden

Prolog

Aus der Ferne erklingen die Sirenen und lassen mich immer schneller werden. Das Adrenalin peitscht durch meine Venen und sorgt dafür, dass ich meine Umgebung mit all ihren Details wahrnehme. Den Mondschein, der vom rosafarbenen Himmel verdrängt wird. Den Geruch nach dreckigem Fett der umliegenden Restaurants, das Zischen, das die Generatoren hier auf dem Hinterhof erzeugen.

Fest schließe ich den Ring in meine Hand und laufe dicht an die Wand gedrückt weiter. Dabei achte ich darauf, allem auszuweichen, was auch nur ansatzweise meine Position verraten würde. Ich mache einen großen Schritt über kleine Kieselsteinchen, die sich aus dem löchrigen Asphalt gelöst haben; schlage einen großen Bogen um die Plastikmülltüten, die für die Müllabfuhr bereitstehen. Ich blicke mich immer wieder um, als ich auf die dahinterliegende Straße trete. Sehe nach links, dann nach rechts.

Ich will beweisen, dass ich es kann. Dass ich die richtige Entscheidung treffen kann.

Ich weiß genau, worauf ich mich hier einlasse. Mit allem. Und mit diesem Job. Und ich weiß verdammt genau, wie wichtig mein Part dabei ist.

Die kühle Herbstluft in diesen frühen Morgenstunden kriecht unter meine Haut, als ich geschützt vom Häuserschatten in eine kleine Seitenstraße husche. Entfernt dringt Musik aus einem angrenzenden Club an meine Ohren. Ich bleibe stehen und sehe mich um. Unweit von mir entfernt sehe ich die ersten Partygänger, die betrunken aus dem Hintereingang stolpern und laut herumgrölen. Eine Flasche klirrt, als sie auf dem Boden aufkommt und in ihre Einzelteile zerbricht. Ein Typ lacht noch laut auf, bevor er sich mit einer Hand an einer Laterne abstützt und seinen Mageninhalt auf den Boden kotzt.

Langsam und bedacht trete ich den Rückzug an. Hier kann ich nicht lang. Betrunkene Menschen bedeuten Gefahr und Gefahr kann ich mir nicht leisten.

Ich schleiche um die Häuserecke, sehe mich um und gehe im Kopf die Karte durch, die ich mir in Vorbereitung auf diesen Tag sehr lange eingeprägt habe. Wenn ich nach rechts gehe, komme ich an mindestens drei weiteren Etablissements dieser Art vorbei. Sie alle haben den Fakt gemeinsam, dass um diese frühe Uhrzeit viele der Partygänger ihren Heimweg antreten. Und ich will so unbemerkt wie möglich an meinem Ziel ankommen.

Ich weiß, dass sie mir den Rücken freihalten. Ich weiß aber auch, dass ich in diesem Moment auf mich allein gestellt bin. Und ich will sie nicht enttäuschen.

Mein Herz pocht schwer, als ich unschlüssig an die Hausfassade gedrückt stehen bleibe, um meine Optionen durchzugehen. Ich will es nicht vermasseln, nur weil ich jetzt eine falsche Entscheidung treffe.

Wenn ich nach links gehe, ist der Weg etwas weiter,

dafür komme ich dort nur an Restaurants vorbei, die um diese Uhrzeit schon lange geschlossen haben. Dort ist keine Menschenseele zu erwarten. Rechts würde bedeuten, auf die friedfertigen Gedanken der Besoffenen zu setzen.

Ich muss nicht lange überlegen, sehe mich noch einmal um, dann flitze ich über die kleine Kreuzung. Nach links. Den Umweg nehme ich in Kauf.

Weit entfernt sind noch immer die Sirenen zu hören; die der herbeigerufenen Polizei und die des Alarmsystems des Museums. Ich muss den Ring wegbringen, bevor sie mich finden.

Als die Straße breiter wird, falle ich in einen leichten Trab. Es ist auffällig zu rennen, dafür bin ich so schneller an meinem Ziel.

Meine Füße kommen leicht auf dem Boden auf, mein Atem ist gleichmäßig. Es ist noch immer so frisch, dass bei jedem Atemzug kleine weiße Wölkchen um meinen Kopf herum aufsteigen. Alle meine Sinne sind bis aufs Äußerste geschärft. Vor mir ist nichts zu sehen, nichts zu hören. Und hinter mir ... ich wage genau in dem Moment einen Blick über meine Schulter, als ich einen Schatten neben mir wahrnehme. Dann scheppert etwas und mein Herz setzt für einen Moment aus. Schlitternd bleibe ich stehen und wirble auf dem Absatz meiner Stiefel herum.

Unweit von mir entfernt steht ein Mann. Er ist in schwarze Kleidung gehüllt, trägt eine Mütze und ein schwarzes Tuch verdeckt sein Gesicht. Als er den Arm hebt, bricht sich der schwindende Mondschein auf der Klinge seines Messers.

Meine Kehle fühlt sich an wie zugeschnürt. *Ich habe die falsche Entscheidung getroffen.*

Hektisch drehe ich mich um und renne los.

Seine Schritte hinter mir hallen von den hohen Häuserfassaden wider, als er sich ebenfalls in Bewegung setzt. Ich werde immer schneller, meine Füße kommen im selben schnellen Rhythmus wie mein Herzschlag auf dem Boden auf. Ich muss nur schneller sein als er, dann ... Plötzlich nehme ich im Augenwinkel eine weitere Bewegung auf einem Fenstersims wahr.

Und noch bevor ich sie realisiert habe, springt die schwarze Gestalt direkt vor mir auf die Straße. *Sie haben hier auf mich gewartet. Sie wussten, dass ich so wählen würde.*

Ich schlittere über den Boden, als ich abrupt abbremse, lande auf dem Hintern und verbeiße mir einen Schmerzenslaut. Der andere Mann kommt ebenfalls näher. Und noch während ich mich auf die Knie hieve, breitet sich die Erkenntnis in mir aus.

Scheiße.

Ich habe versagt.

Ich hätte den anderen Weg nehmen sollen. Den mit anderen Menschen. Menschen, die nun eingreifen könnten. Jetzt wird mir niemand zu Hilfe kommen. Weil außer diesen zwei Männern niemand hier ist.

Der Typ richtet sich über mir auf. Obwohl ich nur seine Augenpartie unter dem Tuch über seinem Gesicht erkennen kann, sehe ich das Funkeln in dem schokoladigen Braun seiner Iriden. Mein Herz rast noch schneller, als er mein Handgelenk grob umfasst und meinen Arm nach oben zerrt.

Ich presse meine Finger, so fest ich kann, zusammen, doch der Griff seiner Hand ist so schmerzhaft, dass ich schon nach wenigen Sekunden keuche.

»Gib ihn mir.« Seine Stimme ist tief, rau und fährt mir direkt in den Bauch.

Ich schüttle den Kopf und taxiere ihn aus verengten

Augen. Ich werde diesen Ring nicht so einfach verlieren. Dazu müssen sie mich schon zwingen.

Ich versteife mich, als ich eine Bewegung hinter mir vernehme. Nun ist auch der zweite Mann da. Mit dem Messer. Die Angst kämpft sich in meiner Kehle hinauf und trocknet meinen Mund aus.

Eine weitere Hand schließt sich von hinten um meinen Hals, zieht mich auf die Beine. Der andere umfasst noch immer mein Handgelenk.

»Falsche Wahl getroffen, nicht wahr?«, höhnt der Typ hinter mir, dreht mich grob um und zieht mein Gesicht dicht vor seins.

»Fick dich«, spucke ich leise aus. Ich will nicht wahrhaben, dass ich wirklich verloren habe.

Sein leises Lachen erfüllt die Nacht, der andere stimmt sogleich mit ein.

»Gib ihn her, sonst holen wir ihn uns«, wiederholt der Mann vor mir.

»Versucht das doch. Er gehört mir!«

»Du hast ihn gestohlen.« Raubtierhafte hellblaue Augen richten sich auf meine, fesseln mich mehr, als Seile es könnten. »Und weißt du, was wir mit Diebinnen machen?« Seine Stimme ist warm, fast schmeichelnd, und doch ist sie es nicht. Prickelnde Gänsehaut bildet sich auf meinem Nacken, was er unter seinen Fingern spüren dürfte. Keuchend erhasche ich einen Blick auf die Klinge, als er sie an meinem Hals ansetzt. Sein Daumen reibt noch einmal mahnend über meinen Kehlkopf, bevor er sie wegnimmt und die Kälte der Klinge die Wärme seiner Hand überdeckt. Überfordert schließe ich die Augen, nur bedacht darauf, die Finger, die den Ring beschützen, nicht zu öffnen. Egal, was sie nun mit mir vorhaben. *Das* werde ich nicht tun.

Ich werde ihn nicht verlieren.

Von hinten schiebt sich eine Hand unter meinen Pullover, hin zum Bund meiner Jeans. Ein rauer Daumen reibt über meine Haut. Mein Magen schlägt Saltos. Innerlich friere und verbrenne ich in ein und derselben Sekunde.

»Lasst mich los«, keuche ich und spüre, wie meine Hand mit dem Ring zittert.

»Hm, hm«, brummt der Mann hinter mir. »Zu spät.« Seine Finger tasten sich ungeachtet meines verkrampften Körpers weiter fort. Streifen den Saum meines Höschens, verfangen sich in dem dünnen Stoff. »Wir holen uns, was uns gehört.« Seine Worte sind mehr eine Verheißung denn eine Drohung, aber das werde ich nicht sagen.

Sein Finger erreicht meinen Venushügel. Angestrengt stoße ich die angehaltene Luft aus, bemüht, mir keine Gefühlsregung anmerken zu lassen.

Eine zweite Hand gesellt sich unter meinen Pullover, die des Mannes vor mir. Sie legt sich auf meine Brust, knetet sie, Finger zupfen an meinem aufgestellten Nippel.

Himmel. *Mein Versagen dürfte mich nicht erregen.*

»Wir *nehmen* uns, was uns gehört«, raunt er leise und präzisiert damit die Worte des anderen. Die Klinge drückt sich in meine Haut. Ich spüre das Brennen, den warmen Tropfen Blut, der über den Schnitt rinnt, als Finger meine Schamlippen teilen. Ich wimmere, als er hinter mir ein dunkles Stöhnen ausstößt. Er spürt es. Er spürt, wie feucht ich bin.

»Letzte Chance. Öffne die Hand.« Sein heißer Atem trifft mein Ohr, lässt mich frösteln und brennen. Seine Drohung macht mich unfassbar an.

Aus meiner Kehle dringt ein sehnsuchtsvolles Wimmern. Hier zwischen ihnen gefangen, die scharfe Klinge an meinem Hals, der metallische Geruch nach Blut, das

Adrenalin in meinen Adern – all das ist so viel besser als in meinen dunkelsten Fantasien.

Ich will, dass sie mich auf den Boden stoßen.

Ich will, dass sie sich nehmen, was sie wollen.

Ich will, dass sie *mich* wollen.

Nicht den verfluchten Ring.

Kapitel 1
Eden

Heute

R*aubtierhafte grüne Augen richteten sich auf mich. Sie fixierten mich, als ich weiterlief, ohne mir meine Angst anmerken zu lassen.*

Der Mann stand im Schatten verborgen, sein Gesicht war von einer schwarzen Kapuze verborgen. Doch ich musste ihn nicht sehen, um zu wissen, dass er –

Ich halte inne, nehme die Finger von der Tastatur und schüttle genervt den Kopf, bevor ich den letzten Absatz lösche.

Das klingt absolut scheiße. Und unlogisch ist es obendrein.

Frustriert hämmere ich mehrmals auf die Backspace-Taste, die unter der groben Behandlung ächzt. Wie soll sie seine raubtierhaften grünen Augen sehen, wenn sein Gesicht doch von der Kapuze verdeckt ist! Ganz zu schweigen von der Wortdopplung in ein und demselben Satz.

Seit mehr als einer Stunde doktere ich an dieser popeligen Szene herum, ohne zufrieden zu sein. Ich haue mir einen Logikfehler nach dem anderen in mein Manuskript und auch die Gefühle bleiben heute auf der Strecke. Vielleicht liegt das an meiner eigenen Verfassung.

Okay, ganz sicher liegt das an meiner eigenen Verfassung. Je mehr mir die Zeit davonläuft, desto weniger bekomme ich zustande.

Ich beiße mir auf die Unterlippe, setze mich aufrechter und starre auf das geöffnete Word-Dokument, während meine Finger untätig über den Tasten schweben. Doch die Worthülsen, die durch mein Hirn flackern, wollen sich heute nicht zu vollständigen Sätzen verbinden lassen. So wie gestern auch nicht. Und vorgestern. Und all die Wochen davor, die ich ungenutzt habe verstreichen lassen, weil mein Kopf sich anfühlt, als würde darin dichter Nebel umherwabern.

Mein Blick schweift zur Uhrzeit in der rechten Ecke des MacBooks. Es ist halb fünf Uhr am Nachmittag. Mir bleiben dreißig Minuten, bis Steven nach Hause kommt. Eher ein paar weniger, denn dass mein Verlobter mich vor meinem Laptop erwischt, ist ein Szenario, das unter keinen Umständen real werden darf.

Seufzend schließe ich das Manuskript, von dem zu behaupten, es würde noch in den Kinderschuhen stecken, eine maßlose Übertreibung ist. Es umfasst gerade einmal drei Kapitel, nicht einmal zehntausend Worte. Die Deadline, die mein Verlag mir gegeben hat, ist in genau fünf Wochen. Wie zum Teufel soll ich in fünf Wochen ein ganzes Buch schreiben!

Mir wird wohl nichts anderes übrig bleiben, als um eine Verlängerung zu bitten. Schon wieder. Ist ja nicht so, als hätte ich das bereits zweimal getan, verdammt.

Ich habe eine treue Fanbase, die meine Bücher liebt und die sehnsüchtig auf Nachschub von mir wartet. Jeden Tag finde ich mehrere dieser wirklich lieb gemeinten Nachrichten auf meinen Social-Media-Plattformen, die mich allerdings mehr unter Druck setzen, als dass ich dadurch schneller schreibe.

Mein letzter Roman war ein Bestseller. Mein Verlag glaubt an mich und öffnet mir alle Türen. Es liegt einzig an mir, dass ich nicht so kann, wie ich will. Und muss. Denn ich brauche das verdammte Geld. Und das eher gestern als heute. Ich muss abliefern – und das so, dass auch dieses Buch wieder in die Bestsellerliste stürmt.

Sorgsam schiebe ich alle meine geöffneten Dokumente, die ich heute Nachmittag genutzt habe, in den passwortgeschützten Ordner, lösche akribisch jeden Schritt meiner Google-Recherche und die restliche Browserhistorie. Dabei halte ich bei dem geöffneten Fenster über dem Wandsworth-Gefängnis inne und starre auf die braunen Steinmauern des alten Gebäudes. Es ist eine Schnapsidee, die schon einige Tage in meinem Kopf herumgeistert. Ein bisschen Recherche kann nicht schaden und wer kann mir besser die Gefühle vermitteln, die er bei einem Mord verspürt hat, als ein Mörder!

Doch es ist nicht nur das, warum mein Herz verräterisch schnell klopft, als ich mir ausmale, einem Mann gegenüberzusitzen, der ein Menschenleben auf dem Gewissen hat. Oder einem Mann, der Frauen vergewaltigt.

Ein Schauer überkommt mich und setzt sich als unruhiges Kribbeln in meinem Magen ab. Es ist ein schmales Drahtseil, auf dem ich in meinen Büchern tänzle. Ich liebe kaputte Charaktere und lechze nach dunklen Abgründen. Dabei ist mir bestens bewusst, dass die Protagonisten in meinen Büchern letztendlich alle romantisiert sind. Solche Männer, die abgrundtiefe Dunkelheit in sich tragen und in der Realität ihre Frau auf Händen tragen, gibt es nicht.

Falls – und ich betone, *falls* – ich diese Möglichkeit

bekomme, mir von einem in der Realität verurteilten Mann über seine Schandtaten berichten zu lassen, wird er sich nicht in mich verlieben und für mich zu einem besseren Menschen werden.

Ich weiß das.

Aufregend finde ich die Vorstellung trotzdem.

Ich schließe auch dieses Fenster, bevor ich einen Blick in meinen Mailaccount werfe. Keine neuen Mails. Seufzend aktualisiere ich das Programm, doch auch jetzt flattert keine elektronische Antwort des Gefängnisdirektors auf meine Anfrage, einen der Insassen interviewen zu dürfen, in mein Postfach.

Ich sollte mich einfach hinsetzen und meine knappe freie Zeit nutzen, um zu schreiben, und nicht damit prokrastinieren, über böse, realistische Männer zu fantasieren.

Noch einmal überprüfe ich, ob ich alle Spuren meines Doppellebens verborgen habe, sperre den Laptop und erhebe mich von meinem winzigen Schreibtisch. Ich strecke meine Gliedmaßen mit einem leisen Ächzen und mache mir gedanklich eine Notiz, mich nach einem gemütlichen Schreibtischstuhl umzusehen, verwerfe sie jedoch gleich wieder. Mein Plan existiert noch immer. Vor der Hochzeit – und diese ist in drei Monaten geplant – werde ich hier verschwunden sein. Ob mit Geld oder ohne Geld. Fest steht, dass ich Steven nicht heiraten werde.

Ich wickle die beige Strickjacke um meinen Oberkörper, greife nach meinem MacBook und husche durch den großzügigen Wohnbereich in unser Schlafzimmer. Alles an diesem Apartment lässt sich mit wenigen Worten beschreiben: teuer, ungemütlich, überflüssig. Gut, zugegeben, der flauschige Teppich, in dem meine Zehen versinken, als ich in das angrenzende Ankleidezimmer trete, ist ganz nett.

Auf der linken Seite des quadratischen Raums hängen akkurat aufgereiht die Anzüge und Hemden von Steven. Seine bevorzugten Farben sind Dunkelblau und Schwarz. Auf der anderen Seite finden sich meine Taschen und Schuhe kunstvoll beleuchtet in Regalfächern. Unnötig zu erklären, dass ich diese nicht brauche und leider nicht zu Geld machen kann, weil es auffallen würde. Dieses dämliche Zimmer ist vielmehr ein Museum als ein Schrank. Allein mit meinen Designerkleidern (ebenfalls ausschließlich in langweiligen, tristen Farben vorhanden, falls jemand danach fragt) könnte ich meine Flucht aus diesem Leben, in das ich vor zwanzig Jahren hineingeboren wurde, finanzieren.

Doch Steven ist aufmerksam. Er kontrolliert mich, allein schon, um nicht zuzulassen, dass ich meine Hochzeitsmitgift nicht vorzeitig verschwende. Meine Jungfräulichkeit haben seine reichen Eltern von meinen reichen Eltern schließlich für viel Geld gekauft, damit unsere Familien mit unserer Fusion noch reicher werden. Das ist das Einzige, für das er sich wirklich an mir interessiert: meine unberührte Pussy.

Etwas anderes ist es nicht. Ich liebe Steven nicht und er mich ebenso wenig. Ich weiß, dass er neben mir noch weitere Frauen trifft. Interessiert nur leider niemanden. Als ich meinem Vater davon erzählt habe, dass mein zukünftiger Ehemann, dem ich schon mit drei Jahren versprochen wurde, mich schon vor unserer Hochzeit betrügt, sagte er nur, ich müsste es verstehen. Schließlich hätten Männer Bedürfnisse und nachdem unsere Ehe in der Hochzeitsnacht vollzogen wäre, würde er sich schon auf mich beschränken.

No words needed. Wir sind doch nicht mehr im Mittelalter, wo Frauen munter verkauft wurden, um ihre Ländereien zu vergrößern. Nur leider unterscheidet sich die reiche Oberschicht des Landes nicht allzu sehr von damaligen Methoden. Es wird verheiratet, was das Zeug hält, Hauptsache, die Konditionen stimmen – und dazu gehören keine Gefühle. Im Fall unserer Familien war es eine Fusion zweier Familienunternehmen im Bereich Schränke. Ja, mit Schränken kann man eine Menge Kohle scheffeln. Kundschaft, die nicht gerade bei Ikea einkaufen geht, weiß um unsere besonderen Produkte.

Ich hingegen würde liebend gern in einer winzigen Ikea-Wohnung leben, dürfte ich im Gegenzug tun, was ich will.

Nun aber tippe ich meine Sockenschublade an, die geräuschlos ausfährt. Sie ist, wie alles in diesem Raum, dezent beleuchtet, doch auch mit verbundenen Augen würde ich den kleinen Hebel finden, der eine weitere Schublade herausfahren lässt. Ich schiebe meinen Laptop hinein, während mein Blick auf das kleine schwarze Kästchen fällt. Hier drin bewahre ich mein eigenes Geld auf. Die Tantieme meiner Bücher, von denen niemals jemand aus meinem realen Leben erfahren darf. Entschlossen drücke ich die Schublade wieder zu, bevor ich die Sockenpaare so anordne, dass Steven keinen Blick auf den kleinen Hebel erlangt. *Sollte er denn auf die äußerst unwahrscheinliche Idee kommen, in meinen Socken zu wühlen.*

Mit großen Schritten will ich das Ankleidezimmer verlassen, halte jedoch inne, als mein Blick auf den körperhohen Spiegel fällt. Oder vielmehr auf mein eigenes Spiegelbild.

Meine naturroten Haare habe ich zu einem lockeren Dutt auf dem Kopf aufgetürmt, der durch mein regelmäßiges Haareraufen beim Arbeiten deutlich gelitten hat.

Lange Strähnen fallen in mein blasses Gesicht, meine grünen Augen schimmern, und das nicht unbedingt mit einem freudigen Glanz. Steven wird nicht begeistert sein, wenn er mich gleich in dieser Aufmachung sieht. Doch ich habe keine Lust, meine luftige Leinenhose und die Strickjacke gegen unbequeme Kleidung zu tauschen, nur damit mein zukünftiger Mann zufrieden mit mir ist. Stattdessen trete ich einen Schritt vor, schüttle mein Haar auf und binde mir einen hohen Pferdeschwanz, bevor ich mir ein paarmal auf die Wange tätschele, um etwas Farbe in mein Gesicht zu bekommen. Dabei, finde ich, sind meine zahlreichen Sommersprossen auf der Nase und der Stirn auffällig genug. Auch jetzt im Winter sorgen sie für das gewisse Extra in meinem Gesicht. Ich finde mich selbst durchaus hübsch, auch wenn ich nicht dem Schönheitsideal entspreche. Ich weiß, dass Steven meine Brüste zu klein und meinen Hintern zu groß findet, außerdem ist seine Traumfrau blond und mit Schlauchbootlippen ausgestattet. Meine Lippen sind schmal und rötlich wie meine Haare.

Tja. Pech gehabt, leider sind meine Eltern durch und durch Engländer.

Mit einem frustrierten Gefühl im Bauch kehre ich zurück in den Wohnbereich, an den sich eine ebenso großzügige offene Hochglanzküche anschließt. Mein Magen rumort, weil ich beim Schreiben immer die Zeit vergesse. Auch heute habe ich mein Mittagessen ausfallen lassen, obwohl ich nicht einmal gut vorangekommen bin.

Unsere Soundanlage spielt Loungemusik, als ich durch den kahlen Raum schreite, um die cremefarbenen Vorhänge zur Seite zu ziehen. Ich gebe zu, ich bin etwas paranoid. Wenn jemand herausfindet, was ich neben meinem erzwungenen Studium mache und wofür ich mein eigenes Geld eisern spare, bin ich geliefert. Mein Vater würde nicht zögern, mich in seinem riesigen Haus in den Keller zu sperren, bis ich auf Knien vor ihm herumrutsche und um Freiheit bettele, während ich ihm gleichzeitig verspreche, alles zu tun, was er sagt.

Ja, man könnte auf die Idee kommen, an diesem Punkt einzuwerfen, dass ich volljährig bin. Das bin ich. Ich bin theoretisch in der Lage, meine eigenen Wege zu gehen. Aber so leicht, wie sich das in der Theorie anhört, ist es in der Realität nicht. Mein Vater hat Mittel und Wege, seine Interessen durchzusetzen. Ich bin klug genug, ihn nicht allzu sehr herauszufordern. Eingesperrt habe ich noch weniger Möglichkeiten als ohnehin schon.

Der triste graue Nebel, der sich über London erstreckt und von der viele Stockwerke unter mir liegenden Themse gefüttert wird, trägt nicht unbedingt zu einer Besserung meiner Laune bei.

Ich nage an meiner Unterlippe, während ich das dünne Jäckchen fester um mich ziehe. Ich stehe hier in einem der teuersten Gebäude Londons, habe den besten Ausblick auf die Stadt, heirate bald in ein gut laufendes Familiengeschäft ein und alles, woran ich denken kann, ist, wie ich aus diesem Albtraum fliehen kann.

Vielleicht bin ich undankbar. Ich habe alles und noch mehr, was sich viele Menschen wünschen. Aber nichts davon ist etwas, das ich will.

Als das Surren des Aufzugs erklingt, der direkt in unser Apartment führt, drehe ich mich um und steuere die Küche an. Ich öffne gerade den Kühlschrank, um Stevens Steak und etwas Gemüse herauszunehmen, als er in seinem schwarzen Maßanzug ins Loft marschiert.

Er mustert mich kühl und sein Blick wird abfällig, als er auf mein stilloses Outfit trifft, während er seine Aktentasche auf der Kücheninsel ablegt.

»Eden«, begrüßt er mich kalt und lockert seinen Krawattenknoten.

»Hattest du einen schönen Tag?«, frage ich und nehme ein Schneidebrett aus einer der zahlreichen Schubladen.

»Anstrengend wäre passender«, sagt er und verfolgt meine Bewegungen mit zusammengezogenen Augenbrauen.

»Ist etwas?«, frage ich spitz und ramme das Gemüsemesser in die Zwiebel. Dumme Idee, wie ich merke, als mir die Tränen in die Augen steigen.

»Warum ist das Essen noch nicht fertig?«, fragt er und bleibt stocksteif stehen.

»Weil ich nicht deine Köchin bin und selbst genug zu tun habe«, grolle ich und reibe mein Gesicht an der Schulter trocken, während ich die Zwiebel grob zerhacke.

Eine Hausfrau ist nicht unbedingt an mir verloren gegangen. Ich höre mir Stevens Gemotze weiter an, während ich das Gemüse zerkleinere und in eine Pfanne schmeiße. Sein Steak kann ich besser zubereiten. Ich tue es nur, damit ich meine Ruhe habe.

Nachdem ich es kurz angebraten habe, wandert es in den Ofen und ich versehe es mit einem Bratenthermometer.

Einige Zeit später essen wir gemeinsam, ohne wirklich zu reden. Steven erzählt von seinem Tag in der Firma seiner Eltern, ich berichte steif von meinen Marketingvorlesungen in der Uni. Den Teil des Nachmittags, den ich geschwänzt habe, um endlich in meinem Manuskript voranzukommen, lasse ich selbstredend aus.

Natürlich hilft er mir nicht beim Abwasch, sondern verzieht sich auf das riesige Sofa, um ein Ego-Shooter-Spiel auf der Playstation zu zocken.

»Willst du heute Abend nicht weggehen?«, frage ich

und lege das Spültuch beiseite, mit dem ich die glänzende Marmorarbeitsplatte gesäubert habe.

Ich habe darauf gehofft, dass er etwas trinken geht, damit ich wenigstens noch ein paar Stunden arbeiten kann, doch Steven verzieht das Gesicht, ohne zu mir zu sehen. »Heute nicht. Ich muss morgen früh raus.« *Wunderbar*. Wenn er anwesend ist, ist es mir zu heikel, meinen Laptop aus seinem Versteck zu holen. »Aber ich soll dir von deinem Vater ausrichten, dass du dich mal wieder bei ihm melden sollst. Er hat Fragen zur Hochzeit.«

Nun sieht Steven doch kurz zu mir. Das Sakko ist er mittlerweile losgeworden, und doch sieht es albern aus, wie er nur mit weißem Hemd und schwarzer Hose vor der Spielekonsole hängt.

Mit seinen kurzen braunen Haaren, dem makellosen Körper ohne jegliche Tattoos und der langweiligen Brooker-Kleidung entspricht er absolut nicht meinem Männertyp. Ich stehe auf die Art Typen, die ich in meinen Büchern seitenlang beschreibe. Die Männer, die einen Scheiß auf die Etikette geben, die sich nehmen, was sie wollen, die Gesetze brechen und neue machen. Tattoos machen kriminell, das wissen wir doch alle. Genauso verhält es sich mit Piercings, dunkler, zerrissener Kleidung und verwuschelten Haaren.

Nichts davon ist Steven. Allein sein Name klingt so langweilig, wie er ist.

Ich zwinge mich zu einem unverbindlichen Lächeln. »Bei der Hochzeit darf ich ohnehin nicht mitreden, warum sollte ich also bei ihm anrufen!«

Nun sieht Steven gänzlich auf. Er wirft sogar den Controller zur Seite, bevor er tief ausatmet. »Eden. Benimm dich.«

Ich hasse es, wie er meinen Namen ausspricht.

Er behandelt mich wie ein ungezogenes Kind, dabei ist er selbst nur ein paar Jahre älter als ich.

»Ich gehe ins Bett«, informiere ich ihn, ohne auf seine Stichelei einzugehen, und stapfe durch den Wohnbereich.

Der Ausdruck auf seinem Gesicht wechselt. »Wenn du Langeweile hast, kannst du gern herkommen.« Er deutet mit einem ekligen Grinsen auf seinen Schritt.

Ich hebe beide Augenbrauen. »Vergiss es.«

Seine Miene verzieht sich zu einem gehässigen Ausdruck, der mir eine Gänsehaut über den Körper schickt. »Bei einem Blowjob verlierst du deine Jungfräulichkeit nicht. Sei nicht so prüde.«

Ich schnaube und ziehe meine Strickjacke fester um meinen Oberkörper. »Das war nicht der Deal.« Denn der Deal sieht vor, dass wir uns einige Zeit in unserer gemeinsamen Wohnung aneinander gewöhnen, wie meine Eltern mir so nett verkündet haben, bevor ich nach unserer Hochzeit alle Parts der braven Ehefrau für meinen Ehemann übernehmen muss.

Nur über meine Leiche.

Unerträglich spöttisch richtet Steven seinen Blick weiterhin auf mich. »Es kann nicht schaden, ein bisschen zu üben. Ich sehe jetzt schon schwarz, was unsere Hochzeitsnacht betrifft. Ich bin ein Mann, Eden. Ein Mann, der weiß, was er will.« Ich höre all die ungesagten Worte. Ich bin nicht die Frau, die er will, den Sex will er sich dennoch nicht entgehen lassen. Gerade nicht den jungfräulichen Sex. Ich habe noch nie verstanden, warum Männer bereit sind, derart viel Kohle hinzulegen, nur um der erste Mann einer Frau zu sein.

Ohne dazu etwas zu sagen, verlasse ich den Wohnbereich, ziehe meinen Pyjama an und lege mich ins Bett. Ich weiß, dass Steven nur bellt, aber nicht beißt. Er würde mir nicht hinterherkommen, um mich gegen meinen Willen zu berühren. Würde er das tun, würde er allerdings ein paar Attraktivitätspunkte bei mir einheimsen.

So aber verbringe ich den Abend damit, wenigstens im Kopf meine nächsten Szenen auszuarbeiten und von Männern zu fantasieren, die mehr Mann sind, als Steven es je sein wird.

Kapitel 2
Caleb

»Gallagher! Du hast Besuch!« Die Tür der winzigen Gefängniszelle fliegt gemeinsam mit den laut abgefeuerten Worten auf und knallt gegen die Wand. Ich wurde schon netter geweckt.

Mürrisch reibe ich mir über das Gesicht, schwinge die Beine über die obere Matratze und springe in einer Bewegung von dem niedrigen Doppelstockbett.

Der Helligkeit nach zu urteilen, die den kleinen Raum durch die vergitterten Fenster flutet, ist es mitten am Tag. Doch außer essen, schlafen oder wichsen kann man hier drin nicht unbedingt viel machen. Da ich nicht fett werden will und mein Schwanz meine Hand recht langweilig findet, penne ich so viel wie noch nie.

»Scheiße, hier drin stinkt's«, stellt ein hochgewachsener, breiter Typ fest, der hinter Duncan Brady, meinem ehemaligen Erzfeind, in meine Zelle tritt. Sein französischer Akzent ist nicht zu überhören und auch sein heller, maßgeschneiderter Anzug lässt ihn eher so wirken, als sollte er jetzt besser über die Avenue des Champs-Élysées spazieren, statt bei mir Loser abzuhängen.

»Sorry, hättet ihr euch angekündigt, hätte ich etwas Raumduft versprüht.« Ich halte das Gähnen nicht zurück, während ich mich vor den beiden Männern aufbaue. Duncan wirkt in seiner schwarzen Kluft, die auch nicht über seinen vollständig tätowierten Körper hinwegtäuschen kann, und dem Man Bun wie der Kriminelle, der er ist. Der andere Typ hingegen wie ... ein spießiger Anwalt.

Ich verberge meine Skepsis nicht und sehe an dem Lackaffen hinab. An seinem Handgelenk erkenne ich eine goldene Rolex, seine braunen Ledertreter sehen aus wie frisch gebohnert. Meine Augenbrauen wandern ohne mein Zutun in die Stirn. »Ich dachte, du willst mich hier in irgendeiner spektakulären Aktion herausholen«, frage ich in Duncans Richtung. Er hat mich vor einigen Monaten schon einmal hier besucht und mir angekündigt, er würde mich aus dem Knast holen – in den er mich bezeichnenderweise erst hineingebracht hat. Es hat sich wohl herausgestellt, dass ich einen Mord in meiner Gangsterkarriere gar nicht begangen habe, weil ich völlig breit war. Seine Freundin, Ex-Freundin, wie auch immer, lebt und hat ihn verarscht. Mich auch, nebenbei bemerkt, als sie noch gelebt hat, als ich sie von der Brücke gehängt habe. Jetzt soll ich für ihn arbeiten, was nicht unbedingt das ist, was ich herbeisehne, aber alles ist besser als Knast.

Alles.

Auch vor dem Londoner Untergrundkönig zu Kreuze zu kriechen. Ich habe ohnehin alles verloren, was ich je hatte – und noch viel mehr, was ich nie bekommen werde.

»Die Aktion wird spektakulär«, brummt Duncan und lehnt sich mit den Händen in die Hosentaschen geschoben an den schmalen Schrank, während er mich ansieht. »Ciel ist hier, um sich die Gegebenheiten vor Ort anzusehen. Er und seine Männer sind längst dabei, einen Plan zu erarbeiten.«

»Aha«, mache ich und sehe zu dem blonden Muskelprotz. »Und wie lange gedenken du und deine Anwaltsgehilfen zu brauchen, bis ihr die Bürokratie so weit habt, mich hier rauszulassen?«

Der Typ, Ciel, verzieht keine Miene. Seine stechend blauen Augen liegen auf mir, als er knallhart sagt: »Sicher, dass sich der Aufwand für den Jammerlappen lohnt?« Diese Worte sind eindeutig nicht an mich gerichtet, dennoch setze ich gerade zu einer Antwort an, als Duncan mir zuvorkommt.

»Mir laufen die Männer weg. Für die Drecksarbeit kann ich ihn gebrauchen, dafür ist er gut genug.«

Ich schnaube spöttisch und wandere durch den kleinen Raum, um mir den grauen Pullover von der Stuhllehne zu schnappen. Er ist scheiße unbequem, kratzig und hart, aber eine Heizung gibt es hier drin nicht, also zerre ich ihn mir über den Kopf. »Ich hoffe, du erwartest nicht, dass ich dankbar dafür bin.«

»Nein«, antwortet er gelassen und sieht zu Ciel, der einen genervten Blick auf seine Rolex wirft. »Wir können schon wieder gehen. Jetzt hast du ihn gesehen und ...«

»Wärt ihr so freundlich, mir auf meine Frage eine Antwort zu geben?«, unterbreche ich ihn. »Es ist nicht so angenehm im Knast.«

»Ein paar Wochen werden wir noch brauchen.« Ciel sieht sich um. »Ich kann dir jetzt nicht sagen, wie ich hier aufschlagen werde, aber du wirst es merken, wenn du nicht so dumm bist, wie du aussiehst.«

Ich lache auf. »Also kein Anwalt?«

»Ciel ist kein Anwalt.« Duncan stößt sich vom Schrank ab. »Und für die Aktion bin ich ihm einiges schuldig, was du ausbaden wirst. Finde dich also schon einmal damit ab, dass du ihn auf einige Diebestouren in Frankreich begleiten wirst.«

»Oh, scheiße, ich hasse Frankreich«, knurre ich. »Diese Baguettefresser mit ihren Pornobärtchen kann ich alle nicht ernst nehmen. Spar dir die Mühe, Duncan. Ich bleibe hier.« Demonstrativ lasse ich mich auf den einzigen Stuhl in der Zelle fallen und lehne den Kopf in den Nacken. *Das ist nicht der Grund, warum ich nicht aus London wegwill.*

Ciel bläst die Wangen auf und dreht sich einmal im Kreis, während er die Begebenheiten in Augenschein nimmt. Unsere Abneigung beruht auf Gegenseitigkeit, so viel ist klar. Und dass wir niemals beste Freunde werden, ebenfalls. Er erinnert mich mit seiner Schickimickiaufmachung und natürlich seiner Herkunft an zwei gewisse Zwillingsbrüder, die sich mein Mädchen unter den Nagel gerissen haben.

Ich folge seinem prüfenden Blick, um nicht zu viel über Paige und die Brüder nachzudenken. Das mache ich ohnehin schon zu häufig.

Viel zu sehen gibt es hier nicht. Diese Zelle ist mit dem Nötigsten ausgestattet, damit niemand auf die Idee kommt, hier ausbrechen zu wollen, daher beendet Ciel seine knappe Musterung nach wenigen Sekunden achselzuckend.

»Was meinst du?«, wendet sich Duncan an Ciel, der entspannt nickt.

»Machbar.«

»Du bekommst ja auch Gemälde aus dem Louvre, also wirst du mit einem unbedeutenden Londoner Kriminellen sicher ähnlich entspannt hier herausspazieren können.« Die Belustigung, die in Duncans Stimme mitschwingt, teile ich nicht.

Ciel anscheinend schon. Er grinst wie ein überhebliches Arschloch, streicht sich durch die blonde Haarpracht, die ihn eher wie ein Model wirken lässt, und erwidert Duncans Blick. »Entspannt war daran nichts. Aber gegen den Louvre wird das hier 'ne Kaffeefahrt.«

Nun lacht Duncan dumpf auf, während ich die Augen verdrehe. »Also habe ich es hier mit einem Meisterdieb zu tun, ja?« Der Louvre ist sogar mir ein Begriff und ich schätze, es ist nicht sonderlich leicht, daraus etwas zu stehlen. »Und jetzt stiehlst du mich?« Ciels Augen huschen zu mir und verdunkeln sich.

»Sieht so aus. Ich bin zwar nicht der Meinung, dass ich viel mit dir anfangen kann, aber Duncan hat mich bisher noch nie enttäuscht. Ich finde schon Verwendung für dich. Leider siehst du sogar zu dumm aus, um den Fluchtwagen zu fahren, aber der erste Eindruck kann ja täuschen.« Er klingt nicht so, als würde er seinen eigenen Worten viel Glauben schenken.

»Hey, ich habe dir eine billige Arbeitskraft versprochen, keinen klugen Kopf«, wirft Duncan lachend ein.

Ich beiße die Zähne zusammen, als die beiden weiter dämliche Sprüche reißen, und sehe zu dem vergitterten Fenster. Vermutlich geht es gar nicht darum, sich die Begebenheiten anzusehen, sondern darum, dass der Kerl mich abcheckt. Ob ich seinen Aufwand wert bin.

»Na schön. Wir holen dich hier raus.« Ciels Hand landet auf meiner Schulter, was mich nun doch erneut den Kopf in seine Richtung drehen lässt.

»Danke, ich verzichte.«

»Du hast keine Wahl«, mischt sich Duncan ohne jegliche Belustigung in der Stimme ein. »Ich habe Jules und Francis versprochen, dich im Blick zu behalten, und im Knast nützt du mir nichts.«

»Ich bin im Knast viel besser aufgehoben als draußen«, entgegne ich ruhig und hebe beide Augenbrauen. »Du willst doch wohl nicht, dass ich mich erneut auf Paige stürze, oder?« Wir wissen beide, dass ich nicht so lebensmüde bin, meine Worte in die Tat umzusetzen. Sich mit den reichen Zwillingen anzulegen, die Kontakte bis nach sonst wo haben, ist dumm. Und obwohl das viele von mir denken, bin ich nicht dumm. Ich habe in meinem Leben einige falsche Entscheidungen getroffen, eine davon war es, mit den Drogen anzufangen. Wäre ich öfter clean gewesen, hätte ich vielleicht gemerkt, wie Paige mir entgleitet. Ich weiß, dass ich ein Scheißfreund war.

Und mittlerweile bin ich sogar so weit unten in der Nahrungskette, dass ich das offen zugeben kann. *Und verdammt clean.*

Der Knast war immerhin zu etwas gut.

»Vorsicht mit solchen Andeutungen«, warnt er mich dennoch und deutet auf die Zellentür. Ciel setzt sich sofort in Bewegung, ich stehe ebenfalls auf, um Duncan auf Augenhöhe zu begegnen. Er erwidert meinen Blick, zieht ein Tütchen Koks aus der Hosentasche und steckt es mir zu. Ich atme tief durch und nicke.

»Danke.«

»Nicht dafür.« Duncan dreht sich um, doch ehe ich überlegen kann, schnellt meine Hand vor und ich halte ihn am Arm auf. Wie in Zeitlupe dreht er sich zu mir um, während Ciel ungeduldig an der Tür wartet, in deren Rahmen der Wärter steht und mit dem Schlüsselbund klappert. Ich weiß, dass er von Duncan bestochen wurde, ansonsten wäre dieser Besuch nicht möglich gewesen. Duncan hat ebenfalls Kontakte, die bis weit in die höchsten Politiker- und Polizistenposten reichen, nur deshalb ist er im Untergrund so erfolgreich.

»Wie geht es Paige?«, frage ich leise, doch das dunkle Aufblitzen in seinen Augen verrät, dass er mich trotzdem verstanden hat. »Und ... dem Baby?«, füge ich noch leiser an, als er zunächst nicht antwortet. »Bitte, ich ...«

»Es geht beiden gut«, antwortet er schließlich und durchleuchtet mich mit seinem Blick, als wollte er herausfinden, was ich mit dieser Information anstellen will.

»Wie ... also ... wie weit ...?« Ich breche ab. Es fühlt sich dermaßen falsch an, diese Frage zu stellen, gleichzeitig müsste ich es wissen, weil ich. Der. Verdammte. Vater. Bin.

Und nichts mitbekomme.

Duncan seufzt. »Das geht dich nichts an.« In mir brodelt es und das erkennt er, daher schiebt er gedehnt nach: »Noch etwa drei Monate. Aber es hat ohnehin keine Auswirkungen auf dich, das weißt du, oder? Die Zwillinge werden dich niemals in ihre oder in die Nähe des Kindes lassen.« Er bringt die Worte ruhig und ohne dass sie wie eine Drohung klingen, hervor, und doch ist es genau das. Eine verdammte Drohung. Die ich an seiner Stelle ganz genauso loswerden würde.

Ich nicke mit einem schweren Gefühl im Magen und trete zurück. Duncan wartet kurz ab, dann dreht er sich um und verschwindet gemeinsam mit dem französischen Dieb.

In der gleichen Sekunde donnert meine Hand gegen den Bettpfosten. Warum, verfickt noch mal, muss der Typ, der mich hier rausholen will, unbedingt ein Scheißfranzose sein!

Er könnte alles sein. Araber. Türke. Finne. Meinetwegen sogar ein Russe, der vor Putin kuscht.

Aber das? Ein verdammter Franzose, der mich in jeder Sekunde daran erinnern wird, wer meine Zukunft gestohlen hat? Wer meine Frau fickt? Wer *mein* Baby aufziehen wird?

Das ist doch scheiße.

Mit einem zugeschnürten Gefühl in der Brust hebe ich die Matratze an und ziehe den zerknitterten Brief hervor. Mein Zellennachbar ist noch in der Küche – und wird sicher bald zurückkommen. Vor ihm werde ich nichts Privates zeigen, daher nutze ich diese Zeit, wenn ich sie habe, um wie jeden Tag die Worte meiner Ex-Freundin zu lesen.

Caleb,

ich schreibe dir, weil ich ein paar Dinge klarstellen will.

Du kennst mich und weißt, dass ich eine harmoniebedürftige Person bin. Ich finde es schrecklich, wie das mit uns zu Ende gegangen ist. Ich will nicht, dass du denkst, dass ich dich hasse. Das tue ich nicht.

Ich hasse es, was du getan hast, und ich werde dir jetzt nicht alles aufzählen. Du weißt, was ich meine.

Ich weiß aber auch, dass du tief in dir drin einen guten Kern hast. Ich habe ihn viele Jahre selbst in dir gesehen. Ich weiß nicht, was passiert ist, dass alles so aus dem Ruder gelaufen ist. Was ich dir aber sagen kann, ist Folgendes: Obwohl ich dir von Herzen wünsche, dass du dein Leben in den Griff bekommst, werde ich kein Teil mehr davon sein. Mit Jules und Francis habe ich zwei Männer in mein Leben gelassen, die mir erst gezeigt haben, was ich in der Beziehung mit dir vermisst habe. Wenn du noch immer einen Funken Sympathie für mich empfinden solltest, bitte ich dich, das zu akzeptieren. Ich liebe beide Männer so sehr und dass beide dasselbe für mich empfinden, macht mich zu einer sehr, sehr glücklichen Person.

Ich will, dass du auch wieder lachen – und von Herzen lieben kannst. Sei ehrlich zu dir selbst, Caleb. Mit mir konntest du das nicht mehr. Wir haben uns auseinandergelebt und das ist in Ordnung.

Es gibt noch etwas, das ich dir sagen will. Ich weiß,

dass Duncan überlegt, dich aus dem Gefängnis zu befreien, und das macht mir Sorgen, denn ... ich bin schwanger. Und aller Wahrscheinlichkeit nach ist das Baby von dir. Ich habe eine verdammte Angst davor, wie du reagieren wirst. Jules, Francis und auch Duncan werden nicht zulassen, dass du uns etwas tust. Ich will, dass du das weißt. Bitte lass es nicht dazu kommen, dass sie dir genau das beweisen.

Wäre die Situation eine andere, würde ich dir dein Kind nicht vorenthalten wollen, das weißt du. Aber da die Dinge sind, wie sie sind, und wir beide wissen, was du getan hast ... ich kann nicht, Caleb. Ich will nicht, dass du eine Rolle im Leben des Kindes spielst – und ich weiß, dass du weißt, wie schwer mir diese Worte fallen. Es tut mir leid, aber es ist das Beste für uns alle. Auch für dich.

Das weißt du, oder, Caleb?

Bitte sag Ja.

Ich kann den Gedanken nicht ertragen, dass dieses unschuldige Kind unter unseren alten Problemen leiden muss. Selbst wenn du mich jetzt hasst, bitte tu es für das Kind. Dein Kind, Caleb.

Es wird ihm an nichts fehlen und ich verspreche dir, dass ich auf es aufpassen werde. Jules und Francis werden es behandeln, als wäre es ihres. Du musst dir keine Sorgen machen.

Ich weiß, worum ich dich bitte, aber es ist das Beste für uns alle.

Bitte.

Paige

Mit einem Kloß im Hals, der auch beim gefühlt hundertsten Mal lesen nicht vergeht, falte ich das Papier zusammen und schiebe es zurück in den Umschlag.

Sie hätte es mir gar nicht sagen müssen. Das ist mir klar. Und ich weiß tatsächlich, dass sie mit jedem ihrer Worte recht hat. Ich kann mir genau vorstellen, wie sie weinend und verzweifelt diesen Brief geschrieben hat, weil ihr Gewissen sie dazu gezwungen hat. Und allein diese Vorstellung zerreißt mich innerlich.

Ich habe die Frau, die ich irgendwann einmal geliebt habe, verloren, weil mir die Drogen wichtiger waren. Ich habe die Chance auf eine Zukunft verloren, weil ich sie behandelt habe, als wäre sie ein Stück Dreck. Weil ich ohne Ende Scheiße gebaut habe und mir selbst eingeredet habe, ich würde es für sie tun. Das ist Bullshit.

Ich wäre kein guter Vater. Ihre Entscheidung gegen mich ist eine Entscheidung für dieses Kind und zeigt nur einmal mehr, wie viel klüger Paige ist als ich.

Ich will nicht, dass sie Angst hat, ich könnte ihr dieses Baby wegnehmen wollen – und weiß doch, dass es nichts gibt, was ich tun kann, um ihr diese Angst zu nehmen. Außer ihr die Zeit zu geben und es zu beweisen.

Sie leidet noch immer wegen mir und deshalb ist es richtig, dass ich hier sitze und jeden Tag an meiner eigenen Unzulänglichkeit ersticke.

Mit klopfendem Herzen schiebe ich den Umschlag zurück unter die Matratze, dann lege ich meinen Unterarm auf meine Augen und lausche den Knastgeräuschen. Selbst durch die dicke Stahltür dringen die lauten Schreie der Mitinsassen, die zu jeder fucking Tages- und Nachtzeit zu hören sind.

Vielleicht ist es gar nicht so schlecht, mit diesem Schneckenfresser nach Frankreich abzuhauen. Für Paige würde es bedeuten, dass sie aufatmen kann. Sicher spielt genau dieser Umstand in Duncans Entscheidung mit hinein. In Frankreich wäre ich beschäftigt und *weg*.

Der Schlüssel im Schloss lässt mich aufsehen.

Timon schlurft ins Zimmer und wirft mir einen prüfenden Blick zu. »War Brady wieder da? Das wurde sich gerade in der Küche erzählt.« Sein Blick zuckt an mir herab. Bei seinem letzten Besuch hat Duncan mich übel zugerichtet, ein Zeichen für die anderen Häftlinge. Mittlerweile hat sich herumgesprochen, mit wem ich Kontakte pflege – und überraschenderweise reicht das, um unangetastet zu bleiben. Niemand rührt mich mehr an, ja sie schauen mich nicht einmal schräg an. Ich bin mir sicher, dass Duncan im Hintergrund irgendwelche Fäden zieht, um genau das zu bewirken. Es wäre dämlich von mir, wenn ich mich Duncans Kreisen entziehen will. Ich habe nichts, er alles. Diese Rechnung ist recht einfach. Er könnte mich auch einfach hier versauern lassen. In Frankreich kann ich mich wenigstens frei bewegen und muss nicht ständig in dieselben Gesichter von Arschlöchern sehen, die noch schlimmer sind als ich. Mit Ausnahme von Timon. Timon ist einfach nur ein Junkie, der im Wahn Frauen vergewaltigt hat, weil ihr Nein nicht in seinem krummen Hirn angekommen ist. Es wäre heuchlerisch von mir zu behaupten, ich würde ihn dafür verurteilen. Keine Ahnung, was ich alles getan oder eben nicht getan habe, als ich drauf war. Mit Ausnahme davon, dass ich keine Frauen vergewaltigt habe. Das hatte ich erstens nicht nötig – und zweitens gab es nur eine Frau, die sich zu einem gewissen Zeitpunkt nicht mehr von mir berühren lassen wollte. Und auch sie habe ich nicht vergewaltigt. Nur zu spät in meinem Drogenwahn verstanden, dass sie mich tatsächlich abweist. *Was schlimm genug war.*

»War er«, brumme ich und ziehe das Drogentütchen

aus meiner Hosentasche, um es ihm entgegenzuwerfen. Mit jedem Tag gelingt es mir leichter, auch wenn ich anfangs große Probleme damit hatte, ihm das Zeug zu überlassen. Timon nickt dankbar und verzieht sich an den kleinen Schreibtisch, um sich eine Line zu genehmigen.

Ich bin clean und habe vor, es zu bleiben, auch wenn Duncan mich hier drin mit seinen Drogen versorgt. Täglich bekomme ich sie vom Wärter zugesteckt, ohne einen Finger dafür rühren zu müssen. Vielleicht ist es ein Test von ihm, aber ich schätze, es ist ihm völlig egal, solange ich halbwegs klarkomme, um seinen Befehlen zu folgen. Ich bin ab sofort sein abhängiger Fußabtreter.

Und ich habe vor, diese Rolle zu spielen, bis ich meinen Sünden wenigstens halbwegs Buße getan habe.

Wenn auch nicht für Paige, erleichtert es wenigstens mein eigenes Gewissen.

Kapitel 3
Eden

Eine Woche später laufe ich durch den Hyde Park und wälze in meinem Kopf anstehende Szenen, statt in der Vorlesung zu sitzen. Fröstelnd nippe ich an meinem mittlerweile nur noch lauwarmen Kaffee aus dem pinken Glitzerbecher. In der Uni wäre es wenigstens warm, doch dort ist es mir zu gefährlich aufzufliegen. Und ich muss langsam vorankommen, wenn ich nicht im weißen Brautkleid mit Steven vor dem Altar enden will.

Ich habe genug Geld für meine Flucht, das ist nicht das Problem. Ich komme nur nicht an mein Konto, ohne dass mein Vater dahinterkommt. Er hinterfragt jede größere Ausgabe – selbst ein Flugticket würde nicht verborgen bleiben. Ich würde nicht einmal einen Fuß auf den Flughafen setzen können, ohne dass mir einer seiner Lakaien den Weg abschneidet und mich zurück zu Daddy schleift. Genau das habe ich schon erlebt. Meine Jugend war alles andere als von wilden Partys geprägt. Ich wurde und werde nach wie vor überwacht – wenn auch vorrangig digital über Kontoauszüge und Handyortungen. Immerhin zugutehalten muss ich ihm, dass ich keinen Bodyguard hinter mir hertänzeln habe.

Außerdem spielt mein Stolz dabei nicht mit. Ich will es allein schaffen. Und ich kann es. Ich muss nur langsam meinen Hintern hochbekommen und den Plot aus meinem Kopf auf das digitale Papier bannen.

Die nächste freie Bank ist meine. Ich werfe meine braune Tasche neben mich, stelle den wiederverwendbaren Becher daneben und ziehe meinen Mantel fester um mich, bevor ich den Blick um mich schweifen lasse. Jetzt am frühen Vormittag ist hier nicht viel los. Es ist zu kalt, um gemütliche Parkspaziergänge zu machen, und der Großteil der Londoner Bevölkerung geht um diese Uhrzeit ohnehin anderen Tätigkeiten nach. Perfekt für mich.

Niemand der wenigen anderen Menschen um mich herum achtet auf mich. Da ist nur ein dicker Vogel, der unweit von mir in einem zugefrorenen Laubhaufen herumhackt und hin und wieder in meine Richtung starrt, als würde er nur darauf warten, ich würde gleich ein Sandwich hervorziehen, von dem ich ihm die Krümel überlasse.

Aber ich habe keinen Hunger. Stattdessen nehme ich meinen Laptop aus der Tasche und öffne mein Manuskript.

Rasch überfliege ich die letzte Szene, bessere ein paar Sätze aus, bevor ich wie so häufig auf die weiße Seite starre. Meine Hände schweben untätig über den Tasten. Ich kann nicht unter Druck schreiben.

Ich kann es einfach nicht.

Je länger ich unbeweglich auf der Bank hocke, desto mehr frieren meine Finger ein. Steif tippe ich ein Wort und lösche es, weil ich nicht weiß, wie ich weitermachen soll, dabei habe ich die nächste Szene genau vor Augen. Meine Protagonistin läuft durch die dunkle Gasse und trifft gleich auf die zwei Männer, die sie überwältigen werden. Sie soll sich wehren – schließlich macht man das so –, aber meine Leser sollen trotzdem das Gefühl bekommen, dass sie es will und genießt, von den Typen dominiert zu werden. Vermutlich ist das nichts, was man in der Realität erleben will, aber dieses Genre ist eben auch nicht die Realität. Solche Männer gibt es nicht. Meine Leser wollen getriggert werden und bisher habe ich das auch immer gut hinbekommen, aber jetzt ... Ich starre immer genervter von mir selbst auf das geöffnete Dokument und habe keine Ahnung, wie ich das Gefühl rüberbringen soll, das ich erzeugen will.

In meinen letzten Büchern war es einfacher, weil die Protagonisten eine Vorgeschichte miteinander hatten. Sie waren in der Highschool ein Paar und so war es leichter, eine Verbindung zueinander herzustellen als zu völlig Unbekannten. Aber ich will diese Szene schreiben – meine Leser reizt genau das. Das Verbotene, das Unbekannte. Wildfremde Männer, die sich nehmen, was sie wollen. Und ich kann das theoretisch schreiben, auch wenn in mir gerade der letzte Zipfel Vorstellungskraft flöten geht, was vor allem an diesem dämlichen Zeitdruck liegt, unter dem ich stehe.

Doch auch eine halbe Stunde später bleibt das Dokument beinahe so jungfräulich, wie ich es bin.

Ich scrolle hin und her, starre in den grauen Himmel, beobachte die Passanten und bekomme nicht einen Satz hin.

Als mein Handy zum dritten Mal penetrant vibriert, nehme ich es aus meiner Tasche und stelle es auf lautlos, ohne die Nachrichten von Steven zu lesen. Ich weiß sowieso, was er von mir will. Heute Abend sind wir bei seinen Eltern zum Abendessen eingeladen. Ein Termin, der mir wie so oft Bauchschmerzen vor Unbehagen erzeugt. Seine Mum will sicher wieder über das noch immer nicht ausgesuchte Brautkleid mit mir sprechen, außerdem über die Deko der Location, die Ringe, die offene Entscheidung, ob die Kutschpferde weiß oder schwarz sein sollen ... all der ganze Scheiß, der nur dafür sorgt, dass mein Hals sich mit jedem Tag enger schnürt. Ich will mein Handy gerade wieder weglegen, als mir die rote Eins auf dem Mailsymbol ins Auge springt. Auf meinem Laptop habe ich unterwegs kein funktionierendes Internet, daher wurde sie mir bei meinem lausigen Schreibversuch nicht angezeigt. Mein Herz beschleunigt automatisch, als ich die Nachricht öffne.

Doch sie ist lediglich von einem unbekannten Absender, der mir nichts sagt. Irritiert überfliege ich den knapp gehaltenen Text, der nicht einmal eine Anrede enthält.

> Derartige Anfragen können wir unter der Begleichung einer Aufwandspauschale von einhundert Pfund berücksichtigen. Sollte weiterhin Interesse bestehen, melden Sie sich bitte telefonisch unter der angefügten Nummer.
>
> Gruß K. Baltimore

Ich hebe verdutzt eine Augenbraue, während mein Finger schneller als mein Verstand ist. Ich habe die Nummer schon angetippt, ehe ich mir darüber Gedanken machen kann, wie ich hundert Pfund auftreiben soll, ohne dass mein Vater oder auch Steven misstrauisch werden.

»Baltimore«, knurrt eine tiefe, sehr genervt klingende männliche Stimme nach wenigen Sekunden.

»Ähm, Eden Wimmerforce mein Name«, sage ich

hektisch und setze mich auf der Bank aufrechter hin. »Ich habe Ihnen eine Mail geschrieben.«

»Die Journalistin«, brummt der Typ gelangweilt, bevor er lauter ins Handy blafft: »Auseinander, sonst kriegt ihr beide noch zwei Stunden obendrauf! Ich lasse euch die Scheißkartoffeln so lange schälen, bis euch die Finger abfaulen!«

»Nun ja, nicht direkt«, rudere ich zurück, nicht wissend, ob er mir gerade zuhört oder nicht. »Ich bin Autorin und ich möchte ...«

»Mir völlig egal, für hundert Pfund schließe ich die Türen auf.«

»Ja dann ... okay«, sage ich mit zusammengekniffenen Augen. Das klingt alles andere als legal, doch mir soll es recht sein. »Wann kann ich vorbeikommen?«

»Dann, wenn ich Dienst habe«, brummt er leiser. Die Stimmen im Hintergrund verstummen, als er anscheinend den Raum wechselt. »Ist es dringend?«

Ich nicke, bevor ich laut hinterherschiebe: »Morgen?«

Der Typ lacht leise auf. »Komm um sechs Uhr zum Eingang. Ich bringe dich rein.«

»Sechs Uhr ... morgens?«

»Ja«, lautet seine knappe Antwort. »Ich nehme dich zur Frühschicht mit herein.«

»Sie meinen, Sie schleusen mich illegal herein?«, platzt es impulsiv aus mir hervor. Die Mailadresse war keine offizielle und der Typ klingt alles andere als seriös – von der Bezahlung mal ganz abgesehen.

»Wer von uns beiden braucht den Gefallen?«, entgegnet er entspannt, ohne auf meine eigentliche Frage zu antworten.

Ich schlucke jegliche Widerworte herunter, nicke erneut, vor allem, um mich selbst von meiner Idee zu überzeugen, bevor ich laut sage: »Ich werde da sein.«

In meine dicke Winterjacke gehüllt, drücke ich mich nun seit zehn Minuten unweit des Eingangs des *Wandsworth* herum und warte darauf, dass einer der Wachen auf mich zukommt. Immer mal wieder sehen sie zu mir, aber noch ist niemand unter ihnen, der offenkundig Schmiergeld annimmt, um fremde Personen hinter die mit Stacheldraht abgesicherten Mauern zu bringen, die dort nichts zu suchen haben.

Mein Atem bildet weiße Wölkchen, als ich mich wie eine Schildkröte in ihrem schützenden Panzer tiefer in meine Jacke kuschle. Es ist verdammt kalt geworden und auch der Himmel ist so diesig und grau, dass es einem auf die Stimmung schlägt. Die Aussicht, in etwas mehr als drei Monaten in einem Kleid zu heiraten, lässt mich zusätzlich nicht gerade in die Lüfte springen. Dass diese Hochzeit für den dritten März geplant ist, ist ebenfalls nur ein Zeichen davon, wie schnell es plötzlich gehen muss und dass es eine arrangierte Veranstaltung ist. Steven und mir wurden sechs Monate Zeit eingeräumt, um uns aneinander zu gewöhnen, drei davon sind schon um.

Wäre dies eine freiwillige Entscheidung, würde ich – mal abgesehen von dem ganzen unnötigen Schnickschnack drum herum – ganz sicher nicht im Winter heiraten.

Ich bin ein Sommerkind durch und durch, auch wenn meine typische englische Hautfarbe mir kein stundenlanges Sonnenbaden erlaubt, ohne dass ich es danach tagelang bereuen und vermutlich irgendwann an Hautkrebs sterben würde.

Wie erwartet war der gestrige Abend bei Stevens Eltern furchtbar. Furchtbar anstrengend, furchtbar einengend, furchtbar für meine Gesichtsmuskulatur, die sich noch immer vom erzwungenen Lächeln erholen muss.

Schwere Schritte hinter mir lassen mich aufsehen. »Du bist sicher die schreibende Frau«, sagt eine tiefe Stimme, die zu einem breiten Mann gehört, der in eine schwarze Jacke gehüllt neben mir auftaucht. »Sorry. Was war es noch gleich?« Der Blick seiner mattbraunen Augen checkt mich für wenige Sekunden von Kopf bis Fuß ab, bevor er einen Mundwinkel hebt. »Schreibst du für eine Schülerzeitung?«

»Bekomme ich dann Rabatt?«

Er grinst und zupft an seiner schwarzen Strickmütze. »Punkt für dich, Kleine. Ich bin Karl.«

»Hallo, Karl«, erwidere ich und nun bin ich diejenige, die ihn kurz abcheckt. Er ist breit und groß, was er vermutlich auch sein muss, um sich in dem aufragenden Gebäude hinter uns zu behaupten. Seine schwarze Hose mit aufgesetzten Taschen geht in schwere Boots über, die er vermutlich ebenfalls dort drin braucht. Ich habe mich über das Gefängnis informiert und sonderlich angenehme Haftbedingungen existieren dort drin wohl nicht.

»Okay, pass auf«, unterbricht er meine stumme Musterung und deutet mit dem Kinn auf den Eingang hinter sich. Er will wohl keine Zeit verlieren und das ist mir recht. »Dadrin sitzen Kerle, denen willst du nachts nicht über den Weg laufen. Besuch ist nicht erlaubt, aber ich schätze, das kannst du dir denken.« Sein Blick ist eindeutig mahnend, also nicke ich rasch und folge ihm, als er sich in Bewegung setzt. Ich bin mir recht sicher, dass ich mich ähnlich strafbar mache wie er, wenn ich ihm für diese Sache Geld zahle. Er kratzt sich an seinem Dreitagebart und scheint zu überlegen. »Was willst du wissen? Ich hätte einen Drogenjunkie im Angebot, der ist harmlos, aber auch nicht unbedingt der Gesprächigste, wenn du weißt, was ich meine.« Wieder folgt ein knapper Blick, den ich ebenfalls abnicke. Ein Typ, der seine Hirnzellen nicht mehr beieinanderhat, bringt mich nicht weiter. »Einige, deren Morde du nicht einmal in einem Notizbuch alle auflisten könntest«, zählt er leise weiter auf. »Die werden in dir jungem Ding aber wohl eher eine Zwischenmahlzeit sehen, als dir etwas zu erzählen, das du wofür auch immer gebrauchen kannst.«

Ich räuspere mich, doch da ich kurz davor bin, hundert Pfund meiner eisernen Fluchtersparnisse für diesen zwielichtigen Deal auszugeben, zögere ich nicht, auch wenn ich mir sicher bin, dass er mein Anliegen belächeln wird. »Am liebsten wäre mir ein Mann, der nicht allzu alt ist und ... gibt es einen, der ... gut aussieht?«

Karl bleibt so ruckartig stehen, dass ich beinahe in ihn hineingelaufen wäre und bei meinem Ausweichmanöver mit der Hüfte gegen einen Steinpoller stoße. Während ich mir noch zischend den Hüftknochen reibe, sieht er mich irritiert an. »So eine bist du.« Keine Ahnung, was genau er damit meint, aber sonderlich überraschend scheint er meine Worte nicht zu finden. Ein wissendes Grinsen ziert seine Miene, als er mit den Schultern zuckt, als wäre dies ein völlig normales Anliegen. Wer weiß, vielleicht ist es das ja auch. Ich habe von diesen Briefen gehört, die man Insassen schicken kann – nicht wenige der Frauen, die das in Anspruch nehmen, verlieben sich in einen der Typen. Ich bin wohl nicht die Einzige, die eine dunkelromantische Vorstellung von straffälligen Kerlen hat. Doch für diese Briefmethode fehlt mir leider die Zeit. Karl schiebt seine Mütze über die Stirn nach oben und murmelt einen Namen in seinen Schal, den ich nicht verstehe.

»Wie bitte?«, frage ich, als er sich schwungvoll umdreht und weiterläuft. Mich winkt er hinter sich her, den

Namen wiederholt er nicht. Stattdessen zieht er ein Handy aus der Tasche und wirft einen knappen Blick darauf. Aber gut, Namen interessieren mich auch nicht weiter. Mein Herz pocht schon bei der Vorstellung schneller, gleich einem verurteilten Kriminellen gegenüberzustehen, und wenn der wirklich noch halbwegs passabel aussieht – nun ja. Das würde in meinem derzeitigen Alltag ein echtes Highlight darstellen. Je nachdem *wie* gut er aussieht, würde ich sogar einen meiner Protagonisten umschreiben. *Bedeutet bei drei Kapiteln verwertbarem Material allerdings auch nicht viel Aufwand.*

Wir passieren seine Kollegen, die offensichtlich wegsehen, als er mich durch einen Eingangsbereich schleust. Was auch immer das hier ist, es wird geduldet. Vielleicht teilt er das auf diese Weise verdiente Geld anschließend mit ihnen oder bessert damit die Kaffeekasse auf.

Ich besinne mich wieder auf das Wesentliche.

Schon hier unten im kreisförmigen Foyer schlägt mir ein unangenehmer Geruch entgegen. Es riecht muffig und abgestanden, als hätte eine Rugbymannschaft nicht geduscht und wäre eine Nacht in einem schmierigen Club in Camden versackt.

Ich bemühe mich, mir mein Unbehagen nicht anmerken zu lassen, als wir eine gewendelte Gittertreppe hinaufsteigen. Trotz der frühen Uhrzeit ist es laut. Insassen brüllen herum, einige laufen in Jogginghose und Hoodie durch den schmalen Gang. Karl zieht mich mit einer Hand um meinen Oberarm gelegt an seine Seite. Rechts unter mir geht es in die Tiefe, doch Fallen ist unmöglich, da der Gang von einem Gitter abgesichert wird, das über alle Ebenen bis an die Decken reicht. Es sieht aus wie in einem Klischeegefängnis.

»Nichts für ungut, Mädchen, aber du wirkst ein bisschen naiv«, brummt Karl, als er mich weiter mit seinem großen Körper abschirmt und an einer Gruppe Männer vorbeiführt. Sie alle ziehen mich mit ihren Augen aus, doch als wir auf ihrer Höhe sind, reicht ein mahnender Blick meines Begleiters und sie ziehen sich in eine offene Zelle zurück. »Ein bisschen zu häufig *Prison Break* geschaut, was?«

Ich grinse ihn über die Schulter an. »Möglich. Ist das schlimm?«

»Nee«, brummt er und läuft mit großen Schritten weiter. »Will dir nur die Illusion nehmen, Kleines. Der Kerl, zu dem ich dich jetzt bringe, hat zwar ein nettes Lächeln, aber der hat Dinge getan, dafür wartet die Hölle auf ihn.«

»Ich will ihn nur interviewen, nicht heiraten«, gebe ich lässig zurück, obwohl sich in meinem Bauch die Aufregung sammelt. Vielleicht wird das heute ja ein guter Tag – und vielleicht beschert mir dieser Typ wirklich die Motivation, die ich brauche, um endlich das Buch fertig zu schreiben. »Hat er … hat er Frauen vergewaltigt?« Ich klinge definitiv ein paar Spuren zu neugierig und ja, keineswegs abgeschreckt.

Karl räuspert sich und wirft mir einen Aus-welcher-Irrenanstalt-bist-du-ausgebrochen-Blick zu, der irgendwie schon nachvollziehbar ist. Aber um ehrlich zu sein, ist es mir völlig egal, was dieser korrupte Wärter von mir hält. Das hier kostet mich immerhin eine Stange Geld – da will ich auch etwas dafür bekommen. Und das muss nicht unbedingt ein Goldzahn tragender Mittfünfziger sein, wenn es hier geeignetere Kandidaten gibt.

»Mord, Stalking, Zuhälterei, Hehlerei und Besitz und Handel mit Rauschgiften jeglicher Art … such dir was aus. Der Typ hat schon alles durch und dementsprechend seine nahe und ferne Zukunft in diesen hübschen Mauern gebucht. Je nachdem wie gut ihr euch versteht und du gewillt bist auszugeben, kannst du ihm Löcher über alles Mögliche in den Bauch fragen.« Wieder schenkt er mir einen eindringlichen Blick. »Er wird dich nicht anfallen können. Dafür sorge ich. Aber er ist keiner der Guten, auch wenn er dir mit seinem Lächeln vielleicht das Höschen wegschmelzen kann.«

Scheiße. Das klingt wie ein Jackpot. Und Karl scheint Humor zu haben. Meinetwegen muss er nicht dafür sorgen, dass der Typ mich nicht anfällt. Das sage ich nicht laut, nicht dass er mich wirklich in die nächste Irrenanstalt einweist.

Wenn er jetzt noch heiß ist ... komme ich allein für meine Gedanken wohl in die Hölle.

Karl bringt mich zu einem hell gefliesten Raum am Ende des Ganges, an dem sich eine Gefängniszelle an die andere reiht. In dem beengten Raum gibt es kein Fenster, er wird lediglich von einer einzelnen Glühbirne erleuchtet, die in der Mitte der Decke hängt. Ihr Lichtschein fällt auf einen winzigen quadratischen Tisch, an dem zwei Holzstühle stehen, die wirken, als gehörten sie in ein Museum.

Aber dass dieses Gefängnis nicht unbedingt das modernste seiner Art ist, ist ebenfalls klar.

»Setz dich«, weist Karl mich an und greift an den großen Ring, an dem unzählige Schlüssel klimpern und der an seinem Gürtel befestigt ist. »Ich sperre dich hier zu deiner eigenen Sicherheit ein. Gib mir fünf Minuten, vielleicht zehn, Mr Gallagher ist manchmal etwas unkooperativ.«

Das wundert mich ebenfalls nicht, bei den Straftaten, die er mir eben aufgezählt hat.

Als Karl schon in der Tür steht, folgt er meinem Blick auf die in den Tisch eingelassenen Ringe. »Genau«, bestätigt er meinen Gedanken, den ich noch nicht einmal gedacht habe. »Er wird dir nichts tun können, aber ich werde auch nicht danebenstehen.« Er räuspert sich. »Muss ja arbeiten.«

Schon klar. Das hier ist schließlich alles andere als üblich – oder üblich vielleicht schon, aber keineswegs so vorgesehen. Aber da irgendwas in meinem Hirn wohl recht falsch gepolt ist, macht mir die Aussicht, gleich mit einem – hoffentlich heißen – Schwerverbrecher eingesperrt zu sein, alles andere als Angst.

Kapitel 4
Caleb

»Gallagher! Dein Typ wird verlangt!« Karl steht mit seinen Schlüsseln klappernd in der schmalen Zellentür und sieht mich mit einem Grinsen auf dem breiten Gesicht an, das ich an ihm noch nie gesehen habe. Er wirkt fast verschmitzt, und das um diese Tageszeit. Draußen ist es noch finster und der Raum wird nur von der grellen Neonröhre an der Decke mit flackerndem grellem Licht erhellt. Während ich mich an den Metallstreben des Bettes nach oben ziehe, um die schmale Treppe nach unten zu steigen, werfe ich einen Blick auf die Uhr oberhalb seines Kopfes. Kurz nach sechs. Keine Uhrzeit, bei der üblicherweise etwas von uns verlangt wird.

Ich habe nicht viel mit Karl zu tun. Er schleppt Duncan hier an, weil er einer der zahlreichen korrupten Beamten ist, ansonsten lässt er mich in Ruhe, weil ich ihm keinen Grund gebe, mich zu maßregeln. Keinen wirklichen Grund. Ich provoziere ihn manchmal – aber im Gegensatz zu den Gestalten, mit denen er es ansonsten zu tun hat, bin ich echt pflegeleicht. Anders als viele andere in dieser Anstalt ist er okay. »Schon wieder Brady?«, frage ich, glaube aber nicht wirklich daran. Das ist auch ihm zu früh. Timon liegt noch immer halb komatös auf seiner Matratze und obwohl wir bereits vor fünfzehn Minuten geweckt wurden, macht er nicht den Eindruck, bald wach zu sein. Seine Augen sind geschlossen und er schnarcht leise vor sich hin.

»Nee, was Besseres, wirste sehen.«

»Warum glaube ich da nicht dran?« Ich schnappe mir ein schwarzes Shirt, ziehe es über und schlüpfe in meine weißen Sneaker. »Küchendienst? Was habe ich verbrochen?«

Karl wedelt ungeduldig zur Tür. »Was Besseres, sagte ich. Da du dich so nett benimmst, dachte ich, komme ich dir mal etwas entgegen.« Ich hebe spöttisch einen Mundwinkel, als ich ihm auf den Gang folge, und lehne mich an die Gitter, die einen Freiflug ins Erdgeschoss verhindern, während er die Zelle offen lässt.

»Schließ ihn lieber wieder ein«, murmle ich, als ich die Mithäftlinge sehe, die langsam aus ihren Zellen kriechen und anfangen, die ersten krummen Dinger zu drehen. Es ist kein Geheimnis, dass hier offen gedealt wird. Genauso wie offen Gefälligkeiten mit den Wärtern getauscht oder Typen verprügelt werden, um seinen eigenen Stand zu demonstrieren. Nur ich bin so etwas wie die Schweiz. Ich werde in Ruhe gelassen und ich weiß genau, woran das liegt. Nur an Duncan Brady.

Dass wir einmal eine derartige Verbindung zueinander haben werden, hätte ich mir im Traum nicht einfallen lassen, aber ich hätte mir auch im Traum nicht einfallen lassen, meine Ex-Freundin zu schwängern oder auf Ethan reinzufallen. Meine rechte Hand, der mir meinen Posten als Londoner Untergrundkönig streitig gemacht hat. Wäre ich eher clean gewesen, hätte ich die Zusammenhänge gesehen. War ich aber nicht. Dennoch ist das ein Grund, warum ich mir geschworen habe, mit dem Zeug aufzuhören.

Nun hat Brady diesen Posten und es ist mir völlig egal. Mir geht dieser ganze Scheiß nur noch auf den Sack. Vielleicht wird es ja doch ganz nett in Frankreich. Ich sehe mich schon Baguette knabbernd in irgendeinem Café, während mir die Sonne ins Gesicht scheint und der Eiffelturm in unmittelbarer Nähe meiner Traumvorstellung den letzten Schliff Atmosphäre verleiht.

Hach ja.

Verbissen wende ich mich zum Gehen, als Karl die Tür tatsächlich wieder absperrt und vor sich deutet. Ich laufe los, er schließt zu mir auf und verkündet in einer Stimmlage, die impliziert, ich müsste jetzt vor Dankbarkeit ausflippen: »Du wirst interviewt und das hast du nur deinem netten Lächeln zu verdanken, Schönling!« Ich bleibe so plötzlich stehen, dass er mir in die Seite kracht und sich sein Schlüsselbund in meine Hüfte bohrt. »Kein Grund für eine derartige Vollbremsung«, knurrt Karl und schubst mich weiter. »Du wirst dich freuen, vertrau mir.«

»Vergiss es. Das mache ich nicht.« Ich bleibe erneut stehen und sehe ihn, so wütend, wie ich bin, an. In den letzten Monaten hat sich die Presse überschlagen, was ihre Berichterstattung zu Duncan, Tiger, Ethan und dem gesamten kriminellen Londoner Untergrund anging. Ich werde nicht den Punchingball spielen, der herumgeschubst werden kann, wie die Aasgeier von Pressefuzzis es möchten, nur weil ich im Knast nicht weit komme.

»Geh weiter!«

»Nein. Ich werde nichts sagen. Sparen wir uns also die Mühe und gehen zurück. Ehe ich irgendeinem Schmierblatt etwas ausplaudere, das mir da draußen doch nur den Kopf kostet, schäle ich dir lieber den ganzen Tag Kartoffeln.«

»Erstens ist das alles Schnee von gestern, wenn du hier wieder raus bist«, interveniert Karl entspannt. Er weiß aber auch nicht, dass ein Meisterdieb auf meine Freilassung angesetzt ist. »Und zweitens: Die junge Lady ist nicht von einer Zeitung. Glaube ich.« Etwas deutlicher schubst er mich an der Schulter weiter. Nur widerstrebend komme ich dieser subtilen Aufforderung nach. Ich kenne Karl – ihm ist es scheißegal, wen er in den Knast bringt, solange der Preis stimmt. Natürlich würde eine Journalistin bei einem derartigen krummen Deal nicht ihre wahren Beweggründe preisgeben. Karl weiß das auch, es ist ihm nur egal. Logisch. Ich bin nicht sein Freund und wie es mir da draußen ergeht, ist ihm ebenfalls scheißegal, auch wenn er grundsätzlich echt okay ist.

»Wovon dann, wenn nicht von einer Zeitung?«, frage ich dennoch, als wir die anderen Zellen hinter uns lassen.

»Ihr habt eine Stunde. Frag sie selbst.« Damit erreichen wir den Verhörraum. Er schließt die Tür auf und bedeutet mir mit einem großspurigen Grinsen im Gesicht einzutreten. Doch als ich nur einen Schritt über die Schwelle in den dunklen Raum mache, schnellt seine Hand hoch und er umfasst grob meine Schulter. »Sorry. Hab ihr versprochen, auf dich aufzupassen.« Ich reagiere nicht. Ich bin kein triebgesteuertes Tier, das sich auf das erste weibliche Wesen stürzt, das sich seit Monaten der Enthaltsamkeit wieder in greifbarer Nähe befindet. Karls Vorsicht verstehe ich dennoch. Es gibt durchaus solche Kandidaten, die sich diese Gelegenheit nicht entgehen lassen würden.

Vor allem, wenn sie *sie* sehen würden. Scheiße. Ich kann nicht verhindern, dass mein Blick an ihrem hängen bleibt.

Und sie starrt mich nicht weniger interessiert an. Jetzt weiß ich, was Karl damit meinte, ich würde mich freuen. Scheißegal, wer sie ist: So etwas wie dieses heiße Mädchen habe ich in den letzten Monaten nicht mehr zu sehen bekommen. Frauen existierten für mich nur noch als

Pin-up-Girls auf den einschlägigen Zeitungsausschnitten, mit denen die meisten Wände im Knast tapeziert sind.

Sie ist nicht so billig wie diese Pornosternchen und damit leider genau mein Beuteschema. Ich stehe auf unschuldige Frauen – junge Frauen –, auf solche, die ihre Bluse in der Öffentlichkeit bis ans Kinn knöpfen und im Bett die kleine Tigerin herauslassen.

Paige war genau so eine Frau. Oder *ist*. Nur eben nicht mehr für mich.

Ihre Schwester war das nicht, aber das lag wohl an ihrem Alter. Sie war zu jung, zu unerfahren und meine Zeit und Motivation reichte nicht aus, um aus ihr das zu machen, was ich in meinem Bett haben wollte. Die kleine Liaison mit Lizzy gehört nicht zu den Glanztaten meiner Vergangenheit und zeugt nur einmal mehr davon, wie tief ich gesunken bin, um meine Macht im Londoner Untergrund erhalten zu wollen. Und erhöht gleichzeitig meine Motivation, es nun besser zu machen.

Obwohl ihre Miene unbeteiligt wirkt, als Karl mich in den Raum dirigiert und auf den Stuhl gegenüber von ihr drückt, sehe ich, wie sie mich mustert.

Ich weiß, wie ich auf Frauen wirke, und auch sie scheint keine Ausnahme zu bilden. Ich erwidere ihren Blick entspannt, als Karl meine Handgelenke in die dafür vorgesehenen Handschellen auf dem Tisch legt und verschließt. Das Metall schneidet kalt und hart in meine Haut und verhöhnt mich wieder einmal aufs Neue. Ich bin verdammt am Arsch. Und das völlig zu Recht.

»Hast du dich im Griff, Tiger?«, spottet Karl und legt

mir eine Hand auf die Schulter. Ich schüttle sie ab und lehne mich, soweit es die Fixierung zulässt, zurück, ohne den Blick von der rothaarigen Schönheit zu nehmen. Dieser Stuhl und auch dieser Tisch sind viel zu klein für mich. Vermutlich sehe ich aus wie ein Erwachsener an der Puppentafel – völlig deplatziert.

Ich sehe dennoch, wie ich sie allein mit dieser Geste und mit meiner Pose einschüchtere. Ihr Puls an ihrem Hals rast, die Knöchel ihrer Finger, die sie um ihren Block verkrampft hat, treten weiß hervor. Sie schluckt mehrfach, bevor sie den Blick nicht mehr halten kann und Karl hinterhersieht, der uns allein lässt.

»Ähm, hallo. Ich bin Eden«, sagt sie mit einer zarten Stimme, die mir unter die Haut kriecht. Selten habe ich so intensiv auf eine Frau reagiert wie auf sie. Sofort schießt der Gedanke durch meinen Kopf, wie sie klingt, wenn sie meinen Namen stöhnt und die Sanftheit in ihr durch raue Heiserkeit ersetzt wird.

Gottverflucht, ich bin verdammt untervögelt.

»Caleb«, erwidere ich entspannt und neige den Kopf, was ausreicht, dass sie unruhig auf dem harten Stuhl nach vorne rutscht. »Und was möchtest du von mir?«

Sie hebt das zarte Kinn und trotz des gedämmten Lichts kann ich ihre grünen Augen funkeln sehen. Scheiße, ich bin echt auf Frauenentzug.

»Ich schreibe ein Buch und brauche Erfahrungsberichte von ... von jemandem, der all diese Dinge erlebt hat.«

Verdutzt hebe ich eine Augenbraue. »Ein Buch? Ein Krimi, oder was? Was willst du wissen?«

Sie wackelt deutlich unschlüssig mit der Nase, bevor sie ihre Arme auf den Tisch zwischen uns ablegt und mich fester ansieht. »So was in der Art. Es wäre vielleicht ganz gut, wenn wir damit anfangen, dass du mir erzählst, warum genau du hier drinsitzt.«

Auf diese Masche falle ich nicht rein. Ich setze mich aufrechter, wende den Blick ab und schüttle den Kopf. »Nein, Mäuschen. Wenn du nicht weißt, wer ich bin, werde ich dir ganz sicher nicht die Munition liefern, die sie dort draußen gegen mich brauchen. Nichts für ungut, aber ich bin ein skeptischer Mensch und obwohl du wirkst, als würdest du kein Wässerchen trüben können, sehe ich dir an der Nasenspitze an, dass das nicht die ganze Wahrheit ist.«

»Ich schreibe ein Buch und brauche Erfahrungsberichte«, beharrt sie stur. »Karl hat dich Tiger genannt. Meint er damit …?«

»Meint er nicht«, unterbreche ich sie harsch. »Ich bin nicht Tiger.«

»Warum hat er dich dann so genannt?«

Ich verenge die Augen. Sie ist jetzt schon nervig. Aber das sind Frauen häufig, wenn sie ihren Mund aufmachen und ihn zum Reden benutzen. »Weil Karl sich selbst zu lustig findet.«

»Aha.« Sie schlägt ihre Beine übereinander, was ich durch die Tischplatte nicht genau verfolgen kann, dabei würde ich gern einen näheren Blick darauf werfen. Stattdessen begnüge ich mich mit ihrem Oberkörper, der in einem verdammt engen schwarzen Rollkragenpullover steckt, der ihre Körperform hervorragend betont. Ihre Brüste sind klein, aber vorhanden, das reicht. Und trotz der winterlichen Temperaturen draußen trägt sie keinen BH, was ich durch ihre Nippel, die sich durch den geriffelten Stoff drücken, hervorragend ausmachen kann.

Ob sie das absichtlich macht? Mit ihren Reizen spielen, damit ich Dinge ausplaudere, die sie für was auch immer benötigt? Ich glaube nicht an die Buch-Theorie.

Sicher ist sie eine Praktikantin bei einem schmierigen Magazin, vielleicht dem *Guilty Pleasure*, und versucht auf diese unschuldige Weise, Insiderinfos für ihren Chef aus mir herauszubekommen.

»Okay, Caleb«, wieder betont sie meinen Namen so, dass mein Schwanz sich regt, »hast du jemals einen Menschen getötet?«

Ich schmunzle, weil mir nicht entgeht, wie ihre Stimme am Ende der Frage nach oben geht, obwohl sie sich souverän geben will. »Ja.« Das haben schließlich etwa achtzig Prozent der Insassen hier.

Ihre Augen funkeln, als sie sich leicht nach vorne lehnt und mich ansieht. Zu meiner Überraschung stellt sie nicht die Frage, die ich danach erwartet habe. Sie fragt nicht, wie ich mich als Mörder fühle. »Hast du je eine Frau vergewaltigt?«

Ich schnaube frustriert. »Glaub mir, Mädchen. Ich bin alles andere als ein unbeschriebenes Blatt, aber ich kann dir versichern, dass jede Frau, die je mit mir geschlafen hat, nichts dagegen hatte.« Ich sehe ihr in die Augen, als ich anfüge: »Und das waren eine Menge.«

Ich kann genau sehen, wie sie schluckt, als sich in ihrem süßen Köpfchen Bilder abspielen. Bilder, die auch ich mir in dieser Sekunde vorstelle. Es würde sicher Spaß machen, sie unter mir liegen zu haben. Sie zu ficken, während sie mich mit diesen grün strahlenden Augen ansieht; anfleht, ihr mehr zu geben, und sich in meinen Rücken krallt.

Aber das funktioniert im Knast ohnehin nicht.

Dennoch kann ich es nicht lassen, sie etwas aus dem Konzept zu bringen. »Karl lässt uns noch eine Weile in Ruhe. Ich weiß in etwa, wie viel du für diesen Termin geblecht hast. Da ich dir nicht das geben kann, was du wohl von mir erwartest, könnten wir deine teuer bezahlte Zeit anderweitig nutzen.« Ich nicke auf meine gefesselten Hände. »Ich kann leider nicht viel tun, aber du könntest unter dem Tisch abtauchen, wenn du herausfinden willst, was andere Frauen so an mir fasziniert.«

Sie schnaubt und sieht kurz auf die Tischplatte, als würde sie trotz ihrer ablehnenden Geste genau darüber nachdenken. »Also bist du nur wegen Mordes hier drin?«, fragt sie nach ein paar Sekunden.

Nur. Sie ist witzig.

Ich zucke achtlos mit den Schultern und kann mir das Grinsen nicht verkneifen, als sie mürrisch anfängt, mit der Spitze ihres Kugelschreibers auf dem Block herumzuklopfen. »Was? Ist dir ein Mörder zu langweilig? Was brauchst du für deine Story? Einen triebgesteuerten Massenmörder, der die Frauen erst vergewaltigt, bevor er sie in ihre Einzelteile zerlegt und im Wald vergräbt? Sorry, aber das bin ich nicht.«

»Nee«, macht sie gedehnt, und doch glänzt etwas in ihren Augen, das mich zugegebenermaßen neugierig macht.

»Na los, rück schon raus damit. Was will dein Chef von mir?«

»Ich habe keinen Chef«, sagt sie deutlich genervt und steht auf. »Es war eine dumme Idee herzukommen.« Denke ich auch. Nein, denke ich eigentlich nicht. Allein für diesen Anblick, den sie abgibt, hat es sich doch gelohnt. Ihr kupferfarbenes Haar fällt ihr glatt über die Schulter und trotz der Distanz kann ich den Pfirsichgeruch ihres Shampoos deutlich ausmachen. Ihr Hintern in der schwarzen, engen Jeans ist rund und wie gemacht dafür, dass man ihn in seinen Händen hält, während sie auf einem reitet.

Peach. Scheiße, wäre sie meine, hätte ich schon einen Spitznamen für die Kleine. Ich hatte nie Probleme damit,

Frauen aufzureißen. Frauen für eine Nacht hatte ich massenhaft. Frauen, die ich darüber hinaus interessant fand, gab es nicht oft. Genau genommen nur eine und diese habe ich mit meiner krankhaft entwickelten Obsession ihr gegenüber in die Arme meiner Feinde getrieben.

Aber Peach hier könnte interessant werden. *Sie sollte besser gehen.*

Ich schmunzle, als sie ihre dicke Winterjacke vom Stuhl reißt, ihr Zeug in eine Tasche wirft und mit beidem bepackt an die Tür hechtet und dagegenschlägt.

»Spar dir die Mühe«, sage ich nach ein paar Minuten, in denen sie immer hektischer wird. »Karl kommt nach exakt einer Stunde. So lange wirst du dich wohl oder übel mit meiner Anwesenheit begnügen müssen.« Ich nicke auf meine Hände. »Ich kann dir nichts tun, also hör auf, so ängstlich zu sein.« Ich mag keine ängstlichen Frauen.

Nicht mehr, seit Paige mich derart angsterfüllt angesehen hat, als sie erfahren hat, wer ich all die Jahre war.

Denn ich war Tiger, auch wenn Ethan mir diesen Posten gestohlen hat und sich seither für mich ausgibt. Natürlich funktioniert das, denn Tiger ist lediglich eine Illusion. Er kann jeder sein, der gerade die Fäden in der Hand hält. Ich mag ein ungehobelter Scheißkerl sein, aber ich bin durchaus in der Lage, zwischen Feinden und keinen Feinden zu differenzieren. Dieses junge Ding ist definitiv kein Feind – zumindest keiner, der einer körperlichen Reaktion von mir bedürfte. Vermutlich will sie mich mit ihrem dämlichen Artikel ausschlachten, aber da ich es nicht so weit kommen lassen werde, hat sie nichts von mir zu befürchten.

»Ich bin nicht ängstlich, ich bin desillusioniert, das ist ein Unterschied«, faucht sie über ihre Schulter und hämmert weiter auf die Tür ein.

»Aha. Und warum? Dachtest du, ich würde dir mir

nichts dir nichts alle Geheimnisse der vergangenen Jahre ausplaudern, um damit selbst mein Grab zu schaufeln? So naiv wirst du doch hoffentlich nicht sein, wenn du für eine Zeitung arbeitest!«

Sie wirbelt aufgebracht auf dem Absatz herum. »Mich interessieren deine Geheimnisse einen Scheißdreck, ich will doch bloß wissen, wie ich authentisch schreiben kann, dass ...« Sie bricht den Satz ab, beißt sich auf die Unterlippe und schüttelt den Kopf, als würde ihr in derselben Sekunde klar werden, wie dämlich ihre Idee war, ausgerechnet hier nach Antworten zu suchen. »Vergiss es. Ich hätte nicht herkommen sollen. Diese hundert Pfund könnte ich deutlich besser investieren.«

»Authentisch beschreiben, wie jemand wie ich alles verlieren konnte, obwohl ich alles hatte?«

»Wie gesagt, du und dein armes Schicksal sind mir völlig egal.«

Und so, wie sie mich anstiert, das Haar entschlossen über die Schultern wirft, glaube ich ihr das. »Okay, Peach. Dann pflanz deinen süßen Hintern wieder auf den Stuhl und versuch mal, etwas genauer zu formulieren, was du wissen willst. Wäre ja schade um deine Kohle, wenn unser Treffen so endet, hm?«

Ich sehe erstens genau, wie sie bei meinem Kosenamen für sie zusammenzuckt. Es gefällt ihr, wenn ich sie so nenne – ihre Lider flattern hektisch und ihre Pupillen zucken wild hin und her, weil sie sich auf keinen Ort zum Fixieren einigen können. Und zweitens erkenne ich, wie sich die Gedanken hinter ihrer Stirn überschlagen, aber dann setzt sie sich in Bewegung, schmeißt ihre Tasche auf den Tisch und ihre Jacke hinterher. Zischend sehe ich zu ihr auf. »Wärst du so freundlich, diese Gesteinsbrocken von meinen Fingern zu nehmen? Ich würde meine Hand gern behalten. Und es ist unfair, auf jemanden loszugehen, der sich nicht wehren kann, findest du nicht?«

Erst da wird ihr bewusst, wo sie ihre Tasche abgestellt hat. Jegliche Farbe weicht ihr aus dem Gesicht und sie reißt sie zurück, bevor sie geistesgegenwärtig nach meinen Fingern greift. »O Gott, das wollte ich nicht, ich ...«

Sie hält inne, als ich ihre Handgelenke packe, und weicht mit ihrem Oberkörper zurück. »Oh, wie naiv du bist«, stelle ich lachend fest und lasse sie gleichzeitig los, als ich die Angst nun doch in ihren Augen aufblitzen sehe. Ungern. Ihr Pfirsichgeruch, der mir, so nah an ihr dran, in die Nase steigt, verleitet mich spontan zu ganz anderen Dingen. Und ich bin nach wie vor absolut ausgehungert. »Hätte Karl dich mit einem übleren Typen hier eingesperrt, hätte das hier nun ganz anders ausgehen können. Du solltest besser aufpassen – gerade dann, wenn du dich in solchen Kreisen bewegst. Es wurden schon Journalisten für viel weniger umgebracht. Das ist kein ungefährlicher Job und das hier ist ein verdammter Knast für Männer wie mich, die nicht sonderlich viel Moral haben.«

Mit stoischer Miene lässt sie sich auf den Stuhl fallen. »Du scheinst ja echt etwas zu verbergen zu haben. Aber ich bin immer noch keine Journalistin. Ich will mein Buch schreiben und komme nicht voran, weil mich meine Hochzeit unter Druck setzt.«

»Aha«, mache ich irritiert. Wie das zueinanderpasst, verstehe ich noch nicht genau, aber gut. Irgendwie finde ich sie interessant. Und ein Ausgleich zum schnöden Knastalltag ist diese Schönheit allemal. Ich sollte sie nicht vergraulen. Also nicke ich ihr auffordernd zu. »Dann versuch endlich, deine Frage vernünftig zu formulieren, vielleicht kriegst du dann eine richtige Antwort von mir.«

Kapitel 5
Eden

Es war eine dumme Idee, das merke ich auch, als all meine Traumvorstellungen plötzlich realer sind, als ich mir je ausgemalt habe.

Und so verdammt real, dass ich ahne – nein, weiß –, dass es eben doch einen Unterschied zwischen Realität und Fantasie gibt. Dieser Rockstar-Verschnitt mit dunkler Vergangenheit kann mir ganz bestimmt genau erläutern, wie er einen Menschen ermordet hat, aber so wie er grinst, sehe ich das Psychopathische in seinem Wesen ganz deutlich. Normale Leserinnen und ich haben überhaupt nichts von diesen Erläuterungen, das weiß ich, ehe er sie ausspricht. Bücher – und gerade die in diesem Genre – sollten eine reine Traumvorstellung bleiben. Und vielleicht sollten sie auch unrealistisch bleiben, denn die Realität ist nicht so rosig, wie sie es in meinen Büchern zumindest am Ende zwingend wird.

Wenn dieser Typ mich ermordet, bleibt nicht viel vom rosaroten Happy End.

Warum bin ich nur hergekommen?

»Womit genau habe ich dich jetzt erschreckt, Peach?«, will er interessiert wissen und sieht mich so durchdringend an, wie er es schon die ganze Zeit über tut, seit er mich zum ersten Mal gesehen hat. Sein Blick aus diesen palisanderfarbenen Augen geht so tief, dass ich mich fühle, als stünde ich nackt vor ihm. Dabei habe ich extra den hochgeschlossensten Pullover angezogen, den mein Schrank hergegeben hat. Und dann dieser Kosename. Es sollte mir nicht gefallen, wie er mich nennt.

Damit, dass du mir auf erschreckend deutliche Weise die Augen geöffnet hast, dass ich wirklich scheiße naiv bin, würde ich gern sagen. Ich sehe auf seine Hände, die vollständig tätowiert sind. Die dunklen Motive ziehen sich über seine muskulösen Arme, bis sie unter den Ärmeln seines schwarzen Shirts verschwinden. Er ist genau der Typ Mann, den ich in meinen Büchern seitenlang beschreibe und auf einen Thron setze, auf den er nicht gehört. Er hat wirklich Menschen getötet. Mit diesen Händen. Und obwohl ich gerade das noch vor wenigen Minuten irgendwie gehofft habe, bin ich froh, dass er keine Frauen vergewaltigt hat.

Vorausgesetzt, er hat mir die Wahrheit gesagt.

»Ich bin froh, dass du da angekettet bist«, gebe ich nach einer Weile zu, was er mit einem Grinsen beantwortet, das ein Kribbeln in meinem Bauch auslöst. Ich dachte immer, ich würde es gut finden, wenn ein solcher Typ sich auf mich stürzt. Aber allein die Vorstellung, er wäre frei und würde mich packen und ... okay, die Vorstellung gefällt mir nach wie vor. Aber dennoch macht sie mir Angst. Weil ich in Wahrheit weder vergewaltigt noch ermordet werden will. Und beides traue ich diesem Typen zu, sonst würde er ja nicht hier sitzen. Angekettet.

»Ich auch, sonst könnte ich wohl für nichts garantieren«, witzelt er und lässt mich nicht aus den Augen, als ich mich wieder setze. Sein Zwinkern wirkt völlig deplatziert, und doch habe ich den Eindruck, dass er mir keine Angst machen will. Sonst hätte er mich ja auch nicht so schnell wieder losgelassen, als ich – dumm, wie ich war – zu nah an seine Hände gekommen bin. »Also. Erklär mir, was deine Hochzeit und dein Buch mit mir zu tun haben.« Er rutscht auf dem Stuhl nach hinten, um ganz offensichtlich eine bequemere Position zu finden. »Und in dem Zuge vielleicht noch, warum du dich in deinem Alter schon fest binden willst. Wie alt bist du? Maximal zwanzig, richtig?«

»Gut erkannt«, gebe ich zu. »Und freiwillig ist daran gar nichts. Ich will wirklich ein Buch schreiben, damit ich mit dem Erlös davon abhauen kann. Aber dafür muss ich mich beeilen und ... ich kann unter Druck nicht.«

Caleb brummt etwas, während er mich weiter mit seinen dunklen Augen mustert. Ich bemühe mich, seinem Blick standzuhalten, auch wenn das bei dieser derartigen Intensität seiner Ausstrahlung mehr als schwierig ist. »Wie kann eine Hochzeit nicht freiwillig sein? Wir leben im einundzwanzigsten Jahrhundert.«

»Danke für die Erinnerung«, brumme nun ich. »Aber in der reichen Elite des Landes ist das noch gang und gäbe. Unsere Familien profitieren von unserer Verbindung.«

»Reich also?« Sein Grinsen wird breiter, als er an mir heruntersieht. Sein Blick ist mir nicht unangenehm. Im Gegenteil. Es fühlt sich an, als würde er mich damit streicheln. Jede Hautpartie steht unter Flammen, und das, obwohl er sie durch meine lange Kleidung gar nicht erkennen kann. Er ist leider genau der Typ Mann, den ich interessant finde – völlig ungeachtet dessen, was er in der Vergangenheit getan hat. Ein bisschen überschneiden sich Wunschvorstellungen und die Realität also doch.

»Klingt nicht so gut, wie man annimmt«, wiegele ich ab. »Ich komme an das Geld nicht heran. Sonst wäre ich schon lange weg. Mein Ehemann wurde mir schon mit drei Jahren versprochen. Meine Jungfräulichkeit ebenfalls.« Ich kann dabei zusehen, wie seine Augenbrauen ganz langsam in die Stirn klettern. Der dünne schwarze Ring in seiner rechten Braue glänzt im flackernden Licht, und doch sehe ich schnell zurück in seine Augen, die auf meinen liegen.

»Jungfrau also«, wiederholt er leise und so, wie er es ausspricht, weiß ich, dass ihm die Vorstellung gefällt. Und da in meinem Kopf wirklich etwas nicht ganz richtig zu sein scheint, löst dieser stechende Blick vor allem eins in mir aus: Ich grinse ihn an und zwinkere ihm zu, was ihm prompt ein leises Knurren entlockt. »Scheiße, ich stehe auf Jungfrauen«, gibt er unumwunden zu, was ich schon in seinen Augen lesen konnte.

»Warum?«, frage ich neugierig nach. »Vermutlich gebe ich bei meinem ersten Mal nicht die beste Performance ab. Da kann es die Männer doch besser treffen als mit mir, oder?«

Sein Grinsen wird breiter und etwas blitzt in seinen Augen auf, das ich meine deuten zu können. Ihm gefällt meine Antwort. »Nun ja. Wenn der Mann es richtig macht, hat die Frau nicht viel zu tun.« Er lehnt sich ein Stück vor und ich weiche nicht zurück. So nah an ihm dran, kann ich ihn riechen, was meinem Bauch den nächsten Salto beschert. Er riecht männlich und nach irgendeinem Duft, der wie die Faust aufs Auge zu ihm passt. Es ist eine hölzerne Note, die nur dafür sorgt, dass ich mich am liebsten näher in seine Richtung lehnen würde, um in diesem Duft zu baden. »Außer es zu genießen und sich so formen zu lassen, wie man es braucht. Im besten Fall ist es eine Win-win-Situation für beide. Aber zugegeben, viele Männer bekommen das nicht hin, und viele Frauen ebenfalls nicht.« Er tippt sich an die Stirn. »Da ist hier oben zu viel los, wenn du verstehst, was ich meine.« Seine Worte brauchen ein paar Sekunden, um in meinem Hirn anzukommen.

Meine Kehle fühlt sich an wie zugeschnürt und ist so trocken, als hätte ich versehentlich einen Löffel voll Mehl inhaliert. Dabei redet er nur von einer Frau und einem Mann – nicht von uns. Von ihm und mir, auch wenn sein intensiver Blick etwas völlig anderes sagt. Ich glaube, ich habe noch nie einen Mann kennengelernt, der es schafft, nur mit seinen Augen – und seinem Geruch – so viel in mir auszulösen. Und ich weiß nicht, ob das an der Gefahr liegt, von der ich weiß, dass sie von ihm ausgeht. Oder von ihm. Letzteres wäre ein sehr großer Zufall. Das wäre es doch, nicht wahr? Ein Zufall. Ich finde ihn bestimmt nur derart anziehend, weil er die Verkörperung meiner dunkelsten Träume ist.

Ich mache mir nur selbst etwas vor.

»Ich verstehe«, krächze ich und richte mich nun doch auf, um seiner einnehmenden Persönlichkeit wenigstens ein paar Zentimeter zu entkommen. »Du scheinst ja ein Experte auf dem Gebiet zu sein. Wie oft hast du das schon gemacht?«

Caleb grinst. »Eine Frau entjungfert? Ein paarmal.«

Und so überzeugt, wie er von sich selbst wirkt, muss ich gar nicht großartig nachhaken. Er scheint mit seiner »Leistung« zufrieden zu sein. Und die Frauen ganz bestimmt auch, auch wenn das eine nicht beweisbare Annahme ist.

»Okay, und wie sind wir jetzt auf dieses Thema gekommen?«, murmle ich eher zu mir selbst als zu ihm. Er antwortet trotzdem.

»Du hast es ganz allein ausgeplaudert, Prinzessin.« Seine Überheblichkeit, die er eigentlich gar nicht besitzen dürfte – schließlich ist er derjenige, der im Knast sitzt –, gefällt mir. Viel zu gut. Genauso wie mir dieser ganze Typ viel zu gut gefällt.

»Es ändert ja auch nichts.« Ich lehne mich auf dem Holzstuhl zurück und mache mir gar nicht erst die Mühe, meinen Block wieder aus der Tasche zu nehmen. Ich denke nicht, dass ich verwertbare Informationen bekomme. Ein kurzer Blick auf die Uhr oberhalb der Tür bestätigt, dass wir noch etwa zehn Minuten haben. *Die Zeit ist vergangen wie im Flug.*

Und ich bin nicht mal zehn Zentimeter weitergekommen.

»Überlegst du wieder zu flüchten?«

»Nein. Ich überlege, wie ich dir mein Anliegen klarmachen kann, ohne dass du mich auslachst. Dieser Besuch war schließlich teuer, vor allem da ich Geld ausgebe, das ich eigentlich gar nicht übrig habe.«

Wieder schmunzelt er und seine Arme spannen sich an, als er sein Gewicht verlagert. »Du scheinst ja nicht auf den Mund gefallen zu sein. Also einfach raus damit.«

Ich atme tief ein, dann zucke ich mit den Achseln, als wäre es völlig selbstverständlich zu erzählen: »Ich schreibe eine Dark-Romance-Geschichte und muss vernünftig rüberbringen, wieso die Protagonistin es gut findet, von zwei fremden Männern in einer Gasse überwältigt zu werden.«

Caleb lacht nicht. Stattdessen runzelt er die Stirn. »Überwältigt und vergewaltigt zu werden? Hast du deshalb gefragt, ob ich dafür einsitze?«

»Möglich«, wispere ich. Ja verdammt, meine Frage ist mir unangenehm, aber ich habe hundert Pfund meines eisernen Ersparten hierfür auf den Kopf gehauen.

»Da kann ich dir nicht helfen, weil das unlogisch ist.«

»Ist es nicht.«

Sein spöttisches Grinsen nagt an mir. Ich komme mir

in seiner Gegenwart völlig naiv vor – und vielleicht bin ich das auch –, aber ich habe schon Bestseller geschrieben. Dann ist es halt unlogisch – solange es gelesen wird, ist doch alles gut.

»Das behauptet die Frau, die noch nicht einmal Sex hatte. Ich bin mir sicher, dass du anders darüber denkst, wenn du den Unterschied einmal am eigenen Körper erlebt hast.«

»Natürlich stellen wir Frauen uns nicht vor, dass der Typ hässlich ist und alt und ... und warum diskutiere ich überhaupt mit dir darüber?«

»Ich versteh schon. In der Realität gibt es das nicht. Selbst wenn der Typ heiß ist, der dich überfällt, ist der Sex in der Gasse nicht automatisch geil.« Er lacht dumpf auf. »Nicht mal für den Typen.«

»Also hast du es doch getan? Oder warum weißt du das?«

»Nerv mich nicht, Peach«, grollt er sofort. »Es macht keinen Spaß, wenn die Frau nicht will und man sie zwingen muss.«

»Also weißt du es do-«

»Nein, verdammt. Ich habe eine Menge Scheiß durch, aber das nicht.« Sein Gesichtsausdruck verfinstert sich und er wendet den Blick ab. Das scheint sein wunder Punkt zu sein. Ich sehe, dass das noch nicht die ganze Wahrheit ist. Er reagiert ziemlich emotional auf dieses Thema – wesentlich emotionaler als auf seinen gestandenen Mord.

»Okay«, sage ich daher nur.

Er nickt langsam, als würde er das akzeptieren. »Du meinst etwas anderes. Viele Frauen stehen darauf, vom stärkeren Part – also in den meisten Fällen dem Mann – dominiert zu werden. Das ist geil. Aber auch da sind beide sich einig darüber, was geschieht.« Er grinst wieder.

»Das findet man ganz schnell heraus, ob das etwas für einen ist, wenn man etwas mehr Erfahrung hat als gar keine.«

Ich verdrehe die Augen und spüre den Stich seiner Worte dennoch. Völlig zu Recht. Er hat recht, na klar. Ich bin ja nicht doof. Nur verzweifelt. »Ich habe verstanden, dass es eine dumme Idee war hierherzukommen.«

»War es nicht«, sagt er zu meiner Überraschung. »Zumindest meinen Tag hast du damit gerettet, Peach. Es kommt nicht so häufig vor, dass ich so süße Mädchen wie dich hier drin zu Gesicht bekomme.« Wieder dieses Zwinkern, das mir nicht derart gut gefallen dürfte. Ich presse die Lippen aufeinander und greife nach meiner Tasche, was er mit einem Schnalzen unterbindet – und ich gehorche. Langsam nehme ich meine Hand vom Griff und starre ihn unschlüssig an. »Komm wieder. Ich überlege mir etwas für dein Problem.«

Die Enge, die ich in meinem Brustkorb fühle, ist neu. »W-warum solltest du das tun?«, stammle ich irritiert. »Und was könntest du bitte von hier drin tun?« Mir ist klar, dass er nicht mein Buch-Problem meint. Es ist deutlich geworden, wie wenig er davon hält.

»Weil eine Frau wie du nicht mit irgendeinem Wicht verheiratet werden sollte und …« Er räuspert sich. »Ich habe hier drin ja Zeit. Ich hör mich mal um. Und vielleicht kann ich dir beim nächsten Mal schon eine Eins-a-Vergewaltigungsstory liefern, nach der du garantiert nicht mehr den Drang verspürst, das erleben zu wollen.«

Bevor ich darauf etwas sagen kann – ich will es schließlich *nicht* erleben, Himmelherrgott –, höre ich den Schlüssel im Schloss und kurz darauf füllt Karls große Gestalt den Türrahmen aus.

»Na, hattet ihr es schön zusammen?«

»Gib ihr Rabatt, sie hat es nicht so dicke«, erwidert

Caleb, ohne auf seine Frage einzugehen. Karl fängt an zu lachen und winkt mich mit einer weiten Geste seines Armes zu sich.

»Vergiss es. Ich riskiere mit diesen Gefälligkeiten meinen Job. Das lasse ich mir bezahlen.«

Ich erhebe mich steif vom Tisch, schlüpfe in meine Jacke, klemme meine Tasche unter den Arm und spüre Calebs Blick, als er mich unverhohlen mustert.

Ach – verdammt. So sollte das nicht laufen. Statt zu wissen, wie ich meine Szene angehen soll, mache ich mir Gedanken, was dieser Schwerverbrecher von mir hält. Mit zusammengepressten Lippen erwidere ich seinen Blick knapp, als ich mich an Karl vorbei aus der Tür drücke. Ich spüre ihn nach wie vor auf meiner Haut. Er verfolgt mich, auch als die Tür schon längst hinter uns ins Schloss gefallen ist.

Und weil ich nichts mehr zu verlieren habe und Karl mir tatsächlich fünfzig Prozent »Schülerzeitungsrabatt« gewährt, vereinbare ich direkt den nächsten Termin mit ihm.

Ich bin hoffnungslos verloren.

Doch wenn mein Ende schon geschrieben steht, wähle ich wenigstens die spannendere Variante. Wohin auch immer mich das führen wird.

Kapitel 6
Ciel

Eine warme Wand aus Luft empfängt mich, als ich von der Kälte der Straße in den noblen Club trete. Mich umsehend, ziehe ich mir die schwarze Mütze vom Kopf. Augenblicklich rieselt der Schnee auf den glänzenden Marmorboden und schmilzt. An der Garderobe werde ich meinen ebenfalls schwarzen Mantel los, gebe beides ab, bevor ich mich durch die dicht an dicht stehenden Menschen im Barbereich zur Theke durchkämpfe.

Wie immer ist in dieser Escort-Agentur die Hölle los. Duncan ist *die* Größe im Londoner Untergrund und dabei in etwa mein Pendant.

Unsere Geschäfte überschneiden sich in großen Teilen und da wir uns räumlich nicht in die Quere kommen – schließlich ist mein Spielbereich Paris –, arbeiten wir oft zusammen. Er hat mir schon ein paarmal aus der Patsche geholfen und ich ihm ebenfalls; gerade dann, wenn es um Kunstraub geht. Das ist mein Metier, viel mehr als die Drogen. Ich kann mit wesensverändernden Dingen nicht viel anfangen, ja ich hasse sie – und doch handle ich genau mit dem Zeug. Gezwungenermaßen.

Der Abschaum steht auf den Dreck – und ich an ihrer Spitze.

Ich gehe so weit, Duncan als Freund zu bezeichnen, dabei habe ich davon grundsätzlich keine. Nicht mehr. Und schon gar nicht in diesem Business.

Duncan tarnt seine kriminellen Tätigkeiten damit, dass er in seinem Keller verschiedene Spielzimmer unterhält – und die Frauen dafür gleich mit verkauft. *Auch nett.*

Ich lebe im Keller eines Museums. Ohne Frauen. Frauen sind genau für eine Sache gut und die hat etwas damit zu tun, was sich zwischen ihren Beinen verbirgt. Ganz davon abgesehen, dass keine Frau es allzu lange mit mir aushalten würde. Ich werde nicht denselben Fehler erneut machen. Und das meine ich auf zweierlei Dinge bezogen.

An der Bar sehe ich mich um, kann Duncan aber nirgendwo entdecken. Er sitzt weder in einer der Nischen vor dem Poledance-Bereich noch erkenne ich seine hochgewachsene, muskulöse Gestalt an einem der Stehtische. Mir ist zu Ohren gekommen, dass es vor einigen Monaten einen Anschlag auf ihn gab, der ihn um seine Position bringen sollte.

Früher – noch im Sommer, als ich ihn das letzte Mal gesehen habe und er untypischerweise in Begleitung eines völlig schüchternen Mädchens war – liefen seine Geschäfte hervorragend. Duncan ist kein Typ, der einknickt, aber den Gerüchten zufolge soll er sich zurückgezogen haben. Ich bin gespannt, wie seine Verfassung ist. Dass er sang- und klanglos aufgibt, kann eigentlich nur bedeuten, dass es ihn schlimm erwischt hat.

»Ciel«, ertönt eine tiefe Stimme hinter mir. Kurz darauf schiebt Duncan sich neben mich. Mit zwei erhobenen Fingern in Richtung eines Barkeepers, der auf sein

Erscheinen hin sich sofort vor uns in Stellung bringt, ordert er zwei Whisky, die binnen Sekunden vor uns abgestellt werden. »Freut mich, dass du es geschafft hast.«

»Ich mache gern mit dir Geschäfte, das weißt du doch.« Ich greife nach dem Glas, hebe es parallel zu Duncan in die Luft, bevor ich den goldenen Inhalt in einem Zug hinunterkippe. Wir stellen unsere Gläser klirrend ab, dann deutet Duncan mit dem Kinn in Richtung der tanzenden Frauen.

»Wollen wir uns setzen?«

»Sicher. Bei dieser Aussicht.« Duncans Mundwinkel umspielt ein dunkles Grinsen, als ich auf seine Frauen anspiele. Sie sind die besten des Landes, tun alles, was die Männer sich wünschen. Duncans Ruf in dieser Branche ist herausragend.

Während er mit großen, selbstbewussten Schritten vor mir hergeht, mustere ich ihn unauffällig. Als ich gehört habe, er ziehe sich aus den Geschäften zurück und hinterlasse seinem Angreifer wichtige Drogenrouten und Geschäfte, habe ich ihn im Geiste schon ans Bett gefesselt gesehen. Mit einer Bettpfanne.

Aber Duncans körperlicher Zustand ist wie immer. Vielleicht hat er ein bisschen Muskelmasse verloren, aber mehr kann ich nicht feststellen.

Wir setzen uns in eines der hinteren Separees, Duncan mir gegenüber. Er legt seine Hände auf dem Tisch ab, ich hingegen spähe über seine Schulter, um mein Interesse an seinen Tänzerinnen vorzugaukeln. Zu einer gut funktionierenden Geschäftsbeziehung gehört es, sich für seinen Partner zu interessieren, und vor allem: seine Arbeit zu respektieren und zu loben. Es ist vergleichbar mit einer Beziehung. Egal, wie groß die Liebe auch sein mag, bringt man seinem Partner oder seiner Partnerin – wie in meinem Fall – nicht genügend Aufmerksamkeit entgegen, fährt man das Ding gegen die Wand.

Wenigstens das habe ich aus der Sache von damals gelernt und ich werde diesen Fehler nicht noch einmal machen.

»Wie läuft's in Paris?«, will Duncan wissen und neigt kalkulierend den Kopf.

»Kann mich nicht beklagen.« Mein Lächeln ist einstudiert. Selbst wenn es anders wäre, würde ich es Duncan nicht erzählen. In der öffentlichen Wahrnehmung bin ich der charmante Underground-Boss aus Paris, der niemals das Gesicht verliert. Auch nicht – oder schon gar nicht – vor Geschäftspartnern. Ich mache mich nicht angreifbar.

Weil ich es bin. Und ich werde einen Teufel tun, jemanden erneut einen Blick auf meine andere Seite werfen zu lassen.

Die, in der ich nicht den freundlichen Sonnyboy mime. Die, in der ich zum skrupellosen Monster mutiere. Die, in der ich nicht mehr klar denken kann.

Die, die ich niemals mehr gewinnen lassen will.

»Ciel, unnahbar wie immer.« Duncan lächelt müde.

»Ich würde es dich wissen lassen, gäbe es ein Problem«, behaupte ich. »Die viel wichtigere Frage ist doch: Wie geht es dir? Stimmen die Gerüchte?«

Er nickt schmallippig und deutet mit einer knappen Geste auf die tanzenden Frauen. »Ich konzentriere mich auf diesen Geschäftszweig. Aber ...« Er hält im Satz inne und seine Augen verengen sich leicht, als seine Aufmerksamkeit kurz von etwas oder jemandem erregt wird, was ich von meiner Position nicht erkennen kann. Doch so schnell, wie dieser kurze, abgelenkte Moment gekommen ist, so schnell ist er wieder verschwunden und Duncans Miene glatt wie vorher.

»Aber«, nehme ich seinen Satzanfang auf und lehne mich auf der schwarzen Lederbank zurück.

»Aber darum soll es nicht gehen.« Ich bin mir sicher, er wollte eben noch etwas anderes sagen.

Doch als ich ihn nur skeptisch ansehe, macht er eine wegwerfende Handbewegung. »Wie läuft dein Plan?«

Ich zucke achtlos mit den Schultern. »Du warst derjenige, der den Trottel – deine Bezeichnung – eine Weile im Knast schmoren lassen wollte. Ich hätte ihn dir da schon am ersten Tag herausgeholt. Das wird ein Kinderspiel.« Das glaube ich wirklich. Ich weiß zwar nicht, warum Duncan so erpicht darauf ist, dass ich den Typen mit nach Frankreich nehme, aber ich werde es tun. Ich habe genug billige Posten für einen Mann wie ihn und wenn ich mich mit einer so leichten Aktion weiter mit Duncan gutstellen kann, kommt mir das nur gelegen.

»Er hat Scheiße gebaut, dafür darf er ruhig ein bisschen sitzen und sich verprügeln lassen.«

Ich hebe unbeeindruckt beide Brauen. »Soweit ich weiß, hast du deine schützende Hand über den Kerl gehalten.« Duncan brummt widerwillig.

»Ja, das habe ich.«

»Verrätst du mir den Grund dafür?« Duncan handelt sehr oft gerecht, oder zumindest versucht er es. Doch er ist kein Typ, der weich ist oder gar Mitleid zeigt. Jemanden im Knast zu schützen, ist nicht ganz einfach und Duncan wird eine Menge dafür geblecht haben.

»Weil er der biologische Vater vom Baby einer sehr guten Freundin ist«, vertraut er mir leise an. »Er sollte leiden, aber nicht aus Versehen im Grab landen. Das würde Paige nicht wollen.«

Verstehe.

Duncan neigt kalkulierend den Kopf. »Findest du Verwendung in Paris für ihn?«

Ich zucke achtlos mit den Schultern. Ich habe nicht unbedingt viel Motivation, den Trottel der Nation bei mir im Team aufzunehmen, aber da ich weiß, dass auch hier mehr dahintersteckt, werde ich ihm diesen Gefallen tun. »Du willst nicht, dass er wieder in ihre Nähe kommt, nehme ich an? Darum geht es doch?«

Duncan seufzt und reibt sich das Gesicht. Für kurze Zeit sieht er doch ... mitgenommener aus, als ich dachte.

»Ja. Ja, verdammt. Ich kann ihn nicht im Knast lassen, weil er genauso verarscht wurde wie ich. Aber ich kann ihn nicht selbst für mich arbeiten lassen. Dafür habe ich gerade ... nicht genug Kapazitäten. Er darf Paige unter keinen Umständen zu nahe kommen und das kann ich nicht garantieren, wenn er hierbleibt.«

Ich winke ab. »Schon verstanden. Wenn Caleb mir zu sehr auf die Nerven geht, werde ich in Frankreich schon einen entsprechenden Posten für ihn finden, wo er mir nicht jegliche Geduldsfäden strapaziert. Sag mir einfach, dass ich loslegen soll, und der Typ ist nicht länger euer Problem.«

Duncan nippt erneut an seinem Glas, ohne mich aus den Augen zu lassen. »Danke, Ciel.«

Ich zucke nur mit den Schultern. »Kein Problem.«

Duncan lacht leise auf. »Doch, natürlich ist es das. Ich weiß, um was ich dich hier bitte. Und ich würde es nicht tun, wenn ich diese Sache anderweitig angehen könnte.«

Das ist mir klar. Duncan regelt seine Probleme selbst. Und dass er das in diesem Fall nicht kann, zeigt mir, dass er im Hintergrund mit anderen Dingen beschäftigt ist. Mit Dingen, die er mir ebenfalls nicht verrät.

Aber das ist okay.

Ich erwidere seinen Blick nur kurz, bevor meine Aufmerksamkeit von einer der Tänzerinnen gefesselt wird, die aus dem hinteren Bereich tritt und eine Brünette ablöst. Nur mit rosa Nippelpads und einem gleichfarbigen String, der zwischen ihren prallen Arschbacken verschwindet, beginnt sie sich elegant an der Stange zu winden. Ich kann nicht leugnen, dass sie heiß ist.

»Das ist Wendy«, erklärt Duncan auf meinen interessierten Blick. »Eins meiner besten Mädchen. Sie erfüllt dir Fantasien, von denen du noch gar nicht wusstest, dass du sie hast.« Oh, ich weiß sehr genau, welche Fantasien ich habe. Ficken, Gehen. Das ist recht simpel. Und mit wem als mit bezahlten Frauen bekommt man so leicht den Sex zum Befriedigen der körperlichen Instinkte!

Ich habe keine Probleme, Frauen aufzureißen. Ich habe nur Probleme damit, sie wieder loszuwerden.

»Du bist selbstverständlich für heute Abend eingeladen«, fügt er hinzu.

Ich neige nachdenklich den Kopf, während ich Wendy dabei beobachte, wie sie an der Stange tanzt. Meine Blicke sind ihr nicht entgangen und da ich mit ihrem Chef am Tisch sitze, kann sie wohl eins und eins zusammenzählen. Obwohl einige ebenso interessierte Männer zwischen uns stehen, sieht sie mich an, als sie auf ihren hohen High Heels in die Knie geht und mir einen tiefen Ausblick auf ihre zusammengepressten Brüste gewährt, der trotz der Entfernung mehr als beeindruckend ist. Schlängelnd richtet sie sich wieder auf, ihre sündigen Lippen zu einem Lächeln gebildet. Oh, ich ahne, worum sie diese Lippen später noch schließen wird. Duncans Frauen eilt ein Ruf voraus und bisher hatte ich nie die Zeit, mich selbst davon zu überzeugen. Es sollen die besten käuflichen Frauen der Stadt sein – sogar des Landes. Dementsprechend hoch sind meine Erwartungen.

»Erst der Plan, dann dein Schwanz«, stellt Duncan brummend klar.

»Sicher«, murmle ich und tue so, als würde es mich Überwindung kosten, meinen Blick von der tanzenden Frau zu nehmen. »Ich will es mir nicht schwerer machen, als es ist. Weihnachten ist ein guter Zeitpunkt. Wir legen den Laden für ein paar Minuten lahm, fangen den Kerl ein und verschwinden.«

»Ist es so leicht, wie es klingt?«

Ich zucke achtlos mit den Schultern. »Dieser Knast ist nicht gerade eine Hochsicherheitszone. Ich werde mir nicht einmal selbst die Hände schmutzig machen müssen, sondern ganz entspannt im Van vor den Gefängnismauern warten.« Den Rest dürfen meine Lakaien übernehmen, immerhin machen die gerade auf meine Kosten eine Geschäftsreise nach London und amüsieren sich prächtig.

Duncans Augenbrauen kräuseln sich leicht, als er seinen Oberkörper über den Tisch neigt. »Unterschätz das nicht.«

Amüsiert verschränke ich die Arme. »Es wird ein Kinderspiel. Caleb muss nur ein bisschen mitdenken, und die Sache ist erledigt.«

Duncan bleibt skeptisch und gibt zu bedenken: »Er ist nicht gerade der Klügste.«

Ich winke ab und mein Blick schweift wieder zu der hübschen Tänzerin. Diesmal eine Spur interessierter. Ich bin schon zu lange nicht mehr in den Genuss eines Frauenkörpers unter mir gekommen. »Solange er nicht im Knast verbrennen will, wird er schon den Weg nach draußen finden. Ich setze ganz auf seinen Überlebensinstinkt.« Meine Hände halte ich vor mir in die Luft und deute eine Explosion an, um mein folgendes »Und puff!« zu unterstreichen. »Fertig.«

Duncan lacht leise auf. »Willst du den Knast ernsthaft niederbrennen?«

Mit dem Blick auf Wendy gerichtet, die alles gibt und mir ihre Vorzüge präsentiert, schüttle ich den Kopf. »Ablenkung ist manchmal mehr Eingriff, als wirklich etwas zu tun. Bei meinem Plan sind sogar so gut wie keine Leichen eingerechnet.« Leichen zu produzieren, ist nicht unbedingt schwer, Freunde macht man sich in der Unterwelt damit aber nicht. Nicht, wenn es vermeidbar ist. Wir tummeln uns in einem Spielbereich, der zwar eine dunkelgraue Moralschattierung besitzt, aber dennoch spielen wir nach Regeln. Und das oftmals recht fair. Dennoch zögert niemand aus unserem Metier, unliebsame Gegner, die sich querstellen, umzulegen. *Ich auch nicht mehr*.

Duncan seufzt tief. »Ganz ohne wird es vermutlich nicht gehen«, stimmt er mir zu. »Aber so, wie ich dich kenne, wirst du nur die Männer aus dem Weg räumen, die dir *wirklich* im Weg stehen. Ist es nicht so?« Sein Blick ist eindeutig mehr Anweisung denn eine Frage.

Nur wenig begeistert reiße ich mich vom Anblick der tanzenden Frau los und blicke zu meinem Geschäftspartner. »Ja. Nur die, die mein Gesicht zu sehen bekommen. Aber da das wie gesagt nicht der Plan ist, werden wir im besten Fall sogar gänzlich ohne Verluste von dannen spazieren können.« Ich lasse das Grinsen zu, das mir mittlerweile so ins Blut übergegangen ist, dass ich es nicht spielen muss. Ich kann auf Knopfdruck zum lebensfrohen Sonnyboy mutieren – völlig egal, wie es wirklich in mir aussieht. Die Dunkelheit in mir kann ohnehin von keinem Licht der Welt durchdrungen werden.

Aber damit habe ich mich arrangiert. Viel wichtiger ist die Maske, die ich nach außen trage. Damit kann ich alles sein, was ich will.

»Besser wäre das.« Duncan lehnt sich tief atmend zurück. So intensiv, wie er mich durchleuchtet, weiß ich, dass er trotz unserer Freundschaft eine gewisse Portion Vorsicht im Umgang mit mir pflegt. Völlig zu Recht. Er wäre kein guter Boss, wenn er blind vertraut.

Möglichst unbeteiligt erwidere ich seinen Blick und bin gedanklich schon wieder bei Wendy, oder vielmehr zwischen ihren Schenkeln.

»Wenn wir das geklärt haben, würde ich jetzt gern deinen Gefallen einlösen«, murmle ich und erhebe mich aus der Nische. Sogar über die Entfernung sehe ich, wie Wendy sich aufrichtet, sich über die Unterlippe leckt und diese Geste wiederholt, als ich anfange, die Ärmel meines weißen Leinenhemdes nach oben zu rollen.

»Viel Spaß«, brummt Duncan und erhebt sich ebenfalls.

»Wenn sie nur ansatzweise so gut ist, wie der Ruf deines Ladens es verspricht, wird es eine vergnügliche Nacht.«

»Sie ist noch besser«, behauptet er entspannt und in einem Tonfall, der impliziert, dass es keine leere Versprechung ist.

Ich halte in der Bewegung inne und sehe neugierig über die Schulter. »Schon probiert? Testest du all deine Frauen?«

Ein Schatten huscht über Duncans Miene. »Früher oft, ja. Wendy saugt dir auch den letzten Tropfen Sperma aus dem Schwanz und lässt dich erst in Ruhe, wenn du Sternchen siehst und keinen Muskel mehr rühren kannst.«

Das klingt genau nach dem, was ich gebrauchen kann. »Früher? Jetzt nicht mehr? Was hat sich geändert?«

Duncan winkt ab, dennoch leuchtet etwas in seinen Augen auf, das ich noch nie darin gesehen habe. »Meine Prioritäten haben sich verschoben.«

Vielleicht liegt das an dem Vorfall, der ihn einen

Großteil seines Einflussbereiches gekostet hat. Aber vielleicht auch an etwas anderem. Schon im Sommer auf meiner Jacht ist mir aufgefallen, wie anders Duncan die Kleine – Holly war ihr Name, wenn ich mich nicht täusche – angesehen hat. Es würde mich nicht wundern, wenn sie an seinem Sinneswandel beteiligt ist – auf welche Art auch immer das sein mag.

Kapitel 7
Eden

Liebes Tagebuch,

ich weiß, mit zwanzig Jahren ist es vielleicht ein bisschen spät, damit anzufangen, und in Wirklichkeit bist du auch kein Tagebuch, sondern lediglich ein schnödes Word-Dokument. Doch ich hoffe, das nimmst du mir nicht übel. Denn im Grunde ist deine Aufgabe ja dieselbe wie die deines haptischen Gegenstücks, richtig?

Ich schreibe heute zum ersten Mal einen Eintrag, weil ich nicht mehr weiterweiß. Eigentlich habe ich dieses Dokument geöffnet, um einen groben Plot für meine nächsten Kapitel zu entwickeln. Aber nicht einmal das schaffe ich. Ich sitze hier auf meinem Boxspringbett, während mein Verlobter sich im Badezimmer für die Weihnachtsgala fertig macht, die seine und meine Eltern gemeinsam veranstalten. Ich bin schon fertig (mit meinem Outfit und meinen Nerven) und wenn ich nicht rechtzeitig den Laptop verstecke und bereit im Flur stehe, bevor er herauskommt, wird er mich ganz bestimmt dafür maßregeln, dass ich das teure Kleid auf dem Bett zerknittere. Aber ehrlich? Das ist mir furchtbar egal. Es kratzt schon jetzt.

Selbst der anstehende Abend lässt mich ungefähr ge-

nauso kalt, wie es die eisigen Temperaturen da draußen sind. Weißt du, was ich seit zwanzig Minuten mache?

Richtig, keinen Plot entwickeln.

Stattdessen habe ich nach links aus der riesigen Fensterfront gestarrt, hinter der dicke Schneeflocken am Himmel tanzen. Wie lange hat es nicht mehr geschneit! Und das zu Weihnachten! Es könnte so schön sein, wäre mein Leben nicht so verfahren.

Anstatt die letzten Tage – mittlerweile kann man bei den vergangenen zweiundzwanzig Tagen schon von Wochen reden – an meinem Fluchtplan zu arbeiten, habe ich mein eisern gespartes Geld genutzt, um einen verurteilten Kriminellen im Knast zu besuchen. Mehrfach. Schande über mein Haupt.

Und das nicht, weil mir die Besuche bei Caleb so viel weiterhelfen, sondern nur, weil ich ihn auf ziemlich verdrehte Weise mag. Es klingt so komisch, wie es ist. Ich weiß auch nicht recht, wie es passieren konnte, aber die Besuche bei ihm sind die Höhepunkte meiner Wochen. Caleb ist ein wunderbarer Zuhörer, was vermutlich daran liegt, dass er im Knast nicht viel andere Unterhaltung hat. Die Besuche bei ihm laufen immer in etwa gleich ab. Karl bringt ihn, meist begleitet von einem anzüglichen Spruch, in den Verhörraum, er kettet ihn an und dann schweigen wir eine Weile. Ich sehe Caleb an, dass er nicht versteht, warum ich andauernd wiederkomme, aber er fragt nicht nach. Dafür hört er mir einfach nur zu und er gibt mir nicht wie so viele andere das Gefühl, ich müsste glücklich sein mit dem, was ich doch habe. Er sagt nicht so etwas Entmutigendes wie: »Genieße doch einfach das, was du hast. Du bist reich, hast genug Essen, um eine Fußballmannschaft ernähren zu können, und Kleidung, dass du nie wieder welche kaufen müsstest. Du bist undankbar.«

Sprüche, die ich mir wöchentlich von meiner Familie sowie meiner Schwiegerfamilie anhören darf.

Allerdings bestärkt er mich auch nicht in meinem Plan, das Buch zu schreiben. Ich vermute ganz stark, dass das daran liegt, dass er die Idee immer noch blöd findet. Er hat mir wirklich von einem seiner Knastbrüder erzählt (so hat er ihn bezeichnet), der wegen Vergewaltigung einsitzt. Calebs Stimme war eiskalt und er wirkte abgestumpft, als er emotionslos die Schandtaten des Typens wiedergegeben hat.

»Er hat gelacht, Peach«, meinte er und sah mir fest in die Augen, als er leise weitersprach. »Er hat gelacht und mir genau beschrieben, wie er die Frau auf dem Nachhauseweg abgefangen hat. Sie hatte Angst und diese Angst, die sie ausgeschwitzt hat, hat ihn steinhart gemacht. Er hat damit geprahlt.« Er machte eine Pause, als er sah, wie ich gegen die Trockenheit in meiner Kehle anschluckte. Caleb erzählte mir keine Geschichte, sondern gab Worte wieder von einem Mann, der genau das getan hat. Eine hilflose Frau verängstigt, in eine Gasse getrieben, und dann hat er sie mehrfach vergewaltigt. »Sie war ohnmächtig vor Schmerz, als er sie zum vierten Mal bestiegen hat.« Caleb sah mich berechnend an, als wollte er prüfen, wie viel er noch erzählen durfte, ohne dass es mir zu viel wurde. »Ist es das, was du erleben willst?«, fragte er und klang gar nicht höhnisch. Er fragte wirklich interessiert, als wäre es völlig plausibel, dass ich Ja sagte. Das sagte ich natürlich nicht. Ich schüttelte stumm den Kopf und starrte die nächsten fünf Minuten auf den Tisch vor uns, bis ich einen erneuten Versuch wagte, ihm zu erklären, worum es in meinen Büchern geht.

»Weißt du«, habe ich geflüstert und seinen Blick gesucht. »Ich glaube, Frauen lesen diese Geschichten so gern, weil sie im normalen Leben stark sein müssen. Dabei

sehnen sich viele Frauen danach, nicht immer alle Entscheidungen treffen zu müssen, und weil sie das aber von allein nicht können, muss ihnen diese Kontrolle entzogen werden. Es ist schwach, schwach sein zu wollen, weißt du! Deshalb wollen Frauen … dazu gezwungen werden. Und wenn es nur in der Fiktion ist. Und nur … im sexuellen Bereich.«

Caleb hörte mir bei meinen stammelnden Worten regungslos zu, bis er irgendwann nickte. »Das Disneyprinzip funktioniert eben immer noch. Ihr wollt alle die kleine Prinzessin sein, die vom Prinzen auf dem weißen Pferd gerettet und auf sein edles Schloss entführt wird.«

Schmunzelnd habe ich genickt. Seine Stimme war warm und gar nicht herablassend. Ich mag ihn wirklich. Jeder andere hätte mich für dieses Eingeständnis doch ausgelacht, aber im Gegensatz zu unserem allerersten Treffen, wo er mich für meine Frage wirklich ausgelacht hat, war es diesmal so, als würde er mich verstehen.

Und das, obwohl ich mich ja nicht einmal selbst richtig verstehe.

»Können wir meine erste Frage bitte vergessen?«, habe ich leise gefragt, weil sie mir im Nachhinein so unangenehm ist. Ich dachte, ich würde ihn nie wiedersehen. Aber vor unserer ersten Begegnung konnte ich mir auch noch nicht ansatzweise ausmalen, was er in mir auslösen wird.

Caleb hat gegrinst, mich wieder auf diese zweideutige Weise angezwinkert, was ein seltsames Flattern in meinem Brustkorb bewirkt hat. Dann hat er es darauf beruhen lassen. Es war wie ein kleiner Neuanfang zwischen uns, ein Anfang von etwas, das ja nicht einmal existieren dürfte. Schließlich sind unsere Treffen im hintersten Teil des Ganges alles andere als legal.

Ich habe nicht noch einmal davon geredet, stattdessen habe ich ihm eine Auswahl meiner liebsten Dark-Ro-

mance-Bücher mitgebracht, die er sich mit gerunzelter Stirn angesehen hat. Das sah witzig aus, weil er mit den gefesselten Händen nur sehr umständlich umblättern konnte, es aber unbedingt alleine machen wollte. Ich hätte ihm geholfen. Ich hätte mich auch wieder in die Nähe seiner Hände begeben, auch wenn ich weiß, wie dumm das wäre. Er wollte nicht, dass ich ihm zu nahe komme. Und so ungern ich das zugebe: Das hat mich verletzt. Es mag sein, dass ich naiv bin und in seiner Gegenwart keine Angst verspüre, aber dafür fühle ich mich bei diesen kurzen Besuchen bei ihm so viel wohler als in der Uni, wo ich nicht hingehöre, oder in meiner Wohnung, in die ich noch viel weniger gehöre.

Ich gehöre ganz sicher auch nicht zu Caleb. Aber sehen wir den Tatsachen ins Auge: Ich bin wohl einfach dumm, sonst würde ich nicht meine freie Zeit und mein gespartes Geld für diese sinnlosen Termine auf den Kopf hauen.

Okay, und ich bin verzweifelt.

Verzweifelt und dumm ist keine gute Kombination.

Ich weiß, ich klinge gerade etwas sehr depressiv, aber ich verspreche, ich werde mir nichts antun. Ich werde einen Weg finden, denn ich bin stark und mutig genug, mir einen eigenen Weg in den Dschungel meiner Zukunft zu schlagen.

Heiraten werde ich Steven nämlich auch dann nicht, wenn das mit dem Buch nicht mehr klappt, was recht wahrscheinlich ist. Eher flüchte ich ohne alles und schlafe unter Brücken. Das ist mein voller Ernst.

Ich sollte mein restliches Geld lieber dafür aufheben. Würde ich etwas mehr Intelligenz besitzen, sollte ich die Besuche bei Caleb einstellen.

Und ich habe mir fest vorgenommen, es durchzuziehen, auch wenn es mir seltsam wehtut. Irgendwie hatten die Treffen bei ihm etwas Therapeutisches an sich. Vielleicht lag das daran, dass ich einfach nur reden konnte und dabei meine Gedanken sortiert habe. Vermutlich liegt es gar nicht an Caleb. Er ist nur festgekettet und gezwungen, sich meine Sorgen anzuhören. Wer tut das denn sonst! Mir zuhören, meine ich. Ich habe ja nicht einmal eine richtige Freundin. Ich bin nicht allein, mein Telefon ist voll von Kontakten, von Mädels, die jederzeit mit mir feiern gehen und unserem reichen Leben frönen. Aber eben auch nur das. Keine meiner »Freundinnen« ist dafür geeignet, dass ich ihr mein Herz ausschütte.

Jetzt führe ich schon seitenlange Selbstgespräche mit einem Word-Dokument, das ich euphemistisch Tagebuch.docx genannt habe. Das sagt alles, oder?

Aber das ist jetzt vorbei. Caleb hat lange genug meinen Kummerkasten gespielt, jetzt sollte ich anfangen, mir einen Alternativplan zu überlegen. Nach Silvester. Das klingt gut, oder nicht?

Ich beende das alte Jahr und damit mein altes Leben und starte gleichzeitig in ein neues. Ein neues Jahr, ein neues Leben.

Nach der Party, die ebenfalls Stevens und meine Eltern ausrichten werden, schnappe ich mir meine Sachen und verschwinde. Dann habe ich einen Tag, an dem alle verkatert in ihren Betten liegen, und mein Verschwinden wird wenigstens ein wenig unbemerkt bleiben. Mit etwas Glück habe ich mich dann schon bis zur Fähre durchgetrampt. Und dann fahre ich nach Deutschland. Oder Polen. Oder noch weiter. Spanien? Da ist es wenigstens warm, ich …

Oh. Steven hat die Dusche ausgestellt. Besser, ich lösche dieses Dokument.

Mach es gut, liebes Tagebuch.

PS: Ich werde es schaffen!

Seufzend schließe ich die Datei, ohne sie zu speichern, klappe den Laptop zu und husche in das Ankleidezimmer, um meinen Laptop in seinem Geheimversteck unterzubringen. Vor dem Ganzkörperspiegel streiche ich mir über den cremefarbenen Rock, was die Falten auch nicht herausbringt. »Mist«, murmle ich vor mich hin, als ich mit einer kleinen Pirouette feststelle, dass da nicht mehr viel zu retten ist. Dieser Papierstoff ist anfälliger, als ich dachte. Kurzerhand schlüpfe ich heraus, pfeffere das Designerstück auf den Sessel in der Raummitte und drehe mich noch einmal im Kreis. Eigentlich habe ich gar keine Lust auf ein Kleid. Kurz entschlossen greife ich nach einer schwarzen Stoffhose und einer cremefarbenen Bluse, die ich mit einem Blazer kombiniere.

Elegant, sexy, aber dennoch entspricht es nicht der Weihnachtsetikette meiner Familie. Ein guter erster kleiner Schritt in meine Rebellion.

Ich nicke mir selbst zu, dann trete ich zeitgleich mit Steven aus der Tür, sodass wir uns im Schlafzimmer beinahe umrennen.

Er sieht in seinem Smoking gut aus – aber stinklangweilig. Ich finde es selbst nervig, dass ich ihn sofort mit Caleb vergleiche. Muss das sein, liebes hormongesteuertes Hirn? Habe ich in Caleb jetzt wirklich die Verkörperung meiner feuchten Träume gefunden?

Ich denke nicht.

Ich kann ihn nicht ewig im Knast besuchen ... also, ja doch, vielleicht sollte ich es einfach so sehen. Caleb ist die Verkörperung meiner feuchten Träume. Der versautesten ihrer Art. Und deshalb sollte er genau das bleiben. Ein Traum. Ich werde nicht noch einmal in den Knast gehen, sondern endlich anfangen, mein Leben selbst in die Hand zu nehmen. Caleb wird nicht der dunkle Prinz sein, der mich rettet. Weil es eben nur die Realität ist. In der Realität sind Vergewaltigungen scheiße, Frauen stark und viele Männer anmaßend und schwer von Begriff. Möglich, dass das etwas überspitzt formuliert ist, aber die Richtung stimmt. Ich sollte mich nicht in einer unrealistischen Traumvorstellung verrennen. Darüber kann ich schreiben, aber nicht ... da habe ich einen Geistesblitz.

Darüber kann ich schreiben.

Ich gebe dem imaginären Typen in meinem Skript einfach Calebs Gesicht. Seine Art. Sein Grinsen, seine Stimme. Himmel. Das wird gut! Meine Leserinnen werden ihn lieben!

Plötzlich weiß ich genau, wie ich die Szene schreiben will. Sogar die Dialoge spülen bereits in meinen Kopf und drängen mich zur Tat. Es juckt mich in den Fingern, mir den Blazer vom Körper zu reißen und den Laptop wieder hervorzuholen. Der Traum ist eben doch die bessere Realität, und die werde ich mir zusammenbasteln, wie es mir passt.

Doch leider ist es Stevens Stimme, die mich zurück in *diese* Realität holt, an der wohl zunächst kein Weg vorbeiführt.

»Was soll das?«, fragt er mit einem mäßig begeisterten Gesichtsausdruck, der sich noch weiter verzieht, als er mein Outfit genauer in Augenschein nimmt. »Ist das dein verdammter Ernst?«

»Was meinst du?«, frage ich und stelle mich doof. Natürlich weiß ich, was er meint. Eine Hose an Frauenbeinen ist in unseren Kreisen in etwa damit vergleichbar, im Kartoffelsack aufzuschlagen. Ein No-Go.

»Ich habe meine Tage und dann fühle ich mich mit einem Stück Stoff zwischen den Beinen wohler«, lüge ich schamlos, wobei letztere Behauptung sogar stimmt.

»Dann trag halt einen Slip«, knurrt er mich an und drängt sich an mir vorbei, um in das Schrankzimmer zu stürmen. »Was ist mit dem Kleid passiert?« Er hebt das Knitterstück vom Sessel und wirft mir einen entgeisterten Blick zu. *Mein Gott.* Er müsste nur ein Stück weiter über die Schulter sehen und er könnte seiner entgeisterten Mittzwanziger-Fresse im Spiegel begegnen. Es ist ein fucking Kleid, nicht der zertrümmerte Heilige Gral.

»Was hast du damit angestellt?«, fragt er und wirft das Kleid zurück, weil er wohl auch merkt, dass es keinen Sinn hat, daran weiter herumzuzupfen. Es wird nicht mehr glatt.

»Bin wohl eingeschlafen, weil du so lange gebraucht hast«, zicke ich ihn an und greife nach dem erstbesten Paar High Heels, das im Regalfach neben mir steht. »Lass mich anziehen, was ich will. Ich bin nicht deine Kleiderpuppe, Steven.«

Er baut sich vor mir auf, atmet dann aber tief ein, als müsste er sich zügeln, nicht auf mich loszugehen. Das soll er gern versuchen – wenn ich meinem Vater ein blaues Auge präsentiere, wäre diese Sache vielleicht schneller abgehakt. Aber in mir steckt wohl doch eine kleine Realistin. Das wird nicht passieren. Mein Dad würde zig Ausreden für seinen Schwiegersohn aus dem Ärmel schütteln, es schönreden und mich vielleicht mit einem neuen Auto besänftigen. Würde ich gern Autofahren – das tue ich nicht –, hätte ich damit vielleicht meine Flucht geplant. Also mit dem Porsche, der sowieso schon in unserer Tiefgarage steht und auf meinen Schlüssel reagiert, den ich aber noch nie benutzt habe, weil ich das Ding hasse. Das Auto, nicht den Schlüssel.

Gott, ich werde schon wieder panisch.

Mit zittrigen Fingern fummle ich die dünnen Riemen in die Schnallen um meine Knöchel, dann richte ich mich auf und gehe zügig aus dem Zimmer. Im Gegensatz zum Autofahren beherrsche ich das Gehen auf hohen Absätzen im Schlaf. Ich weiß nicht mehr genau, in welchem Alter ich zum ersten Mal auf den Teilen stand, aber es war so früh, dass meine Erinnerungen an dieses erste Mal nicht mehr existent sind. Ich laufe gefühlt schon immer auf hohen Schuhen. Dementsprechend schnell gelange ich in das ausladende Foyer unseres Apartments, schnappe meinen Mantel und schlüpfe hinein. Ich nehme meine cremefarbene Gucci-Tasche von der Anrichte und betätige in einer Bewegung den Knopf des Aufzugs.

Steven spricht kein Wort mehr mit mir.

Weder auf der Fahrt in seinem schwarzen Maserati noch auf der Gala. Nicht dass mich das stört. Ich habe ohnehin genug andere Dinge zu erledigen. Nicht zu ersticken an den Worten zum Beispiel, die ich mit all den Menschen wechseln muss. Meine und seine Eltern machen einen auf happy family, während das zukünftige Brautpaar nicht mehr miteinander redet. Vermutlich fällt dieser Umstand aber ohnehin niemandem auf, weil sich alle nur für sich selbst interessieren.

Schon nach einer Stunde Zwangslächeln habe ich genug und verbarrikadiere mich mit einem Martini in einem der zahlreichen Bäder in der zweiten Etage der riesigen Villa, die im viktorianischen Stil ausgestattet wurde.

Ich schwinge mich in die riesige Badewanne, lehne den Kopf an die Fliesen und nippe an meinem Drink. Mein Brustkorb fühlt sich an wie zugeschnürt. Ich hasse diese Events. Mit Weihnachten hat das, was sich da unten im großen Saal abspielt, nichts zu tun. Einzig die Dekoration, die arme abgeholzte Tanne, die im Eingangsbereich steht und mit goldenen Kugeln und Glitter geschmückt ist. In meinem Kopf assoziiere ich Weihnachten mit strahlenden Kinderaugen, viel leckerem Essen und einer Familie, die sich liebt. Und Schnee.

Schnee haben wir dieses Jahr auch. Ich sehe ein wenig wehmütig aus dem Fenster in die Nacht, in der die weißen Flocken umherwirbeln. Seufzend lege ich den Kopf weiter in den Nacken. Diese Position ist unbequem, lässt mich aber etwas anderes fühlen als Gleichgültigkeit. *Wenigstens ein bisschen Schmerz.*

Selbst als Kind gab es für mich nur diese Erwachsenen-reichen-Leute-Feiern. Ich kenne es nur so, und doch ist das, was ich in Hollywoodfilmen gesehen habe, so viel prägender gewesen. Irgendwie verrückt.

Als es an der Tür klopft, reagiere ich zunächst nicht. Hier oben gibt es wahrlich genug Zimmer, um sich zu erleichtern. Unten auch.

»Ich weiß, dass du dadrin bist«, ruft Steven. Er klingt wütend, wie so oft.

»Ich kann nicht, ich habe meine Tage«, rufe ich genervt zurück.

»Dann nimm eine verdammte Schmerztablette! Keine andere Frau stellt sich so an wie du!«

Ich rolle mit den Augen und richte mich auf, um aus der Wanne zu krabbeln. Kann sein, dass ich die Ich-habe-meine-Regel-und-leide-so-sehr-Karte ein paarmal zu oft ausgespielt habe. Dabei leide ich wirklich unter meiner Blutung. Nicht dass es jemanden aus meiner Familie interessiert, wenn ich in meinem Bett liege und keinen Schritt mehr vor den anderen setzen kann. Ich soll mich nicht so anstellen. Das mache ich auch nicht. Ich ballere mich mit Schmerzmitteln zu, nehme mehr als die Höchstdosis und habe mir nach langen Diskussionen die Pille verschreiben lassen, was nicht sonderlich viel hilft. Einen anderen Tipp hatte die Ärztin allerdings nicht. Auch sie sagte lediglich so etwas wenig Hilfreiches wie: »Das ist eben die Natur der Frau und ich werde mich schon dran gewöhnen.«

Nein, das werde ich nicht, wenn ich regelmäßig (wenn auch nicht regelmäßig genug, um meinen Zyklus als *richtig* zu beschreiben) ein paar Tage Schmerzen aus der Hölle aushalten muss. Vielleicht bin ich aber auch nur einfach nicht schmerzresistent.

Hätte ich meine Regel wirklich, könnte ich nicht so entspannt in der Badewanne sitzen, so viel ist klar.

Das wüsste auch meine Familie, nur leider interessiert sich ja niemand aus meinem Umfeld für meine wahren Bedürfnisse.

Bevor ich zur Tür gehe, kippe ich den Martini in einem Zug herunter, dann öffne ich die Tür, trete auf den Flur und setze mein bestes Lächeln auf. »Bin schon da.« Mein Lächeln gefriert, als ich meinen Vater in seinem besten Anzug erkenne, der unweit meines versprochenen Mannes steht und mich finster ansieht.

»Er hat recht«, fällt er mir in den Rücken. »Du stellst dich an. Keine andere Frau auf dieser Veranstaltung verkriecht sich. Diese Feier ist vor allem für euch. Für dich, meine Tochter, die alles in ihrem Leben bekommen hat und noch bekommen wird, was sie nur wünscht, und einen der gefragtesten Junggesellen Londons. Die Leute fangen an zu reden, wenn Steven allein dort unten für eure Angelegenheiten einsteht. Du gehörst an seine Seite und das hast du gefälligst auch zu zeigen.« Er atmet tief durch und streicht sich über die leicht ergrauten Haare, die streng zu einer Seite gestylt sind. Mein Vater ist der Typ dominanter Mann, der Situationen mit wenigen scharfen Worten regelt. Er schreit nicht herum, er ist nicht jähzornig, aber in der Firma haben dennoch alle Mitarbeiter Angst vor ihm, weil er eine Menge fordert, aber nur wenig zu geben bereit ist. Der Lohn für die Angestellten ist im Gegensatz zu seinem Gewinn, den er jährlich einstreicht, ein Witz.

Ich strecke den Rücken durch, als seine Augen mich und mein Outfit mustern. Ich habe schon vorhin anhand seiner Blicke gemerkt, wie ich ihn verärgert habe. Und meine Mum erst. Vermutlich redet sie die nächsten Wochen nicht mehr mit mir.

Mir soll es recht sein.

»Wie oft habe ich schon gesagt, dass ich nicht an Stevens Seite gehören will!«, fauche ich und verschränke unruhig die Arme vor meiner Brust. Es ist dumm, jetzt schon wieder damit anzufangen. Aufhören kann ich dennoch nicht. Meine Selbstkontrolle in Gegenwart dieser Menschen ist groß – aber nicht immer. Auch ich knicke manchmal ein und zeige zu viel von dem, was wirklich in mir vor sich geht. Wohl wissend, dass ich an ihren festgefahrenen Ansichten und Weltbildern genau nichts verändern kann. Nicht in diesem Leben.

Steven legt sich seufzend eine Hand in den Nacken und sieht zur stuckverzierten Decke, was seinen gereizten Zustand nur noch mehr verdeutlicht. Mein Vater kräuselt ähnlich genervt die Augenbrauen.

»Steven hat schon gesagt, dass du in letzter Zeit etwas über die Stränge schlägst, junge Dame.« Ich presse die Lippen aufeinander. Ich bin zwanzig und mein Vater behandelt mich, als wäre ich zwölf. »Du hast nun mal einen Namen, dem du gerecht werden musst. Familie verpflichtet und …«, er tritt einen festen Schritt auf mich zu, »andere Frauen wären stolz auf das, was ich ihnen biete. Ich bin wirklich enttäuscht von dir, dass du mein Lebenswerk so wenig würdigst. Und das als meine einzige Tochter.«

Darüber, diese psychische Manipulation näher an mich heranzulassen, bin ich schon lange hinweg.

Wütend sehe ich zu Steven, der neben meinem Vater steht, als wäre er sein Sohn. Vermutlich fühlt er sich so, schließlich kennt er ihn auch sein ganzes Leben. Verdammte zwanzig Jahre warten unsere Familien auf dieses Jahr.

»Mir ist ein bisschen übel«, presse ich hervor und trete an Stevens Seite. »Entschuldigt bitte. Ich habe eine Tablette genommen und werde mich nun zusammenreißen.«

Die Miene meines Vaters glättet sich wenigstens ein bisschen, während das Gesicht Stevens dem einer Eisskulptur gleicht, als ich meine Hand in seinem Unterarm einhake.

»Benimm dich«, zischt er mir leise zu, als wir über die herrschaftliche Treppe zurück zur Feiergesellschaft gelangen. Niemand beachtet uns, und doch weiß ich, wie viele Blicke auf uns liegen. Und in den anschließenden Stunden mache ich weiter gute Miene zum bösen Spiel, auch wenn ich das Gefühl habe, keine Luft zu bekommen. Ich lasse mich von Steven und meinem Vater, der uns nicht mehr von der Seite weicht, durch die Halle schieben, lächle, wenn es von mir gefordert wird, und tue so, als wäre Steven der Traum meines Lebens. Er hat dieses Spiel besser perfektioniert als ich. Als er irgendeiner seiner zahlreichen alten Tanten von unserer geplanten Hochzeit berichtet, leuchten seine Augen und er sieht mich so warm an, wie er es im Privaten nie tut. Würde ich ihn nicht kennen und wüsste nicht, wie er in Wahrheit zu mir steht, wäre es leicht, auf diesen Blick hereinzufallen.

Ich schmiege mich an ihn und sehe zu ihm auf. Silvester erscheint mir immer weiter weg.

Ich weiß nicht, ob ich es noch so lange aushalte.

Kapitel 8
Eden

Dichte Schneeflocken tanzen um mich herum und die kalte Nachtluft strömt bei jedem hektischen Atemzug in meine Lunge. Vereinzelt vorbeifahrende Fahrzeuge werfen hin und wieder ihre Lichtkegel über die Straße, die diese Nacht ansonsten wie ausgestorben wirkt.

In dieser Weihnachtsnacht sind die allermeisten Bewohner Londons bei ihren Familien – oder schlafen schon längst.

Steven schläft ebenfalls, nachdem er mir einen einstündigen Vortrag darüber gehalten hat, wie ich mich in Zukunft benehmen müsste, ansonsten würde er andere Saiten aufziehen. Das soll er gerne mal versuchen.

Ich habe mich so lange im Bad eingeschlossen, bis ich sein lautes Schnarchen gehört habe, dann habe ich meine Tasche geschnappt und laufe seitdem durch die Nacht. Ziellos.

Das rede ich mir ein. Denn von Weitem erkenne ich schon die hohen Gefängnismauern. Ein Mal noch. Ich werde mich wenigstens von Caleb verabschieden. Ich werde ihm erzählen, was ich vorhabe, ihm dafür danken, dass er mir zugehört hat, und vielleicht verrate ich ihm, dass ich meinen Protagonisten ein paar Eigenschaften von ihm mitgeben will. Es fühlt sich nicht richtig an, sang- und klanglos abzutauchen. Das Geld für einen weiteren Besuch habe ich auch noch.

Als ich an dem Besucherparkplatz vorbeikomme, fällt mir ein weißer Van auf, der einsam und verlassen dasteht. Ob Karl auch nachts Leute hineinschleust?

Ich nehme meine Hand aus der Tasche meines Mantels, um einen Blick auf meine Armbanduhr zu werfen. Es ist kurz nach fünf Uhr. Dann bin ich doch schon wesentlich länger unterwegs, als ich dachte. Um halb sechs wollte ich Karl eine Nachricht schreiben, aber vielleicht arbeitet er an den Feiertagen ja auch gar nicht. Vielleicht hat er gar keine Frühschicht, schläft wie alle anderen den Feiertagskater aus und ich stehe umsonst in der Kälte. Dann komme ich heute Mittag wieder. Oder am Abend. Völlig egal.

Ich muss mich verabschieden.

Mit kalten Fingern taste ich nach meinem Handy in der Gucci-Tasche, die ich ohne nachzudenken von der Anrichte geschnappt habe. Ich trage auch noch dasselbe Outfit – als ich losging, wollte ich nur den Kopf freibekommen. Aber warum aufschieben, wenn ich eine Entscheidung getroffen habe!

> Hallo, Karl, die Verrückte steht vor eurem Tor und würde gern einen spontanen Weihnachtsbesuch abstatten. Geht das?

Ich schreibe keinen Namen unter die Nachricht. »Die Verrückte« hat Karl mich selbst genannt, als ich zum zweiten Mal hier aufgeschlagen bin, um Caleb zu treffen. Er wird schon wissen, wer ich bin. Ein paar Sekunden starre ich auf den Nachrichtenverlauf, doch nichts passiert. Ich stoße die intuitiv angehaltene Luft aus, die in kleinen Wölkchen um meinen Kopf herum aufsteigt. Es ist verdammt kalt. Lange werde ich hier wohl nicht ausharren können, ohne mich zu bewegen. Also marschiere ich vor den Gefängnismauern auf und ab, bis ich plötzlich ein Geräusch hinter mir höre.

Ich wirble herum, als eine schwarz gekleidete Person aus Richtung des gesicherten Tores auf mich zuhält.

»Hast du an Weihnachten nichts anderes zu tun, als mit deinem Knast-Buddy abzuhängen?«, fragt Karl und bleibt kopfschüttelnd vor mir stehen.

»Du bist echt da«, stoße ich überrascht aus und sehe unwillkürlich zu dem weißen Van, der in einiger Entfernung steht. Scheint echt gut zu laufen, sein Nebengeschäft.

Und ich scheine nicht die einzige völlig Verrückte zu sein, die früh am Weihnachtsmorgen im Gefängnis sein will. Irgendwie ist das eine recht beruhigende Vorstellung. Ein paar Sorgen habe ich mir über meinen mentalen Gesundheitszustand ja doch gemacht.

»Klar bin ich da. Irgendjemand muss auf den Sauhaufen ja ein Auge haben«, erwidert er und nickt mit dem Kinn in Richtung des Eingangs. »Komm. Ist kalt.«

Dankbar laufe ich neben ihm her, wir passieren die Sicherheitsschleuse und machen uns auf den Weg zu der Etage, auf der Calebs Zelle liegt. Heute ist es vergleichsweise still. Die Hafträume sind noch alle verschlossen und niemand ist auf den Gängen unterwegs. Niemand brüllt.

»Na, mal sehen, ob der sich über deinen Besuch zu dieser nachtschlafenden Zeit freut«, zieht Karl mich mit einem Grinsen auf und bleibt vor einer Zellentür stehen. »Sollen wir ihn gleich mitnehmen? Ich passe auf.«

Ich zucke mit den Schultern. Warum auch nicht! Sonst warte ich immer schon im Verhörraum auf ihn, aber sonst waren meine Besuche auch angekündigt.

»Alles klar.« Karl donnert dreimal mit der Faust gegen die Tür, dann schließt er sie auf. »Gallagher! Aufstehen!«

Ein leises Knurren ertönt, kurz danach schnauzt ein Typ, dessen Stimme garantiert nicht zu Caleb gehört: »Raus hier, du Wichser! Es ist viel zu früh!«

»Ob zu früh oder nicht, entscheidest nicht du, Timon! Caleb! Hoch mit dir. Du hast Besuch.« Karl klimpert lautstark mit dem Schlüsselring und bedeutet mir mit dem Kopf, einen Schritt zur Seite zu gehen. Im nächsten Moment ertönt ein dumpfes Geräusch, das klingt, als wäre jemand vom Bett gesprungen. Ich recke den Hals, um im dunklen Raum etwas erkennen zu können, und japse augenblicklich irritiert nach Luft, als mein Blick einen ziemlich nackten Männeroberkörper streift. Das Licht auf dem Gang reicht, um die Muskeln zu erkennen, das V und die dunklen Härchen auf seinem Bauch, die im Bund einer Jogginghose verschwinden. Mich räuspernd blicke ich auf und treffe auf Calebs Blick. Selbstverständlich ist ihm mein Starren nicht entgangen, genauso wenig wie Karl, der wissend grinst. Wahrscheinlich denkt er, ich stehe auf Caleb.

Aber deshalb bin ich nicht hier. Und ich stehe auch nicht auf ihn – ich finde ihn lediglich anziehend, weil, das habe ich ja gestern ausführlich erörtert, er lediglich die Verkörperung meiner Fantasien ist. Nicht mehr.

»Peach«, sagt Caleb mit einer tiefen Stimme, die vom Schlaf noch etwas kratzig ist und ihn gleich noch drei Stufen auf der Attraktivitätsskala nach oben klettern lässt.

»Frohe Weihnachten«, sage ich, statt ihn ausreden zu lassen.

Stirnrunzelnd streift er sich ein dunkelblaues Shirt über, fährt sich einmal durch die Haare und sieht dabei so zerknittert heiß aus, dass jegliche Härchen auf meiner Haut sich aufstellen. Er schlüpft in seine Sneaker, dann tritt er in die Tür, wird aber sofort von Karl abgefangen, der ihn am Oberarm packt und auf seine andere Seite befördert, bevor er die Zellentür abschließt. Mit Karl als Barriere zwischen uns gelangen wir ins Verhörzimmer. Caleb lässt sich widerstandslos auf einen der Stühle setzen und streckt genauso artig die Handgelenke auf den Tisch. Ich stehe unschlüssig daneben und fange Calebs amüsierten Blick auf, den ich ignoriere. Stattdessen sage ich leise, als Karl die Handschellen verschließen will: »Muss das heute sein?«

Karl blickt auf. »Es ist zu deinem Schutz. Du bezahlst mich dafür, dass du hier reindarfst, was du dann machst, bleibt dir überlassen. Aber ich kann nicht Wache stehen.« Er sieht langsam von Caleb, der keinerlei Reaktion zeigt, zu mir. »Der kann nett lächeln, aber auch anders. Solltest du besser wissen.«

Ist mir klar. Ich nicke dennoch und lasse mich begleitet von einem tiefen Stöhnen auf den anderen Stuhl sinken. »Ja. Es ist ja Weihnachten.«

Das nützt zwar im Ernstfall auch nichts, aber mein Gefühl sagt mir, dass Caleb mir nichts tun wird. Karl richtet sich auf, deutet auf die Uhr oberhalb der Tür. »Ich geb dir eine halbe Stunde länger. Ist heute im Preis inklusive. Ich komme dich nach der ersten Runde wieder hier abholen.« An Caleb gewandt setzt er leiser nach: »Und du lässt die Finger von ihr. Sie ist ein nettes Mädchen.«

Als die Tür hinter ihm ins Schloss fällt und wir allein sind, stoße ich erneut ein tiefes Seufzen aus und blinzle in Calebs Richtung. »Sag nichts«, bitte ich ihn und fahre mir über das Gesicht. »Ja, ich bin naiv, ja, ich habe in der Weihnachtsnacht nichts Besseres zu tun, als bei dir abzuhängen, aber ich wollte mich wenigstens von dir verabschieden, bevor ich verschwinde.«

Caleb lehnt sich zurück und sagt nichts zu meinen Worten. Dafür sieht er an meinem Weihnachtsoutfit herab und schüttelt dann leicht den Kopf. »Bist du direkt von irgendeiner feinen Gala hergekommen?« Er hebt seine nicht gefesselte Hand und deutet auf mein Gesicht, ohne sich auf mich zu stürzen. »Du wirkst nicht so, als hättest du viel geschlafen. Was ist passiert?«

»Ach, nichts Ungewöhnliches. Meine Familie ist passiert. Ich kann das nicht länger. Steven und mein Vater behandeln mich wie eine Puppe, meine Mutter redet nicht mehr mit mir und alle erwarten von mir, dass ich diesen Krampf als größtes Glück ansehe. Silvester haue ich ab.«

Caleb hebt unbeeindruckt eine Augenbraue und nimmt seine Arme vom Tisch, um sie vor der Brust zu verschränken. Mein Blick bleibt etwas zu lange an seinen tätowierten Unterarmen hängen, an den Sehnen, die bei dieser lapidaren Handlung hervortreten und meinen Magen unangenehm schwer werden lassen.

»Wo willst du hin?«

Ich stiere ihn wütend an, weil seine Stimme und sein wissender Blick genau das implizieren, was ich tief in meinem Hinterkopf vergraben ebenfalls weiß: Ohne Plan abzuhauen, kann nur in die Hose gehen.

»Erst einmal weg. Ich trampe über die Grenze und dann werde ich schon irgendwo unterkommen.«

Caleb atmet tief ein, dann steht er auf und kommt auf mich zu, was in dem beengten Raum im Bruchteil einer Sekunde erledigt ist. »Steh auf«, fordert er leise und ich kann nicht anders, als ihm zu gehorchen. Caleb wartet genau so lange, bis ich stehe, dann macht er einen Schritt auf mich zu. So entschlossen, dass ich instinktiv einen Schritt nach hinten mache, weil er mir ansonsten sehr nahe kommen würde. Wieder ein Schritt, dem ich erneut nach hinten ausweiche. Calebs ganz eigener Geruch nach Sandelholz und Minze und Mann ist in diesem Moment gleichsam einengend wie belebend.

Der nächste Schritt drängt mich an die Wand. Ich stoße unsanft mit dem Rücken dagegen, doch Caleb lässt nicht von mir ab. Im Gegenteil. Seine Hand schnellt hoch, seine Finger schließen sich um meinen Hals und sein Oberkörper ist meinem so nah, dass meine Brüste gegen ihn gepresst werden. Und ich möchte hervorheben, dass meine Brüste nicht so groß sind, dass sie schnell im Weg sind. Er ist mir einfach *unheimlich* nah.

»Du bist so verdammt naiv, Peach, und ich weiß nicht, wie ich das finden soll. Hier ist niemand und ich bin gefährlich. Alleine zu trampen, ist noch viel schlimmer. Hast du dich mal angesehen? Wenn du bei irgendeinem alten, rattigen Lkw-Fahrer in den Wagen steigst, wird der dich auf dem nächsten Rastplatz deine dunkelsten Fantasien erleben lassen, und das wird dir nicht gefallen.« Wie um seine Worte zu verdeutlichen, drücken seine Finger fester zu.

»Erstens«, krächze ich und lege meine Hände um seine Handgelenke. Mehr zum Schein, als ihn wirklich von mir zu schieben, wie ich zu meiner Schande zugeben muss. »... würde ich gar nicht bei einem alten Lkw-Fahrer einsteigen, sondern ...«

»Bei einem heißen, schon klar, das habe ich verstanden.« Caleb lacht auf und das Braun seiner Augen funkelt wirklich amüsiert und jagt mir damit alles ein, aber keine Angst.

»Nein«, widerspreche ich fest. »Meine Menschenkenntnis ist recht gut und …«

»Ist sie nicht«, unterbricht er mich nun und sein Blick wird dunkler. Er lässt mich dennoch nicht los. »Aber gut. Was ist dein ›zweitens‹?«

Ich blinzle ihn irritiert an. »Mein was?«

»Du hast mit ›erstens‹ angefangen, also muss da mindestens noch ein ›zweitens‹ kommen. Beweis mir, dass du nicht naiv bist.«

Ich schürze die Lippen. »Ich bin stark. Ich kann mich zur Wehr setzen, Caleb!«

»Ach? Ist das so?« Sein Griff wird fester und sein Daumen gleitet federleicht über meinen Kehlkopf. Ich schlucke hart, um die Trockenheit in meinem Mund loszuwerden, die jedoch mit jeder Sekunde zunimmt. Unwillkürlich befeuchte ich meine Unterlippe mit der Zunge, was Caleb einen leisen Laut entlockt. Seine Augen heften sich auf meinen Mund und ich starre ebenfalls auf seinen. Für einen Mann hat er wirklich wunderschöne Lippen. Sie sind voll und rosig und sehen so weich aus, dass ich sie am liebsten auf meinen spüren würde. Und noch an ganz anderen Stellen.

So viel Martini habe ich doch gar nicht getrunken.

Mein Atem kommt immer gehetzter. Die Luft um uns herum scheint in Flammen zu stehen und nichts an dieser Situation macht mir Angst. Auch nicht das Wissen, dass ein verurteilter Krimineller meinen Hals umfasst und niemand da ist, der mich vor ihm beschützen kann.

Maximal der Umstand, dass er mich küssen und mir damit meine Traumvorstellung vermasseln könnte, weckt eine gewisse Angst in mir.

Aber wenn ich ehrlich zu mir bin, ist das auch kein Grund, um … Meine Gedanken werden davon unterbrochen, dass seine Hand von meinem Hals an meine Wange gleitet. Kurz darauf streicht er mit seinem Daumen über meine Unterlippe. Meine bebende Unterlippe. Er muss kein Experte im Lesen von Körpersprache sein, um zu wissen, was ich will. Er soll mich küssen, verdammt.

Für den Bruchteil einer Sekunde sieht er in meine Augen und scheint dort alles zu finden, was er gesucht hat. Doch statt mich zu küssen, beugt er sich nur noch dichter vor mein Gesicht. Sein Atem trifft auf meine Lippen, als er raunt: »Beweis es mir.«

Ich kann wieder nur benebelt blinzeln und habe das Gefühl, völlig dumm vor ihm zu stehen. »W-was soll ich beweisen?«, stammle ich mit einer krächzenden Stimme, die genau verrät, wie sehr die Hormone in mir Amok laufen.

Caleb entgeht das nicht. Sein Oberkörper drängt sich weiter an meinen, ich kann seine Wärme durch sein dünnes Shirt und meine Bluse spüren und wünschte, da wäre kein Stoff mehr zwischen uns.

»Beweis es mir«, wiederholt er leise und bedrohlich vor meinen Lippen. »Wehr dich gegen mich, Peach. Schüttle mich ab, bevor ich etwas tue, was du vielleicht bereuen könntest.«

Wieder sieht er auf meine Lippen und als er sein Becken an meins drängt, spüre ich noch etwas ganz anderes. Er ist hart. Und verdammt groß.

»Und wenn ich das nicht will?«, frage ich mutig zurück. Dieses Gefühl, dieser Mut, diese unverfälschten Empfindungen, die ich in Calebs Nähe fühlen kann, sind es, die mich immer wieder zu ihm zurückkommen lassen.

Ich möchte jetzt schon heulen, weil es mein letzter Besuch bei ihm ist. *Sein muss.*

»Dann bist du verdammt naiv. Wie ich es dir ständig

sage.« Und dann zögert er nicht mehr. Er fordert mich auch nicht länger heraus. Diesmal landet seine Hand in meinem Nacken und dann liegen seine Lippen schon auf meinen. Sie sind noch viel weicher, als sie aussehen, und fühlen sich so perfekt auf meinen an, dass sich ein erleichtertes Seufzen aus meiner Kehle bahnt, ehe ich es verhindern kann.

Ich habe viele erste Küsse geschrieben und weiß von der ersten Sekunde an, dass dieser all meine Traumvorstellungen sprengen wird.

Aus Calebs Brust dringt ein Knurren, als er sich fester an mich schiebt. Sein Herzschlag jagt genauso schnell wie meiner. Ich weiß nicht, wie und wann meine Hände an seine Brust gekommen sind, doch sie fühlen sich dort richtig an. Ich streiche über die Muskelstränge unter dem Baumwollstoff, inhaliere seinen Duft und präge mir alles, was ich von ihm erreichen kann, haargenau ein. Nicht um darüber zu schreiben. In der Sekunde, in der seine Lippen sanft und doch gleichzeitig verdammt fordernd über meine reiben, seine Zungenspitze hervorschnellt, tastend und vorsichtig und doch so beharrend, weiß ich, dass ich Caleb nicht mit meinen Leserinnen teilen kann.

Das hier mache ich nur für mich.

In diesem Moment, als unsere Zungen sich umkreisen, Caleb mich packt und auf den Arm hebt, löst sich ein leises Schluchzen aus meiner Kehle, was Caleb mit einem ungehaltenen Brummen kommentiert. Ich bin nicht so stark, wie ich es gern wäre. Ich will nicht weglaufen. Ich will nicht auf mich allein gestellt sein, und doch verdeutlicht mir dieser Kuss mit einem Fremden, dass ich genau das bin. *Ich habe niemanden.*

»Nicht«, mahnt er an meinen Lippen. »Nicht weinen, Peach. Du schaffst das.« Und dann sagt dieser

Fremde auch noch genau das, was ich unbedingt hören muss und von anderen nie zu hören bekomme.

Ich klammere mich um seinen Oberkörper, erwidere seinen Kuss und lasse mich in dieses Gefühl fallen, das mich von der einen auf die andere Sekunde von sich einnimmt. Eins, das ich noch nie derart intensiv gespürt habe, da ich noch nie einen Mann wie Caleb geküsst habe.

Es ist wie fliegen und fallen und aufstehen und wieder aufsteigen. In ein und derselben Sekunde.

Bei jeder Berührung fegt ein Feuersturm durch mein Innerstes, mein Herz jagt immer schneller und das süße Pochen, das zwischen meinen Beinen entsteht, zeigt mir, dass ich gerade das Beste für mich tue. Vielleicht nicht das Richtige – aber ich habe es satt, immer nur zu machen, was andere von mir verlangen.

In dieser Sekunde kann ich mir alles mit ihm vorstellen. Auch weiter zu gehen. Ich brauche kein erstes Mal in einem Bett mit romantischer Musik oder einem vorsichtigen Typen. Ich nehme auch den kriminellen an der dreckigen Gefängniswand – und das viel lieber.

Doch Caleb setzt mich ab, löst sich von mir und mustert mich nur kurz, bevor er einen Schritt nach hinten macht. Dann noch einen und noch einen, bevor er an der Tür steht. Seine Stirn ist gerunzelt und er beachtet mich gar nicht mehr.

Ich starre ihm überrascht hinterher. Das war es jetzt? Haut er ab? Einfach so?

Weil er nicht mehr angekettet ist?

»Warte, Caleb, ich wollte ... können wir uns nicht richtig verabschieden?«, frage ich mit einer Stimme, die genauso zittert wie meine Knie.

Ich bin wirklich himmelschreiend naiv. Wir kennen uns doch im Grunde kaum. Ich habe kein Anrecht auf eine Verabschiedung und sollte froh sein, dass er nichts anderes mit mir getan hat, als mir einen verdammt intensiven Kuss zu schenken. Doch ehe er etwas sagen kann, wird die Tür aufgerissen. Nicht von Caleb. Plötzlich stehen zwei Männer im winzigen Raum, die weitaus furchteinflößender wirken als Caleb.

Wo ist Karl?

Scheiße.

Ich fürchte, irgendwas hier läuft nicht länger nach Plan.

Kapitel 9
Caleb

Fuck. »Was wollt ihr hier?«, frage ich die zwei Männer, die ich als zwei derjenigen erkenne, die am wenigsten auf Duncan Bradys Einfluss geben – da sie ohnehin lebenslänglich sitzen. Durch die geöffnete Tür tönt das Piepen des Feuermelders noch viel deutlicher. Ich habe nicht lange gebraucht, um zu verstehen, was das hier wird. Eden ist noch zu gefangen in dem, was eben passiert ist und unter keinen Umständen passieren sollte. Ich wollte sie nicht küssen, verdammt. Gar nicht wegen ihr, aber sie braucht keinen Typen wie mich. Ich habe mir etwas vorgenommen und schon bei der ersten Gelegenheit knicke ich ein. Das zeugt nicht gerade von Durchsetzungsfähigkeit. Wie sollen andere mich ernst nehmen, wenn ich es nicht einmal selbst schaffe, meine Entscheidungen einzuhalten!

»Wir wollten mal sehen, was du ständig hier hinten treibst«, höhnt der eine und drängt sich an mir vorbei.

Eden stößt einen leisen Schrei aus, als er sie an der Schulter packt und an sich heranzieht.

»Wie wär's, wenn wir erst mal zusehen, dass wir hier rauskommen, oder wollt ihr hier drin verbrennen?«, schlage ich genervt vor und schubse den anderen zurück, der ängstlich über seine Schulter sieht. Im Gang sind viele Schritte und laute Rufe zu hören, als die Mithäftlinge nach draußen strömen. Über allem liegt das schrille, noch nervigere Piepen der Sirene.

»Das ist bestimmt eh wieder ein Fehlalarm«, sagt der, der Eden immer noch festhält, der andere hingegen schüttelt den Kopf und flüchtet.

»Lass sie los«, fordere ich und mache einen Schritt auf ihn zu. Er ist einige Jahre älter als ich, breit und fett. Nicht Edens Typ Mann, würde ich mal behaupten. Natürlich reagiert er nicht. Er ist zu beschäftigt damit, Edens Körper mit seinen Augen zu verschlingen. Kurz, nur ganz kurz, überlege ich, ihn ein bisschen damit weitermachen zu lassen. Es wäre eine einfache Möglichkeit, Eden zu beweisen, wie lächerlich ihre romantischen Vorstellungen ihrer heiß geliebten Dark-Romance-Bücher sind. Doch schon als ihr Blick flehend und ängstlich zu mir zuckt, zögere ich nicht länger. Ich reiße ihn an der Schulter zurück, doch er dreht sich augenblicklich zu mir um und donnert seine Faust vor. Wütend knurrend weiche ich seinem Schlag aus, dafür ergreife ich die Möglichkeit, die sich mir bietet, als er dabei aus dem Takt gerät. Ich hole aus und treffe ihn an der Schläfe. Er torkelt benommen zur Seite, richtet sich auf, doch ich bin schneller. Es reicht ein Schritt, ein erneuter, gezielter Schlag, und er geht zu Boden. Dabei kracht er mit dem Hinterkopf an die Ecke des Schreibtisches. Das Geräusch, als er sich den Schädel aufschlägt, übertönt sogar die Sirene.

Mürrisch drehe ich mich zu Eden um, deren Blick auf dem Typen liegt. Mit aufgerissenen Augen sieht sie dabei zu, wie die Blutlache unter seinem Kopf größer wird.

»Ist er …?« Sie holt tief Luft und sieht zu mir. »Ist er …?« Sie kann es nicht einmal aussprechen.

»Tot«, helfe ich ihr auf die Sprünge. »Dumm gefallen.« Dass der Winkel, in dem er aufgekommen ist, pure Berechnung meinerseits war, sage ich nicht. Lassen wir es besser wie einen Unfall aussehen. Ich spiele gern den unterschätzten Trottel und habe nicht vor, damit aufzuhören. »Komm.« Ich strecke meine Hand nach ihrer aus, doch sie bleibt stocksteif stehen und starrt in seine aufgerissenen, leblosen Augen. »Deine erste Leiche, was?« Ich schenke ihr einen vielsagenden Blick, bevor ich sie am Oberarm nehme und daran vorbeischiebe. Ein Blick in ihr Gesicht reicht, um zu sehen, dass sie käseweiß ist und gegen die Übelkeit ankämpft. »Hat jetzt nicht unbedingt 'nen Wohltäter getroffen, also halb so wild«, murmle ich und weiß nicht, ob meine Worte überhaupt zu ihr durchdringen. Rasch sehe ich über den Gang, in dem rege Aufbruchsstimmung herrscht. In Grüppchen halten sie auf die Treppen zu, um über die Notausgänge in den Innenhof zu gelangen. Von den Wärtern ist nichts zu sehen.

»Was ist hier los?«, fragt Eden mit krächzender Stimme. Sie sieht sich panisch um und presst sich dicht an meine Seite – und das, obwohl ich eben vor ihren Augen einen Mann getötet habe. Wie gut, dass sie sich ausgerechnet heute dafür entschieden hat, mich nicht in Handschellen legen zu lassen. Ansonsten wäre es für sie ungemütlich geworden.

»Feueralarm, sicher eine Übung«, behaupte ich, obwohl ich genau weiß, was das hier ist. Wäre das hier eine Übung, wären die Beamten anwesend. Es kann nur einer sein, auf dessen Mist das hier gewachsen ist. Oder eher zwei: Duncan und sein Croissant-Freund.

Es ist mein Ticket in die Freiheit. Ich schiebe Eden auf den Flur, schirme sie ab, doch wir haben sofort die Aufmerksamkeit so gut wie aller Häftlinge auf uns kleben. Frauen sind in so einem Knast wie Frischfisch für die hungrigen Haie. Na wunderbar.

Hier lassen kann ich sie allerdings nicht, wenn ihre Vergewaltigungsfantasien nicht heute noch erfüllt werden sollen. Wir kommen genau bis zur Mitte des Flures, als ich im Augenwinkel in der geöffneten Zelle neben mir einige Typen bemerke, die im Halbkreis herumstehen und auf etwas herabsehen. Auf etwas, von dem schwarze Stiefel zu sehen sind. Die gepresste Stimme von demjenigen, der da auf dem Boden liegt, kenne ich.

Eden auch.

»O Gott, das ist Karl!«, kreischt sie und sorgt mit dieser unbedachten Reaktion dafür, dass die Männer ihre Köpfe heben.

»Und du bist?«, will einer wissen und kommt auf uns zu.

»Geh weiter«, knurre ich und gebe Eden einen Stoß, doch dieses naive Mädchen bleibt stehen und sieht aus ihren großen grünen Augen zu mir auf und bettelt mich damit an, den Helden zu spielen, der ich in diesem Leben nicht mehr werde.

»Wir können ihn da nicht liegen lassen«, flüstert sie hektisch und sieht zurück in die Zelle, in der nun mehr von der Szenerie zu erkennen ist. Gleich zwei Typen hocken auf Karls Oberkörper, zwei andere stehen um ihn herum, während der dritte gerade auf den Gang tritt.

In dieser Sekunde hätte ich Eden weiterstoßen sollen. Doch es reicht ein weiterer flehender Blick, dann drehe ich mich um und wieder kommt meine Faust zum Einsatz. Damit habe ich das Go gegeben und bereue es in derselben Sekunde. Zwei der Typen stürzen sich auf mich. Eden kreischt hinter mir. Männer brüllen etwas, ein heißer Schmerz explodiert in meinem Rücken und ich lande auf dem Linoleumboden. Ich sehe einen Stiefel auf mich zurasen und kann mich gerade so zur Seite drehen, ehe mir dieser das Licht ausgeknipst hätte.

Verfluchte Hunde.

In meinem Augenwinkel taucht ein Bein auf. Ich umfasse den Knöchel, reiße den Typen zu Boden und nun bin ich derjenige, der ihm einen Tritt auf die Nase mitgibt. Er stöhnt und spuckt einen Schwall Blut, doch länger kann ich mich nicht auf ihn konzentrieren. Es ist ein wildes Chaos um uns herum ausgebrochen, in dem ich weder Karl noch Eden ausmachen kann. Scheiße. Nur weil sie wollte, dass ich mich in etwas einmische, das mich nichts angeht.

»Eden!«, brülle ich und wehre einen Faustschlag ab, ducke mich und ramme meinen Kopf in den Magen eines Kerls, der vor mir auftaucht. Wir landen unter seinem schmerzerfüllten Stöhnen in dem Gitter des Ganges.

Als ich mich aufrichte, sehe ich sie. Sie hockt auf dem Boden, über ihr stehen zwei der Kerle. Ich zögere nicht, springe von hinten an sie heran und donnere ihre Köpfe zusammen. Sie gehen synchron zu Boden. Eden schreit, als ich die beiden mit zwei gezielten Tritten weiter über den Boden schicke. Vielleicht werden sie noch einmal wach – vielleicht aber auch nicht. Zunächst bleiben sie regungslos auf ihren Gesichtern liegen. Mit rasendem Herzen – meine letzte Schlägerei ist schon zu lange her – drehe ich mich zur Seite, um nach Karl zu sehen. Doch ich komme nicht weit. Mit einem lauten Schrei wirft sich einer der übrig gebliebenen Männer auf mich. Wir landen erneut am Gitter und diesmal bin ich derjenige, dem für einen kurzen Moment die Luft wegbleibt. Diese Sekunde nutzt er, schlingt seine groben, dreckigen Finger um meinen Hals und drückt zu. Aus dem Augenwinkel erkenne ich, wie Eden aufsteht und verschwindet.

»Fick dich, du Wichser«, grollt der Typ über mir und

übt so viel Kraft auf meinen Kehlkopf aus, dass ich Sternchen sehe. Ich reiße den Arm hoch, doch plötzlich ist da ein Zweiter, der seitlich meine Arme festhält. »Gleich sind wir frei und da wird dir dein Beschützer auch nichts mehr bringen. Du hattest es zu lange viel zu gut hier drin.«

Damit könnte er recht haben.

Scheiße. Ich kann mich kaum mehr bewegen, vor meinen Augen zucken schwarze Blitze, weil mir der Sauerstoff nach und nach entweicht und kein neuer durch meine gequetschte Luftröhre nachkommt.

Und das alles nur wegen einer Frau, die ich kaum kenne, und das ausgerechnet am Tag meiner Befreiung.

Gott will wohl nicht, dass mir jemals wieder etwas anderes als Scheiße passiert. *Ich will nicht sterben, ohne mein Kind je gesehen zu haben.*

Ich mobilisiere meine letzte Kraftreserve, bringe meine Hand an seine Kehle, doch der andere Kerl, der neben mir hockt, rammt mir seine Faust derart fest in die Seite, dass sich mein Magen zusammenzieht. »Versuch's erst gar nicht, Arschloch. Du hattest lange genug Zeit, dich hier im Sonnenschein deines Gönners zu aalen. Damit ist jetzt Schluss. Und wenn du erst erledigt bist, nehmen wir uns deine Kleine vor. Schlimm genug, dass er dir sogar Fickmaterial einschleust, hä? Wie hast du das gemacht?« Ächzend bewege ich mich unter ihnen, doch das Gitter in meinem Rücken und die Hand um meinen Hals machen es mir unmöglich, mich so weit aufzurichten, wie ich es müsste, um sie beide loszuwerden.

Fuck.

Es gibt noch eine Taktik, die erstaunlich oft funktioniert, und auf die setze ich nun. Ich lasse los, mein Körper erschlafft und der Typ über mir, dessen Namen ich nicht einmal kenne, lässt prompt etwas lockerer. Ich bewege mich dennoch nicht.

»Ist er schon tot?«, fragt der andere irritiert und während beide noch rätseln, spüre ich einen leichten Windzug über uns.

Was dann passiert, ist so überraschend, dass ich damit nicht gerechnet habe. Nicht mal ansatzweise. Ich dachte, Eden wäre weggelaufen und hätte versucht, sich in Sicherheit zu bringen. Aber stattdessen blitzt ihre kupferfarbene Haarpracht über mir auf, bevor meine Sicht rot gefärbt wird. Der Typ über mir gurgelt und blubbert, als er sinnlos nach Luft schnappt. Eine zweite Blutfontäne spritzt auf mich herab und Eden bohrt den Schlüsselbund noch tiefer in seinen Hals. Erneut schwappt ein Schwall dunkelrotes, warmes Blut auf mich herab.

Was zur Hölle –?

Ist sie wahnsinnig?

Zitternd richtet sie sich auf, streicht sich mit der blutverschmierten Hand eine Strähne aus dem Gesicht und sieht unsicher zu mir herab. »Alles okay?«, fragt sie mit bebender Stimme. Zuerst kann ich nicht antworten, weil der Typ mit seinem Oberkörper auf meinem zusammensackt. Das Blut sprudelt weiter wie aus einem fucking Springbrunnen aus seinem Hals – sie hat treffsicher die Halsschlagader erwischt.

Vielleicht sollte ich meine Einschätzung über ihre Naivität überdenken. Dieses Mädchen weiß vermutlich besser, was sie tut, als es den Anschein macht. Beinahe muss ich grinsen, weil ich dabei gewisse Parallelen zu mir selbst entdecke.

In diesem Moment erwacht der Mann neben mir aus seiner Starre, in die er kurzzeitig gefallen ist. Doch er stürzt sich nicht auf mich, sondern auf Eden. Gottverflucht. Ich schiebe den Leichnam von mir, komme auf die

Füße, nehme zwei tiefe Atemzüge, dann stürze ich mich auf ihn und bringe nun meine Hände an seinen Hals. Er strampelt, tritt um sich, lässt Eden aber los, die unter ihm auf dem Boden liegt und ebenso wild um sich tritt.

Immer fester krampfen sich meine Finger um seinen Hals, ich zerre ihn zur Seite und hocke mich mit den Knien auf seinen Rücken. Dann zerre ich seinen Kopf nach oben und donnere ihn mit dem Gesicht voran auf den Boden. Immer und immer wieder.

Eden neben mir gibt erneut einen erstickten Schrei von sich, als die Nase des Typen bricht. Er stöhnt leidend, spuckt Schleim.

Noch mehr Blut.

Alles ist voller Blut. Unter unseren Körpern bildet sich ein roter See, meine Klamotten sind von oben bis unten eingesaut und es stinkt bestialisch nach Kupfer und Tod. Ich mache dennoch weiter, verfalle in einen wahren Blutrausch. Knochen brechen, als ich sein Gesicht auf den glitschigen Boden donnere. Wieder und wieder, härter und kompromissloser. Meine ganze angestaute Wut der letzten Monate kanalisiert sich auf diesen armen Wurm unter mir.

»Runter von ihm, Gallagher«, ertönt Karls erschöpfte Stimme und er taucht in meinem linken Sichtfeld auf – und bringt mich damit zur Besinnung. Er zerrt Eden grob an seine Seite und hält in der anderen Hand eine Pistole. »Der ist schon tot.« Er wedelt mit der Waffe durch die Luft, eine Geste, mir zu bedeuten, seinen Worten besser nachzukommen. Ich kann nur hoffen, dass er bei seinem Waffenschein gut aufgepasst hat und das Ding nicht geladen ist. Man fuchtelt nicht wild mit Pistolen herum.

Ich halte mit den Händen immer noch auf seinem Hals inne, spüre nach einem Pochen, doch der Puls ist tatsächlich nicht mehr fühlbar. Ein paarmal atme ich tief durch, dann komme ich auf die Füße und wische mir die Hände an seinem Pullover ab. Eden stürzt auf mich zu und ich bin überrascht, dass Karl sie lässt. Doch ehe ich sie an mich ziehen kann, eine Geste, die sich irgendwie intuitiv richtig anfühlt, fällt mir der Cut über ihrem Auge auf, der weiteres Blut über ihr hübsches Gesicht laufen lässt.

Meine Fresse.

So hat sich Ciel meine Flucht sicher nicht vorgestellt. Bei dem Gedanken muss ich beinahe grinsen. »Eden, Baby, du blutest.«

Ich weiß nicht, warum ich sie so nenne. Es muss das Adrenalin sein, das durch meine Adern jagt. Genauso wie durch ihre, denn ihre Mimik verrutscht nicht eine Sekunde.

»Ja, das war wohl abzusehen, wenn ich einem Mann einen Schlüsselbund in den Hals ramme, oder?« Ihre Finger zittern, als sie sich in meinem Shirt festhält, genauso wie ihre Stimme. Der Schock ist in ihren grünen Augen zu sehen und alles, was ich denken kann, ist, dass sie ihren Schutz bei mir sucht. Bei mir, obwohl ich gerade Menschen vor ihren Augen getötet habe. *Und sie hat einen Menschen für mich getötet, um mein Leben zu retten.*

»Das meine ich nicht«, sage ich leiser und nehme ihr Gesicht in meine Hände. »Karl.« Ich sehe über ihren Kopf zum Wärter. »Könntest du mir bitte den Schlüssel für den Medizinraum geben?«

»Es brennt«, hält der dagegen und deutet zur Decke, an denen die Sirenen immer noch ihre nervigen Geräusche von sich geben.

Ich lache kurz auf. »Hier brennt nichts, das wissen wir beide. Schlüssel, und dann siehst du zu, dass du dich da in Sicherheit bringst, wo sich deine feigen Kollegen verkrochen haben.«

Karl ist ein schlechter Wärter für seinen Boss, dafür ein umso besserer für diejenigen Insassen, die gut mit ihm können. Karl seufzt leise und ich bekomme aus dem Augenwinkel mit, wie er den Schlüsselring aus dem Hals des toten Mannes zieht. Um Eden abzulenken, der diese gurgelnden Geräusche ebenfalls nicht verborgen bleiben, presse ich kurzerhand meine Lippen auf ihre. »Danke«, flüstere ich heiser. »Mir hat tatsächlich noch nie jemand so entschlossen den Arsch gerettet wie du.«

»Habe ich gern gemacht, wäre etwas übertrieben formuliert«, flüstert sie zurück, ohne den Blick von meinen Augen zu nehmen. Intuitiv streiche ich über ihre Wange, während ich besorgt auf den tiefen Cut an ihrer kupfernen Augenbraue sehe. »Dafür sind wir jetzt quitt, nicht wahr? Du hast mich gerettet, ich ... dich.« Sie verzieht das Gesicht und ich kann im Funkeln ihrer Augen lesen, wie sich langsam die Erkenntnis in ihr ausbreitet, was sie getan hat. In dem Moment tropft ein dicker Tropfen Blut von ihrer Braue auf ihre Lippen. Ich zögere nicht, wische ihn mit meinem Daumen weg und spüre unter meinen Fingern, wie sie angespannt den Atem anhält.

»Hier«, brummt Karl in dem Moment und tritt neben uns. Er hält mir einen Schlüssel entgegen, den ich in meine Hosentasche schiebe, während ich an ihm herabsehe.

»Ist mit dir alles okay?«

»Geht so«, knurrt er. »Drecksbande. Kaum haben sie 'ne Chance, gehen sie auf einen los. Ich werde mal den Rest suchen. Pass auf sie auf.« Damit dreht er sich um und gibt einen Warnschuss ab, bevor er eine Gruppe Insassen anschnauzt, gefälligst nach draußen zu gehen.

»Komm mit«, sage ich zu Eden und greife nach ihrer Hand. Der Medizinraum befindet sich im Erdgeschoss. Die Treppen sind verlassen, die Sirenen plärren weiter über unseren Köpfen und noch immer ist kein weiteres Wachpersonal zu erkennen. Was auch immer Ciel hier in die Wege geleitet hat: Es hätte funktioniert. Ich könnte vermutlich einfach rausspazieren. Es reicht ein Blick zum Haupteingang des Gefängnisses, um zu verstehen, dass auch hier die üblichen Stellen verwaist sind. Das war also sein toller Plan: Alle rauslocken – was auch immer er mit den Wachen getan hat – und mich am Haupteingang einsammeln. Ich verwette meinen linken Schuh (das ist immerhin eine teure, limitierte Nike-Special-Edition), dass Ciel sicher nicht einmal selbst an der Aktion beteiligt ist. Vielleicht schickt er sogar nur seine Handlanger, um mich abzuholen. Deren Job ich in Zukunft übernehmen darf.

Nichts mit Freiheit. Daher habe ich es gar nicht eilig, von hier zu verschwinden.

Jetzt ist sowieso erst einmal etwas anderes wichtiger.

Nicht dass mir meine kleine Retterin noch verblutet.

Kapitel 10
Eden

Ich sage kein Wort, als Caleb mich in den dunklen Raum schiebt und gleichzeitig den Lichtschalter betätigt. Mit einem leisen Summen flackern die Neonleuchten an der Decke auf und es dauert ein paar Sekunden, bis der Raum ausgeleuchtet ist.

Ich spüre die Kälte des Zimmers und doch wieder nicht. Meine Haut brennt, Schweiß rinnt mir zwischen den Brüsten hinab und meine Stirn fühlt sich klamm an. In meinen Ohren breitet sich ein monotones Sausen aus, das das Knacken der Neonröhren und das Brummen einer Maschine im hinteren Teil des Raums übertönt.

Der Schockzustand, in dem ich mich befinde, sorgt dafür, dass alles, was in den letzten Minuten passiert ist, nicht in mein Verständnis vordringt. Ich weiß durchaus, *was* geschehen ist – aber ich verstehe es nicht. Und ich will es auch gar nicht verstehen und bin meinem Körper dankbar dafür, dass er einfach selbstständig für mich weiteratmet und meinen Fokus auf etwas anderes lenkt. Auf Calebs dunkelbraune Augen, die mich besorgt mustern, während seine Hände über meine Wangen gleiten. Sanft schiebt er mich durch den karg ausgestatteten Raum, für den ich keinen Blick übrig habe. Ich sehe nur Caleb.

Meine Kniekehlen stoßen gegen etwas Hartes und Caleb drückt mich bestimmt auf den Stuhl.

Jede Berührung von ihm fühlt sich unheimlich gut an und so schließe ich seufzend die Augen und genieße es, wie er kurz darauf mit einem feuchten, warmen Schwamm mein Gesicht sauber tupft. Als er die Stelle an meiner Augenbraue trifft, jagt ein heißer Schmerz durch meine Stirn und mein Herzschlag beschleunigt sich. Kalter Schweiß prickelt in meinem Nacken. Meine Hände, die ich in meinem Schoß ineinander verkrampfe, fangen an zu zittern und ein weiterer heiß-kalter Schauer wie bei einem Fieberschub rollt über meinen Körper.

»Sch«, macht Caleb leise und schiebt eine Hand unter meine Haare. In sanften Berührungen streicht er über meine Kopfhaut und säubert mit der anderen weiter meine Wangen. »Das ist das Adrenalin, das sich jetzt legt. Versuche einfach, ruhig zu atmen. Konzentriere dich darauf. Atme tief und bewusst in den Bauch, dann langsam wieder aus. Probiere es mal.« Er macht es mir sogar vor, atmet tief und betont laut ein, während er mit der freien Hand in einer Kiste kramt. »Das tut gleich etwas weh, nicht erschrecken.« Diese fürsorgliche Seite habe ich an Caleb nicht erwartet, doch ich habe auch nicht von mir selbst erwartet, dass ich einem Menschen kaltblütig Schlüssel in den Hals rammen könnte. Dabei habe ich nicht einmal nachgedacht. Ich habe Karl gesehen, wie er verprügelt am Boden lag, und als ich den Schlüsselring an seinem Gürtel wahrgenommen habe, kam mir der Geistesblitz, den ich einfach umgesetzt habe.

O Gott, was habe ich getan?

»Ich habe einen Menschen getötet«, wimmere ich und kralle mich in Calebs Unterarme, als er gerade etwas furchtbar Brennendes auf der Wunde aufträgt. »Jetzt komme ich ins Gefängnis!« Caleb hält, die Fingerspitzen an meine Wange gelegt, inne und schnalzt ungehalten.

»Sieh mich an«, fordert er leise, aber vehement. Erst da spüre ich, wie fest ich die Augen aufeinanderpresse und dass mir die Tränen nass und heiß über die kalten Wangen laufen. Als ich ihn ansehe, trüben sie mir die Sicht, und doch beruhigt mich sein ernster Blick für den Moment. »Es war Notwehr, Peach«, insistiert er mit tiefer, ruhiger Stimme. »Hättest du ihn nicht erledigt, hätte er erst mich erwürgt und dann dich vergewaltigt und ermordet. Nicht unbedingt in der Reihenfolge.« Seine Finger schließen sich um mein Kinn, dann nimmt er die andere Hand von meinem Hinterkopf. Auch nicht unbedingt in der Reihenfolge. Mein Denken verschwimmt mit jeder Sekunde mehr und fokussiert sich auf den einen Satz: *Ich habe einen Menschen getötet.*

»Komm, lass mich das fertig machen, dann verschwinden wir hier.«

Wir?

Er tupft weiter auf meiner Augenbraue herum, immer wieder spüre ich seine Fingerspitzen auf meiner Haut, dann zwickt es noch einmal, als er überraschend geübt ein Klammerpflaster auf der Wunde aufbringt.

»Fertig, das muss erst mal so gehen«, sagt er schließlich und legt seine Hände auf meine Schultern. Die Wärme, die von ihnen abgeht, erdet mich und schießt elektrisierende Stöße durch die Körperpartien, die von ihm berührt werden. Ich sinke vor und lande mit meiner Stirn an seinem strammen Bauch. Mein Körper wird von einem lautlosen Beben geschüttelt und mir wird eiskalt.

»Mir ist schlecht«, murmle ich und spüre, wie Caleb sich versteift.

»Musst du kotzen?«

Ich nicke, dann schüttle ich den Kopf. »Ich weiß nicht. Es ... o Gott.«

Da sinkt Caleb vor mir auf die Knie und schiebt seine warmen Hände beruhigend auf meine Stoffhose, die wohl nicht mehr zu retten ist. Überall, wo ich hinsehe, ist dunkelrotes, tief eingesogenes Blut.

»Darf ich dir das ausziehen?«, fragt er und zupft am Saum meiner Bluse. Ich muss nicht herabsehen, um zu wissen, wie sie aussieht.

»Und dann?«, frage ich und meine Stimme schraubt sich beinahe hysterisch in die Höhe.

»Na, nicht um dich zu ficken, Eden.« Caleb lacht und fängt einfach an, die kleinen Knöpfe mit erschreckend routinierten Bewegungen zu öffnen. Er streift mir, ohne dass ich mich wehre, den dünnen Stoff von den Schultern, bevor er doch innehält und auf meinen spitzenbesetzten Push-up-BH sieht. »Den hast du gar nicht nötig«, lässt er mich leise wissen, bevor er einen schlichten grauen Männerpullover aus einem Regalfach nimmt und ihn mir über den Kopf zieht.

Wieder muss ich als Übersprunghandlung lachen und widerspreche leise. »Doch. In den Kreisen, in denen ich mich bewege, sind durchscheinende Nippel ein absolutes No-Go. Und meine Brüste sind einfach zu klein. Mit diesem BH erfülle ich alle Erwartungen. Über der Bluse sehen sie aus wie aus dem Katalog, nicht wahr?« Der Sarkasmus trieft nur so aus meinen Worten und nun ist es Caleb, der leise lacht.

»Wenn du das sagst.« Er deutet auf das Regal, in dem die Gefängniskleidung liegt. »In die Hosen würdest du wohl dreimal reinpassen, daher muss es wohl erst mal so gehen.« Er richtet sich auf, wird sein blutverschmiertes Shirt los und tauscht es ebenfalls gegen einen grauen, einfachen Pullover. An ihm sitzt der Stoff eng und umspielt seine Muskeln perfekt. Ich hingegen sehe wohl aus wie ein ausgekotzter Kartoffelsack.

Auf sein Zeichen hin erhebe ich mich und laufe mit steifen Gliedern auf ihn zu. Dicht vor ihm bleibe ich stehen. Ich muss den Kopf leicht in den Nacken legen, um ihm in die palisanderfarbenen Augen zu blicken. »Caleb, ich …« Ich verstumme. Was soll ich ihm auch sagen!

Wo soll ich jetzt hin? Jetzt, nachdem ich einen Menschen getötet habe?

Wieder treten mir die Tränen in die Augen, mein Körper glüht und friert in ein und derselben Sekunde.

Gerade als Caleb den Mund öffnet, um etwas zu sagen, höre ich das Quietschen der Tür hinter ihm, als sie schwungvoll aufgerissen wird.

Für heute habe ich eindeutig zu viel Scheiße erlebt. Ich kann nicht mehr. Mit geweiteten Augen sehe ich Caleb einfach stumm an und bemühe mich nicht einmal, an ihm vorbeizusehen, um zu erkennen, wer da in den Raum tritt. Am liebsten würde ich mich in Luft auflösen.

»Puh«, kommt es von einer männlichen, tiefen und gleichzeitig samtweichen Stimme, die gleichermaßen belustigt wie verärgert klingt. Ich versteife mich unwillkürlich und ahne in diesem Moment, dass die nächste Katastrophe direkt bevorsteht. »Mir wurde gesagt, du wärst dumm, aber einfach den Feueralarm zu ignorieren … deinetwegen musste ich mich jetzt selbst auf den Weg machen. Ich denke, du kannst dir vorstellen, was das bedeutet.«

Calebs Kiefer mahlen wütend aufeinander, bevor er betont langsam einen Schritt zurückmacht und sich umdreht – und dabei den Blick auf mich freigibt.

Im Türrahmen steht ein großer, athletischer Mann, der in seinem eleganten Outfit auch gut und gerne auf die Weihnachtsgala meiner Familie gepasst hätte. Seine dunkelblonden Haare fallen ihm leicht in die gebräunte Stirn und werden von einigen helleren Strähnen durchzogen, die davon zeugen, wie oft er sich im Sommer an der Sonne aufgehalten haben muss.

Seine markanten männlichen Gesichtszüge, auf denen ich eben noch einen wirklich amüsiert-spöttischen Zug gesehen habe, fallen in sich zusammen, als er mich hinter Caleb erkennt. Es fühlt sich an, als würde er mich mit seinem Blick niederbrennen, und ich weiche instinktiv etwas zurück, dabei trennen uns ohnehin mehrere Meter. Seine muskulösen Arme hält er locker über seinem Kopf im Türrahmen abgestützt, nimmt sie jetzt jedoch herunter. Er krempelt die weißen Ärmel seines Leinenhemdes auf, als würde er seine Finger beschäftigen wollen. Bevor er was macht? Sich auf mich stürzt? Sein Blick wirkt genau so. Doch schließlich wendet er den Kopf und sieht Caleb an. »Erklär das«, presst er deutlich angespannt und ohne den kleinsten Funken Hohn in der Stimme hervor.

Ich bin mir ziemlich sicher, dass er damit nicht unsere Outfits meint, an denen trotz der neuen Pullover noch genug Blut klebt, um zu erkennen, dass wir die letzten Minuten nicht mit Däumchendrehen beschäftigt waren. Was ist sein Problem?

»Darf ich vorstellen, Eden, eine Autorin, die über diesen Irrsinn hier ein Buch schreiben will.« Calebs Stimme ist ruhig, und doch höre ich eindeutig die Anspannung in ihr heraus. Er deutet mit dem Kinn auf den Surferboy-Verschnitt. »Und das ist der Mann, der meinen Ausbruch organisiert.«

Ich öffne die Lippen zu einer Erwiderung, schließe sie aber untätig wieder, weil mir partout nichts einfallen will, was ich darauf sagen kann. Caleb kennt diesen

Mann – und anscheinend war er halbwegs eingeweiht in das, was hier heute passiert ist.

Ich mustere ihn still. Vielleicht kenne ich ihn wirklich von einer der zahlreichen Partys meiner Eltern, aber ... nein. Dieser Typ sieht so gut aus, dass er mir, wäre es so gewesen, definitiv im Gedächtnis geblieben wäre.

Als der Mann, dessen Namen Caleb nicht erwähnt hat – dabei bin ich mir sicher, dass er ihn kennt –, immer noch nichts erwidert, redet Caleb weiter. »Wir waren gerade fertig.« Er deutet auf meine Stirn. »Eden hat ein bisschen zu real erfahren wollen, was hier drin so abgeht. Fünf Minuten, und ich wäre deinem Plan gefolgt und durch den Haupteingang spaziert.«

»Fünf Minuten können manchmal entscheidend über eine Menge Dinge sein.« So kryptisch, wie die Worte des Fremden auch klingen, so gegensätzlich belanglos ist sein Ton, als er zurücktritt und eine kleine Geste in unsere Richtung macht. »Nun denn. Eine kleine Planänderung. Mitkommen.« Er sieht zu mir. »Beide.« Das letzte Wort zischt er und sein scharfer Ton kriecht mir kalt unter die Haut. Caleb versteift sich unwillkürlich neben mir, greift nach meiner Hand, die ich ihm nur allzu gern überlasse. Von diesem Mann geht eine Gefahr aus, die ich nicht näher ergründen will. Hinter seiner attraktiven Fassade lauert ein kaltblütiges Monster, das mir – im Gegensatz zu Caleb – etwas Böses will. Ich sehe es in seinen eisblauen Augen, mit denen er nicht von mir ablässt.

Es ist meine Menschenkenntnis, die mir das flüstert und eben doch recht gut ausgeprägt ist. Caleb hat mir an diesem frühen Morgen meine Einschätzung über ihn nur bestätigt. Ich will aber nicht, dass dieser Mann mir ebenfalls beweist, dass ich richtigliege.

Stumm laufe ich dicht an Calebs Seite gepresst durch das wie leer gefegte Foyer des Gefängnisses. An den

Türen stehen zwei Männer, die beide Jeans und schwarze Jacken tragen. Sie nicken dem Blonden zu, der entspannt und gleichzeitig wachsam wie ein Tiger auf Beutezug vor uns herläuft. Er bewegt sich wendig, schnell, und doch wirkt er nicht wie ein Mann, der allem Anschein nach gerade für einen Gefängnisausbruch sorgt, sondern als würde er bei einer Poolparty mit einem Glas Champagner über die gestutzte Wiese schlendern.

Als wir in die Dunkelheit treten, lässt Caleb mich los und schiebt mich an meinem unteren Rücken nach vorne. Am Himmel bahnen sich die ersten roten Sonnenausläufer ihren Weg, vereinzelt fallen noch ein paar Schneeflocken vom Himmel. Doch die Kälte fühlt sich nicht unangenehm an. Im Gegenteil. Sie kühlt meine erhitzte Haut und ich atme begierig den frischen Sauerstoff in meine Lunge, während ich wie auf Autopilot nach vorne stolpere. Ich will Caleb nicht loslassen, gleichzeitig will ich nichts wie weg von hier.

»Eden findet den Weg von hier allein«, sagt Caleb und diese Anspannung in seiner Stimme ist noch ausgeprägter. »Verzieh dich, Eden.«

Ich drehe mich zu ihm um und öffne gerade den Mund, um ... ich weiß gar nicht, was ich darauf sagen soll. Ich weiß nur, dass mich sein Verhalten verletzt. In diesem Moment fühlt es sich an, als würde Caleb und mich etwas Großes miteinander verbinden. Etwas monumental Weltveränderndes. Wir haben gemeinsam gemordet, verdammt! Meine ganze Welt wurde aus den Angeln gerissen, ich fühle mich wie im freien Fall und ich habe eine verdammte Angst vor dem Aufprall. Gerade hält mich nur noch der Adrenalinpegel aufrecht.

Ich habe nur noch ihn. Zu wem soll ich bitte gehen? Zu Steven? Und dann lebe ich mein Glamourleben weiter, als wäre nichts passiert? *Vermutlich würde das sogar funktionieren.*

Doch am meisten stört mich, dass er mich einfach fortschickt. Als würde es ihm überhaupt nichts bedeuten, was geschehen ist. Und am allermeisten stört mich, dass es mich so stört, schließlich ist Caleb nur Caleb. Ein Typ aus dem Knast. »Geh, Eden!«, schiebt er wütend hinterher, doch in dem Moment dreht sich der blonde Typ um und streckt seinen Arm so ruckartig nach mir aus, dass ich erschrocken zurückweiche. Er umfasst meinen Oberarm, zerrt mich an seine Seite und lächelt dabei so charmant, dass dieses Lächeln im völligen Kontrast zu seinen groben Berührungen steht.

»Ich sagte, ihr kommt beide mit.« Über die Schulter sieht er zu Caleb, genau wie ich. Caleb mahlt wieder mit dem Kiefer und seine Stirn liegt in wütenden Falten. Doch im Gegensatz zu den Typen im Gefängnis scheint er diesem Mann gegenüber Respekt zu haben. Oder Furcht. Was es auch ist, es führt dazu, dass er nichts sagt, nicht eingreift, und so werde ich zu dem weißen Van gezerrt, der noch immer auf dem Besucherparkplatz steht.

Als wir ihn erreichen, wird von innen die Schiebetür geöffnet, der Mann drängt mich hinein und drückt mich auf die Rückbank. Caleb setzt sich neben mich, der Fremde nimmt gegenüber von mir entgegen der Fahrtrichtung Platz. Er schnallt sich an, als würden wir nun einen netten Ausflug machen. Dabei sitzen in diesem Wagen mehrere Männer, die wohl zu ihm gehören. Zwei befinden sich bei uns im hinteren Teil des Transporters, zwei andere vorne. Der Fahrer startet den Motor genau in dem Moment, als die Tür von einem der Männer zugeschoben wird. Sie alle tragen ausschließlich Schwarz und wirken wie Angestellte einer Security-Firma. Und doch ahne ich, dass sie nicht zu meinem Schutz beitragen werden.

Caleb sitzt mittig auf der Rücksitzbank und starrt regungslos an mir vorbei durch das Fenster neben mir. Der Blick des Blonden liegt unterdessen auf mir. Er mustert mich, nicht auf sexuelle Weise, sondern eher so, als würde er sich einen Plan überlegen. Er tippt sich leicht mit seinem Zeigefinger auf die Unterlippe, neigt nachdenklich den Kopf und wippt mit seinem Fuß, den er lässig auf seinem Oberschenkel abgelegt hat. Unter anderen Umständen würde ich ihn in seiner Stoffhose und dem Leinenhemd attraktiv finden – und wenn wir auf einer Jacht stünden, statt auf der Flucht zu sein. Sein Outfit passt zu ihm, aber keineswegs zu dem, was wir gerade tun.

Der Dieselmotor des Wagens röhrt, als wir durch die dunklen Straßen Londons schießen. Caleb verfällt in eisiges Schweigen und rührt mich nicht an, dabei würde ich so gern seine Hand halten, um wenigstens etwas zu haben, das mir Halt gibt. Doch ich traue mich nicht, danach zu greifen. Und so sitze ich gefühlt stundenlang auf dem Sitz, die Hände unter meine Oberschenkel geschoben, und starre auf den Blechboden zu meinen Füßen.

»Bitte«, sagt Caleb plötzlich in die Stille und klingt beinahe flehend. »Lass sie gehen. Ich will sie nicht mit in diese Scheiße ziehen. Sie hat genug eigene Probleme.«

»Das fällt dir ein wenig spät ein«, gibt der Mann unbeeindruckt zurück. Nun mahlen seine Kiefer aufeinander und sein Blick huscht zu mir. Ich sehe ihn stumm bettelnd an. Ich weiß nicht worum. Will ich, dass er mich gehen lässt?

Nein. Weil ich dann von Caleb getrennt wäre, und das kann ich in diesem Moment nicht ertragen.

Aber der Typ jagt mir Angst ein. Obwohl ein freundliches Lächeln auf seinen Zügen liegt, versprühen seine hellblauen Augen eisige Kälte. Kälte, die mich innerlich einfrieren lässt. Ich sehe pure Skrupellosigkeit in seinem Blick, unter die sich nun eine Entschlossenheit mischt, von der ich nicht weiß, was sie zu bedeuten hat.

Caleb allem Anschein nach schon. Er wird immer unruhiger. »Komm schon. Sie weiß nicht einmal deinen Namen. Lass sie gehen. Sie wird dir keine Probleme bereiten und ...«

»Sie hat mein Gesicht gesehen, du Trottel«, fährt der Mann ihn mit einem schneidenden Ton an. »Ich *kann* sie nicht gehen lassen. Es hat einen Grund, warum ich arbeite, wie ich arbeite.«

Caleb fährt sich durch die Haare, schüttelt dabei den Kopf und lässt anschließend seinen Blick durch das Wageninnere gleiten.

»Denk gar nicht erst dran«, sagt der Blonde entspannt und dreht sich auf seinem Sitz, um einem seiner Männer, der sich ihm entgegenlehnt, etwas ins Ohr zu flüstern. Dieser wiederum sagt kurz darauf etwas zum Fahrer, der von der Straße abbiegt. In der aufgehenden Sonne erkenne ich, dass wir durch ein Industriegebiet fahren, das wenig später durch landwirtschaftliche Betriebe abgelöst wird. Der Wagen rumpelt über einen unbefestigten Weg und irgendwann ist vor dem Fenster nichts anderes mehr zu sehen als weites Feld.

Wo zum Teufel bringt er uns hin?

Das frage ich nicht, weil ich weiß, dass ich ohnehin keine Antwort bekäme. Stattdessen konzentriere ich mich auf meinen Atem, so wie Caleb es mir vorgemacht hat.

Ich atme gegen den Schmerz in meinem Inneren an, der sich wie ein heißes Brennen in meinem Magen ausbreitet. Als sich der Weg gabelt und auf der linken Seite in ein dürres Waldgebiet übergeht, kommt der Wagen so ruckartig zum Stehen, dass trotz des glitzernden Frosts, der den Pfad überzieht, eine kleine Staubwolke aufwirbelt.

Und dann geht es schnell. Caleb springt auf, wird aber zeitgleich von den zwei schwarz gekleideten Männern abgefangen. Einer hält ihn im Schwitzkasten gefangen und presst ihm eine Hand auf den Mund, die von einem Lederhandschuh überzogen ist. Er zerrt ihn zur Seite, Calebs wütende Worte ersticken ungehört in seinem Griff. Der andere Mann öffnet die Schiebetür des Transporters.

Der Blonde steht auf, ignoriert Calebs Schnaufen und reicht mir in einer gespielt freundlichen Geste die Hand. Ich ergreife sie, weil ich dumm bin.

Dumm oder resigniert oder hoffnungslos. Vielleicht auch eine Mischung aus allem. Im Endeffekt spielt es keine Rolle; ich könnte mich ohnehin nicht wehren. Nicht einmal Caleb schafft das, und ich habe diesmal keinen Schlüsselring, den ich als Waffe umfunktionieren könnte. Und ich weiß nicht, ob ich es noch einmal schaffen würde – jetzt, in dem Wissen, wie es sich anfühlt, einen Menschen zu töten.

Mein Körper reagiert auf Autopilot, als er mir aus dem Wagen hilft und mich ein paar Schritte wegführt. Die Lichtung ist hart und an einigen Stellen gefroren. Ich tapse unsicher neben ihm her, bis er stehen bleibt. Vielleicht setzt er mich hier draußen aus. Mit wild schlagendem Herzen sehe ich mich um. Der Weg ist zwar weit, aber auch bei der Kälte sollte ich es schaffen zurückzulaufen, ohne zu erfrieren.

Doch das ist nicht das, was er mit mir vorhat. Ich sehe es in seinen Eisaugen, die mich mustern. »Geh auf die Knie.«

Ein paarmal blinzle ich unbeholfen, bis ich seine

Worte verstehe. Nicht aber die Bedeutung dahinter. Ich weiß, was Frauen tun, wenn sie vor Männern knien.

Aber in dieser Situation? Die Gedanken überschlagen sich in meinem Kopf und der wahnwitzigste davon ist der: *Das hier wäre eine hervorragende Szene für mein Buch.*

Die unterschiedlichsten Gefühle toben wie ein ausgewachsener Sturm in mir, doch das drängendste ist das der absoluten Überforderung. Und letztendlich ist es auch das, was dafür sorgt, dass ich auf ihn höre.

Ich sinke mit den Knien auf den Boden, lege meine Hände auf die Oberschenkel und senke meinen Blick darauf. Das eingetrocknete Blut auf meiner Hose lässt mein Herz erneut an Tempo zulegen.

Da spüre ich eine flüchtige Berührung auf meinem Kopf. Meine Lider flattern, als ich nach oben sehe. Er trägt nun auch einen Lederhandschuh, als er mir über den Cut an meiner Augenbraue streicht. Für wenige Sekunden meine ich so etwas wie ... Überraschung in seinen Zügen aufblitzen zu sehen, die jedoch gleich wieder der eiskalten Fassade weicht.

Er tritt zurück, als just in dem Moment einer seiner schwarz gekleideten Lakaien neben ihm auftaucht. Er reicht ihm etwas, doch was es ist, kann ich nicht genau erkennen, weil er sich mit dem Oberkörper von mir wegdreht.

Der Blonde flüstert etwas, dann zieht sich der andere Mann zurück. Seine Arme machen eindeutige Schraubbewegungen, die ich dennoch nicht genau einordnen kann. Ich traue mich aber auch nicht, mich aufzurichten und genauer zu sehen, was er da tut. Ich setze darauf, dass ich mit Gehorsamkeit weiter komme als mit Rebellion.

Zeitgleich, als er sich mir wieder zuwendet, erkenne

ich, was er getan hat, und mein Körper gefriert. »Sieh zur Seite. Es ist gleich vorbei und wird nicht wehtun.«

Ich sollte wegrennen, schreien oder mich anderweitig wehren, doch ich kann nicht. Wie paralysiert hocke ich in der Kälte auf dem Boden und starre in die Mündung des Schalldämpfers.

Kapitel 11
Ciel

Wenn es eins gibt, das ich hasse, sind es Pläne, die durcheinandergebracht werden. Ich habe damit gerechnet, dass ich den Hohlkopf wirklich selbst aus dem Knast schleifen muss, aber nicht damit, dass er in Begleitung ist. Einer Begleitung, die ich nicht einfach im Knast hinrichten konnte, ohne zu viel Aufsehen zu erregen.

Ein gefakter Feueralarm, ein paar bestochene Wachen und das Verschwinden eines der wichtigsten Insassen sorgen schon für genug Gesprächsstoff – aber eine junge, ermordete Frau, die eindeutig nicht hinter diese Mauern gehört, wirft Fragen auf. Fragen, die durch Mordkommissionen bis ins letzte Detail aufgearbeitet werden würden. Das kann ich nicht gebrauchen.

Loswerden muss ich sie trotzdem. Und zwar endgültig. Caleb hat zwar immerhin so weit mitgedacht, dass er ihr nicht meinen Namen genannt hat, aber in dieser Hinsicht gehe ich kein Risiko ein. Wer mich bei einem Job überrascht und mein Gesicht sieht, stirbt.

Ich bin nur so erfolgreich in dem, was ich tue, weil ich strenge Regeln habe, die ich auch einhalte. Immer. Ohne Ausnahme.

Und doch zögere ich eine Sekunde, den Abzug zu betätigen, als sie regungslos vor mir kniet. Ihre großen grünen Augen sind aufgerissen und sie starrt in den Lauf meiner Waffe mit dem Schalldämpfer. Es ist eindeutig, dass sie völlig neben sich steht.

Das ist gut. Denn dann bekommt sie kaum mit, was hier geschieht.

Ohne es zu wollen, zuckt mein Blick über ihr Gesicht. So zögere ich das Unvermeidliche nur länger heraus. Ich sollte sie einfach erlösen. Aber mein Finger bleibt unbeweglich.

Nur durch meine Leute habe ich erfahren, dass es eine Schlägerei gab, aber nicht, dass Caleb und anscheinend auch sie darin beteiligt waren. Abseits von dem erstaunlich professionell versorgten Cut an ihrer Braue schimmert ihr Gesicht grün und blau und weckt mit diesem Anblick tief schlummernde Monster in mir. Mein Finger krampft sich um den Abzug. Die Beretta liegt schwer in meiner Hand und ich zögere noch immer. Ohne es zu wollen, denke ich über ihre Beweggründe nach, vor mir auf die Knie zu sinken.

Ich habe mit deutlich mehr Widerstand gerechnet. Dachte, sie würde sich wehren, mich anschreien, weglaufen. *Irgendwas*. Stattdessen ist sie sofort auf meinen Befehl hin niedergekniet. Und hat für den Bruchteil einer Sekunde auf meinen Schritt gesehen. Dachte sie, ich zwinge sie hier in der Kälte zu einem Blowjob?

Scheiße, warum sollte ich das tun!

Wut wallt in mir auf. Ich will sie gar nicht verstehen wollen, aber es ärgert mich, dass sie es mir so leicht macht. Ich werde mich wie ein Arschloch fühlen, wenn ich gleich abdrücke, dabei ist es eine saubere und vor allem notwendige Absicherung meiner Arbeit und damit meines Lebens. *Es geht nicht anders.* Die Dämonen in mir kämpfen sich immer weiter nach oben und sorgen beinahe dafür, dass ich etwas Unbedachtes tue. Ihr die Pistole gegen die Wange schlage, sie wegtreibe, sie anbrülle oder meinen Schwanz wirklich auspacke.

Verflucht. Sie soll sich wehren, bevor ich sie erschieße. Einzig, damit mein Gewissen nicht diese Scheiße abzieht wie gerade.

Mein Finger zuckt, genauso wie die Augen der rothaarigen Engländerin. Sie sieht zu meiner Hand, ihre Lippen öffnen sich zu einem stummen O.

Ich muss es tun. Noch einen Blick länger in den grünen, wilden Dschungel ihrer Augen und ich kann mir die Beretta selbst in den Mund schieben. Wenn ich sie laufen lasse, kann ich nicht mehr ruhig schlafen.

»Boss«, ertönt plötzlich eine leise Stimme neben mir. »Sorry, aber der Bursche dreht gerade auf. Sollen wir ihn kaltmachen?«

Fuck.

Ich reiße mich vom Anblick der jungen Frau los – ohne abzudrücken – und sehe zum Wagen, vor dem Caleb liegt. Einer meiner Männer sitzt auf seinem Rücken und hält ihm von hinten weiter den Mund zu. Caleb wehrt sich nicht. Er starrt einfach nur völlig erledigt zu dem Mädchen vor mir. Selbst über die Entfernung kann ich sehen, was in seinen Augen los ist.

Aber es sollte mich nicht kümmern, ob ich dem Loser aus Londons Unterwelt noch ein Trauma mehr verpasse. Sein Leben ist ohnehin völlig am Arsch. Er hat Feinde an jeder Ecke und es sich mit allen verscherzt, die ihm mal nahegestanden haben. Noch dazu habe ich keine verschissene Ahnung, woher dieses Mädchen auf einmal kommt und was für eine Rolle sie in seinem armseligen Leben spielt.

Und doch höre ich mich sagen: »Nimm die Hand

weg. Der Trottel sieht so aus, als würde er dringend etwas loswerden wollen.«

Zu meiner großen Überraschung fleht er nicht. Er bettelt auch nicht. Stattdessen sieht er mich aus seiner am Boden liegenden Position so gefasst wie ihm nur möglich an. »Ihr Name ist Eden Wimmerforce. Sagt dir das was?« Ich ziehe ungehalten die Stirn zusammen und winke mit der Beretta in der Hand in seine Richtung, was er als Aufforderung auffasst – was es auch sein soll – weiterzusprechen. »Schränke«, keucht er. »Ihre Familie baut Schränke und ist scheiße reich.« Seine Augen bilden einen Schlitz, als er mich anvisiert. Und ja, auch ohne dass er es ausspricht, weiß ich, was er mir sagen will. Sie umzubringen, wäre damit vergleichbar, einen Sack Geld zu verbrennen. Ziemlich dumm, wenn man es doch anderweitig nutzen kann.

Eden hockt noch immer unbeweglich vor mir und lässt damit all ihre Chancen verstreichen wegzukriechen. Entweder sie ist noch gefangen in ihrem Schock oder sie versteht, dass ihr das auch nichts bringen würde. Ich hätte ihr schneller in den Rücken geschossen, ehe sie sich aufrichten könnte.

»Schränke also«, murmle ich, sichere die Waffe und nicke Pierre knapp zu, der sie mir abnimmt und sich entfernt. »Na dann. Steh auf.« Ich halte ihr versöhnlich die Hand entgegen und wieder zögert sie nur kurz, bevor sie sich von mir auf die Beine helfen lässt. Ich bilde mir ein, ihre kalten, zarten Finger durch meine Lederhandschuhe spüren zu können. Ein Beben schüttelt ihren Körper, ihre Unterlippe zittert, als sie zu Caleb sieht. Ich nicke Simon auf seinem Rücken bejahend zu, der von ihm heruntersteigt. Caleb springt in derselben Sekunde auf und ist mit wenigen Schritten bei uns. Er reißt Eden von mir weg, zieht sie in seine Arme und wirft mir einen grimmigen

Blick zu, der in mir nichts anderes als Belustigung hervorruft. Mit einem zuckenden Mundwinkel sehe ich stumm dabei zu, wie Edens angehaltene Spannung sich entlädt. Schluchzend vergräbt sie ihre Stirn an Calebs Brust und schlingt ihre Arme um seinen Oberkörper.

Ich frage nicht, wie das passieren konnte. Eben war sie noch Autorin, jetzt plötzlich reiche Tochter eines Schrankfirmen-CEOs. Ganz zu schweigen davon, welcher Grund davon dafür verantwortlich ist, dass sie in Caleb so etwas wie ihren persönlichen Retter sieht. Aber das kann mir egal sein.

Bis ich überprüft habe, welche Bären mir Caleb noch alles aufbinden will und was nun der Wahrheit entspricht, werde ich dafür sorgen, dass die beiden mir nicht auf der Nase herumtanzen können. Es reicht ein Handzeichen und meine Männer sorgen dafür, dass die beiden wieder im Wagen sitzen. Doch weder Caleb noch Eden wehren sich. Sie sind beide wohl weitsichtig genug, um zu wissen, dass sie allein gegen mich und meine Leute nichts ausrichten können.

Während der weiteren Fahrt kriecht Eden beinahe in Caleb hinein, der sein Reden wieder eingestellt hat. Er starrt aus dem Fenster, was mir nur recht ist. Ich halte mein Handy in der Hand und verfasse eine Nachricht an Duncan, dem ich dieses Schlamassel erst zu verdanken habe.

Wimmerforce.

Mehr schreibe ich nicht, warte stattdessen, bis er die Nachricht gelesen hat, was binnen Minuten passiert. Noch einmal zwei Minuten, die ich mit Fußwippen auf meinem Oberschenkel überbrücke, dann schreibt er zurück.

Brauchst du jetzt ’nen neuen Schrank?

Ich verkneife mir ein Schmunzeln. Der Teil der Geschichte stimmt also.

Nein. Aber wenn der Boss eine zuckersüße Tochter namens Eden hat, bin ich jetzt unter die Geiselnehmer gegangen.

Was hast du getan, Ciel?

Was ich eben schrieb. Ich brauche einen Ort, um das zu klären.

Diesmal dauert es ein paar Minuten länger, bis Duncan antwortet. Er schickt eine Adresse, die laut Google Maps etwas außerhalb Londons liegt. Ich gebe sie an Simon weiter, der den Wagen zurück auf die nächste größere Straße lenkt.

Es folgt eine weitere Nachricht von Duncan.

Das ist Gilingham Castle. Es gehört einem guten Freund von mir und im Keller kannst du sie erst einmal zwischenparken. Ich treffe euch dort.

Obwohl er es nicht schreibt, lese ich aus jedem Wort Duncans Verärgerung heraus. Aber das können wir später klären. Ich bin nicht weniger verärgert, und das wird er schon merken.

Zwei Stunden später fahren wir auf eine herrschaftliche Auffahrt. Der Kies knirscht laut, als Simon den Wagen etwas zu scharf abbremst.

Gilingham Castle ist, wie der Name schon vermuten lässt, ein altes schlossähnliches Gebäude, das mitten im Nirgendwo steht und mich einige Jahrhunderte in die Vergangenheit katapultiert. Es würde mich nicht wundern, wenn ich hier auf dem Parkplatz statt Autos Kutschen vorfinden würde. Doch so weit kommen wir gar nicht. Simon bleibt vor dem protzigen Hausaufgang stehen und Pierre öffnet die Tür. Ich habe derweil mein Diebesgut im Blick. Caleb hat die letzte Stunde mit geschlossenen Augen verbracht, während Eden sich weiter in seinem Pullover festgehalten und nach unten gestarrt hat. Auf den Boden oder auf seinen Schwanz. Irgendwie interessiert es mich doch, was das zwischen ihnen ist. Ich habe einige Storys über Caleb gehört, und in keiner davon kam er gut bei weg. Eden wirkt nicht so, als würde sie diese Geschichten kennen – zugegebenermaßen aber auch nicht so, als würde sie viel auf die Meinung anderer Leute geben.

Als sie meinen Blick nun streift, wirkt sie gefasst und beinahe neugierig, wie sie an mir vorbei durch die Windschutzscheibe auf das mehrstöckige Gebäude aus dunkelbraunen Steinblöcken sieht. Dass sie noch vor wenigen Stunden in meine Waffenmündung geblickt hat und ich wenige Sekunden davor war, ihr das Hirn wegzupusten, scheint sie recht gut wegzustecken. Caleb hingegen gähnt demonstrativ – ich bin mir sicher, dass er nicht eine Sekunde gepennt hat – und richtet sich auf.

»Kleine Pinkelpause«, scherze ich und stehe auf, um aus dem Wagen zu springen. Ich deute vor mich, und Caleb und Eden folgen meiner Geste. Ehe ich noch etwas sagen kann, öffnen sich die doppelflügeligen Holztüren knarzend und Duncan tritt in Begleitung zweier seiner Männer aus dem Gebäude.

»Willkommen in Francis' bescheidenem Anwesen.« Duncans süffisanter Blick in Kombination mit demselben spöttischen Tonfall ist eindeutig auf Caleb gemünzt. Der zuckt bei der Erwähnung des Namens sichtlich zusammen, auch wenn er sich schon nach wenigen Sekunden wieder unter Kontrolle hat und seine kurzzeitig schockierte Miene einer unbeeindruckten weicht. Einer, die er eindeutig spielt.

Ich schätze, ich weiß, wer dieser Francis ist – einer der beiden Zwillingsbrüder, die Calebs leibliches Kind großziehen werden, wenn es auf der Welt ist.

Duncans Blick huscht anklagend zu mir, nachdem er sich diese Spitze in Calebs Richtung nicht verkneifen konnte. Ich hebe abwehrend beide Hände und leite seine unmissverständliche Wut direkt an Caleb weiter, indem ich auf ihn zeige. »Eine Info darüber, dass der Casanova es sogar schafft, sich 'ne Frau im Männerknast klarzumachen, wäre nett gewesen, um mein Vorgehen besser zu planen.«

Duncans Brauen ziehen sich zusammen und er sieht zu Eden, die bei meinen Worten beinahe unmerklich zusammengezuckt ist. Doch darauf erwidert er zunächst nichts. Stattdessen schiebt er seine Hände in die Hosentaschen seiner Jeans und setzt sich in Bewegung. Eine stumme Geste, die impliziert, dass wir ihm folgen sollen. Ich gebe meinen Männern ein etwas deutlicheres Zeichen mit meinem Finger. Sofort schnappen sie sich Eden und Caleb, halten sie an den Armen fest und führen sie hinter Duncan her.

Wir umrunden das Gebäude, durchqueren einen zugewachsenen Garten, bis wir zu einer in den Boden eingelassenen Holzklappe kommen, die bereits geöffnet ist. Schmale Steinstufen führen in einen unterirdischen Keller.

Ich kann es mir nicht verkneifen, anerkennend meine Augenbrauen zu heben. Das ist ein Unterbringungsort ganz nach meinem Geschmack; auch wenn das hier nur eine kurze Zwischenstation sein soll. Erst muss ich herausfinden, was wirklich an Calebs Worten dran war. Dann muss ich Duncan einen Einlauf verpassen und ihm klarmachen, dass ich kurz davor war, die Kleine abzuknallen, nur weil er mir Informationen verschwiegen hat, und dann werde ich weitersehen. Was aber schon feststeht: Ganz so leicht, wie ich mir diese Aktion ausgemalt habe, wird es nicht ablaufen. Denn Eden hat längst etwas in mir gesehen, was sie nicht hätte sehen dürfen. Und nun hat sie zwei Gründe, die sie auf meiner Blacklist auf Punkt eins gebracht haben.

Ich ahne schon jetzt, dass ich besser auf das zu erwartende Geld scheißen sollte und das Problem Eden sofort beseitigen sollte. Ich hätte es schon auf dem Feld tun sollen, als ich die einfache Möglichkeit dazu hatte. Klare Cuts sind immer besser als spontane Planänderungen, die ich nicht lange überdenken kann.

Aber diese Option habe ich immer noch. Wenn Edens Entführung mir nicht einiges an Vorteilen einbringt, werde ich es beenden.

Denn ohne viel mit ihr geredet zu haben, weiß ich, dass sie der Typ Frau ist, der mich in den Wahnsinn treiben kann. Und dann ist es nur nett und vorausschauend von mir, ihr nicht zuzumuten, zu was für einem Mann ich werde, wenn ich mich in eine Ecke gedrängt fühle.

Der Tod wäre besser für sie als das.

Kapitel 12
Eden

»So. Eine. Verfickte. Scheiße!« Caleb brüllt nicht, vielmehr knurrt er die Worte, die er einzeln mit einem Schlag gegen die kalte Steinmauer untermalt. Ich höre die Knöchel seiner Hand aufplatzen und eile in dem engen, vergitterten Teil des unterirdischen Gewölbes zu ihm.

»Caleb, lass das, du ...« Er schleudert meinen Arm, den ich instinktiv nach ihm ausgestreckt habe, zur Seite und bringt mit einigen Schritten so viel Abstand zwischen uns, wie es hier unten möglich ist.

Wir sind allein. Der Blonde, der im Kontakt mit diesem Duncan eine fast lustige Fassade aufgesetzt hat, ist, nachdem er uns hier unten eingesperrt hat, mit ihm verschwunden. Und mit ihm auch Calebs nette Seite.

»Kapierst du es nicht, Eden?«, fährt er mich nun scharf an. »Meinetwegen bist du erst hier! Meinetwegen wurdest du fast erschossen! Meinetwegen ...«

Weiter kommt er nicht, weil ich wütend auf ihn zugehe und ihn mit einem Stoß gegen die Gitter hinter sich befördere. »Spinnst du jetzt völlig?«, fragt er perplex und lässt es trotzdem zu, dass ich mich vor ihm aufbaue.

»Deinetwegen wurde ich vorhin im Gefängnis *nicht*

vergewaltigt und getötet, deinetwegen hat dieser blonde Schnösel mich eben *nicht* erschossen und deinetwegen ...«

»Hör auf«, unterbricht er mich scharf und packt mich an den Schultern, um mich von sich zu schieben. »Meinetwegen bist du jetzt eine Geisel von Frankreichs meistgesuchtem Dieb. Herzlichen Glückwunsch, Eden. Du hast dich mit Londons größtem Vollidioten unter der Sonne eingelassen, der nichts auf die Reihe kriegt, außer alles um sich herum in Chaos zu stürzen!« Er fährt sich tief einatmend durch die Haare und schüttelt dabei ungläubig den Kopf. »Scheiße, halte dich einfach von mir fern, Eden.«

Seine Worte treffen mich wie Eisenfäuste. Ich sehe trotz der Dunkelheit in diesem feuchten Keller den Schmerz in Calebs braunen Augen aufleuchten. Den Schmerz und die Vorwürfe, die er sich selbst macht und sich nicht auf mich beziehen. Ich weiß nicht, was genau Caleb passiert ist, sicher ist er kein Unschuldslamm – wie auch, wenn er verurteilt im Knast saß –, aber ich sehe und vor allem spüre ich es, dass er das Richtige tun will. Er hat mich beschützt. Mehrfach. Er hat für mich getötet. Und jetzt ist das Kind ohnehin schon in den Brunnen gefallen. Wir sitzen hier beide fest.

Außerdem hat er mich geküsst – und es war der verdammt beste Kuss meines Lebens. Umso mehr tut es weh, nun diese kalte Schulter von ihm gezeigt zu bekommen.

»Ich weiß, dass du dir die Schuld für all das gibst«, sage ich leiser und strecke meine Hände aus, eine stumme Einladung, die er ignoriert. Stattdessen wendet er den Blick von mir ab und starrt wie schon die gesamte Fahrt über meinen Kopf und sagt nichts mehr. Ich atme tief ein und versuche, das enttäuschte Gefühl in mir herunterzuschlucken, das sich wie ein schwerer Klumpen in meinem Hals absetzt. »Weißt du was, Caleb?«, frage ich lauter und lasse mich auf einen alten Flickenteppich fallen. »Dann schmoll halt. Gib dir meinetwegen die Schuld für alles oder du akzeptierst, dass sich mir hier gerade eine Möglichkeit bietet, die mir einen Ausweg aus meiner Situation bietet. Ich habe vor, sie zu nutzen.«

Nun habe ich doch wieder seine volle Aufmerksamkeit. Er wendet mir den Kopf zu, doch seine Miene ist eiskalt. »Einen Ausweg? Glaubst du das wirklich? Wieder diese naive Nummer? Ciel wird dich ausnutzen, deinen Vater ausschlachten und dann ...« Er verstummt und beißt sich auf die Unterlippe. *Ciel also.*

»Was und dann?«, frage ich, obwohl ich weiß, was er sagen will. Anschließend wird er mich entsorgen. Und dann wirklich abdrücken. Seine Aussage, ich hätte sein Gesicht gesehen, war deutlich und ich bin eben nicht naiv, diesen Zusammenhang auszublenden. Aber bis dahin wird noch ein bisschen Zeit vergehen, Zeit, die ich brauche, um abzuhauen. Und wenn Caleb sich zusammenreißen würde, könnten wir uns zusammen einen Plan überlegen. Genau das sage ich auch. Ich rapple mich wieder auf, gehe auf ihn zu und bohre meinen Fingernagel in seine Brust, was er mit einem leisen Zischen kommentiert. Doch diesmal schlägt er mich nicht wieder weg. »Du könntest mir dabei helfen abzuhauen. Ich wollte doch sowieso weg!«

Calebs Blick bohrt sich in meinen. Es dauert ein paar geschlagene Sekunden, dann lacht er auf. So abwertend und fies, dass mein Magen sich schmerzhaft zusammenzieht. Er beugt sich zu mir, unsere Lippen schweben dicht voreinander. »Ich bringe dich erst ins Grab, Eden. Je schneller du das akzeptierst, desto besser ist das für dich. Hätte ich das hier«, er macht eine ausschweifende Armbewegung zur Seite, »auch nur im Entferntesten geahnt, hätte ich dich niemals geküsst. Ich bin einfach nur verdammt untervögelt und du warst eine willkommene Abwechslung im Knast! Bilde dir nicht ein, zwischen uns wäre etwas, das in mir irgendwas wecken würde, dich beschützen zu wollen. Es ist mir völlig egal, was mit dir passiert.« Er lässt mich stehen und marschiert die kurze Seite des Gitters entlang. Weg von mir. »Kapier das«, schmettert er so laut hinterher, dass es von den Steinwänden widerhallt. »Und das besser schon gestern als morgen.«

Obwohl ich verdammt wütend bin, dass er mich und sich selbst anlügt, treten mir die Tränen in die Augen. »Ich …«

Ich halte abrupt inne, als ich Schritte vor der Gittertür höre. Vermutlich ist das besser so, bevor ich mich noch um Kopf und Kragen rede, dabei weiß ich, was der Ausdruck in seinen Augen bedeutet hat. Es ist furchtbar leicht, Caleb zu durchschauen. Er will mich absichtlich verletzen, weil er denkt, er wäre nicht gut für mich.

Wie oft wurde ihm das schon eingeredet, dass er selbst so schlecht von sich denkt?

Ich habe gespürt, dass er nicht schlecht für mich ist, und dieses Gefühl trügt mich nicht. Denn es ist genau das gegensätzliche Gefühl zu dem, was andere Menschen in mir auslösen, die aber umgekehrt beteuern, sie würden nur Gutes für mich wollen. Meine Eltern. Meine Familie. Steven. Und das schon mein ganzes zwanzigjähriges Leben.

Meine Gedanken werden vom Eintreten der jungen Frau unterbrochen, die nur wenige Jahre älter sein kann als ich. Sie trägt eine Art Uniform, schwarze Jeans, schwarze Bluse, schwarze Lackschuhe; ähnliche wie die wenigen Männer, die ich auf dem wie ein Schlosspark wirkenden Gelände gesehen habe. Anscheinend sind alle Angestellten hier komplett schwarz gekleidet.

Ihre Haare hat sie zu einem strengen Dutt nach hinten frisiert und sie ist geschminkt, als würde sie zu einer Abendgala aufbrechen und nicht in einem dunklen Kellerverlies arbeiten.

»Hi«, sage ich übermütig, als sie vor den Gitterstäben stehen bleibt. Trotz allem ersticke ich nicht in Angst, sondern finde die Situation ziemlich spannend. Wenn nicht gar ... kreativ anregend. Das alles bietet so viel Inspiration für mein stockendes Manuskript.

Im Torbogen, der zu einem weiteren Kellerraum führt, von dem aus die Treppe nach oben führt, sehe ich ihn. Den riesigen Kerl, der mit der Schulter an der Wand lehnt und sie im Auge behält – und der hier wohl der Boss ist. Bei dem dunklen Blick von ihm trifft mich dann doch ein nervöses Prickeln, das über meine Wirbelsäule kriecht.

»Anastasia«, stellt sie sich mit einem freundlichen Lächeln vor und deutet knapp zu dem Riesen. »Francis Girard – mein Chef – ist zurzeit nicht anwesend, solange übernimmt Mr Brady seine Aufgaben.« Er nickt mir zu, die Arme lässig vor dem breiten Oberkörper verschränkt. »Ich würde dich gern mit reinnehmen, damit du dich waschen kannst«, erklärt Anastasia, während der Quasiboss einen Schlüssel aus der Hosentasche zieht und ihn ins Schloss steckt. Dabei liegt sein Blick auf Caleb, der mit der Schulter an der gegenüberliegenden Wand lehnt und nun ein ironisches Schnauben ausstößt.

»Scheiße, Eden, sei nicht so verdammt gutgläubig!«, feuert er in meine Richtung. »Soll ich dir ein paar Geschichten über Duncan erzählen?« Ich drehe mich nicht zu ihm um, sehe stattdessen zu der freundlichen Angestellten, deren Lippen sich zu einem strengen Strich pressen. Mr Brady – oder Duncan, wie Caleb ihn genannt hat – winkt mich durch die Tür. Ich folge dieser Geste, auch wenn ich Calebs ungläubiges Brummen noch hinter mir höre. »Er schneidet Menschen die Augen heraus, Peach!«, setzt er leiser nach, als hätte er die Hoffnung, dass ich noch einmal auf ihn höre, schon aufgegeben. Und das ist tatsächlich ein Tonfall, der auf mich Wirkung zeigt. Und auch seine Worte jagen einen Schauer über meinen Rücken, der ein Frösteln auf meiner Haut hinterlässt. Ruckartig bleibe ich in der geöffneten Gittertür stehen, hebe den Kopf und sehe direkt in Duncans dunkelblau funkelnde Augen. Er streitet Calebs Anschuldigungen nicht ab. Stattdessen hebt er abfällig einen Mundwinkel und blickt mich so herausfordernd an, dass mein Herz einen spontanen Salto hinlegt. Jedes Wort ist wahr – aber im Moment behandelt er mich ... neutral. Außerdem habe ich ihm nichts getan, was rechtfertigen würde, dass er gleich sein Messer zückt und mir die Augen aus den Höhlen schneidet, richtig?

»Auch unschuldigen jungen Frauen?«, frage ich mit wummerndem Herzen, das ich auf den Adrenalinschub zurückführe. Sein Mundwinkel zuckt erneut. Diesmal deutlich belustigt.

»Unschuldige junge Frauen haben bei mir nichts zu befürchten«, antwortet er so leise, dass Caleb es nicht hören kann. Seine Berührung, als er mich an der Schulter weiter aus dem engen Gefängnis schiebt, ist sanft. Ich glaube ihm. Fürs Erste. Viel mehr bleibt mir ohnehin nicht – und Anastasia lächelt mich ebenso warm an. Sie scheint sich in ihrer Position nicht unwohl zu fühlen. Sie lässt mich durch, dafür blickt Duncan auffordernd zu Caleb. »Komm. Du darfst dir den Scheiß auch abwaschen.«

Ich höre Caleb noch genervt etwas entgegnen, was genau aber nicht. Wir sind schon im zweiten Raum und Anastasia bedeutet mir, vor sich die Treppen hinaufzusteigen. »An deiner Stelle würde ich nicht abhauen«, rät sie mir mit einem unverbindlichen Lächeln. »Das Gelände ist mehrfach gesichert. Du würdest nicht weit kommen.«

Ich muss lachen, was garantiert an der Überforderung liegt. Es ist eine Übersprunghandlung, weil ich dem Tod gerade erst von der Schippe gesprungen bin und meine nahe Zukunft nicht gerade rosig aussieht. Doch die junge Frau stört sich nicht an meiner Reaktion. Sie lässt mir ein professionelles Lächeln zukommen und schreitet auf klackernden Absätzen resolut weiter. Ich zweifle nicht am Wahrheitsgehalt ihrer Worte – aber ich habe auch nicht vor wegzulaufen. Eine Dusche klingt fantastisch und wird mir sicher helfen, meinen Kopf wieder etwas geradezurücken. Als wir an die Oberfläche treten, fühle ich mich schon wesentlich besser. Die frische Luft tut ihr Übriges dafür, dass meine Lebensgeister in meinen Körper zurückkehren.

»Wer wohnt hier?«, frage ich, als wir über einen Trampelpfad laufen und auf das alte, aber noble kleine Schloss zuhalten. Von außen sieht es total schnuckelig aus und ich wette, von innen wird es mich noch viel mehr umhauen. »Dein Boss? Der echte, meine ich?«

Sie nickt. »Das ist das Landanwesen von Monsieur Girard. Er und sein Bruder verbringen ihre rare Freizeit oft hier, um abzuschalten.« Sie muss nicht näher ausführen, was sie meint. Hinter dem nicht enden wollenden Park erkenne ich hinter einer Reihe von Sicherheitskräften nichts, was wie Zivilisation anmutet. Nur Baumkronen, Felder und reine Natur.

»Es ist total hübsch! Ein richtiger Landsitz. Wäre ich reich, würde ich mir auch so eine Ruheoase zum Abschalten kaufen«, schwärme ich, als wir über die Steintreppen nach oben steigen. Ich erwähne nicht, dass ich in der Theorie reich bin. Denn es ist eben nur das. Ich will das dreckige Geld meiner Familie nicht, weil es an noch dreckigere Bedingungen geknüpft ist.

Anastasia lässt mir über ihre Schulter ein nach wie vor professionelles Lächeln zukommen, das ihre Irritation über mein Verhalten dennoch verrät. Und ich kann sie ja verstehen. Ich gerate zu häufig ins Plappern, wenn ich überfordert bin. Vermutlich ist auch das lediglich eine Strategie meines Kopfes, dem Unausweichlichen mutig entgegenzublicken.

Ich bin nicht mutig.

In meinen Büchern wäre ich eine furchtbare Protagonistin.

»Mr Girard hat einen erlesenen Geschmack«, erklärt meine aufgezwungene Begleitung, als wir die Eingangshalle betreten und die Kälte des Winters hinter uns lassen. Sie zeigt auf eine Reihe Porträts, die in goldenen, verzierten Rahmen an den hohen, dunkel tapezierten Wänden hängen.

Der alte, knarrende Dielenboden ist mit einem schweren Teppich ausgelegt, der unsere Schritte verschluckt. Über allem liegt der Geruch nach Vergänglichkeit und verbranntem Holz, der aus den zahlreich vorhandenen Kaminen zu kommen scheint. Es ist urgemütlich.

»Ach, ich finde es toll«, sage ich ehrlich und sehe mich mit großen Augen weiter um. Wir steigen eine geschwungene Treppe nach oben und kurz darauf stößt die ... ich kenne ihre richtige Berufsbezeichnung nicht. Dame des Hauses vielleicht? Also »die Frau« stößt eine Tür zu einem riesigen, edel ausgestatteten Badezimmer auf.

Ich drehe mich einmal im Kreis und nehme alle Eindrücke in mich auf. Im Vergleich zu dem modernen Einrichtungsstil meiner Eltern ist das hier das absolute Gegenteil. Goldene Armaturen, eine frei stehende, verschnörkelte Badewanne und dunkelgrüne Samtvorhänge vor dem Fenster, die eine herrliche Aussicht über das parkähnliche Grundstück freigeben, prägen das Bild. »Wow!«, entfährt es mir wieder völlig überwältigt. »Das ist toll!«

»Lass das bloß nicht Francis hören, der adoptiert dich vom Fleck weg und stellt dich als Schlossführerin oder solche Späße ein.« Lächelnd deutet sie auf die Badewanne. »Sorry, aber umstandshalber muss ich leider hier drinbleiben.«

Ich sehe irritiert auf. Sie kann ja sogar ganz witzig sein.

»Kein Problem, deine Brüste sehen viel größer aus als meine, du wirst mir schon nichts weggucken.«

Anastasia sieht mich an – dann prustet sie los, als sie merkt, dass ich das völlig ernst meine. Ich grinse sie an und zerre mir kurz darauf den dreckigen Gefängnispullover vom Kopf. *Gott*. Endlich.

Sie lässt das Badewasser ein, während ich mich weiter aus den vollgebluteten Klamotten schäle. Ich habe kein Problem, mich vor fremden Frauen auszuziehen, dafür ist mir dieser Umstand zu geläufig. Ich hatte Nannys, die mich meine Kindheit und einen Großteil der Jugend auf Schritt und Tritt verfolgt haben. Mich kann so schnell keine andere Person aus der Ruhe bringen.

Kurz darauf sinke ich in einen blumig duftenden Schaumberg und stöhne erleichtert. Das Wasser ist warm und meine Muskeln entspannen sich wie auf Knopfdruck.

Die doch gar nicht so biedere Angestellte nimmt auf einer kleinen, mit rotem Samt bezogenen Bank Platz und beobachtet mich neugierig. Und obwohl ich ihr an der

Nasenspitze ansehe, dass sie gern nachhaken will, tut sie es nicht.

Und ich unterdrücke meinen Plapperdrang ebenfalls. Diese Frau ist garantiert nicht die Richtige, um sie über den kühlen, extrem hübschen und noch viel gefährlicheren Franzosen auszufragen.

Dafür wasche ich mir in Ruhe die Spuren meines ersten Mordes vom Körper. Nur nach und nach sickert ebendiese Tatsache in meinen Kopf. Ehe sie dort wirklich angekommen ist – die Erkenntnis, was ich getan habe –, richtet sich die junge Frau auf und geht zu einem weißen Regal. »Ich habe dir Kleidung herausgesucht, die dir passen sollte.« Sie nimmt einen Stapel schwarzer Kleidungsstücke aus dem Regalfach und kommt damit auf mich zu. Ein subtiler Hinweis, dass mein Bad jetzt zu Ende ist.

»Danke.« Ich lächle sie an, während ich die restlichen Spuren des Morgens von meinem Körper wasche.

Als ich nach einer halben Stunde in passende Jeans und einen weichen Pullover – dieser Francis lässt sich bei der Qualität seiner Angestelltenkleidung nicht lumpen – gehüllt vor Anastasia aus dem Bad trete, komme ich nicht weit. Bei dem Anblick von Ciel, der gegenüber von der Badezimmertür an der Wand lehnt, schwindet mein eben noch gespürtes Erholungsgefühl, als hätte es jemand wie eine Kerze ausgepustet.

Stattdessen wallt eine Unruhe in mir auf, die er ganz bestimmt in mir lesen kann, so spöttisch, wie seine hellen Augen aufblitzen. Doch als er seinen Blick über meinen Kopf hinweg auf Anastasia richtet, ziert ein gänzlich anderer Ausdruck seine durchaus hübschen Gesichtszüge. »Vielen Dank«, sagt er, ohne mich anzusehen. »Ich sehe, du hast dich hervorragend um meine kleine Geisel gekümmert.« Bei seinen charmant gesäuselten Worten errötet Anastasia und knetet nervös ihre Hände. Sie traut sich gar nicht, ihm in die Augen zu sehen – und als sie es doch für wenige Sekunden tut, flattern ihre angeklebten Wimpern. Ciels falsches Lächeln bleibt und sie kauft es ihm ab. »Wenn es dir nichts ausmacht, würde ich gern ein paar Worte unter vier Augen mit ihr sprechen.«

»A-aber sicher, natürlich doch«, keucht sie und weicht hektisch zurück, um mich freizugeben.

Sie steht auf ihn, so viel ist sicher. Und der Typ weiß das, so wissend, wie seine Augen blitzen. Dennoch besieht er sie mit dem gleichbleibend gespielt freundlichen Ausdruck im Gesicht, als er ihr noch einmal dankend zunickt.

Sie hat sicher noch nicht gesehen, was ich gesehen habe, sonst würde sie ihn nicht derart entrückt anstarren, als sie mehrere Schritte zur Seite flüchtet.

Doch sie kommt nicht weit, denn ich springe ihr kurzerhand nach und klammere mich an ihren Arm, was sie sofort innehalten lässt.

Auch wenn ich befürchte, Zeugen sind ihm egal, will ich nicht mit ihm alleine sein.

»Bitte nicht«, flüstere ich. »Bitte ... bitte geh nicht.« Bei meinen Worten sehe ich zu Ciel, der sein Outfit ebenfalls gewechselt hat. Ich kann nicht leugnen, dass er in dem schwarzen Hemd und der eleganten Jeans wirklich heiß aussieht. Aber als er nun wieder zu mir sieht, ist da auch wieder dieses tödliche Funkeln in seinen blauen Augen. Mein Magen meldet sich mit einem Ziehen, das in meine Eingeweide ausstrahlt. *Ich sehe es.* Dieser Mann ist gemeingefährlich. Wie kann sie es *nicht* sehen! Es ist so offensichtlich, dass mein Bauch sich von dieser stummen Gefahr verknotet.

»Schon in Ordnung, ich habe ihr Angst eingejagt.« Ciel gibt seine Position an der Wand nicht auf. »Genau darüber möchte ich mit dir sprechen, Eden.« Seine Stimme ist täuschend warm. Täuschend echt. Täuschend ehrlich.

Anastasia legt beruhigend eine Hand auf meinen Arm, doch gleichzeitig zuckt ihr Blick nervös und irritiert zu Ciel. Sie versteht mein Problem mit ihm ganz offensichtlich nicht. Wie auch! Zu ihr ist er arschfreundlich.

Sie drückt beruhigend meinen Arm, weil sie merkt, wie ich anfange zu zittern. Scheiße. Der Typ macht ihr etwas vor und sie sieht es *nicht*. Sie soll nicht gehen.

Seine Miene wird weich und er kommt langsam auf uns zu.

»Ich will dir nichts tun, Eden. Lass uns reden.« Er bleibt mit etwas Abstand vor uns stehen und schiebt seine Hände entwaffnend in die Hosentaschen. »Es tut mir leid. Mir ist klar, dass ich dich erschreckt habe, und ich werde mir Mühe geben, das wieder hinzubiegen. Meinst du, wir können von vorne anfangen?« Seine Lippen umspielt ein warmes Lächeln, das alle täuschen kann, aber nicht mich.

Ich habe in seine Augen geblickt, als er mich erschießen wollte. Und das nicht, weil er überfordert war. Es war eiskalte Berechnung. Er wollte mich aus dem Weg räumen und benutzt mich jetzt nur so lange, bis er von meiner Familie bekommen hat, was er sich von ihr erhofft. Vor dieser leichtgläubigen Angestellten lässt er den freundlichen Charmebolzen heraushängen, doch mich kriegt er damit nicht.

Ich weiß, was er vorhat, weil ich über Männer wie ihn geschrieben habe. Die wirklich bösen Männer. Die Antagonisten, die in meinen Büchern am Ende gestorben sind, weil der eigentliche Held und Retter sich für seine Heldin entscheidet und den Widersacher als Rache für alles, was er ihr angetan hat, tötet.

Wenn er von meiner Familie hat, was er will, bringt er es zu Ende. Hinter seiner freundlichen Fassade lauert ein *Monster*. Die Dunkelheit schimmert hinter seinen Augen, die nun in einem viel wärmeren Ton auf meine gerichtet sind. Er ist ein hervorragender Schauspieler und ich werde nicht auf ihn hereinfallen. Ich sehe das wissende, minimale Zucken seines Mundwinkels, das kurze Blinzeln, als er in diese höfliche Rolle schlüpft.

Ich schlucke hart gegen den Kloß in meinem Hals und spiele mit. Etwas anderes bleibt mir ja ohnehin nicht übrig. »Hi, ich bin Eden. Autorin, die plötzlich in ihrer eigenen Geschichte lebt«, stelle ich mich also vor und strecke meine Hand aus, die er, ohne zu zögern, ergreift. Als ich seine warmen Finger berühre, jagt ein Blitz durch meinen Körper. Es ist nicht dieses elektrisierende Knistern, das von unbändiger Anziehung zwischen uns zeugt. Es ist pure Angst, die bei seiner vermeintlich harmlosen Berührung durch meine Adern jagt und mein Herz zum Rasen bringt. Sein Lächeln verrutscht für wenige Sekunden und wirkt echt, was wohl an meiner etwas ungewöhnlichen Vorstellung liegt. Dabei sage ich – anders als er – nur die Wahrheit.

Seine Finger sind warm und schmiegen sich verdammt sanft um meine. Für einen kurzen Moment fürchte ich, er würde mich nun einfach ruckartig an sich ziehen, doch Anastasia ist mein anwesender Schutzschild. In ihrer Gegenwart wird er mir nichts tun. Sie sieht ihn anders an – und sie sieht etwas anderes in ihm als ich. Er weiß das und ich ahne, dass er wenig Interesse daran hat, diesen Eindruck zunichtezumachen. Er ist der Typ Krimineller, der ganz genau um seine Außenwirkung weiß. Sie ist seine Waffe und er hat nichts davon, sie selbst zu zerstören, indem er anderen sein wahres Ich präsentiert.

Genau deshalb wird er mich nicht ungeschoren davonkommen lassen. Ich weiß, was er ist.

»Hi, Eden.« Er schmunzelt. »Ich bin Ciel. Französischer Ganove, aber nur selten ein Mörder.« Wieder ein Zwinkern, das mir einen Knoten im Magen beschert. Die unausgesprochenen Worte höre ich nämlich auch. *Aber deiner.* Ich kann fühlen, wie meine Gesichtsfarbe abnimmt, und ich wette, er merkt es. »Autorin also. Deine Geschichten klingen interessant. Da muss ich wohl unbedingt mal reinlesen, was?«

Ich muss mich zusammenreißen. Also drücke ich die Schultern durch und sehe ihn fest an, ohne auf seine hoffentlich scherzhafte Bemerkung einzugehen. Ich merke dennoch, wie mein Mundwinkel verrutscht. »Sorry, dass du meinetwegen deine Pläne ändern musst. Ich will dir nicht zur Last fallen und da ich ohnehin vor meiner Familie weglaufen wollte, wirst du mit mir keine Probleme bekommen.«

Echte Überraschung flackert über seine Miene. Er nimmt seinen Blick nicht von mir. Seine hellen Augen bohren sich so intensiv in meine, dass es wirkt, als würde er Anastasia gar nicht mehr wahrnehmen. Doch sie steht nach wie vor dicht neben mir, weil ich sie nicht loslasse. Ihre Finger streichen nun beruhigend über meinen Unterarm. »Was soll das heißen? Warum willst du vor deiner Familie weglaufen?« Wieder höre ich die nicht ausgesprochenen Worte ebenfalls und muss mich zusammenreißen, nicht die Augen zu verdrehen. *Deine Familie ist reich. Wieso solltest du das wollen?*

Dennoch entschließe ich mich, ihm die Wahrheit zu sagen. Warum auch nicht! Ich habe wirklich nichts gegen diese Entführung – nur gegen das zu erwartende Ende davon. »Ich soll verheiratet werden, um meine reiche Familie noch reicher zu machen.«

»Und das willst du nicht?«, hakt er interessiert nach.

Nun kann ich das genervte Schnauben nicht unterdrücken. »Nein, stell dir vor, das will ich nicht. Mir ist das Geld meiner Familie egal. Wenn du es genau wissen willst, hasse ich es. Ich will mein Leben führen, wie ich es führen will, und das ist kein langweiliger Banker an meiner Seite, der …« Ich breche ab. Mein Männergeschmack geht Ciel nun wirklich nichts an.

Sein Lächeln ist so falsch und berechnend wie das Züngeln einer tödlichen Giftschlange. »Na, wenn das so ist … dann finden wir sicher einen Weg, wie wir alle zufrieden aus dieser Situation herauskommen werden.« *Ja natürlich.*

Ich erwidere sein falsches Lächeln genauso falsch. Es blitzt wissend in seinen Augen auf. Er weiß, dass ich ihm kein Wort glaube. Dennoch lasse ich Anastasia los. Er wird mich nicht jetzt sofort umbringen. Daher werde ich sein Spiel vorerst mitspielen. So lange, bis ich mir einen Plan überlegt habe, wie ich ihn überlisten kann.

Er wendet sich zum Gehen. »Ich habe ein paar Fragen an dich, Eden. Es würde einiges erleichtern, wenn wir uns einmal ungestört unterhalten können.«

»Klar«, sage ich und folge ihm mit wackligen Knien. »Aber nur unter einer Bedingung.« Seine Schultern spannen sich leicht an, doch das Lächeln bleibt fakefreundlich, als er über seine Schultern zu mir sieht.

»Die da wäre?«

»Ich möchte, dass Caleb dabei ist.« Ich räuspere mich. »Weil …«

»Mir ist völlig egal, was du mit ihm zu schaffen hast. Wenn er sich benimmt, gibt es keinen Grund, ihn einzusperren.« Er macht eine lockere Handbewegung durch die Luft. »Nachdem ich eure Aussagen geprüft habe.

Sorry, Berufskrankheit. Ich bin etwas vorsichtig, das ist nichts Persönliches.«

Ich erwidere sein Lächeln ebenso falsch. »Verstehe schon.«

Anastasia bekommt von den Schwingungen zwischen uns nichts mit. Sie läuft neben uns her, als wir uns auf den Weg zurück zum Kellerverlies machen.

Kapitel 13
Caleb

Mit den Händen in den Hosentaschen schlurfe ich neben Duncan her und sage kein Wort. Die Dusche hat gutgetan, das war es dann aber auch. An dieser ganzen Situation ist so viel falsch, dass ich kotzen könnte.

»Was hast du mit dem Mädchen gemacht?«, fragt Duncan, als wir durch die knarzende Holztür zurück in die Kälte treten. »Sie scheint unter Schock zu stehen.«

»Nichts, verdammt!«, schieße ich sofort zurück. »Eden ist so. Verrückt. Ihr macht das alles hier verdammt viel Spaß.« Gut, möglicherweise übertreibe ich. Aber Eden sieht das Problem nicht. Seit ich clean bin, habe ich mir etwas geschworen. Ich wollte es besser machen. Angefangen damit, Paige in Ruhe zu lassen, meine Feinde meine Feinde sein zu lassen und mir an Ciels Seite in Frankreich ein chilliges Leben als Fußabtreter zu machen, weil ich nichts anderes als das verdient habe. Und nun habe ich es schon direkt mit dem ersten Schritt in die Freiheit verkackt.

»Magst du sie?«, fragt Duncan und lässt sich von meinem aufgewühlten Tonfall nicht beeindrucken. Ich bleibe stehen.

»Ich wollte nur nicht, dass Ciel sie mitten auf dem Feld erschießt, weil sie überhaupt nichts mit der ganzen Scheiße zu tun hat. Das musst gerade du doch verstehen, Brady! Du behauptest doch immer, du wärst so weitsichtig und unterscheidest zwischen schuldig und unschuldig!«

»Ich würde Eden gehen lassen«, räumt er ein. »Aber durch die ganze Sache«, er deutet mit der Hand auf mich, »bist du und alles, was damit zusammenhängt, jetzt Ciels Problem. Ich habe dich aus dem Knast holen lassen, weil du da nicht reingehörst. Aber du gehörst auch nicht in die Umgebung von Paige. Ciel hat sich bereit erklärt, mir zu helfen, dass es dabei bleibt und du keine Gefahr mehr für sie darstellst. Und allein er entscheidet, wie er damit umgeht.«

»Sie ist unschuldig«, halte ich müde dagegen, wohl wissend, dass Duncans Moral sehr flexibel ist. Aber immerhin ist sie vorhanden genug, dass er mich tatsächlich aus dem Knast befreit hat. Das hätte er nicht tun müssen – das ist mir klar.

»Deswegen frage ich, ob du sie magst.«

»Würde es etwas ändern?«

Duncan lacht und zieht einen Briefumschlag aus seiner Hosentasche. Mein Mund wird sofort trocken, als er ihn mir reicht. »Wohl eher nicht. Aber ich könnte Jules und Francis dann ausrichten, dass das Objekt deiner kranken Begierde nicht länger Paige ist.« Er klopft mir auf den Rücken und bedeutet mir damit, die Stufen zum Keller nach unten zu steigen, vor dessen Klappe wir gerade angekommen sind.

Ich verstaue Paiges Brief in meiner Hosentasche, dann folge ich seinem stummen Befehl und steige die Stufen herunter. Was ich dann sehe, als meine Augen sich an das schummrige Licht gewöhnt haben, lässt mich eine Vollbremsung einlegen. Eden ist nicht länger nur mit der Hausdame unterwegs. Ciel lehnt in seiner arroganten Haltung am Torbogen und sieht auf, als er mich vor Duncan entdeckt. Eden hingegen hockt gefesselt auf einem Holzstuhl.

»Was zum …?«, bringe ich stockend über die Lippen und stolpere vor, doch Duncan reagiert sofort und reißt mich am Arm zurück. Ich pralle gegen seine Schulter und schüttle ihn knurrend ab. »Was wird das jetzt schon wieder?«, rufe ich und sehe von Ciel zu Eden, die nun den Kopf hebt. Sie wirkt nicht gerade verängstigt, und doch liegt ein stummes Flehen in ihrem Blick. Fuck. Ich kann und will ihr nicht helfen.

Ihre Haare schimmern trotz der schlechten Lichtverhältnisse und als ich an ihr herabsehe, stelle ich fest, dass ihr nichts weiter zu fehlen scheint. Sie trägt einen dünnen Pullover und dank der Kälte in diesen Gemäuern wird auch deutlich, dass sie keinen BH trägt.

Dieser Anblick gefällt mir. Leider. Genauso wie es mich beruhigt, sie unversehrt zu sehen. Das zeigt, welche Gefühle in den letzten drei Sekunden in mir hochgekocht sind.

Gefühle, die ich nicht haben darf.

Ich will nichts für Eden empfinden, was über Gleichgültigkeit hinausgeht. Es ist nicht gut für sie. Und doch kann ich nicht leugnen, dass dieses verrückte Mädchen an etwas in mir kratzt, in dessen Nähe ich bisher nur eine Frau gelassen habe. Und das hat nicht gut geendet. Weder für sie noch für mich. Ich bin absolut nicht scharf auf eine Wiederholung.

»Bring ihn da rein, solange er sich nicht im Griff hat«, weist Ciel Duncan an, der leise auflacht – er ist sonst derjenige, der die Befehle gibt –, dennoch greift er nach meinem Arm und bugsiert mich zurück in das Kellerabteil. Ich lasse mich weiter herumschubsen wie ein bockiges Tier, ohne bockig zu sein. Eden ist unverletzt und ich setze darauf, dass Duncan nicht zulassen wird, dass Ciel sie hier und jetzt erschießt.

Die Gittertüren rasten lautstark klirrend ein und ich sinke dagegen. Ohne hinzusehen, bekomme ich dennoch mit, was hinter mir geschieht.

»Weißt du deinen Text noch?«, fragt Ciel und klingt arschfreundlich.

»Ja«, erwidert Eden, ohne auch nur einen Hauch Angst in der Stimme. Natürlich fällt dieses naive Ding auf seine charmante Art rein. Nur leider vergisst sie dabei, dass er ein berechnender Unterwelt-König ist, dem seine eigene Haut über alles andere geht. Er hat sie nur überleben lassen, weil er die Kohle sieht, die sie bringen kann. Sobald sie die eingebracht hat, wird er sie umlegen.

Aber auf mich hört ja sowieso niemand.

Mir sollte ihr Schicksal egal sein, doch es nagt an mir, dass ich schon wieder derjenige bin, der für diese Scheiße erst verantwortlich ist. Paiges Brief in meiner Hosentasche brennt beinahe ein Loch hinein, so heiß fühlt er sich an, und doch kann ich mich jetzt nicht auch noch mit der Mutter meines Kindes auseinandersetzen.

Ein erstickter Laut von Eden lässt alle eben noch gefassten Vorsätze, nicht wie der Loser, der ich bin, am Gitter zu spannen, zu Staub zerfallen. Ich drehe den Kopf und sehe, wie Ciel sich vor Eden aufbaut. Er umfasst ihr Kinn und schon ist von ihrer vorlauten Klappe nicht mehr viel vorhanden. Ich stoße die angehaltene Luft aus und lehne meinen Hinterkopf an das Gitter, sodass es nicht mehr ganz so offensichtlich ist, wie peinlich ich starre.

Doch trotz dieser Position erkenne ich genau, wie Ciel ihr Kinn beinahe zerquetscht, als er ihr Gesicht von links nach rechts dreht und es intensiv mustert. Warum greift nicht wenigstens Francis' Angestellte ein! Hat sie kein Mitleid mit ihrer Geschlechtsgenossin?

Sie steht lediglich an der Steinwand und zieht Ciel mit ihren Blicken aus. Frauen sind alle gleich. Sie lechzen nach dem Geld und dem Einfluss der Männer und sind bereit, dafür sehr weit zu gehen. Viel zu weit. Für Geld, Drogen oder nur fragwürdiges Ansehen machen Frauen die Beine breit und verkaufen weit mehr als ihre Seele. Ich habe es so oft erlebt, dass es meinen Hass auf die Gesellschaft immer weiter angefacht hat. Bis ich mich irgendwann nicht mehr beherrschen konnte. Diesen Hass nicht mehr ausgehalten habe und genau damit unterdrückt habe, was ich so hasse. Ein verdammter Teufelskreis.

Ich mochte Paige so, weil sie sich nie hat einschüchtern lassen und dabei trotzdem ... *mein Mädchen* war. Sie hat Moral. Sie hat ein Gewissen, eigene Ansichten. Sie war meine Frau, die ich beschützen wollte und musste und es vergeigt habe. *Und damit habe ich sie zu genau so einer Frau gemacht, die ich so sehr verachte.*

Ungehalten mahle ich mit dem Kiefer und versuche, diese Gedanken zu verdrängen. Ich bekomme ja gerade wieder hervorragend vor Augen geführt, wie schlecht ich mich als Retter und Beschützer mache.

»Dein Glück, dass du dir eine kleine Prügelei geleistet hast«, spricht Ciel in diesem falschen Tonfall weiter. »Dein Gesicht ist geschunden genug, andernfalls hätte ich noch ein bisschen nachhelfen müssen. Das verstehst du doch, oder, Eden?«

»J-ja, ja sicher«, stammelt sie und nickt, obwohl er sie nicht loslässt.

»Gut.« Ciel tritt zurück, greift nach seinem Handy und baut sich vor ihr auf. »Dann leg mal los. Und Eden ...

ein bisschen mehr Angst wäre gut, auch wenn du die vor mir nicht länger zu haben brauchst. Du weißt schon.«

Sie nickt und ich grübele, was er ihr wohl für Märchen aufgetischt hat. Vermutlich dieselben, die er auch der adretten Angestellten erzählt hat. Sie sieht ihn an, als wäre er ein netter Kollege ihres Chefs, aber aus eigener Erfahrung weiß ich: Wer an der Spitze einer kriminellen Organisation steht, *ist. Nicht. Nett.*

Ciel dünstet diese Falschheit mit jedem Schweißtropfen aus. Mit jedem Wort. Mit jedem Blick. Und niemand sieht es.

Eden nickt mehrmals, dann lässt sie den Kopf hängen, blinzelt zu Ciel, der das Handy nach wie vor vor sie hält. »Dad, Mum ... S-Steven«, wimmert sie und klingt dabei so ehrlich verzweifelt, dass sich ein Gefühl in meinem Magen absetzt, das da nicht hingehört. Ich hätte sie nicht küssen dürfen. Ich hätte mich nicht auf diese Schlägerei einlassen dürfen. Ich hätte Karl von Anfang an sagen sollen, dass er sich seine krummen Geschäfte in den Arsch schieben soll. Sie sollte da jetzt nicht sitzen. »Es tut mir so leid. Ihr macht euch sicher fürchterliche Sorgen um mich.« Über Edens Wangen rinnen stumme Tränen und trotz der Entfernung kann ich ihre Augen schimmern sehen. »Es .... E-es geht mir den Umständen entsprechend gut«, stammelt sie weiter. »Aber diese ... diese Leute werden mich nicht gehen lassen, wenn ihr nicht ihre Forderungen erfüllt. Ich weiß nicht, was ... aber ... aber ihr müsst es tun, sonst ...« Sie schluchzt auf und lässt den Kopf zwischen den Schultern hängen. »Sonst ... sonst bringen sie mich um. Bitte ... bitte, Dad.« Sie sieht wieder auf und sieht nun genau in die Handykamera. »Hol mich hier raus, ja? Ich ... ich habe Angst.«

Ciel hebt die Hand, um Eden zu bedeuten, dass es

reicht, dann schiebt er sein Handy in die Hosentasche. Er sieht knapp zu Duncan, der beeindruckt nickt.

»Hervorragend, Eden. Das war wirklich gut.« Ciels Stimme ist so warm und nett wie sein Lob. Edens Haltung wandelt sich wie auf Knopfdruck.

»Machst du mich dann wieder los? Das war der Deal, richtig?«

»Richtig.« Ciels Antwort kommt sofort, genauso wie seine Reaktion. Er bindet Eden los, hilft ihr sogar auf. Beide, er und Eden, sind wirklich gute Schauspieler, das muss ich ihnen lassen. Ich sehe zu Duncan, doch der ist mit seinem Handy beschäftigt.

Als Ciel in meine Richtung deutet, setzt Eden sich sogleich in Bewegung. Er schließt die Gittertür auf, Eden spaziert herein und ignoriert mich. Dafür dreht sie sich um, legt ihre Hände zwischen die Gitterstäbe, als er den Schlüssel wieder herumdreht.

»Was machst du jetzt mit dem Video?« Innerlich schüttle ich den Kopf. Erwartet sie von ihrem Entführer, der sie, wir erinnern uns: vor wenigen Stunden noch erschießen wollte, wirklich eine ehrliche Antwort?

Ist sie tatsächlich so naiv oder was zum Teufel reitet sie dazu, mit ihm zu plaudern, als wäre er ein netter Kumpel? Zu dem Unglauben in meinem Bauch gesellt sich Wut. Ohnmächtige Wut, weil mir schon wieder die Hände gebunden sind, irgendwas zu tun. Weil ich schon wieder diesen Hass in mir auflodern spüre. Diesen verdammten Hass auf die fucking Welt – und auf sie.

Ciel verstaut den Schlüssel in seiner Hosentasche, seinen Gesichtsausdruck kann ich von meiner Position am Boden aber nicht sehen, als er sagt: »Ich werde deiner Wohnung einen kleinen Besuch abstatten und bei der Gelegenheit eine Speicherkarte als kleines Präsent hinterlassen.« Die Gitterstäbe klirren, als er dicht neben meinem Rücken dagegentritt. »Morgen früh brechen wir zum Flughafen auf, Caleb. Dann fängst du damit an, was mir für deine Freilassung versprochen wurde.« Er räuspert sich. »Vorausgesetzt, eure kleine Geschichte stimmt. Aber das werde ich gleich herausfinden.«

Die stimmt.

Ich richte den Blick auf den Steinboden vor mir und würde am liebsten irgendwo gegen schlagen, als er mit dieser gekünstelt arschfreundlichen Stimme an Eden gewandt weiterspricht. »Ich lasse euch von Anastasia ein paar Decken bringen. Sorry für die Umstände. In Paris wird der Aufenthalt netter.«

Und Eden glaubt es ihm. »Ciel«, ruft sie ihm nach, als er schon im Torbogen steht. Er dreht sich um und nun werfe ich doch einen Blick über meine Schulter, um seine Miene zu sehen. Sie ist gleichbleibend freundlich, weil er dieses Spiel garantiert nicht zum ersten Mal spielt. »Die Frage ist vielleicht etwas ungewöhnlich, aber ...«

»Eden!«, unterbreche ich sie nun scharf, obwohl ich mich nicht noch einmal einmischen wollte. Aber wenn sie schon so anfängt, kann ich sie nicht ausreden lassen. »Halt den Mund und setz dich hin.«

Sie ignoriert mich eiskalt. »Könntest du mir vielleicht meinen Laptop mitbringen, wenn du sowieso in mein Apartment einbrichst?« Ciels Mimik bleibt unbeweglich, und doch meine ich, etwas in seinen Augen aufblitzen zu sehen. Deuten kann ich es beim besten Willen nicht. Vermutlich denkt er dasselbe wie ich. Eden ist verrückt.

Niemand, wirklich niemand, würde in einer solchen Situation darum bitten, dass der Entführer Schrägstrich Erpresser Schrägstrich Mörder – und zwar der eigene – einem etwas von seiner Diebestour in der eigenen Wohnung mitbringt.

Außer Eden. Und mit dieser Erkenntnis erlöschen

die Flammen der lodernden Glut in mir. *Eden ist eben nicht wie alle anderen.*

»Ich verrate dir auch den Notfallcode für den Aufzug, mit dem du direkt in die Etage fahren kannst«, schiebt Eden entspannt hinterher. »Und den Code, mit dem du die Kameras ausstellen kannst. Du willst bestimmt nicht, dass andere dein Gesicht sehen, richtig?«

Es bleibt für wenige Sekunden still, dann löst sich ein leises Lachen aus Ciels Brust und er kehrt zum Gitter zurück. Eden bleibt ebenfalls stehen und sieht ihm unerschrocken entgegen.

Verrückt. Sie ist verrückt.

In meiner Brust breitet sich ein warmes Gefühl aus. Sie nimmt ihr Schicksal nicht einfach hin.

»Das würde die Sache definitiv beschleunigen, auch wenn Wohnungseinbrüche zu meinen leichtesten Übungen gehören.« In seinem Ton schwingt ein Aber mit, das er nicht ausspricht. Er fragt sich, wo der Haken sein soll.

»Gegen den Laptop, mehr will ich nicht«, beteuert Eden. »Ich sagte doch, ich mache dir keine Probleme. Das hier liegt auch in meinem Interesse. Kannst du dir den Code merken oder willst du was zum Schreiben holen?«

Ciel mustert sie kurz, dann zieht er sein Handy aus der Tasche und hält es Eden kurz darauf vor die Nase. »Wo finde ich deinen Laptop?«, will er wissen, während sie rasch zwei Nummern eintippt.

»Du musst in mein Ankleidezimmer, das an das Schlafzimmer anschließt. Ganz hinten auf der rechten Seite musst du meine Socken suchen. Die schiebst du dann zur Seite, drückst den kleinen Knopf und dann fährt eine versteckte Schublade heraus.«

»Frage ich jetzt, wieso du deinen Laptop in einer versteckten Schublade aufbewahrst, oder will ich die Antwort nicht wissen?« Scheiße, er klingt so belustigt sympathisch, dass Eden leise auflacht und sich von seinem Charme immer mehr einwickeln lässt.

»Wenn mein Verlobter ihn in seine Hände bekommt, ist die Hölle los. Und wenn meine Familie schon Luxusschränke herstellt, kann ich die Vorzüge wenigstens nutzen, richtig?«

»Andere Leute sichern ihre Dateien mit Passwörtern, aber deine Argumentation ist dennoch logisch.« Er lacht wieder, Eden auch, und ich würde am liebsten mit dem Boden verschmelzen. Es ist so falsch und ich sitze nur hier und mache nichts.

»›Doppelt hält besser‹ ist schon immer mein Motto gewesen.« Eden lacht schon wieder und als ich nun doch den Kopf hebe, bilde ich mir ein, sie hätte bei diesen Worten zu mir gesehen.

Ciel tritt endgültig zurück. »Dann hole ich ihn da besser weg, nicht wahr? Danke für deine Kooperation, Eden. Davon kann sich dein kleiner Trottelfreund gern noch eine Scheibe abschneiden, wenn das in Zukunft zwischen uns ohne größere Reibereien funktionieren soll. Ich wünsche eine angenehme Nachtruhe.« Damit verschwindet er und kurz darauf fällt die Falltür über uns zu. Es wird dunkel und die Steine scheinen auf mich zuzukommen, als meine Sicht sich nur langsam an die veränderte Helligkeit gewöhnt.

Eden durchquert die winzige Zelle und lässt sich, ohne ein Wort zu sagen, auf den Fleckenteppich sinken.

Schweigen breitet sich über uns aus wie eine riesige Gewitterwolke, die kurz davor ist, ihren angestauten Regen loszuwerden.

Nach einer Weile, die ich ohne Handy oder Uhr unmöglich zeitlich einordnen kann, kommt die junge Frau wie angekündigt vorbei und bringt uns, neben zwei Wolldecken, zwei Flaschen Wasser und Brot.

Da war das Essen im Gefängnis abwechslungsreicher. Aber gut, bald hänge ich in Paris ab und knabbere Croissants, während ich dem freien Fall zusehe, in dem Eden sich befindet. Einem Fall, für den niemand Geringeres als ich verantwortlich ist. Mal wieder bin ich derjenige, der eine Frau von der metaphorischen Klippe ihres Lebens gestoßen hat.

Ohne das Brot oder die Decke anzurühren, sitze ich da. Eden scheint meine Ansage, sich von mir fernhalten zu sollen, endlich ernst zu nehmen. Sie spricht nicht mit mir, rollt sich in die Decke und gibt keinen Ton von sich. Als ich denke, dass sie eingeschlafen ist, ziehe ich den Brief aus der Hosentasche und rutsche näher an die einzige kleine Fackel, die Anastasia uns gnädigerweise angezündet hat. Es ist immer noch verdammt dunkel, trotzdem kann ich Paiges Handschrift entziffern. Mit einem Kloß im Hals und einem Schwindelgefühl im Kopf fange ich an zu lesen.

Caleb,

mir fehlen nicht oft die Worte, diesmal aber schon. Es ist tatsächlich passiert und du bist frei. Okay, mehr oder weniger, weil Duncan dafür sorgt, dass du aus London verschwindest.

Dennoch habe ich Angst.

Vielleicht verletze ich dich damit, aber der Gedanke, du bist frei, schnürt mir die Luft ab. Ich habe so eine verdammte, riesige Angst, die mir jeden Abend den Hals verengt. Nicht vor dir, das weißt du. Aber ich habe Angst, dass du mir das Baby wegnehmen wirst, wenn es auf der Welt ist.

Ich habe Angst vor der Zukunft, Angst vor dem, was du tun könntest. Du bist frei – und ich kann nicht mehr sicher sein, dass du nicht doch gegen alle Warnungen anfängst, nach mir zu suchen. Was, wenn du plötzlich hier auftauchst? Was, wenn du ihn mir wegnimmst?

Ich habe eine verfluchte Angst davor, ich wache irgendwann auf und mein Kind ist nicht mehr da.

Ich lasse den Brief sinken und starre in den dunklen Kellerraum. Mein Herz rast wie ein Presslufthammer und mit jedem Schlag schnürt es mir die Luft ab. Ich kann Paiges Verzweiflung durch diese wenigen Zeilen spüren, als stünde sie vor mir. Als würde sie mir in die Augen sehen und betteln.

Das hat sie in meiner Gegenwart einmal getan. Nicht gebettelt, dafür ist sie zu stolz. Aber in ihren Augen war so viel Angst zu erkennen, als sie dachte, ich würde mir einfach nehmen, was ich will. Sie. Und zwar gegen ihren Willen, was ich erst zu spät erkannt habe. Dieser Moment auf dem Bett in dieser Waldhütte hat mir auf schmerzhaft vernichtende Weise die Augen geöffnet. Die Frau, die ich geliebt habe, hatte Angst vor mir. Sie hat nicht länger das Gleiche für mich empfunden, wie sie es viele Jahre getan hat. Ich dachte, wir wären untrennbar. Ich dachte, *wir* stehen über allem. Ich dachte, wir haben nur ein paar kleinere Probleme, die wir wieder hinbiegen könnten.

Aber das war nicht so. Ich habe sie zu lange als etwas Selbstverständliches betrachtet, als mein Eigentum. Nicht wie die Frau, die ich liebe. *Weil ich es schon lange nicht mehr getan habe.*

Mit getrübter Sicht sehe ich wieder auf den Brief. Das Papier ist zerknittert, die Tinte an vielen Stellen verwischt. *Sie hat geweint, als sie ihn geschrieben hat.* Ich will nicht weiterlesen und tue es doch.

Ich kann nicht mehr schlafen, ich kann nicht mehr essen, und das liegt allein an dir.

Ist das unfair? Unfair, es dir zu sagen?

Ich denke ja.

Oder nicht? Meine Hoffnung ist noch immer, dass du erkennst, wie ernst es mir damit ist, wenn ich dir meine Gefühle offen zugebe. Du bist nicht so, wie du dich mir in den letzten Monaten gezeigt hast.

Das weiß ich.

In dir schlummert noch immer der Mann, in den ich mich vor so vielen Jahren verliebt habe. Der hätte mich verstanden. Der alte Caleb würde verstehen, dass wir in einer Sackgasse gelandet sind. Er würde wissen, was er nun zu tun hat.

Und ich glaube fest daran, dass er noch irgendwo tief in dir drin vorhanden ist.

Bitte lass uns in Ruhe.

Für immer.

Kapitel 14
Eden

Als ich wach werde, ist es noch immer dunkel. Noch immer kriecht die Kälte unter meine Haut und noch immer sind wir hier unten gefangen.

Ich kann nicht lange geschlafen haben, so gerädert, wie ich mich fühle. Meine Augen sind trocken, die Wolldecke, in die ich mich eingerollt habe, kratzt trotz der Kleidung auf meiner Haut und der muffige Kellergestank zieht bei jedem Atemzug aufs Neue in meine Nase.

Mühsam drehe ich mich auf die Seite und kämpfe gegen die bleierne Müdigkeit an, die meine Augenlider flattern lässt. Nur langsam kann ich die Schemen in dem kleinen Kellerabteil ausmachen. Caleb sitzt noch immer mit ausgestreckten Beinen an der Stelle, an der ich ihn zuletzt gesehen habe. Vielleicht ein bisschen weiter rechts, näher an der Fackel, die nun aus ist. Vielleicht war ihm kalt.

Bei dem Gedanken regt sich etwas in mir und mein Herz poltert los. Ehe ich darüber nachdenken kann, stehe ich auf, schnappe mir die andere Decke, die unberührt neben ihm liegt, und breite sie aus. Dabei fällt mein Blick auf seine Hand, in der er einen Briefumschlag so fest umkrampft hält, dass ich mir eigentlich nicht vorstellen kann, er würde schlafen. Doch seine Augen sind geschlossen.

Ich bereite gerade die Decke über ihm aus, als seine Stimme scharf wie eine Messerklinge durch den Kerker schneidet. »Was soll das werden, Eden?« Seine Augen öffnen sich und seine Hand mit dem Brief verschwindet in seiner Hosentasche. Dabei sieht er mich an. So tief, so wach, dass ich mir sicher bin, er hat nicht eine Sekunde geschlafen.

»I-ich ... ich dachte, dir wäre vielleicht kalt«, stoße ich angespannt hervor, weil mich die plötzliche Nähe zu ihm aus dem Konzept bringt. In seinen dunklen Augen tobt ein Sturm, von dem ich das Gefühl habe, dass er mich in seine Mitte zieht und nicht mehr loslässt. Caleb leidet wie ein Hund und ich habe keine Ahnung, was das Problem ist. Der Brief?

Oder ich? Bin ich das Problem?

Ich habe genau gemerkt, wie wütend er war, dass ich Ciels dämliches Spiel mitgespielt habe. Aber was hätte ich sonst tun sollen? Mich weinend in der Ecke verkriechen? Das hilft mir auch nicht.

»Dir kann scheißegal sein, ob mir kalt ist oder nicht«, fährt er mich an und mustert mich derart abweisend, dass mein Herz sich zusammenzieht.

»Mir ist bestens bewusst, dass Ciel nur auf eine Gelegenheit wartet, das, was er auf dem Feld angefangen hat, zu beenden«, flüstere ich, ignoriere seine abwehrende Haltung und gehe neben ihm in die Knie. Er dreht mir den Kopf zu, und doch kann ich nichts in seinen Augen lesen, was er von meinen Worten hält. Er sieht mich einfach nur starr an. »Die naive Angestellte ist ihm nach einem Lächeln völlig verfallen. Sie sieht nichts Gefährliches in ihm, aber ich ... ich habe gesehen, wie ernst es ihm damit war.« Meine Stimme wird mit jedem Wort leiser, weil ich befürchte, dass uns jemand belauschen könnte. »Ich spiele nur mit, Caleb. Und vielleicht ... vielleicht solltest du das auch tun.«

Weitere Sekunden vergehen, in denen nur mein hektisches Atmen zu hören ist. Schließlich lässt Caleb seinen Kopf geräuschvoll an die Gitterstäbe sinken und schließt erneut die Augen.

Er sagt kein Wort.

Enttäuscht richte ich mich wieder auf, lasse die Decke neben ihn fallen und ziehe mich auf meinen Platz zurück. Die Stille, die sich um uns herum ausbreitet, ist nervenaufreibend. Meine Gedanken rotieren immer schneller und mit ihnen kehrt die Angst zurück. Die Angst, die nur durch Caleb im Zaum zu halten war. Er war da, als mich die Typen im Gefängnis bedrängt haben. Er war da und hat meine Wunde versorgt. Er hat Ciel davon abgehalten, mich zu erschießen. Aber jetzt? Jetzt ist er so kalt zu mir, dass ich nicht weiß, wie ich es allein schaffen soll.

Ich will nicht weinen, und doch perlen mir die Tränen stumm über die Lider. Es werden immer mehr, je mehr ich dagegen ankämpfe, sie nicht gewinnen zu lassen. Aber die grausige Realität ist stärker als ich. Viel stärker. Sie ringt mich nieder, erdrückt mich und raubt mir den Atem. In meinen Manuskripten haben sich solche Momente anders angefühlt.

Selbst wenn Ciel meiner Bitte nachkommt, mir meinen Laptop mitzubringen, wovon ich noch nicht überzeugt bin, zweifle ich daran, je wieder etwas in diese Richtung schreiben zu können. Es fühlt sich falsch an,

Situationen zu romantisieren, die alles andere als das sind.

Falls ich diese Sache überlebe, werde ich nur noch schlichte Kleinstadt-Liebesromane schreiben. Kaputte Seelen und grausame Männer werden sich in der Realität nie für die Liebe ändern.

Gestern habe ich noch anders gedacht. Gestern habe ich gedacht, diese Entführung würde mir erst recht bei meinem stockenden Schreibprozess helfen. Aber das war, bevor sich das Adrenalin gelegt hat. Ich realisiere erst langsam, wie haarscharf ich am Tod vorbeigeschrammt bin. Und ich bin noch lange nicht in Sicherheit. Wie soll ich solche Szenen je wieder schreiben, ohne dabei völlig die Nerven zu verlieren?

»Weinst du, Eden?« Calebs Stimme ist leise und kommt nur zögerlich, als hadere er damit, überhaupt zu fragen.

»Ich habe eine Allergie gegen Wolle«, krächze ich die Lüge aus meinem Hals, drehe mich zur Seite und starre die Wand an.

Es vergehen Sekunden oder Minuten, dann höre ich seine schweren Schritte. Ich presse die Augen zu. Ich weine nicht, um seine Aufmerksamkeit zu bekommen, sondern nur, weil ich mich von einer Endstation in die nächste fahre. Nur diesmal scheint es eine Sackgasse zu sein. Meine Flucht vor meiner Familie erschien mir leichter, als vor einem skrupellosen Meisterdieb wegzulaufen. Er wird mich überall finden – sollte ich es überhaupt schaffen, was nicht gerade eine wahrscheinliche Option ist.

»Eden«, seufzt er und dann spüre ich seine Wärme neben mir. Er lehnt sich an die Wand und obwohl ich mich sträube, greift er mit beiden Armen unter meine

Achseln und zieht mich mit einem entschlossenen Ruck zwischen seine Beine. »Du hattest die ganze Nacht keine Allergie gegen Wolle.«

Seine Hand streichelt beruhigend über meinen Rücken und da merke ich erst die Kälte, die unter meiner Haut lauert. Calebs Hand hingegen ist warm und versprüht so viel Zuversicht, dass auch der letzte Damm bricht. Ich schluchze auf, schlinge meine Arme um seinen Oberkörper und presse meine Wange an seine Brust.

»Na endlich«, seufzt er nach einer Weile, in der er meinen leisen Ausbruch einfach nur ertragen hat.

»Na endlich?«, wiederhole ich leise, als ich mich wieder etwas beruhigt habe. Sein Shirt, in dem ich mich festkralle, lasse ich dennoch nicht los. Es riecht nach Rauch und Leder, nicht nach ihm.

»Na, endlich machst du mal etwas Normales«, brummt Caleb und umschlingt mich noch fester. »Du hast gestern deine erste Leiche gesehen, gleich darauf die zweite, du hast selbst einen Mann getötet, wurdest entführt und hast in einen Schalldämpfer geblickt. Es ist normal, in dieser Situation die Nerven zu verlieren. Es ist gut, wenn du es rauslässt.«

Diese Worte sind wie ein Startschuss für den nächsten nervlichen Zusammenbruch meinerseits. Ein kehliges Geräusch bahnt sich den Weg aus meiner Kehle, da zieht er mich schon mit einer Hand an meinem Nacken fester an sich. Er streichelt meine Haut, als ich erbärmlich aufschluchze und weine, weine, weine.

Ich weiß nicht, wie lange.

Aber als ich mich schließlich wieder von ihm löse und mit trockener Kehle und geschwollenen Augen in die Dunkelheit starre, rutscht seine Hand auf meinen Rücken. »Aber ich bin nicht normal, Eden«, flüstert er fast kläglich. »Ich kann dir nicht helfen. Ich muss das tun, was Ciel von mir verlangt. Hör auf, in mir etwas zu sehen, was ich nicht bin und schon gar nicht sein kann.«

Ich hebe den Blick, treffe auf seinen, der wie versteinert wirkt. Er bleibt also bei dem, was er mir gestern so hart an den Kopf geklatscht hat, nur diesmal formuliert er es freundlicher.

»Was ... was soll ich deiner Meinung nach tun?«, krächze ich, als mir klar wird, was das bedeutet.

»Nichts, Eden. Du kannst nichts mehr tun. Du hättest nie in den Knast kommen dürfen. Und ich kann dir nicht helfen.«

Ich bin in Calebs Armen eingeschlafen und wurde von einem amüsierten Ciel geweckt – der sein Versprechen wahr gemacht hat. Er hat uns herausgelassen. Nicht freigelassen, aber auch nicht festgekettet.

Mit seinem Auftauchen hält Caleb wieder Abstand zu mir, aber ich bemerke seine prüfenden Blicke in Ciels Richtung. Doch bisher läuft alles nach Plan. Ciels Plan.

Wir sind zum Flughafen gefahren, in einen Privatjet gestiegen und nach Paris geflogen. Caleb spricht kein Wort, dafür springt er, sobald Ciel etwas möchte. Ciel ist die Freundlichkeit in Person, auch wenn ich bisher nur Anhängsel bin und er nicht mit mir spricht. Doch ich lasse mich weder von seiner aufgesetzten Fassade täuschen noch lege ich viel Wert darauf, mit ihm zu plaudern.

Da er nicht mit mir spricht, hat er auch mit keiner Silbe erwähnt, wie seine Diebestour in Stevens und meiner Wohnung verlaufen ist, und von meinem Laptop habe ich auch nichts gesehen. Es könnte schlimmer, aber auch wesentlich besser laufen.

Nun fahren wir schon seit einer Weile durch die Innenstadt und da mir die Stille in diesem Transporter auf die Nerven geht und mir vom Sorgenmachen schon graue Haare wachsen, drücke ich mir seit einer Weile die Nase an der Scheibe platt. Ich bin schon oft verreist, aber in Frankreich war ich noch nie.

Im Winter sieht es hier allerdings nicht so spektakulär aus, wie ich es mir vorgestellt habe. In meiner Vorstellung blüht Paris an jeder Straßenecke, es wimmelt von süßen Cafés, die bunte Macarons anbieten. Aber Fehlanzeige. Es ist grau, dreckig und die Menschen eilen geschäftig in ihren größtenteils dunklen Winterjacken durch die Straßen. Nur die Weihnachtsdekoration haucht dem Bild etwas Flair ein, erinnert mich aber nur wieder schmerzhaft daran, was andere Menschen gerade machen.

Weihnachten feiern. Und ich lasse mich mehr oder weniger freiwillig von einem Psychopathen nach Frankreich schleppen.

Enttäuscht lasse ich mich in den Sitz zurückfallen und spüre erst da, dass Ciel mich von seiner Position schräg gegenüber genau mustert. Er neigt belustigt den Kopf und deutet durch das Fenster in die graue Suppe. »Nicht so, wie du es dir hier vorgestellt hast?«

Der erste Satz, den er seit dem Aufbruch vor einigen Stunden an mich richtet.

Ich zucke möglichst belanglos mit den Schultern. »Ist ja kein Urlaub, nicht wahr? Gibt bestimmt schlimmere Orte, um entführt zu werden.« Niemand sagt etwas und das quält meine innere Quasselstrippe. Außerdem liegt Ciels Blick weiterhin so interessiert auf mir, dass ich mich genötigt fühle weiterzusprechen. Wenn es eins gibt, mit dem ich sehr schlecht umgehen kann, dann ist es unbehagliche Stille. Ich habe immer das Bedürfnis, dagegen anzusprechen, und das endet meist in spontanem Gedankenkakao. »Mexiko zum Beispiel. In Mexiko werden im Schnitt elf Frauen pro Tag ermordet, habe ich mal gehört. Wie viele sind es dagegen in Frankreich?« Caleb von der anderen Seite der Rückbank gibt ein Zischen von sich, ein Zeichen, das ich verstehe. Ich soll die Klappe halten. Das würde ich gern, aber Ciels zuckender Mundwinkel und die spöttische Weise, wie er seine weißen Hemdärmel nach oben krempelt, treffen einen Nerv in mir. Doch dann sagt Ciel etwas, das mich meine nächsten Worte herunterschlucken lässt.

»Tijuana mit Paris zu vergleichen, ist wie die Äpfel-Birnen-Sache. Aber ja. Durch Paris könntest du ganz entspannt spazieren, ohne Angst haben zu müssen, von einem Kartell geschnappt, vergewaltigt und auf den Strich oder ins Grab geschickt zu werden.« Er lächelt freundlich. »Dummerweise hast du ausgerechnet das fragwürdige Los gezogen, auf den Mann ganz Frankreichs zu treffen, der dir ein ähnliches Schicksal bietet.« Ich starre ihn ungläubig an, warte, dass er lacht, aber das tut er nicht. Er krempelt einfach weiter an seinem beschissenen Hemd herum, dabei sitzt das schon akribisch gespannt über seinen muskulösen Armen.

Warum kann er nicht wenigstens hässlich sein! So bleibt mein Blick etwas zu lange an seinem Unterarm hängen, auf dem die feinen Adern hervortreten und die Muskeln spielen, als er mit dem fortfährt, was auch immer er da tut. Seine Augenbrauen zucken wieder in dieser arrogant-spöttischen Weise nach oben, als ich an ihm emporsehe. Er meint das völlig ernst. Und statt bei seiner offensichtlichen Drohung in einem See aus Panik zu ertrinken, fange ich beinahe das Sabbern an, weil seine

Arme derart schön sind, dass mir stattdessen die Prioritäten versinken und im Strudel durcheinandergewirbelt werden.

Calebs Zischen geht in ein tiefes Brummen über. Ciels Handlanger, der zwischen uns sitzt, bewegt sich nicht und starrt reaktionslos in die Luft.

»Ich dachte, über diese Phase sind wir heraus?«, frage ich schließlich mit zittriger Stimme.

Ciel mustert mich nun mit schräg gelegtem Kopf. »Und ich dachte, du kaufst mir das sowieso nicht ab? Wieso müssen wir dieses Theater weiterspielen, wenn wir ohnehin alle wissen, worauf das hier«, er deutet erst auf sich, dann auf Caleb und weiter zu mir, »hinausläuft?«

»Also gibst du gerade zu, mich umbringen zu wollen, sobald du das Geld von meinem Vater bekommen hast?«

Ciel schmunzelt. Er schmunzelt, als würden wir ein total lustiges Gespräch führen. Er ist absolut gestört. »Wenn du mir auf den Sack gehst, vielleicht auch schon früher.«

Mit klopfendem Herzen lasse ich mich zurückfallen. Sein Lächeln und die Intonation seiner Worte stehen in einem absolut krassen Kontrast zu ihrer Bedeutung. Und ich weiß, ohne nachhaken zu müssen, was davon wahr ist. Nicht sein Lächeln. Er hat wirklich vor, mich aus dem Weg zu schaffen.

Und das eher bald als später, denn dass ich ihm auf den Sack gehen werde, ist wohl unvermeidbar. Ich habe meine große Klappe meist nicht gut unter Kontrolle.

Ich weiß es. Ich verstehe es. Ich hoffe nicht auf ein Wunder. Ich weiß, dass all diese Männer – außer Caleb – bewaffnet sind und mich zu jeder Sekunde im Blick haben. Aber irgendwas hindert mich daran, in Panik und Todesangst zu verfallen.

Vielleicht ist es lediglich ein Schutzreflex meines Körpers, aber egal, was dafür sorgt, dass ich weiteratmen kann und meinen Blick wieder aus dem Fenster richte: Ich bin dankbar dafür. Andernfalls würde mein Herz wohl hier und jetzt aufhören zu schlagen.

Kapitel 15
Ciel

Normalerweise bin ich nicht so. Ich tue, was ich tun muss, aber ich spiele nicht mit meinem Essen. Eden kristallisiert sich mit jeder Minute als das heraus, was ich in ihr gesehen habe, als sie mutig, herausfordernd und ein wenig dumm in meine geladene Waffe geblickt hat.

Sie kann mir mit ihrer Art gefährlich werden – eben *weil* ich anfange, mit ihr zu spielen. Ich reize sie, fordere sie heraus und treibe sie an ihre Grenzen. Grenzen, die je nach Tagesform anscheinend unterschiedlich liegen.

Als sie mir brav wie ein Lämmchen die Stufen zum Museum hinauffolgt, obwohl wir eben erst noch einmal deutlich geklärt haben, wie ihre Geschichte enden wird, scheint ihre Grenze des Tolerierbaren wieder recht weit weg zu liegen.

Statt in Panik zu verfallen, vor mir auf die Knie zu fallen und mich um Gnade anzuflehen, sieht sie mir neugierig dabei zu, wie ich die Glasschiebetür mit einer Karte entriegele. »Nach euch«, sage ich mit einem Lächeln und untermale meine Worte mit einer ausschweifenden Bewegung meiner Hand. Meine Männer haben den Wagen im Innenhof geparkt und sind sicher schon durch den Hintereingang in ihren Räumlichkeiten verschwunden. Ich hingegen wollte es mir nicht nehmen lassen, meine neuen »Gäste« selbst in meinem Reich herumzuführen.

Caleb stapft mit den Händen in die Hosentaschen geschoben vor mir in die klimatisierte Halle und Eden springt ihm wie ein verängstigter Hund bei Fuß hinterher. Ich weiß immer noch nicht, was das zwischen den beiden ist, und ja, meine Neugierde ist geweckt. Caleb ignoriert sie, Eden pflaumt ihn wahlweise wütend an oder kriecht an seiner Seite herum, als würde sie auf eine Runde Streicheleinheiten hoffen. Streicheleinheiten, die sie von ihm nicht bekommt.

Calebs Blick huscht zu mir. Er benimmt sich vorbildlich – und anders, als mir von seinen langjährigen Freund-Feinden zugetragen wurde. »Du darfst dich entweder auf eigene Faust umsehen oder du schließt dich meiner kleinen Führung an. Heute hast du frei, morgen brauche ich dich.« Er nickt schlicht, bleibt aber abwartend stehen. Ich zwinkere Eden zu, richte meine Worte aber an Caleb. »Ich werde sie nicht hier und jetzt in meinem Gebäude erschießen. Dein Zimmer ist unten.«

»Ich bin sehr neugierig auf deine Führung«, sagt er nur und sieht sich gespielt interessiert um. Flachpfeife.

Er will Eden beschützen, ohne sie aktiv zu beschützen. Das wird nichts.

Aber ich kenne seine Geschichte in allen Details – und kann seine Bedenken daher verstehen. Ja, vielleicht ... vielleicht habe ich sogar Respekt vor seiner Entscheidung, sie abzuweisen. Er schützt sie vor allem vor sich selbst. Das ist gar nicht so verkehrt.

Wieder ist es Eden, die völlig anders reagiert, als ich erwartet habe. »Das ist alles deins?« Sie dreht sich mit ausgebreiteten Armen im Kreis und ihre grünen Augen funkeln mit den Kronleuchtern an der hohen Decke um die Wette. »Du wohnst hier? In einem Museum?«

»Ja, das Museum gehört mir, und ja, ich wohne hier«, beantworte ich ihre Fragen und bewege mich langsam über die weißen, glatten Fliesen auf sie zu. Je näher ich ihr komme, desto schneller geht ihr Atem, doch sie bleibt stehen und hat allem Anschein nach den Entschluss gefasst zu verdrängen, was ich ihr angekündigt habe. »Allerdings unten im Keller. Jetzt über die Feiertage hat das Museum geschlossen, deshalb haben wir freie Bahn. Interessierst du dich für Kunst?«

Ihre Augen überstrahlen ihre Angst, als sie heftig nickt. »Ich habe keine Ahnung davon, finde Kunstgeschichte furchtbar langweilig und bin damals in der Schule immer dabei eingeschlafen, aber ich finde es toll!«

»Okay, wow.« Nun lache ich und bemerke erst spät, dass es ein echtes Lachen ist. Eden ist so ... anders. So verrückt, dass ich meine Einschätzung ihres Wesens alle drei Sekunden korrigiere. »Bereit für eine Runde Bilder gucken? Ich verschone dich auch mit langweiligen Details.« Ich biete ihr meinen Arm an, den sie ergreift und sich bei mir unterhakt.

»Heute erschießt du mich ja nicht, richtig?«

Ich schmunzle. Schon wieder ziemlich ehrlich. »Heute nicht, Kleines.«

Jede andere Frau wäre vor Angst schreiend vor mir davongelaufen, wenn sie diese Seite in mir erkannt hätte. Diese Seite, die ich die wenigsten sehen lasse. Eden sollte sie auch nicht sehen, aber nun ist es geschehen und damit unvermeidbar, dass sie die Konsequenzen tragen muss.

Statt wegzulaufen, lässt sie sich ohne Berührungsängste von mir durch die verglaste Halle führen. Sie staunt über Skulpturen, Gemälde, hängt an meinen Lippen, wenn ich mir doch ein paar Fakten zu den ausgestellten Stücken nicht verkneifen kann, und je mehr Zeit wir hier verbringen, desto mehr gerät sie ins Plappern. Nach einer halben Stunde weiß ich mehr über ihr Leben Bescheid, als mir lieb ist, aber ich unterbreche sie nicht. Vermutlich ist es ihre Art, ihre Nervosität zu überspielen, und das ist ... niedlich. Auch wenn mir die Info darüber, dass sie im Schlaf manchmal redet und Gespräche mit ihren Protagonisten führt, ziemlich egal ist, schließlich habe ich nicht vor, in ihrer Nähe zu schlafen. Oder besser: sie in meiner Nähe schlafen zu lassen.

Caleb hält ein paar Meter Abstand zu uns wie nahezu immer den Mund und spielt Edens trotteligen Schatten. Natürlich bin ich jederzeit auf einen Angriff seinerseits gewappnet, doch als wir zwei Stunden später unsere Führung vor dem Treppenhaus beenden, hat er nicht einmal länger in meine Richtung gesehen. Sein Blick ist verschleiert und er scheint seinen ganz eigenen Gedanken nachzuhängen. Doch Eden verwandelt sich wie auf Knopfdruck, als ich sie auf die Betontreppe nach unten zu lotse.

»Heute kein Mord«, erinnere ich sie und umfasse ihren zarten Unterarm fester. Scheiße, ich habe wohl einen guten Tag. Ich ertappe mich dabei, wie ich ihr die Sorgen nehmen will. Mir hat es besser gefallen, sie lächeln zu sehen, als nun wieder an ihrer Angst vor mir zu ersticken. Sie ist interessant – und bringt Geld. Mein Entschluss, das mit ihr schnell zu beenden, ist längst ins Wanken geraten. Dafür bleibt später noch genug Zeit.

Ich habe noch nie mit meiner Beute gespielt, aber Eden wird den Anfang machen.

»Ich weiß.« Ihre Stimme klingt zart und brüchig und über ihren grünen Augen liegt ein Schleier, der mir nicht gefällt.

Dummerweise kann ich daran nichts ändern. Meine Regeln sind mir heilig. Heiliger als sie.

»Dieser Bereich hier unten ist für die Besucher nicht zugänglich«, erkläre ich in meiner nettesten Art und Weise, während ich über die ausgebauten Räume deute, die im selben modernen Stil wie im oberen Bereich des Museums saniert sind. Alles ist hell, lichtdurchflutet, was an den in die Decke eingelassenen Glasflächen liegt, über die man die Besucher des Museums spazieren sehen kann. In der oberen Etage sind diese Flächen verspiegelt. Ich kann sie sehen, sie mich aber nicht.

Der größte Bereich liegt unter der Eingangshalle – und dient hier unten vor allem als Aufenthaltsraum. Ich bin nicht oft hier. Es ist mir zu groß und zu weitläufig, da ich mich hier meist allein aufhalte. Die ausgestellten Exponate, die hier unten alles andere als legal herangeschafft wurden, sehe ich mir lieber von Nahem an, anstatt auf einem der weißen Sofas zu sitzen und in den weiten Raum zu starren.

»Du lebst echt in einem Museum«, stellt Eden ungläubig fest und macht unsicher ein paar Schritte in Richtung der offenen Küche, die in Betonoptik beinahe mit der Wand verschmilzt. »Das ... das ist verrückt. Und so groß!«

Seit ich in ihrem Apartment stand und ihrem Loser-Freund beim Schlafen zugesehen habe, weiß ich, dass man Eden wohl nicht mit Größe beeindrucken kann. Ihre Wohnung ist riesig und teuer, und doch scheint sie lieber den sicheren Tod zu wählen, als alles daranzusetzen, wieder dorthin zurückzukehren.

Ich komme nicht umhin zu denken, ob man sie mit *anderer* Größe beeindrucken könnte. Doch schon beim Gedanken daran, Eden zu ficken, schiebt sich ein Riegel in meinem Kopf vor diese dämliche Idee. Ich verkompliziere es sowieso schon, indem ich nett zu ihr bin – auch wenn sie mir das ganz sicher nicht abkauft. Aber ich muss es nicht übertreiben. Ich werde sie weder anketten noch ficken. Irgendwas dazwischen. Sie muss nicht leiden, aber auch nicht unnötig mit Hoffnung auf ein anderes Ende angefüttert werden.

Zwei grobe Vorsätze, die einhaltbar sind. Über alles andere kann ich mit mir selbst verhandeln. Wie es sich mit meinen Stimmungen verhält, bin ich ähnlich flexibel mit meinen Plänen.

»Ciel?«, fragt jemand in diesem Moment und mein Kopf zuckt herum. Ich habe nicht aufgepasst. Verdammt. Das geht gar nicht gut los. Vielleicht sollte ich sie doch anketten, wenn ich derart unaufmerksam bin.

Doch es ist nur Caleb, der mit etwas Abstand zu mir vor dem langen Flur steht, von dem die Privaträume abgehen. »Wenn du mich echt nicht mehr brauchst, würde ich mich hinlegen.« Er gähnt demonstrativ, ohne zu Eden zu sehen. Ich sehe ebenfalls nicht zu ihr und spüre an meiner Seite dennoch, wie sie sich versteift. Sie hat Angst davor, mit mir allein zu sein – und von Caleb allein gelassen zu werden.

Doch als ich lediglich nicke und sage: »Such dir ein Zimmer aus«, macht sie einen unsicheren Schritt vor, nur um entgeistert innezuhalten, als er verschwindet.

Und mit ihrem Beschützer, der gar kein Beschützer ist, fällt Edens toughes Auftreten wie ein Räucherstäbchen im Wind einfach um. Sie weicht mit großen Augen vor mir zurück, umschlingt ihren Oberkörper mit ihren Armen und sieht sich beinahe panisch nach Fluchtmöglichkeiten um, die sie hier nicht finden wird.

Das sage ich ihr auch, um ihr diesen Zahn gleich zu ziehen. Ich habe keine Lust auf Stress, weil sie einen Alarm auslöst. »Alle Ausgänge sind mehrfach abgesichert, und das auf Arten, die dir nicht geläufig sein werden und die du nicht einmal sehen würdest, würde ich dich mit der Nase darauf stoßen. Also erspar uns beiden den Stress und versuche es erst gar nicht, einverstanden?« Ich schiebe mich an ihr vorbei und erwarte keine Antwort. »Hast du Hunger? Durst?«

Eden atmet tief durch, dann stapft sie entschlossen vor, bis sie mich erreicht. Dass sie nun zwischen meinem Körper und der Kücheninsel gefangen ist, merkt sie zu spät. Sie weicht zurück, prallt mit ihrem Hintern gegen die Schubladen und hebt abwehrend beide Hände – dabei bewege ich mich nicht einmal.

»Okay, das geht so nicht«, zischt sie anklagend. »Ich kann das nicht.«

Abwartend mustere ich sie, damit sie weiterspricht, doch sie beißt sich lediglich selbst auf die Unterlippe, als würde sie sich daran hindern wollen, die Worte auszusprechen.

»Was kannst du nicht?«, hake ich schließlich nach und drehe mich zur Seite, um zwei Gläser aus dem Hochschrank zu nehmen. Etwas Alkohol kann nicht schaden. »Weiß? Rot?«

»Was?«

Ich deute auf die Flaschen in meinem Weinschrank.

»O Gott, das ist mir doch völlig egal«, knurrt sie. »Ich will keinen Wein mit dir trinken!«

»Wieso nicht?« Ungerührt nehme ich eine Flasche eines nicht ganz so teuren Rothschilds und schiebe ihr kurz darauf eins der gefüllten Gläser entgegen. »Wir verstehen uns doch ganz gut. Findest du nicht?«

Sie ignoriert das Glas in ihrer Hand und beinahe sehe ich das schon zerbersten, so fest hält sie es.

»Trink«, weise ich sie kalt an.

»Du willst mich umbringen.«

»Das hat erstens nichts damit zu tun, dass du nicht mit mir Wein trinken kannst, und zweitens *will* ich das nicht.« Ändert aber auch nichts daran, dass ich muss. Das ist Augenwischerei – schon klar.

Sie mustert mich aus zusammengekniffenen Augen und führt das Glas an die Lippen – höchstwahrscheinlich, um etwas Zeit für ihre Antwort zu schinden. »Oh«, sagt sie überrascht, als sie den ersten vorsichtigen Schluck gekostet hat. »Der ist wirklich gut.«

»Na, siehst du. Also, sag mir, was du nicht kannst.« Ich trete etwas näher, sie weicht zurück und landet doch nur an dem Küchenblock. Ich bin ihr so nahe, dass ich die leichten Sommersprossen auf ihrer hellen Haut erkennen kann, die von der Prügelei noch an einigen Stellen blau verfärbt ist. Ich will sie anfassen, mit dem Finger darüberstreichen und lasse es sein. Stattdessen nippe ich selbst am Wein und lasse sie nicht aus den Augen. Hinter ihrer glatten Stirn rattert es, als sie ihre Strategien überdenkt. Ich hoffe, sie entscheidet sich für die richtige.

»Ich kann nicht so tun, als wäre das hier alles völlig normal.«

»Dafür machst du es ganz gut.«

Sie schnaubt und ihr Mundwinkel zuckt. »Ich habe mal gehört, man soll seinem Entführer möglichst viele private Informationen verraten.« Sie nimmt hastig noch einen Schluck. »Um eine persönliche Ebene zu schaffen, weißt du? Damit man sein Gewissen weckt und vielleicht verschont wird.«

Deshalb ihre kleine Plauderstunde. Ohne es zu wollen, muss ich schon wieder grinsen. Ihre Strategie – Mut zur Wahrheit – ist mir wesentlich lieber, als wenn sie ängstlich vor mir davonkriechen würde. Denn das triggert etwas in mir, das etwas in mir hervorruft, das ich nicht gut unter Kontrolle habe. Mit ihrer großen Klappe hingegen komme ich klar.

Sanft stoße ich mit dem Glas gegen ihres, sodass beide ein leises Klirren von sich geben, das von den hohen Wänden widerhallt. Hier unten ist es immer ruhig, da nur wenige Leute in meinen privaten Räumen nächtigen. »Noch mehr, was ich über dich wissen sollte?«

Sie legt den Kopf schief und überlegt. »Wäre da nicht dein Plan mit meiner Exekution, würde ich mich gern von dir entführen lassen.«

Ich lache auf – der Spruch ist recht billig –, doch als ihr Blick für wenige Sekunden an mir herabzuckt, bin ich mir nicht mehr sicher, ob nicht doch ein Funke Wahrheit in ihren Worten mitschwingt. »Warum?«, frage ich und greife an ihr vorbei, um mein Glas auf der Arbeitsplatte abzustellen.

»Weil ... w-weil, hey, was soll ...?« Der Rest ihres Satzes erstirbt, als ich sie an der Hüfte packe und auf dem Küchenblock absetze. Ihr Gesicht ist nun auf meiner Kopfhöhe und das Flackern in ihren Iriden sichtlich aufgeregt.

»Du hast so was erwähnt«, murmle ich und mustere sie. »Du hast doch ein nettes Leben bei deiner Familie, warum ...?«

»Das kannst du gar nicht beurteilen«, zischt sie aufgebracht und nimmt einen großen Schluck vom Rotwein. »Ich will mir meinen Mann selbst aussuchen! Ich will keine Marionette der feinen Gesellschaft sein und nur eine Hülle spazieren tragen! Ich will nicht zu allem Ja und Amen sagen, sondern meine eigene Meinung haben und vertreten dürfen!«

Ungewollt lache ich auf. Sie ist trotz ihrer eindeutig schlechteren Position kämpferisch. Und dabei ziemlich süß, wie sich ihre Wangen vor Wut aufgeregt rosa färben.

Jetzt schnaubt sie, als sie meine Belustigung erkennt. »Hat dir mal jemand gesagt, wie furchtbar arrogant und selbstgerecht du bist? Du ... du ...« Sie stockt, weil ihr die passende Beleidigung für mich offenkundig fehlt.

»Ich was?«, hake ich amüsiert nach und gebe ihr ein paar Sekunden, um nachzudenken. Sie trinkt sich etwas Mut an, bevor sie das Kinn reckt.

»Du ... du ... Dieb!«

»Oho«, mache ich belustigt. »Jetzt hast du es mir aber gegeben, Eden.«

Ein Geräusch, das wie »pffzzz« klingt, dringt aus ihrer Kehle und sie spült es mit dem nächsten Schluck Rotwein herunter. »Warum interessiert dich mein Leben überhaupt? Du hast doch sowieso vor, es zu beenden.«

»Jetzt sei nicht gleich beleidigt.« Ich schnipse ihr gegen die Wange. »Du warst wirklich erstaunlich kooperativ. Ich konnte dank deiner Codes in deine Wohnung marschieren, mein Präsent hinterlassen und wieder gehen.«

Edens Augenbraue zuckt und beinahe wirkt sie amüsiert. »Ich halte mein Versprechen.«

»Ich auch.«

Sie spült meine Ankündigung mit einem weiteren großen Schluck Wein herunter. Und noch einem. Wenn sie so weitermacht, wird das hier mit uns noch ein lustiger Abend. Ich gönne es ihr, dass sie sich gedanklich ausklinken will, wenn es körperlich schon nicht funktioniert. Vielleicht habe ich ihr genau deshalb den Wein kredenzt. Ich weiß, dass sie unschuldig ist und für etwas büßen muss, für das sie nichts kann. Aber ich bin eben nicht Duncan, der dahingehend differenzieren kann. Meine eigene Haut ist mir wichtiger als das Leben irgendeines dahergelaufenen Mädchens.

Doch mit ihrer lockeren Zunge kommen Worte, die

ich nicht von ihr hören will. »Gibt es keine andere Möglichkeit, wie das hier enden wird, Ciel?«, jammert sie plötzlich. »Ich bin zu vielem bereit, wenn du mich im Gegenzug überleben lässt, und ich verspreche dir eine Menge dafür, dass ich niemandem etwas von dir oder dem hier erzählen werde«, haucht sie und umklammert ihr Glas wie ein Zepter zwischen uns. »Bitte, Ciel, ich will doch nur einen Neuanfang und keinen Ärger mit irgendwem.«

Ihr Ton wird flehend und sie rutscht näher an mich heran. Das macht mich wütend.

»Hör auf zu betteln, das passt nicht zu dir«, fahre ich sie leise und schneidend an. Sie stellt sofort das Atmen ein und starrt mich an. Als sie versteht, dass sie genau damit einen wunden Punkt trifft, senkt sie getroffen den Blick. »Könnte ich noch ein bisschen Wein haben?«

Tief einatmend trete ich von ihr zurück, greife nach der geöffneten Flasche und schenke ihr großzügig nach. Es brodelt in mir, doch da sie keinerlei Anstalten macht, mich weiter anzuflehen, beruhigen sich meine inneren Dämonen recht schnell.

Sie stürzt den Wein herunter, als wäre er Wasser und als wollte sie damit ihre Angst herunterspülen. Und das scheint ihr auch zu gelingen.

»Du kannst echt nett sein, wenn du einem nich gerade 'ne Pistole vor die Nase hältst«, brummt sie anklagend.

Ich unterdrücke einen amüsierten Laut, lege dafür meine Hände auf ihre Oberschenkel, was sie, ohne zu murren, akzeptiert. Vielleicht rutscht sie sogar etwas näher an mich heran, damit ich besser zwischen ihren gespreizten Beinen stehen kann.

»Wird das jetzt der Versuch, mich anzubaggern, damit ich dich überleben lasse?«

Ein ertapptes Pfeifgeräusch entkommt ihrer Kehle und sie senkt rasch den Blick. »Nee. Ich hab schon verstanden, dass meine Bücher nichts mit der Realität zu tun haben.«

»So? Wie würde das hier«, ich deute erst auf sie, dann auf mich, »denn in deinen Büchern enden?« Ich klinge so interessiert, wie ich wirklich bin. Da ich neugierig war, warum Eden so unbedingt ihren Laptop zurückhaben wollte, habe ich auf der Rückfahrt zu Francis' Anwesen einen Blick hineingeworfen. Und war ... überrascht. So überrascht, wie ich ständig von ihr bin.

Eden nimmt noch einen Schluck, der definitiv ihre Zunge lockert und ihr noch mehr Wahrheiten entlockt. Wahrheiten, die sie im nüchternen Zustand ganz sicher nicht über die Lippen bringen würde. Sie fixiert meinen Blick und das Grün ihrer Augen strahlt nun sichtlich angetrunken. »In meinen Büchern würde er sich vom großen Arschloch zum heißen Helden entwickeln. Er würde feststellen, dass er ihre Angst nicht erträgt, er würde für sie sein Leben ändern und ...« Sie hält inne, weil ich lache. »Das is nich witzig.« Sie sieht süß aus, wenn sie wie jetzt trotzig das Kinn reckt und die Augen zusammenpresst.

Ich lache immer noch. »Doch. Weil es absolut realitätsfern ist. Ich würde niemals all das«, ich nicke knapp nach oben, »aufgeben, nur weil eine Frau in mein Leben tritt.«

»Ich sagte ja, meine Bücher haben nich so viel mit der grausamen Realität zu tun.« Sie hebt angriffslustig beide Augenbrauen, stellt ihr Glas ab, um mir ihren Zeigefinger in die Brust zu jagen. Noch so ein Angriff, mit dem ich nicht gerechnet habe. Mit ihren folgenden Worten noch viel weniger. »Mal ganz davon abgesehen, dass die Männer in meinen Manuskripten alle viel, viel heißer sind als du.« Sie rümpft ihre kleine Nase. »Du würdest einen furchtbaren Protagonisten abgeben.« Sie lehnt sich leicht vor, sodass ich ihren Atem auf meinen Lippen spüren kann, und senkt die Stimme, als würde sie mir ein gut gehütetes Geheimnis verraten. »Du wärst der fiese Antagonist, vor dem alle Angst haben und der am Ende alle abschlachtet, bevor die Protagonistin vom eigentlichen Helden gerettet wird.«

Irgendwas machen ihre betrunkenen Worte mit mir. Ich schiebe meine Hände weiter über ihre Beine. Sie lässt mich, auch wenn ich merke, wie sie sich unter meiner Berührung versteift. Hektisch greift sie wieder nach dem Glas, hält es sich an die Lippen und kippt es herunter. Gleich hat sie die halbe Flasche feinsten Wein intus. Ihre Iriden zucken bereits deutlich irrend hin und her. Ich gebe ihr ein paar Minuten, in denen sie sich sortiert. Dann frage ich leise: »Du denkst also, Caleb wird dich am Ende retten?«

Sie legt den Kopf in den Nacken, um zu mir aufzusehen. Was ich in ihrem betrunkenen Blick lesen kann, ist pure Hoffnungslosigkeit. »Neihein. Wie gesagt, die Bücher sind nich übertragbar.« Sie schüttelt wild den Kopf. »Und Caleb hat seine ganz eignen Probleme und ich gehöre nich dazu, ne? Wir kenn' uns ja auch gar nich gud.« Ihre betrunkene Aussprache, die sie nicht länger unterdrücken kann, ist witzig. Sie klingt melodisch und weich und verdammt verletzlich.

»Stört dich das?« Ich weiß nicht, warum ich das frage. Ich weiß auch nicht, warum ich so hoffe, eine ehrliche Antwort von ihr zu bekommen.

»Neeee«, macht sie gedehnt und seufzt tief. »Oder doch. Mh. Vielleich' schon. Ich dachte, er mag mich irgendwie.« Sie nuschelt mit jedem Wort mehr. »Ich meine, er hat mich geküsst und Menschen für mich getö…«, *hicks*, »…höted.« Nun wackelt sie wild mit den Augenbrauen und greift mit der freien Hand an meinen Unterarm, um sich festzuhalten. »Das is so krass, oder? Aber was red ich da! Du tötesd bestimmd gans oft gans viele Menschen, nich wahr?«

Ich schmunzle leicht, dann schüttle ich den Kopf, auch wenn ich nicht erkenne, ob diese Geste überhaupt bei ihr ankommt. »Na, wie auch immer, ne. Aber Caleb hat das für mich gemachd. Nuuur für mich. Das is schon heldenhaft, oder?« Das wusste ich noch nicht. Kein Wunder, dass Eden sich so an seine Seite heftet. Und ich sollte Caleb wohl besser im Blick behalten. Nicht dass ich den Kerl unterschätze und er längst einen Plan hat. Edens Fingernägel bohren sich in meine Unterarme, als sie mich schwankend anvisiert. »Aber wo wir gerade so schön offen red'n, ne … Ich finde es gans schrecklich, dass du ihn immer ›Troddel‹ nennst, das isser nich. Caleb is 'n guder Kerl. Aber er will mich nich. Kann man nix machen, was?«

Scheiße, sie ist wirklich niedlich. Foltern muss ich sie also nicht, um Antworten aus ihr herauszubekommen. Ein bisschen teurer Wein, und Eden plappert alle fragwürdigen Wahrheiten aus, die sie so umtreiben.

»Würde deine Protagonistin den Antagonisten küssen, Eden?« Die Worte sind raus, ehe ich mich daran hindern kann.

Sie stockt, ihre Augen werden groß und sie öffnet leicht die Lippen. »Nur …« *Hicks*. »N-nur, wenn der heiß ist.«

»Und ist er das?«

Sie runzelt leicht die Stirn, dabei weiß sie genau, was ich sie frage. Auch betrunken. »Leider schon so ein bisschen.« Sie seufzt und hält ihren Daumen und Zeigefinger zwischen uns in die Höhe. Mit einem zugekniffenen

Auge peilt sie ihre Finger an, als sie sie knapp zusammenpresst. »Siehsd du? Sooo viel heiß is er.« *Hicks.*

Scheiß drauf. Vermutlich erinnert sie sich morgen wirklich nicht mehr, so betrunken, wie sie ist. Ich beuge mich zu ihr, lege meine Hand an ihren Hals und sie erstarrt zur Salzsäule.

»N-nein«, stammelt sie und legt gegensätzlich dazu ihre Hände an meine Brust.

»Nein?«, frage ich und halte dicht vor ihren Lippen inne.

»N-nein«, wiederholt sie stammelnd. In ihren Augen schimmern Tränen. »Ich will n-nich ... meinen ... meinen Mörder küss'n.« Sie hat sich angestrengt, um den Satz so sicher wie möglich hervorzubringen.

»Und wenn der das gar nicht ist?«

»Wer?« Sie sieht verwirrt zu mir auf. Zu Recht. Ich habe keine Ahnung, warum ich dieses Spiel so weit treibe, nur um ihre Zustimmung zu einem Kuss zu bekommen.

»Der Antagonist. Dein Entführer. Wenn der nicht dein Mörder ist ...?«

»Das hat der aber gans deutlich gemachd, dass der mich töd'n will.« *Sie ist wirklich süß.*

»Vielleicht überlegt er es sich ja noch einmal?«

Sie blinzelt einmal. Zweimal. Dreimal, und mit jedem Mal kann ich sehen, wie die Hoffnung in ihre grünen, vom Alkohol verwaschenen Iriden zurückschwappt. *Das ist nicht gut.*

»Dann vielleichd schon«, wispert sie und starrt unschlüssig auf meine Lippen.

Ich tröste mich mit der Ausrede, dass sie es morgen ohnehin nicht mehr wissen wird. Nichts davon. Weder mein haltloses Versprechen noch den Kuss, den ich plötzlich ziemlich dringend von ihr haben will.

Langsam ziehe ich sie, die Hand immer noch an ihrem Hals, an mich heran. Ihr Oberkörper berührt meinen, als ich meinen Kopf senke. Ihre Halsschlagader hämmert gegen meine Fingerspitzen und zeugt von ihrer Aufregung. Und ihrer Hoffnung, die ich fälschlicherweise geweckt habe.

Aber ich bin egoistisch genug, diesen Umstand zu ignorieren.

Sie hält sich an mir fest, als ich mich vorbeuge, und als meine Lippen leicht über ihre streifen, spüre ich das Beben, das von ihnen ausgeht.

»Hast du es nötig, deine Frauen abzufüllen, bevor du sie klarmachst, Ciel?« Eine schwere Hand auf meiner Schulter zieht mich zurück. Eden fällt dank des fehlenden Halts gleich hinterher, doch Caleb fängt sie auf, als sie zur Seite schwankt.

Scheiße. Ich war so auf Eden konzentriert, dass ich sein Eintreten nicht einmal bemerkt habe.

Das hier läuft absolut nicht nach Plan.

Kapitel 16
Eden

Alles geht so schnell, dass meine betrunkenen Hirnwindungen das Geschehen nur sehr langsam verarbeiten können.

Wie in Zeitlupe schreit Caleb mich an. »Lauf. Eden. Jetzt.« Jedes einzelne Wort braucht eine halbe Ewigkeit, bis ich seine Bedeutung verstanden habe. Sie donnern zwar wie Kanonenschläge durch den Nebel in meinem Kopf, doch ich bin noch damit beschäftigt zu verarbeiten, was hier gerade passiert. Caleb stößt mich brutal an der Schulter von sich und dieser Bewegung folgt mein Körper wesentlich schneller als mein Gehirn. Ich falle vor, stolpere aus dem Küchenbereich und lande auf den Knien. Hektisch atmend richte ich mich wieder auf und werfe einen verschwommenen Blick über die Schulter. Was ich dort sehe, lässt das Blut in meinen Adern gefrieren. Caleb hält ein Messer in der Hand und bohrt es in Ciels Seite. Der steht mit dem Rücken zur modernen Kücheninsel und starrt ungläubig und sichtlich überrumpelt von Caleb zu mir und zurück.

Und ich kann nur denken: *Caleb rettet mich schon wieder*.

Obwohl er so kalt zu mir ist. Von wegen, er mag mich nicht!

Mit einer Bewegung reißt er die Karte aus Ciels Hosentasche, mit der er die Türen entsperrt hat, und schleudert sie in meine Richtung. Sie landet knapp vor mir und schlittert die letzten Zentimeter direkt vor meine Nase.

Und ich erkenne sie als das, was sie ist. Ein Ticket in meine Freiheit. Von Caleb für mich.

»Nimm sie und hau ab, verdammt!«, blafft Caleb mich an. Ich komme seiner Aufforderung nach, greife nach der Karte und brauche mehrere Anläufe, bis ich sie vom glatten Boden aufheben kann. Schwankend richte ich mich auf, sehe mit verschleiertem Blick zurück. Ciel und Caleb starren beide zu mir. Caleb deutlich wütend, Ciel ... irgendwie amüsiert. Trotz Messers an der Hüfte.

Ich rühre mich nicht. Ich bin unfähig, auch nur einen Schritt zu machen. Es wäre so leicht. Niemand hindert mich, von Ciels Männern ist nichts zu hören, nichts zu sehen. Und doch bleibe ich regungslos stehen, schwanke nur wie ein Fähnchen im Wind, weil der Alkohol in mir wie ein Tornado wütet. Die dünne Karte zwischen meinen Fingern wiegt schwer und verkörpert meine einzige Chance, die ich bekommen werde. Ciel wird nicht noch einmal so unvorsichtig sein und Caleb unterschätzen. Das weiß ich.

»Lauf, Eden!«, brüllt Caleb noch einmal, weil ich unbeweglich zwischen den beiden Männern und dem rettenden Treppenhausaufgang stehe. Meine Beine sind furchtbar schwer. Ich kann ihn doch nicht einfach allein lassen, nachdem er mich schon wieder rettet! Wer weiß, was Ciel mit ihm tun wird! »Jetzt! Wenn du nicht ...«

Seine nächsten Worte gehen in seinem Stöhnen unter. Und dann geht es wieder so schnell. Ciel hat die erste

Möglichkeit genutzt, die Caleb ihm gegeben hat, als er sich mir gewidmet hat, ohne auf Ciel zu achten.

Und nun bin ich schuld, dass Caleb auf dem Boden liegt und Ciel mit einem Knie auf seinem Rücken hockt. Das Messer an seinem Hals. Ciel öffnet den Mund, um etwas zu sagen, als ich vorstolpere.

»Nein, verdammt, Eden!«, brüllt Caleb so laut und durchdringend, dass mir das Geräusch direkt in den aufgewühlten Magen fährt. Er bäumt sich auf und wirft Ciel dabei von sich. Und was dann passiert, geht in meinem entsetzten Schrei unter. Die beiden Männer rollen sich über den hellen Boden, der nach wenigen Sekunden blutbespritzt ist. Von wem es stammt, kann ich nicht ausmachen, weil mein Gehirn nach wie vor zu lange braucht, um die Bilder vor meinem Auge zu verstehen.

Gebrüllte Wortfetzen dringen an mein Ohr, Blut spritzt und ehe ich weiß, was ich da tue, stürze ich vor.

»Hört auf!«, schreie ich und kurz darauf noch einmal, weil sie gegen meine Beine kugeln. Ich falle auf sie und bin plötzlich mittendrin. Eine Faust trifft meine Schläfe, kurz darauf landet ein Treffer in meinem Magen. Mir bleibt die Luft weg, ich stoße einen quietschenden Laut aus und verliere schon wieder den Halt, als die Körper sich zwischen mir auflösen. Unsanft knalle ich mit der Stirn auf den Boden, rapple mich aber sogleich auf.

»Verflucht, du dummes Ding, lauf einfach!« Caleb schnauzt mich nun so wütend an, dass sein Tonfall mir wie die Faust in den Magen schlägt. Er stürzt sich, ohne noch einmal zu mir zu sehen, auf Ciel. Plötzlich ist da wieder das Messer und Caleb drückt es an Ciels Hals. An der Klinge erkenne ich Blutstropfen, die aus seiner Haut hervorquellen.

Aus verengten Augen starrt Caleb erst zu mir, dann zu Ciel, der wie weggetreten wirkt. Seine Lider sind halb geschlossen, seine Arme liegen schlaff neben seinem Körper.

Was passiert hier?

Es sind wieder nur Sekunden. Ciels Lider flattern, als er zu sich kommt, und gleichzeitig scheint Caleb einen endgültigen Entschluss zu fassen. Er wird ihn töten. Ich sehe es in dem dunklen Blitzen seiner Augen und dem harten Zug um seinen Mund. So hat er ausgesehen, als er den Kerl im Gefängnis auf den Boden geschmettert hat. Mehrfach. Bis nur noch Brei von ihm übrig war.

Es sollen nicht noch mehr Menschen meinetwegen sterben. Ich falle neben ihnen auf die Knie, lege meine Hände um Calebs Hände und zerre sie mitsamt dem Messer in die Höhe. »Nicht, Caleb«, wimmere ich. »Hört auf, ich …«

In der Sekunde schießt Ciels Arm hoch, dann donnert seine Faust gegen Calebs Schläfe. Der Schlag klingt so dumpf, dass ich meine, ihn selbst spüren zu können. Caleb kracht lautlos wie ein gefällter Baum zur Seite. Ciel zögert nicht. Er richtet sich auf und ist direkt über mir. Mit dem Messer.

O Gott, was habe ich getan?

Mein Herz jagt in meiner Brust. Ich sehe von Caleb, der benommen neben mir liegt, zu Ciel, der gar nicht mehr so weggetreten wirkt wie eben. Er hat mich getäuscht. Als mich diese Erkenntnis wie ein Eisberg rammt, wird mir kalt. Bitterkalt.

Ich wollte doch nur, dass niemand stirbt. Und nun werden es wohl gleich zwei Menschen sein. Caleb. Und ich.

Mein Herz wummert, als ich instinktiv vor Ciel zurückweiche. Rückwärts krieche ich von ihm weg, doch er folgt mir sofort. Seine Miene ist ausdruckslos, jeder freundlich gespielte Zug restlos verschwunden. Seine

Lippen sind zu einem dünnen Strich verzogen, als er langsam und bedrohlich einen Schritt nach dem anderen vor sich macht. Ich rutsche mit dem Po über den Boden, ohne ihn aus den Augen zu lassen. Caleb gibt keinen Laut mehr von sich.

Ist er schon tot?

Das Schluchzen, das aus meinem Brustkorb kommt, klingt panisch und verdeutlicht alles, was in diesem Moment in mir los ist. Und auch die Worte, die aus meinem Mund sprudeln, habe ich nicht unter Kontrolle. »Bitte nicht, Ciel«, murmle ich heiser, als ich weiter vor ihm davonrutsche. Meine Panik und meine Wut auf mich selbst schrauben sich immer höher. Habe ich wirklich gedacht, er würde mich verschonen, weil ich ihn vor Caleb *rette*?

Nein. *Nein, ich habe gar nicht gedacht.*

»Hör auf«, sagt Ciel mit einer roboterhaften, kalten Stimme, hält aber nicht an. Immer schneller krabbele ich zurück, meine Handgelenke knicken weg, doch ich fange mich sofort und krieche mit dem tobenden Herzschlag in meiner Brust um die Wette, obwohl ich weiß und spüre, wie aussichtslos mein Vorhaben ist. Caleb liegt ausgeschaltet am Boden und kann mir nicht noch einmal helfen.

»Nicht, bitte«, flehe ich mit kratziger Stimme. »Ich wollte doch nur ... ich dachte ... ich ... bitte nicht.« Die Todesangst, die sich in mir ausbreitet, als ich Ciel mit dem blutigen Messer über mir aufragen sehe, ist zu viel. Der rauschende Alkoholpegel in meinen Venen tut sein Übriges, dass ich nicht mehr rational denken kann. Ich wimmere vor Angst. Ich will nicht sterben.

In der nächsten Sekunde kommt das Messer mit einem lauten, scheppernden Geräusch auf dem Fliesenboden auf. Er hat es fallen lassen.

Wieso?

Ich sehe überrascht mit geweiteten Augen zu ihm auf, halte inne. Doch sein Blick ist weiterhin eine eiskalte Maske. Das Klirren des Messers hallt noch in meinen Ohren und mischt sich mit dem Zischen, als mich Ciels Hand auf der Wange trifft. Ein Schmerz explodiert in meinem Kopf, als dieser ruckartig zur Seite fliegt, dann schließt sich seine Hand an meinem Pulloverkragen und er reißt mich auf die Füße. »Hör. Auf«, fährt er mich wütend an. Seine Stimme trieft vor Hass und etwas anderem, das ich nicht genau ausmachen kann. Fakt ist, er jagt mir eine höllische Angst ein.

Meine Beine bestehen nur aus Wackelpudding, ich kann mich kaum auf den Füßen halten, als ich seinen hellen Augen nun viel dichter begegne. Sie sind eiskalt und in ihnen tobt eine Wut, die ich noch nie an einem Menschen gesehen habe. »Hör auf!«, fährt er mich lauter an und schüttelt mich. Dann lässt er mich los, ich falle unsanft auf den Hintern und wimmere.

Vor Angst. Vor Schmerz. Vor Aussichtslosigkeit.

Und wegen meiner eigenen Dummheit.

Ciel steht immer noch breitbeinig über mir. In seinen Augen tobt der reinste Eissturm. Ich ziehe den Kopf zwischen die Schultern, rolle mich zusammen und spüre mein Herz wie wild gegen meinen Brustkorb jagen. »Bitte nicht, ich mache alles, was du sagst, ich …«

Ein unnatürliches Grollen löst sich aus seiner Brust, als er sich wie ein wildes Tier auf mich stürzt. »Ich sagte, du sollst damit aufhören!«, schreit er mich an. Und dann ist es, als wäre irgendwas anders. Ein Schalter umgelegt, den ich niemals hätte umlegen dürfen. Ciel *prügelt* auf mich ein. Seine Fäuste treffen mein Gesicht, meine Seite, meinen Bauch. Ich krümme mich unter seinen Schlägen zusammen, schnappe nach Luft, mache mich klein und kann mich nicht mehr wehren. Meine Reaktionen bestehen nur noch aus leisem Wimmern und gestammelten, flehenden Worten, die ich gar nicht mal an Ciel richte. Er wird nicht aufhören.

Und es wird niemand eingreifen.

Als der nächste Schlag meine Nase trifft, heule ich auf. Der Schmerz füllt meinen Kopf und jeden Winkel meines Körpers. Ich falle zurück, knalle mit der Schläfe auf den Boden und bleibe auf der Seite liegen. Meine Haut glüht an jeder Stelle und die Kälte der Fliesen fühlt sich beinahe tröstend an. Sie lindert den dumpfen, pochenden Schmerz auf nahezu jedem Zentimeter meiner Haut.

Ciels großer Körper wirft seinen Schatten über mich, als er sich über mir aufrichtet und erneut in Position bringt. Vermutlich wird er mich nun totschlagen.

Diese Erkenntnis bringe ich trotz alkoholisierten Zustands zustande. Und trotzdem kann ich das Flehen und Betteln nicht einstellen. Mein Körper läuft wie auf Autopilot.

»Ich ... bitte ... n-nicht ... ich ...«

In dieser Sekunde werde ich niedergerungen. Etwas oder jemand stürzt auf mich, eine Hand schließt sich über meinen Mund und erstickt jeden weiteren Laut.

»Halt einfach den Mund«, schnauft Caleb angestrengt und fängt mich mit seinem Körper unter sich ein. Er schirmt mich ab und nimmt mir gleichzeitig den Sauerstoff. »Kein. Wort. Mehr«, bringt er zwischen den Zähnen gepresst hervor. »Du dummes, dummes, naives Ding.«

Meine Sicht verschwimmt, ich bekomme durch meine Nase, aus der noch immer warmes Blut strömt, kaum Luft. Ich schniefe, mein Körper fällt in sich zusammen. Die Wärme, die von Calebs Körper ausgeht, prickelt auf meiner kalten Haut.

Mit einem dumpfen Aufprall sackt Ciel neben uns auf die Knie. Er sagt etwas, das ich durch das Rauschen in meinen Ohren nicht verstehe. Es klang beinahe wie ein »Danke«.

Danke. Warum sollte er sich bei Caleb bedanken?

Wofür? Dass er ihn erstechen und mich entkommen lassen wollte? Wohl kaum.

Caleb erwidert etwas und dann ... dann ist es still.

Sehr still.

Viel zu still.

Ich habe das Gefühl, unsere Herzschläge zu hören, so leise ist es und so wild hämmert mein eigenes Herz in meiner Brust.

»Kein Wort«, schnauft Caleb noch einmal, dann nimmt er die Hand von meinem Mund und lässt sich zur Seite fallen. Nur schwerfällig schaffe ich es, den Kopf zu ihm zu drehen. Er liegt auf dem Rücken, eine Hand auf dem Oberkörper, der sich hastig hebt und senkt. Seine Augen sind auf meine gerichtet. Und ich kann so viel in ihnen erkennen. So viele Empfindungen, die mir die ohnehin schon knappe Luft zum Atmen nehmen. Er ist wütend auf mich. Völlig zu Recht. Aber ich sehe auch diesen Schmerz in seinen Augen, der nahezu immer da ist. Und jetzt ist er noch so viel präsenter. Und ich wette, das liegt nicht an den zahlreichen Veilchen auf seinem Gesicht, die sich schon langsam bläulich verfärben. Blut tropft von seiner Augenbraue und läuft an seiner Schläfe hinab.

Ich weiß, dass ich auf ihn hätte hören sollen.

Umso schlimmer ist das Gefühl, das sich in meinem Bauch absetzt, als mich die Erkenntnis überkommt, dass ich es alles noch einmal genauso machen würde. Er hat sein Leben für mich riskiert. Ich kann nicht einfach feige abhauen.

Weil ich ihn nicht länger ansehen kann, drehe ich

den Kopf zurück. Der Schmerz hämmert hinter meiner Stirn, und doch bewege ich ihn weiter nach links. Ciel liegt neben mir. Die Augen geschlossen.

Das Messer liegt unweit von mir entfernt, und doch mache ich mir nicht einmal die Mühe, die Hände danach auszustrecken. Ich würde ohnehin niemanden erstechen.

Nicht noch einmal.

Also wende ich den Kopf, starre nach oben durch die verglaste Decke und frage mich, was zum Teufel hier gerade passiert ist.

Und ich frage mich, was noch passieren wird.

Unser aller Atem vermischt sich und erfüllt den hohen Raum. Ich fühle mich merkwürdig ruhig, aber wahrscheinlich liegt das nur am Schock, der meine Glieder in einen paralysierten Zustand versetzt. Mein Körper konzentriert sich auf die wichtigsten Funktionen. Atmen. Und überleben. Nicht denken.

Ciel ist schließlich der Erste, der sich regt. Er rappelt sich auf und verschwindet.

Caleb brummt leise etwas, doch er bleibt wie ich bewegungslos liegen. Mein Körper fühlt sich müde an, müde und verletzt an nahezu jeder Stelle, doch irgendwie weiß ich, dass es jetzt vorbei ist.

Heute wird niemand sterben.

Ich bleibe ruhig, als ich erneut Schritte höre. Etwas Knisterndes landet neben mir auf Caleb, der ein leises Keuchen ausstößt, sich aber sonst nicht weiter äußert. Dafür werde ich unter den Achseln gepackt und Ciel hebt mich auf seine Arme, als wäre ich federleicht. Mein Körper versteift sich unwillkürlich, und doch bringe ich keinen weiteren Laut hervor. Sein teures Parfüm mischt sich mit dem beißenden Blutgeruch in meiner Nase.

Ich kann ihn kaum ansehen, meine Sicht ist noch immer getrübt und mein Blick alles andere als fokussiert.

Er trägt mich zur Küche, setzt mich auf der Kochinsel ab und stützt mich, als ich mit dem Oberkörper nach vorne sacke. Meine Stirn trifft seine Brust, doch sosehr ich auch dagegen ankämpfe, mich wieder aufzurichten, ich schaffe es nicht. Meine Umgebung schwankt, Ciels Silhouette kommt näher, zieht sich zurück, genau wie die aufragenden Küchenmöbel hinter ihm.

Ohne ein Wort zu verlieren, hält er mich mit einer Hand an meiner Schulter aufrecht und mit der anderen Hand etwas Kaltes an meine Schläfe. So sitze ich ein paar Minuten und wage es nicht, ihn anzusehen. Stattdessen richte ich meinen verhangenen Blick auf meine Hände, die ich in meinem Schoß zusammenpresse, ähnlich wie meine Lippen. Sie beben und mit jeder Sekunde fällt es mir schwerer, die in mir angestauten Gefühle nicht nach draußen zu lassen.

»Kannst du das selbst halten?«, fragt Ciel schließlich und greift nach meinen Händen, um sie überraschend sanft auseinanderzuziehen. Dann führt er sie an meine Schläfe und legt sie um das Kühlpack.

»Hm«, mache ich und selbst dieser kurze Laut klingt verdammt nasal.

»Gut.« Ciel entfernt sich zwei Schritte von mir, hält mich aber weiter mit einer Hand fest, damit ich nicht weglaufe, mich auf ihn stürze oder von der Theke falle – ich weiß es nicht –, dann nimmt er einen frischen Lappen aus einer Schublade, hält ihn unter den Wasserhahn und kommt dann zu mir zurück. Er umfasst mein Kinn, hebt es leicht an und beginnt damit, mir das Blut vom Gesicht zu wischen. Mein Magen rumort und mein Herz stolpert noch immer, dabei sind seine Berührungen nun durchgehend sanft.

Da er mein Kinn noch immer festhält, bin ich gezwungen, ihn anzusehen. Doch seine Miene verrät nichts über seine Stimmung. Nicht ein Muskel in seinem Gesicht zuckt, als er meine Stirn säubert, meine Schläfen, meine Wangen und schließlich ganz vorsichtig an meiner Nase herumtupft.

Ein Geräusch von rechts sorgt dafür, dass ich den Kopf drehen will, aber Ciel hält mich unbeirrt fest. Nur aus dem Augenwinkel erkenne ich, wie Caleb neben Ciel tritt, eine Packung tiefgekühlte Erbsen neben mich pfeffert, bevor er sich an der Kücheninsel abstützt und Ciel genau auf die Finger sieht.

»Was hast du mit meinen Männern gemacht?«, fragt er Caleb, ohne seine Finger von mir zu nehmen oder wegzusehen.

»Ausgeschaltet«, gibt Caleb ruhig zurück.

»Endgültig?«, fragt Ciel genauso ruhig zurück und tupft weiter an mir herum, als würde er sich mit Caleb über das Wetter unterhalten.

»War sicherer.«

Caleb hat Ciels Männer umgebracht?

Ich erstarre, dann fange ich an zu zappeln. Warum bin ich nicht gerannt, als ich noch konnte?

Ich sehe die beiden gleich schon wieder durch die Küche stürzen, doch das passiert überraschenderweise nicht. Ciel reagiert rein gar nicht auf Calebs Worte. Stattdessen greift er plötzlich an meine Nase und ein heißer Schmerz strömt wellenartig über mich. So sehr, dass mir die Tränen in die Augen schießen und mein Körper sich erneut verkrampft.

»Nicht gebrochen«, verkündet er leise und verengt unwillkürlich die Augen. Noch immer kann ich den Ton seiner Stimme nicht einmal ansatzweise deuten.

Ich schnaufe. »Fühlt sich aber so an.«

»Sei einfach ruhig, Eden«, fährt Caleb mich wieder an. Seine Stimme könnte der von Ciel Konkurrenz machen. Der reißt sich nun doch von meinem Anblick los, um Caleb anzusehen. Irgendwas, das ich nicht recht deuten kann, passiert in diesem Moment zwischen ihnen. Und ich weiß nicht, ob es etwas Gutes ist. Ohne ein Wort zu sagen, wendet Ciel den Blick wieder ab und fährt damit fort, mein Gesicht zu säubern. Caleb entfernt sich und kommt kurz darauf mit dem blutverschmierten Messer wieder.

Ich halte instinktiv die Luft an, doch er geht lediglich zum Waschbecken und wäscht das Blut von der Klinge. Ungläubig verfolge ich seine Handlungen mit den Augen, während ich mich weiter von Ciel versorgen lasse.

Als Caleb fertig ist, trocknet er das Messer ab und steckt es zurück in den Messerblock. Was zum Teufel soll das werden?

Ich traue mich nicht zu fragen. Dabei kann ich dem hier immer weniger folgen.

Caleb tritt neben Ciel und nun starren mich beide Männer kalt und kalkulierend an, dabei sind sie gerade noch aufeinander losgegangen. Aber ich weiß, dass ich mich nicht irre, egal, wie neben mir ich auch stehe. Irgendwas hat sich in den letzten Minuten geändert.

Hektisch ziehe ich meinen Kopf zurück. In mir fahren die Gefühle Achterbahn. Ciel hat mich verprügelt und ich lasse mich widerstandslos von ihm betatschen – auch wenn er jetzt gerade augenscheinlich nur gute Absichten hat.

Doch der Filter, den der Alkohol über mein Denken gelegt hat, lässt mein gerade noch gespürtes wütendes Gefühl zu Staub zerfallen. Stattdessen falle ich in mir zusammen. Mit einem Mal ist mir schlecht. Hinter meiner Stirn pocht es immer stärker und in mir steigt eine Hitze auf, die ich nicht richtig einordnen kann.

Ich lande in irgendwelchen Armen, es blitzt vor

meinen Augen und mir wird mit jeder Sekunde wärmer. »Bring sie ins Bett und bleib bei ihr, falls sie sich übergeben muss«, sagt Ciel und ich werde von zwei Armen in zwei andere Arme gereicht. Arme, die ich bereits kenne. Calebs beruhigender Duft dringt in meine verstopfte Nase, als ich meine Stirn stöhnend an seine Brust lehne.

Ich weiß nicht, was ich in den letzten Minuten verpasst habe oder was gerade passiert ist, dass Ciel sich nicht auf Caleb stürzt oder umgekehrt. Stattdessen wechseln sie leise Worte, die ich nicht mehr verstehe, dann setzt sich Caleb mit mir in Bewegung.

Und noch bevor er mich irgendwo absetzt, wird alles um mich herum dunkel.

Kapitel 17
Caleb

»C-Caleb?«, stammelt Eden und krallt sich so fest in meinen Hoodie, dass ich sie nur mit Gewalt von mir zerren könnte, wenn ich das denn wollte.

»Ich bin hier, Peach.« Meine Stimme bebt, als ich ihr zusammengeschlagenes Gesicht betrachte, das in meinem Schoß liegt. Ihre Augen sind geschlossen, ihr Körper zusammengerollt wie ein Fötus. Das hat sie nun davon. Ich habe sie so oft gewarnt.

»Ist er …«, sie räuspert sich, »*er* auch da?«

Ich sehe auf und treffe auf Ciels undurchsichtigen Blick. Er steht im Türrahmen, regt sich aber nicht. Mit überkreuzten Armen hat er dabei zugesehen, wie ich Eden in eins der zahlreichen freien Zimmer getragen habe und auf das Bett legen wollte, doch sie hat sich wie ein Äffchen an mich geklammert, sodass ich diesen Versuch direkt aufgegeben habe. Er hat mir eine Packung Schmerztabletten und ein Glas Wasser gebracht, wovon ich ihr direkt zwei Tabletten eingeflößt habe.

»Nein«, lüge ich und sehe, wie ihre Lider nervös flattern. Ihr Atem kommt stoßweise, ihre Nasenlöcher sind blutverkrustet.

»Gut«, haucht sie und verstummt augenblicklich. Eine lautlose Träne rinnt durch ihre geschlossenen Augen und läuft über ihre geschwollene Wange. Ich fange sie mit meinem Daumen auf, bevor ich über ihre Wange streiche. Ihre Haut glüht, aber sie stößt mich nicht von sich.

Ich weiß nicht, wie ich das finden soll.

»Wieso bist du nicht gelaufen, Eden?« Das war ihre einzige und letzte Chance, die ich ihr geben konnte. Sie hat sie verspielt. *Und ich wusste, dass sie es tun wird.*

»Es wäre unfair dir gegenüber gewesen«, murmelt sie, ohne zu zögern. »Du hast schon wieder dein Leben für mich riskiert. Und er … er hätte dich getötet. Ich habe es in seinen Augen gesehen. Er … er ist ein Monster.« Sie schluchzt leise und nun rinnen weitere Tränen über ihre Wangen, die im Stoff meines schwarzen Pullovers versickern. *Nicht nur er.*

Seufzend schlinge ich meine Arme fester um sie und sehe wieder auf. Ciel steht unbeweglich im Türrahmen; seine Miene ist unergründlich.

Ich zweifle nicht daran, dass er sie totgeschlagen hätte, wäre ich nicht dazwischengegangen.

»Besser mich als dich, Peach.« Mit einer Hand fahre ich durch ihre Haare, in denen ebenfalls verkrustetes Blut klebt.

»Unsinn. Wieso siehst du dich selbst nur so furchtbar schlecht?« Sie weint.

»Weil ich es bin«, sage ich leiser und streichle über ihren Rücken. »Schlaf jetzt. Ich passe auf dich auf.«

Sie schluchzt leise und vergräbt ihr Gesicht tiefer in meinem Pullover. Und weil sie wirklich fertig ist, dauert es nicht lange, bis ihre Tränen versiegen und ihre Atemzüge tiefer und langsamer werden.

In dem Moment bedeutet Ciel mir mit einer knappen

Bewegung, sie hinzulegen. Ich folge dieser Aufforderung, bette Eden zwischen die hohen Kissen, ziehe die Decke über sie und schalte die Nachttischlampe aus.

Es gibt genau zwei Möglichkeiten, wie Ciel nun reagiert. Da ich noch lebe – und Eden ebenfalls –, gibt es vermutlich sogar nur noch eine Option. Ich habe Ciel beobachtet und meine eigenen Schlüsse gezogen. Er ist schwieriger zu durchschauen als andere Menschen, dennoch denke ich, ihn verstanden zu haben. Wenn auch noch nicht vollständig. Es sollte aber reichen, um meine eigenen Interessen voranzubringen.

Daher bewege ich mich, ohne zu zögern, auf ihn zu. Er macht mir Platz, wie erwartet, ohne sich auf mich zu stürzen.

Ich trete zu ihm in den Flur, ziehe die Tür nur heran, damit ich höre, falls Eden noch einmal wach wird.

»Komm.« Ciel marschiert vor mir her, bis wir wieder in der Küche ankommen. Der helle Boden ist mit dunklen roten Blutsprenkeln übersät und ich werfe unwillkürlich einen knappen Blick auf Ciels Erscheinung. Ich bin es nicht, der hier all das Blut verloren hat. Hängen bleibt mein Blick an seinem Oberarm. Sein Hemd ist aufgerissen und an den Rändern rötlich verfärbt. »Was trinkst du?«, will er wissen, während er schon einen Schrank aufreißt. Scheint jetzt also auch nicht unbedingt lebensbedrohlich zu sein. Als ich ihm das Messer in die Seite gebohrt habe, wollte ich ihn lediglich ruhigstellen, nicht töten. In manchen Fällen reicht eine gute Prügelei, um die Fronten zu klären. Ohne viele Worte mit ihm getauscht zu haben, schätze ich, sieht er das ähnlich. Auf eine gewisse Weise haben wir das Wichtigste bereits geklärt. Jetzt folgt nur das Kleingedruckte.

»Das Teuerste, was du hast.«

Ciel schnaubt, dann kehrt er mit zwei Flaschen Kronenbourg 1664 zurück. Er öffnet beide Biere an der Kante seiner Luxusküche, was mich dann doch ... überrascht und mir einen entsprechenden Laut entlockt. Diese Handlung passt nicht zu dem Schnöseltyp – aber ich ahne längst, dass ich ihn in eine falsche Schublade gesteckt habe. *So wie er mich.*

Er gibt einer der Flaschen einen Stoß, sodass sie über die Arbeitsplatte zielgerichtet in meine Richtung schlittert. »Werd nicht gleich gierig. Bier reicht für dich.«

»Für mich Trottel?«, halte ich entspannt dagegen und leere die halbe Flasche in einem Zug. Für französisches Bier ist das gar nicht schlecht. Aber das werde ich garantiert nicht laut sagen.

Seine Augen verengen sich. »Du hast meine Männer getötet.«

Ich lehne mich an die Kücheninsel und sehe mich um. Ich habe ehrlich nicht damit gerechnet, dass Ciel in solch einer Hütte residiert. Es gefällt mir hier. Wer wohnt schon unter einem Museum und hat die Möglichkeit, den Besucherinnen unter die Röcke zu spannen!

»Du hast mich quasi dazu eingeladen. Es war ein Test – und viel zu leicht.«

»Den meine Leute nicht bestanden haben«, stimmt er mir nicht überraschend zu. »Laut Duncan kannst du ja nicht einmal geradeaus denken. Ich habe nicht mit deinem Auftritt gerechnet.«

Ich nehme noch einen Schluck, ohne ihn aus den Augen zu lassen. »Ich bin eher so der Typ Beobachter und nutze meine Chancen, wenn ich sie bekomme«, erkläre ich achselzuckend. »Ich war lange Zeit neben Brady einer der wichtigsten Köpfe Londons. Das kann man nicht sein, wenn man völlig dumm ist. Ich habe meine Geschäfte geführt, Drogenrouten ausgebaut, Dealer koordiniert und all den Scheiß. Es lief verdammt gut, bis ...«

Bis mir selbst die Drogen zum Verhängnis geworden sind. Noch einen Schluck. Es schmeckt echt gar nicht übel. Frankreich ist gar nicht so verkehrt.

»Bis?«, hakt Ciel entspannt nach, als ich zuerst nicht weiterspreche.

»Bis ich genauso auf Ethan hereingefallen bin wie Duncan. Er macht es sich sehr leicht, mir alles in die Schuhe zu schieben.« Nun kippe ich auch den Rest hinterher. Der Alkohol prickelt auf meiner Zunge und verdrängt das nervige Gewissen, das gegen meine Stirn klopft.

»Dafür hast du einen recht ... *einfachen* Eindruck abgegeben, als ich dich eingesammelt habe.« Ciel lehnt sich schnaufend neben mich. »Nur wegen dieses Mädchens? Hast du darauf gewartet, einen Moment abzupassen, um sie laufen zu lassen? Was dann? Was erhoffst du dir davon?«

»Eden ist nur zur falschen Zeit am falschen Ort gewesen. Ich bin hier, weil ich hier sein will, sonst hätte ich mich nicht so leicht von dir verschleppen lassen, glaub mir das.« Ich lache leise auf und schüttle gleichzeitig den Kopf. »In London hält mich nichts mehr.« Die Gefahr wäre nur größer, Scheiße zu bauen, die ich nicht mehr bauen will. *Paige auflauern, zum Beispiel, und ihr noch mehr Angst machen.* Wieder *Angst einjagen. Der Grund dafür sein, dass die Mutter meines Kindes nicht ruhig schlafen kann.*

Der bin ich sowieso schon.

Mein Magen wird schwer und ein beklemmendes Gefühl befällt meinen Hals. Ich räuspere mich und überspiele das Gefühl damit, indem ich die Flasche klirrend hinter mir abstelle. Fest sehe ich ihn an. »Ich habe kein Interesse daran, mich in deine Geschäfte einzumischen. Du bist der Boss und das kannst du bleiben. Ich habe von dem Scheiß die Nase voll, aber ich werde auch nicht den Deppen vom Dienst spielen. Entweder ich bleibe auf Augenhöhe oder wir beide bekommen noch unsere Schwierigkeiten.«

Ciel reibt sich über den Nacken und überlegt. Seine Miene ist starr, doch ich sehe, wie es hinter seiner Stirn arbeitet, als er augenscheinlich sein Bild von mir überdenkt. *Und über den Haufen wirft.* »Du willst also wirklich für mich arbeiten? Obwohl uns beiden klar ist, dass Duncan dich nur billig loswerden will?«

Ich nicke, hebe aber eine Augenbraue. »Du kannst Duncan erzählen, was du willst. Du kannst mich den dummen Trottel nennen, das ist mir völlig egal. Aber hier will ich anders behandelt werden. Du weißt, dass ich das nicht bin.« Eine geregelte Arbeit ist nämlich trotz aller Vorsätze nichts für mich, warum also nicht die Chance ergreifen, die sich mir bietet!

Ciel neigt nachdenklich den Kopf. »Lass mich raten: Deine Bedingung ist, dass wir sie gehen lassen. Das geht nicht. Sie hat …«

Ich hebe eine Hand, um ihn zu unterbrechen, dabei gefällt mir, wie er »wir« sagt. Ciel hat verstanden, dass ich ihm kein Hindernis sein werde. Und dass ich eine Menge mitbekomme – und eine Menge sehe und es deuten kann. Im Unterschied zu einem gewissen naiven Mädchen unter diesem Dach, das einfach nicht verstehen wollte, dass sie Ciel mit ihren flehenden Worten nur immer weiter angestachelt hat. Ich habe keine Ahnung, was genau ihn daran triggert, aber es ist mir auch völlig egal. Wir haben alle unsere Dämonen, der eine mehr, der andere weniger. Ich bin der Letzte, der irgendwen für irgendwas verurteilen darf.

»Eden ist zwar verrückt, aber ihre Moral ist sehr dehnbar.« Ich muss grinsen, als ich daran denke, was sie bei ihrer ersten Begegnung von mir wissen wollte. Dieser Zahn sollte ihr endgültig gezogen worden sein. Ich vermute ganz stark, dass sich ihre Motivation, noch mehr dieser Gewalt erleben zu wollen, in Zukunft in Grenzen halten wird. »Ich wette, sie hat nichts dagegen, von dir für ein paar Diebestouren eingespannt zu werden. Außerdem fehlen dir jetzt zwei Jungs. Ich sorge dafür, dass sie dir mit ihrer ›Macke‹ nicht noch einmal in die Quere kommt. In der Zwischenzeit besorgt ihr reicher Dad die Kohle – und anschließend lässt *du* sie gehen. Mit ihrer nicht mehr weißen Weste wird sie keine Möglichkeit haben, dich und deine Geschäfte auffliegen zu lassen, ohne sich selbst ins Bein zu schießen.« Ich räuspere mich. »Aber so, wie ich die Kleine bisher erlebt habe, würde sie das auch so nicht. Aber das ist die sichere Variante.«

Ciel mustert mich eine Weile und wägt im Kopf ab. Die Flasche an die Lippen gesetzt, nickt er nach wenigen Sekunden, was mich auch nicht überrascht. Ich neige nicht zu Schnellschüssen, sondern überdenke meine Einfälle mehrfach. Und gerade dieses Vorgehen habe ich lange überdacht – also so lange, wie es eben ging, seit es keinen anderen Ausweg mehr gab.

»Du wusstest, dass sie nicht abhauen wird, wenn sie die Chance bekommt.«

»Ziemlich sicher«, stimme ich ihm zu. »Aber behaupten kann ich viel, du musstest es sehen. Sie ist verdammt loyal, obwohl sie mich erst ein paar Tage kennt.« Ich lache leise auf. »Und ich habe es nicht unbedingt drauf angelegt, sie besonders nett zu behandeln. Ich habe ihr nichts versprochen, nichts in Aussicht gestellt. Im Gegenteil. Ich habe sie ignoriert, sie von mir gestoßen. Aber Eden ist eine kleine verlorene Seele auf der Suche nach Halt. Und den will sie nicht von ihrer Familie. Sie ist ja sogar dazwischengegangen, als sie dachte, ich würde dich kaltmachen, und das, obwohl du unmissverständlich deutlich gemacht hast, was du mit ihr tun wirst.« Ich atme tief ein, um mich für meinen letzten Schlag zu wappnen. »Du arbeitest mit Duncan zusammen, also kannst du nicht so schlimm sein, wie du dich hier gibst. Eden hat nichts verbrochen und ist zwischen die Fronten geraten. Ich habe in meiner Vergangenheit genug Scheiße fabriziert; ich will nicht schuld daran sein, noch eine unschuldige Frau in den Abgrund getrieben zu haben. Eden hat niemanden und sucht ihre eigene Freiheit. Du kannst sie ihr geben, ohne etwas zu befürchten zu haben. Im Gegenzug verspreche ich dir, dass ich dir hier den Rücken freihalten werde. Ich werde dir keine Probleme machen, Ciel – auch wenn ich es könnte.«

Ciel schnaubt, eine deutliche Mischung aus Belustigung und Unglaube. »Immerhin Eden hat festgestellt, dass du kein Trottel bist. Fickst du sie?«

Ich schüttle den Kopf. »Nein.«

Ciel mustert mich kalkulierend und nickt schließlich. »Ich muss zugeben, ich habe mich zu sehr auf Duncans Einschätzung verlassen.«

Nun bin ich derjenige, der belustigt schnaubt. »Die Sache zwischen Duncan und mir ist was Persönliches. Er ist so dick mit den Zwillingen befreundet, dass ihm die Prioritäten verloren gehen. Es war nicht schwer, diesen Eindruck zu untermalen. Ein bisschen einen auf Weichei machen, und alle unterschätzen dich. Menschen zu manipulieren, funktioniert auf sehr vielfältige Weise, auch wenn man selbst manchmal in unbequeme Rollen schlüpfen muss.«

Ciel nickt nachdenklich. »Was war das mit den Zwillingen?«, will er wissen und holt zwei neue Flaschen des französischen Bieres, wovon er mir eine reicht.

»Das weißt du doch.«

»Ich weiß das, was Duncan erzählt hat.« *Vermutlich in diesem Fall die Wahrheit.*

Ich hebe eine Augenbraue, während ich zwei langsame Schlucke trinke. »Vielleicht sollten wir es an unserem ersten Abend nicht übertreiben mit unserer neuen Freundschaft, meinst du nicht? Oder willst du auch auspacken, was dich so ausrasten lässt, nur weil eine unschuldige, schmächtige Frau dich um ihr Leben anfleht?«

»Zeit fürs Bett.«

Wusste ich es doch.

Ciel stößt sich von der Kücheninsel ab und ext sein Bier. Ich tue es ihm nach. »Wir haben hier übrigens recht strenge Regeln, Caleb.« Er deutet knapp auf den Bereich mit den Zimmern. »Jeder entsorgt seine Leichen selbst.«

»Ich habe Eden versprochen, bei ihr zu bleiben«, wende ich ein. »Und nach diesem Abend ...«

»Ja, ich weiß. Ich war dabei.« Er schiebt seine Hände in die Hosentasche seiner ebenfalls blutbefleckten Hose. »Das gilt ab morgen. Heute lasse ich jemanden kommen, der sich dieses Problems annimmt.«

»Sehr freundlich.« Ich wende ihm grinsend das Gesicht zu. »Apropos freundlich: Vielleicht solltest du das auch zu Eden sein. Ich habe gesehen, wie gut du das mit Francis' Angestellter gemacht hast. Spiel die Karte ein paarmal bei Eden aus, und sie frisst dir aus der Hand.« Ich wedle mit der Hand durch die Luft. »Und schwups, schon sind alle deine Bedenken verpufft, weil sie niemanden verraten würde, der gut zu ihr ist.«

»Das ist eine sehr gewagte These für jemanden, der sie auch erst ein paar Tage kennt.«

»Aber eine, die du ohne viel Aufwand prüfen kannst. Am Ende kannst du sie immer noch umlegen, sollte sie anders reagieren.« Ich klopfe ihm auf die Schulter. »Aber das wird sie nicht. Du musst wohl eher aufpassen, dass sie nicht freiwillig bei dir bleibt und nicht mehr gehen *will.*«

»Sie sieht das Monster in mir. Welche Frau würde freiwillig bei jemandem wie mir bleiben wollen, wenn sie weiß – und erlebt – hat, zu was ich fähig bin!«

»Sie steht auf Monster. Glaub mir. Du redest hier mit jemandem, der seine aktive Karriere lang nichts anderes getan hat, als Beziehungsgeflechte zu bilden, um einen Vorteil daraus zu schaffen. Ich kann die meisten Menschen lesen wie ein offenes Buch.« Ich grinse ihm zu. »Dich übrigens auch. Ich tippe auf eine Freundin, die du …«

»Halt die Schnauze, bevor ich dich hier und jetzt doch noch kaltmache«, unterbricht Ciel mich nun mit echter Wut in der Stimme. *Ich habe also recht.*

»Das würdest du nicht, weil du längst kapiert hast, dass ich dir nützlich sein kann.« Ich remple ihn mit der Schulter an, als wir nebeneinander den Gang durchqueren. »Haben wir also einen Deal?«

»Immer langsam. Ich werde es mir überlegen und du wirst beweisen müssen, was du behauptest.«

»Kein Ding. Ich will dir nicht ans Bein pissen, Ciel. Nur Abstand von London. Sag mir, was ich tun soll, und ich tue es.« An der angelehnten Zimmertür bleiben wir stehen. Kein Mucks dringt durch den Spalt. »Kümmere dich besser um deinen Arm, bevor du noch an einer Blutvergiftung draufgehst und ich doch wieder Boss spielen muss.« Ich tippe mir an die Stirn, schlüpfe ins Zimmer und entkomme damit Ciels genervtem Knurren.

Kapitel 18
Eden

Drei Tage sind vergangen. Drei Tage, die gereicht haben, damit mein Gesicht nicht mehr wie eine Leuchtreklame verkündet, was mit mir geschehen ist. Drei Tage, die die blauen Flecken auf meinem Körper in leicht pochende Stellen verwandelt haben.

Äußerlich heile ich. Innerlich fühle ich ... nichts.

Wenn ich in mich hineinlausche, ist da nur allumfassende Taubheit, was gar nicht mal nur an dem Abend liegt, an dem Ciel auf mich losgegangen ist. Nein, es ist die ganze Situation, in die ich mich irgendwie manövriert habe, die ich unterschätzt habe und erst langsam verstehe.

Ich bin dageblieben, weil ich dachte, ich wäre es Caleb schuldig.

Aber Caleb ist *nicht* auf meiner Seite.

Er sieht zwar hin und wieder nach mir, aber den restlichen Tag darf er sich im Gegensatz zu mir frei bewegen. Ciel lässt ihn tatsächlich gehen. Ich hingegen bin in diesem Zimmer eingesperrt.

Seit drei Tagen habe ich kein Tageslicht mehr gesehen. Seit drei Tagen starre ich die vier weißen Wände an und wandere ziellos im Raum umher. Er ist nett eingerichtet wie alles hier unten. Der Boden besteht aus hellen Betonfliesen, die Wände sind glattweiß und das Bett aus hellem Eichenholz, das einen schönen Kontrast zur Kargheit des restlichen Designs bildet. Ein riesiges gerahmtes Bild einer Berglandschaft, die einen tiefen türkisfarbenen See umschließt, ist hübsch und bringt wenigstens etwas Leben in diesen Raum, aber nach drei Tagen habe ich mich dann auch an allen Details sattgesehen.

Ich mache den ganzen Tag nichts anderes, außer im nebenan liegenden Badezimmer zu baden und meine Wunden zu pflegen oder gedankenverloren auf dem Bett herumzuhängen.

In dem Badezimmer habe ich eine kleine Tasche mit meinen Kosmetikartikeln gefunden. Darunter war auch meine Pille. Ich weiß nicht, warum Ciel sie mir offensichtlich eingepackt hat, vielleicht einfach, weil er meine gesamte Schublade blind ausgeräumt hat, ohne genauer hinzusehen. Aber warum auch immer: Ich bin froh, dass ich sie weiterhin nehmen kann, ohne sie wären meine Periodenschmerzen nämlich kein Stück aushaltbar. Auch damit sind sie keineswegs weg, aber immerhin halbwegs erträglich. Mit Schmerzmitteln.

Darüber hinaus will ich nicht hinterfragen, warum Ciel mir überhaupt etwas mitgebracht hat. Das verträgt sich nicht mit dem Gedanken, er würde mich umbringen wollen, oder?

Verdammte Hoffnung. Ich darf sie nicht zulassen.

Ich weiß nicht einmal, wie spät es ist, und verlasse mich ganz auf Calebs Angaben, wenn er vorbeischaut, um mir Essen zu bringen.

Als es jetzt klopft, rechne ich mit ihm. Mein Magen rumort schon und endlich verspüre ich auch wieder so etwas, das entfernt an Appetit erinnert. Die letzten Tage war davon nicht viel zu merken.

Doch als ich mich auf dem Ellenbogen nach oben stemme, um ihm entgegenzusehen, erstarre ich in der Bewegung, weil es nicht Caleb ist, der in den Raum tritt. Mein Herz hüpft mit meinem nervösen Magen um die Wette, als Ciel im Türrahmen erscheint. Er trägt heute ungewohntes Schwarz. Eine schwarze Stoffhose, ein schwarzes Hemd, das er wieder bis an die Ellenbogen hochgekrempelt trägt. An seinem Handgelenk erkenne ich eine silberne Uhr. Er mustert mich mit einem knappen Blick und bleibt dann wenige Schritte von mir entfernt stehen. Seine blonden Haare kräuseln sich leicht in seinem Nacken und fallen ihm vorne in die Stirn, als er den Kopf neigt. Es stört ihn nicht.

Ich will ihn nicht attraktiv finden, aber leider habe ich noch nie einen hübscheren Mann gesehen als ihn. Und das, obwohl in der Welt, aus der ich komme, Attraktivität mit Geld Hand in Hand geht.

Seit drei Tagen habe ich ihn nicht mehr gesehen, doch mein Körper erinnert sich sofort an das, was er mit mir getan hat. Völlig egal, wie attraktiv ich ihn finde.

Ich reagiere nicht rational, als ich aufspringe und in die hinterste Ecke des Raumes flüchte. Mit dem Rücken an die Wand gepresst stehe ich da, umschlinge meinen Oberkörper mit meinen Armen und versuche panisch, gegen die Angst anzukämpfen, die sich immer weiter nach oben schraubt.

Ciel bleibt seufzend stehen und lehnt sich mit der Schulter gegen die glatte Holztür des Schranks, der in der Wand eingelassen ist. Das Hemd spannt über seiner Brust und ich weiß verdammt gut, wie hart diese Arme zuschlagen können.

Doch jetzt erinnert nichts an ihm an den Mann, der derart wutentbrannt über mir gestanden und auf mich eingeprügelt hat. Aber ich weiß, wer er ist. Ich habe sein wahres Ich gesehen.

Ein winselnder Laut entkommt meiner Kehle, als ich verstehe, dass wir allein sind. Caleb ist nicht da, um mich zu beschützen. Immer hektischer hebt und senkt sich meine Brust, als ich versuche, mit der Wand in meinem Rücken zu verschmelzen.

»Ich bin nicht hier, um dir wehzutun, Eden.« Ciels Stimme ist warm und obwohl er keine Miene verzieht, sehe ich den aufgewühlten Tornado in seinen Augen. Er spielt mir nur etwas vor. Ich kann ihm kein Wort glauben.

Er macht einen Schritt vor, den ich mit einem weiteren Winseln beantworte. Ich kann nichts dagegen tun, es bahnt sich von ganz allein seinen Weg durch meine Kehle. Seine Stirn kräuselt sich und die Wut unter seiner akkuraten Fassade brodelt. *Ich kann es sehen.*

Und ich habe eine Scheißangst vor ihm.

»Ich habe dir etwas mitgebracht«, bringt er leise hervor. Er sieht mich nicht länger an, als er eine schwarze Tasche auf dem schmalen Schreibtisch abstellt. »Ich dachte ... gegen die Langeweile. Und um dich abzulenken.« Sein Blick zuckt nun doch noch einmal an mir herab, dann steht er schon wieder in der Tür. »Caleb kommt gleich zurück.« Damit fällt die Tür hinter ihm ins Schloss.

Okay.

Okay. Er war nicht hier, um sich erneut auf mich zu stürzen oder es nun zu Ende zu bringen. Tief einatmend warte ich darauf, dass sich mein rasender Herzschlag beruhigt. Es vergehen einige Minuten, in denen ich weiterhin an der Wand kauere und dem Braten noch nicht traue. Doch er kommt nicht zurück.

Und so siegt meine Neugier.

Ich tapse auf nackten Füßen zum Tisch, hocke mich

auf den Stuhl und ziehe die Tasche mit spitzen Fingern zu mir heran. Mit zittrigen Fingern öffne ich den Reißverschluss und sehe etwas Silbernes darin aufblitzen.

Mein MacBook.

Oder *ein* MacBook, aber daran glaube ich nicht. Schnell hebe ich den Laptop aus der Tasche, streiche über den Deckel und klappe ihn auf.

Als mir die kleine Rose mit meinem Namen ins Auge springt, habe ich endgültig Gewissheit, dass es mein MacBook ist. Mit wenigen Klicks und einem nun doch wieder rasenden Herzen öffne ich meine Dokumente. Alle meine Manuskripte sind noch da.

Gott. Kurz hatte ich Angst, er hätte sie alle gelöscht – einfach, um mich noch tiefer in den Dreck zu stoßen, als ich schon liege. Doch wenn ich ehrlich bin, ist es doch sowieso egal. Nach Ciels Plan werde ich das hier nicht lebendig überstehen.

Ich verdränge diesen Fakt dennoch, sonst würde ich wohl alle zwei Minuten hyperventilieren. Und so konzentriere ich mich auf die kleinen Einzelschritte.

Ich öffne das zuletzt geöffnete Dokument – mein bereits veröffentlichtes Bestseller-Manuskript – und beginne zu lesen. Und schon nach wenigen Minuten passiert das, was immer passiert, auch wenn ich diesmal beinahe nicht mehr daran geglaubt habe. Ich tauche völlig ab. In die Geschichte, *meine* Geschichte, und vergesse, wo ich mich eigentlich befinde.

Und so entfliehe ich mal wieder der Realität, wie ich es schon früher ständig getan habe.

Zwei Tage später ist von den Malen in meinem Gesicht nur noch wenig zu sehen. Ich vertreibe mir die Zeit damit, meine Bücher zu lesen, und habe am Vormittag, nachdem Caleb mich zum Frühstück rausgelassen hat, einen Versuch gewagt, an meinem aktuellen Manuskript weiterzuschreiben. Ich bezweifle, dass ich meine Deadline einhalten kann, aber immerhin habe ich keine Hochzeit mehr, die wie ein Damoklesschwert über mir hängt. Dieses wurde durch meinen bevorstehenden Tod ersetzt, was meine Schreibmotivation nicht unbedingt erhöht.

Dabei würde ich der Nachwelt gerne irgendwas hinterlassen, damit niemand so dumm ist wie ich und dieselben Fehler macht. Einem Kriminellen nicht zu vertrauen, wäre schon einmal ein guter Anfang.

»Na, Peach, wie läuft's?«, reißt mein Fehler mich aus meinen Gedanken, als er die Tür zu meinem Zimmer aufstößt.

Ich werfe Caleb einen Blick über die Schulter zu, der meine Stimmung transportiert. Er bewegt sich in den letzten Tagen, als wäre er nie woanders gewesen. Sicher freut er sich über seine neue Freiheit.

Er ist schließlich nicht eingesperrt wie ich.

Mürrisch sehe ich zurück auf meinen Laptop, auf das geöffnete Manuskript, auf dem noch nicht ein neuer Absatz zu sehen ist.

Caleb wirft etwas aufs Bett, bevor er sich hinter mich stellt, beide Hände auf meine Schultern legt und anfängt, meine Muskeln zu kneten. Es fühlt sich so gut an, dass ich ihn nicht wegschieben will.

Stattdessen lege ich meinen Kopf leicht in den Nacken, streife seinen flachen Bauch und genieße dieses Gefühl, das ich nicht haben will, das aber einfach immer da ist, wenn er in meiner Nähe ist. Ich fühle mich bei ihm sicher. Und in dieser fremden Umgebung mit diesem gewalttätigen Typen im Nacken bin ich froh, ihn zu haben.

Genießerisch schließe ich die Augen, als seine Hände

sich immer fester in meinen Nacken graben. »Wie spät ist es?«

»Spät«, gibt Caleb nach ein paar Sekunden zurück. »Du solltest dich langsam hinlegen.«

Ich schnaufe. »Wozu? Hier drin gibt es eh keine Zeiten.« Nun öffne ich die Augen doch, um ihn wütend anzufunkeln. »Wie lange soll das noch so weitergehen? Wieso darfst du raus und ich nicht? Wieso ... wieso bringt er mich nicht einfach um?«

»Weil er dich noch braucht. Für eine Leiche kriegt Ciel keine Kohle von deinem Dad.«

»Das ist nicht witzig!«, fahre ich ihn wütend an, schüttle ihn gleichzeitig ab und springe auf.

»Lache ich?«, fragt er zurück, doch sein Mundwinkel zuckt und in seiner Wange entsteht ein Grübchen, das ihn beinahe jungenhaft wirken lässt.

»Arschloch«, murmle ich und stoße ihn mit beiden Händen gegen die Brust. Er bewegt sich keinen Zentimeter und fängt stattdessen meine Handgelenke ein. »Du bist auf seiner Seite! Warum? Wie lange schon? Verarschst du mich? Schon die ganze Zeit?« Ich steigere mich mit jeder Frage mehr in das rein, was mich seit Tagen beschäftigt. »Ich dachte ... ich dachte, du und ich ...«

»Es gibt kein du und ich, Eden«, unterbricht er mich scharf in einer Tonlage, die keine Widerworte duldet. *Es hat sich aber so angefühlt.* Um mir nicht anmerken zu lassen, wie sehr er mir mit seinen Worten wehtut, wende ich den Blick ab und entreiße ihm meine Handgelenke, um meine Arme schützend vor meinem Körper zu verschränken. Natürlich habe ich gemerkt, dass es kein ihn und mich gibt. Dazu hat er sich in den letzten Tagen zu distanziert verhalten. Er kümmert sich um mich, aber das ist auch das Einzige. Und vermutlich müsste ich froh darüber sein, dass er mir nicht einfach tonlos eine Scheibe

Brot in den Raum schiebt, sondern mich stattdessen regelmäßig in die Küche mitnimmt.

»Du wirst auch bald rausdürfen«, schiebt er etwas versöhnlicher hinterher, geht aber nicht mit einem Wort auf meine Fragen ein. »Gib dir selbst ein bisschen Zeit, um all das ...« Er hält inne, als müsse er überlegen, was er jetzt ausspricht, »zu verarbeiten.«

Weil es sich so leicht verarbeiten lässt, von einem Monster verprügelt worden zu sein, wenn ebendieses Monster mich noch immer in seiner Gewalt hat. Und der Typ, den ich auf meiner Seite gedacht habe, allem Anschein nach zu ebenjenem Monster gehört.

Ich sage nichts davon. Caleb würde es ohnehin nicht verstehen – oder zumindest nicht verstehen wollen. Als mein Blick auf die Tüten fällt, die auf dem Bett liegen, runzle ich die Stirn. »Was ist das?«

»Dein Neuanfang. Ciel und ich waren shoppen.« Nun grinst er ganz deutlich. »Für dich.«

Diese Vorstellung ist so abstrus, dass ich nun auch lache, wenn auch nur kurz. Das Geräusch, das aus meiner Brust kommt, klingt auch nicht sonderlich amüsiert, sondern vielmehr frustriert. »Bitte was? Warum solltet ihr das tun?«

Caleb tritt zurück und deutet mit einem Finger von meinem Kopf bis zu meinen Fußspitzen. Ich trage einen schwarzen Pullover und genauso schwarze Leggings, Kleidung, die mir Anastasia mitgegeben hat. »Damit du nicht wie eine biedere Angestellte aus Francis' Schloss herumlaufen musst.«

»Um hier nur rumzusitzen und auf meinen Tod zu warten, muss ich nicht im Kleidchen stecken, Caleb.«

»Schau doch erst einmal rein. Wir waren richtig kreativ.« Er grinst nun so breit, dass ich neugierig werde. »Und ich sagte eben schon, dass du nicht ewig hier eingesperrt bist. Wenn du so weit bist und vor Angst vor Ciel nicht mehr zusammenbrichst, nehmen wir dich mit.« Er tritt zurück und schnappt sich eine Tüte. »Es wird dir Spaß machen. Glaub mir.«

»Ich habe keine Angst vor ihm«, lüge ich. »Aber ich will das nicht. Nichts davon.« Ich ignoriere Calebs Shoppingausbeute, setze mich wieder vor den aufgeklappten Laptop und starre auf die weiße Seite. »Und jetzt lass mich bitte in Ruhe. Ich muss mich konzentrieren.«

»Ach, komm schon, Peach. Du schreibst seit Tagen kein einziges Wort. Woher soll die Inspiration kommen, wenn du nichts erlebst! Vertrau mir, ich ...«

Ich springe wieder auf und baue mich wütend vor ihm auf, wohl wissend, dass mein Gefühlsausbruch den Falschen trifft. »Erstens werde ich dir nie wieder vertrauen und zweitens habe ich mit diesem Arsch von Franzosen genug erlebt, dass es für zwei Bücher reicht!«

»Und warum schreibst du dann nichts?«, feuert er mir genervt die Frage entgegen, die ich mir selbst gestellt habe. Und die ich beantworten kann.

Ich funkle ihn ebenso genervt an. Und weil meine Situation beschissen ist und ich meine Klappe wieder erst benutze, ohne darüber nachzudenken, spreche ich es einfach aus. »Weil sich nichts geändert hat, Caleb! Ich sitze immer noch an der einen Szene, von der ich einfach nicht weiß, wie ich sie vernünftig beschreiben soll, weil mir die verdammte Erfahrung fehlt!«

Caleb stockt, als er versteht, was ich damit sagen will. Stöhnend legt er eine Hand in den Nacken. »Hältst du immer noch an der beschissenen Idee fest, eine Vergewaltigungsszene zu schreiben?«

»Nein, das soll keine Vergewaltigung sein, sondern ... sondern etwas anderes.« *Etwas monumental Weltveränderndes, so wie es unser Kuss war.*

Er lacht auf und schüttelt dabei den Kopf. »Du kannst es nicht mal benennen. Schreib doch einfach das, was du davor auch geschrieben hast. Wo ist das Problem?«

Das Problem ist, dass ich als Jungfrau sterben werde, ohne erlebt zu haben, was ich erleben will. Vorzugsweise mit ihm.

Das sage ich nicht. Ich kann auch gar nicht, weil mir plötzlich die Tränen in die Augen treten und mich eine Gefühlsgewalt trifft, die ich in diesem Moment nicht erwartet habe. Ich bin viel zu jung, um zu sterben. Es gibt noch so viel, das ich erleben will.

Sex gehört dazu, klar.

Aber noch jede Menge anderes.

Aber nichts davon *werde* ich erleben.

»Warum ... warum weinst du jetzt?«, will Caleb wissen und tritt wieder auf mich zu. Seine Augenbrauen kräuseln sich, als er mich prüfend mustert, und er legt eine Hand an mein Kinn, doch ich stoße ihn wieder von mir. Ich will ihm nicht zeigen, wie sehr ich seine Berührungen mag. »Wegen meinem Ton?«, hakt er hörbar irritiert nach. »Sorry, Peach, aber du hattest die Möglichkeit abzuhauen. Wenn du nicht auf mich hörst, ist das dein Problem, nicht meins. Jetzt hängst du mit drin und ...«

»Hör einfach auf und verschwinde«, fahre ich ihn schluchzend an. »Ich finde mich gerade damit ab, dass ich wegen einem eiskalten Arschloch und seinem Handlanger sterben werde. Ich hätte wirklich abhauen und dich bei ihm liegen lassen sollen. Ihr beide seid absolut gleich falsch!« Er schnauft wütend und tritt einen weiteren Schritt auf mich zu, doch ich stoße ihn ungehalten von mir. »Und noch dazu als junge alte Jungfrau!«, schleudere ich ihm die bittere Wahrheit hinterher. »So habe ich mir mein Leben einfach nicht vorgestellt! Und ich will meine letzten Tage nicht damit verbringen, meinem Fehler immer wieder ins Gesicht zu sehen, also … also geh.«

Er geht nicht.

Er steht wie ein Fels vor mir und starrt mich an. Kein Wort verlässt seine Lippen, was dafür sorgt, dass ich mich immer weiter in meine Hysterie hineinsteigere. Sein Blick ist so provokativ, dass ich einfach nicht anders kann, als ihm all meine fragwürdigen Gedanken entgegenzuschleudern.

»Ich will all das erleben, was ich schreibe, Caleb! Ich will nicht nur in meinen Büchern leben, verdammt! Aber wenn ich jetzt sterbe, ist es genau das. Dann habe ich die aufregendsten Erfahrungen meines Lebens ausschließlich in meinen Manuskripten gemacht und das … das macht mich traurig. Und das ist der Grund, weshalb ich nicht einen einzigen Satz hinbekomme.« Ich hebe entkräftet beide Arme in die Luft. »Aber statt mir irgendwo weit weg von meiner Familie ein schönes Leben zu machen, irgendeinen heißen Kerl aufzureißen, der mit mir das macht, was er verdammt noch mal mit mir machen soll, hocke ich hier in einem klimatisierten Museumskeller bei zwei Killern, die für mich shoppen gehen, bevor sie mich töten!« Dieser Satz ist so verdammt abstrus und gleichzeitig erdrückt mich die Wahrheit, die von ihm ausgeht. Sie ist so *verdammt wahr*, dass sich schon wieder ein Schluchzen aus meiner Kehle löst.

»Eden«, seufzt Caleb und fährt sich durch die mitternachtsschwarzen Haare. Warum nur muss er aussehen wie der Bad-Boy-Rockstar aus einem verdammten Bestseller! »Vielleicht solltest du …«

»Komm schon, Caleb, stell dich nicht so dumm.« Ciels Stimme hinter mir jagt mir einen derartigen Schrecken ein, dass ich zur Seite springe, eine Hand auf die

Brust gepresst. Mein Kopf dreht sich ruckartig zur Tür und mein Herz überschlägt sich. Dort steht Ciel in lässiger Haltung und beachtet mich nicht. Sein Blick liegt auf Caleb, der nun seinerseits etwas Abstand zu mir nimmt.

»Ich versteh sie schon«, knurrt er. »Aber ich werde sie nicht ficken, Ciel.« Seine Worte fühlen sich an, als würde er einen glühenden Eisenstab in meine offene Wunde legen. Sie schmerzen. Sehr.

Ich schließe vor Scham die Augen. Kann es noch schlimmer kommen?

Es kann, wie ich in der nächsten Sekunde bewiesen bekomme.

»Wieso nicht?«, hakt Ciel nach und schlendert in den Raum, beachtet mich aber immer noch nicht. »Sie fleht dich gerade dazu an, ihr Erster zu sein. Sie mag dich. Sie wollte dich nicht ausliefern und du magst sie auch, sonst hättest du nicht versucht, mich zu erstechen, damit sie abhauen kann. Warum also erfüllst du ihr diesen Wunsch nicht einfach?«

»Weil ich sie nicht ficken *will*«, lautet Calebs knallharte Antwort, die mir den Boden unter den Füßen wegzieht. Calebs Tonlage hat längst deutlich gemacht, warum er das nicht in Erwägung zieht. Er hätte es nicht so deutlich aussprechen müssen. Die Erniedrigung wäre auch so schlimm genug gewesen. Dass die beiden Männer darüber sprechen, als wäre ich nicht da, setzt dem Ganzen die Krone auf. Ich kann mir doch nicht alles zwischen uns eingebildet haben? Diese ... Schwingungen. Dieser Kuss ... ich habe noch nie so viel gespürt wie an diesem Weihnachtsmorgen im Gefängnis, als er mich an die Wand gepresst und mir den intensivsten Kuss meines Lebens geschenkt hat.

Ich werde ihn ganz bestimmt nicht anbetteln, mit mir zu schlafen, dafür ist mein verbliebener Stolz zu groß.

Erst spät realisiere ich, dass Ciel mir plötzlich recht nah ist. Und hinter mir ist der Schreibtisch. Daneben Caleb, der sich keinen Zentimeter bewegt. Und dann eine Wand. Ich sitze in der Falle. Ciel macht auch den letzten Schritt und kesselt mich ein.

Ich wusste nicht, dass es eine Steigerung zu »gefangen« gibt. Aber hier und jetzt, umgeben von den zwei Männern, tief im Keller, ohne jedes Tageslicht, bekommt dieses Wort eine ganz andere Bedeutung.

Und ich weiß instinktiv, dass nun etwas passieren wird, dem ich mich nicht entziehen kann.

Nicht dass ich das will.

Kapitel 19
Eden

Mein Herz setzt einen Schlag aus, als ich zu Ciel aufsehe. Seine hellen Augen sind auf meine gerichtet. Sie schimmern warm und freundlich, doch ich werde nicht den Fehler machen, ihm diese Masche abzukaufen. Er drängt mich an den Tisch, bis ich mit dem Po dagegenstoße, hebt seine Hand und streift mit den Fingern mein Kinn. Ich halte die Luft an und starre ihm mit zusammengepressten Lippen in die Augen. Ich glaube, ich bin in einer Schockstarre gefangen.

Ich weiß weder, was das hier werden, noch, was ich dabei fühlen soll. Ich sollte ihn wegstoßen, ihm zeigen, dass ich ihn hasse. Irgendeine logische Reaktion zeigen, verdammt.

Ich sollte nicht wie ein Kaninchen vor der Schlange vor ihm stehen und ich sollte schon gar nicht auf seine Brust sehen, über der sich sein weißes Hemd spannt und gebräunte Haut freigibt. Zu seinem Model-Äußeren gesellt sich der Geruch eines teuren, maskulinen Dufts, der nicht penetrant, aber deutlich von ihm ausgeht.

Das, was meine Gefühle in mir veranstalten, hat nichts mehr mit einer Achterbahnfahrt zu tun. Es ist viel mehr. Viel *schlimmer*. Meine zwei Seiten kämpfen in mir gegeneinander an. *Berühr ihn*, schreit das Teufelchen. *Nimm dir von ihm, was du willst, wenn er es dir schon so anbietet. Du stirbst sowieso.*

Ich schlucke gegen das aufkeimende Ohnmachtsgefühl an, das mich wieder versucht zu erdrücken. *Du wirst sterben. Sterben. Sterben.*

Der Engel in mir brüllt wütend dagegen: *Hast du den Verstand verloren? Du dürftest nicht einmal darüber nachdenken, das zu tun, was du gerade tun willst! Er hat dich verprügelt! Er hat angekündigt, dich zu töten!*

Dazu gesellt sich Calebs Stimme, die in meinem Kopf dröhnt. *Du naives Ding! Du dummes, dummes, naives Ding.*

Ich schließe die Augen.

Ciels Hand legt sich um meinen Hals, er tritt noch näher, sodass ich die Wärme seines Körpers deutlich spüren kann. *Nein, ja, nein, ja.*

Und plötzlich berühren seine Lippen meine.

Unendlich sanft.

Ich erstarre, zittere, wimmere. Bekomme keine Luft.

Dann ist da dieses explodierende Gefühl in meinem Bauch, das auf diese zärtliche Geste anspringt. Ohne meine zusammengepressten Augen zu öffnen, taste ich mit beiden Händen nach der Schreibtischkante und kralle mich darin fest. Ciels Lippen liegen weiterhin auf meinen und bewegen sich nicht. Ich atme, falle und überschlage mich innerlich, als seine Hände meine Wangen umfassen. Sein warmer Atem trifft auf meinen und ich bin mir sicher, dass er mein unterdrücktes Zittern wahrnimmt. Er sagt kein Wort, Caleb auch nicht. Ich ebenfalls nicht. Viel zu sehr bin ich damit beschäftigt, nicht vor Angst loszuweinen.

Ciel drängt sich noch näher an mich. Seine Brust berührt meine, sein Duft nebelt mich ein und dann reiben seine Lippen leicht über meine. Genau wie seine Daumen über meine Wangen. Seine Berührungen sind absolut gegensätzlich zu denen, mit denen er mich fast ins Grab gebracht hat. Er ist so zärtlich, dass ich nicht anders kann, als sie zuzulassen. Er ist vorsichtig, tastend und ... fühlt sich gut an.

Ein erstickter Laut dringt aus meiner Kehle, als ich die Lippen einen Spaltbreit öffne. Ciel nutzt die Chance und seine Zunge schlüpft in meinen Mund. Seine warmen, großen Hände an meinem Gesicht halten mich in dem Strudel aus absolut konträren Gefühlen aufrecht und lassen nicht zu, dass ich in ihnen ertrinke.

Ich darf das nicht wollen.

Aber ich will es.

Ehe ich michs versehe, liegen meine Hände an seinem Hemd und ich ziehe ihn auf mich. Ich bin wütend auf ihn, auf Caleb und auf mich. Und das lasse ich ihn spüren. Ich beiße in seine Unterlippe, dränge mich aber gleichzeitig fordernd an ihn. Ciels leises Knurren löst einen Schauer in mir aus, doch er lässt es mir ungestraft durchgehen.

Ich weiß nicht, warum er mich küsst. Aber ich verstehe hier gerade eine Menge nicht und deshalb nehme ich es einfach hin. Ich habe immer davon fantasiert, dass ein Mann sich einfach nimmt, was er will. Vorzugsweise mich. Und wenn ich das bin, was Ciel gerade will?

Dann ist es eben mein Mörder, der mir die Jungfräulichkeit raubt – falls dieser Kuss darauf hinausläuft. Es ist nicht unbedingt eine unrealistische Vorstellung. Es passt hervorragend zum Klischee eines Mörders.

Vielleicht ist es auch das Karma, was mir nun meine eigenen Vorstellungen hämisch lachend um die Ohren schlägt. *Du schreibst über böse Männer, Eden? Hier hast du sie – sieh zu, wie du damit in der Realität klarkommst, Bitch.*

Meine Gedanken überschlagen sich immer mehr, genauso wie der Kuss immer drängender, immer intensiver wird. Ciels Zunge taucht in meinen Mund, zieht sich zurück, er saugt meine Unterlippe zwischen seine Zähne, küsst sich an meinem Kiefer entlang, neigt meinen Kopf weiter zurück. Ich presse die Augen weiter zu. Ich kann ihn nicht ansehen, um dann vor Augen geführt zu bekommen, dass ich gerade einen zweiten schwerwiegenden Fehler mache. Nach dem Kriminellen Nummer eins falle ich nun auch auf den Kriminellen Nummer zwei herein, nur dass es diesmal noch schlimmer ist. Bei Caleb wusste ich nur, dass er gefährlich ist. Bei Ciel habe ich das Böse am eigenen Körper erlebt.

Und doch klammere ich mich so fest in sein Hemd wie eine Süchtige an ihr Spritzbesteck.

Wieder streifen seine Lippen meine, wieder findet seine Zunge den Weg in meinen Mund. Sein Kuss ist gleichzeitig sinnlich wie schmutzig. Er führt mich, hält mich und gibt mir das Gefühl, dass es absolut richtig ist, was hier gerade passiert, obwohl es das Falscheste ist, das ich je getan habe.

Aber vielleicht kann es dennoch richtig sein. Das Richtige in meiner absolut verfahrenen Situation? Er hat gehört, was ich erleben will, bevor ich sterbe, und da Caleb mich nicht will ...

Ich schluchze auf, als ich realisiere, was ich gerade tue. *Was das hier ist.* Doch das Geräusch wird von seinem Mund auf meinem gedämpft. Er reagiert nicht darauf. Er küsst mich einfach weiter, bis ich mich immer weiter in diesem Strudel verliere. Zu spät bemerke ich seine Hand, die er von meiner Wange gelöst hat und die sich plötzlich in meiner Hose befindet. Seine Fingerkuppen streichen über meinen Slip und vermutlich reicht das, damit er die Feuchtigkeit spürt, die sich zwischen meinen Beinen gebildet hat. *Und das nur, weil ich den Mann küsse, der mich verprügelt hat.*

Ich verkrampfe mich erneut, atme immer hektischer und presse die Beine zusammen. Was ich jetzt nicht noch zusätzlich gebrauchen kann, ist ein dummer Spruch, dass ich seinetwegen feucht werde – auch wenn es die Wahrheit ist.

Caleb steht noch immer neben uns. Ich sehe ihn nicht, aber ich spüre ihn und ich will nicht zur Belustigung der beiden Männer herhalten. Ich sollte mich losmachen, ich sollte …

Ich krächze überrascht, als Ciels Finger meinen Kitzler über dem Höschen streifen. Ich zittere, halte mich an seinem Hemd fest und atme immer schneller.

Er sagt kein Wort.

Er macht sich nicht über mich lustig.

Er stellt mich nicht bloß.

Stattdessen nimmt er nun auch die andere Hand von meinem Gesicht, legt seine Arme um meine Hüfte und hebt mich hoch. Intuitiv schlinge ich meine Beine um seinen Unterkörper. Er trägt mich ein paar Schritte, dann setzt er mich auf dem Bett ab und fegt in der gleichen Bewegung die Tüte auf den Boden.

Okay, er will mich ficken.

Mein Herz rast, als er mich an den Schultern auf den Rücken drückt. »Sieh mich an«, fordert er leise und ich kann nicht anders, als auf ihn zu hören. Panisch blinzle ich gegen den Tränenschleier an, als er sich vorbeugt. Er ist mir viel näher, als ich erwartet habe. Sein Gesicht schwebt vor meinem, seine Hände umfassen meine Taille.

Ich kann nicht glauben, dass er derselbe Mann ist, der mich so brutal angefasst hat.

Noch viel weniger kann und will ich glauben, dass er der Mann ist, der mein Leben beenden wird.

»Willst du das?«, fragt er so leise, dass seine Worte auch eine reine Wunschvorstellung meines Gehirns sein könnten.

Meine Kehle fühlt sich an, als wäre sie mit unzähligen Wattebäuschen gefüllt. Ich kann nicht atmen. Nicht reden. *Nicht antworten.*

Für einige Sekunden forscht er in meinen Augen und ich weiß nicht, was er in ihnen sieht, damit er beharrt: »Sag einmal Ja, Eden. Ich muss es hören. Danach kannst du mich machen lassen.« *Wieso nur kommen mir diese Worte so bekannt vor?*

Mein Magen überschlägt sich erneut. Ich wende den Kopf und treffe auf Calebs Blick. Er steht noch immer an der Zimmerwand, seine Lippen zu einem geraden, wütenden Strich verzogen.

Ich sehe wieder zu Ciel. »Ja«, bringe ich impulsiv hervor. *Scheiße, ja!*

Er schmunzelt, dann meine ich, ein verstecktes Zwinkern zu sehen, bevor er mir den Pullover über den Kopf zieht und anschließend den BH mit geübten Bewegungen öffnet und, ohne viel Zeit zu verschwenden, von meinen Schultern zieht. Er berührt meine Brüste nicht, er schenkt ihnen nicht einmal viel Aufmerksamkeit mit seinen Augen. Er wirft lediglich einen kurzen Blick auf sie, als er mich ruckartig von meiner Jogginghose befreit. Doch der reicht, um zu sehen, wie sich seine hellblauen Iriden für wenige Sekunden verdunkeln. Mir stockt der Atem. Warum finde ich diese Situation so ... erregend?

Natürlich habe ich mir schon vorgestellt, dass Caleb es tun würde. Ich wollte, dass Caleb es tut. Mein Erster ist. Dass er lediglich danebensteht und zusieht, wie ein anderer und dann auch noch Ciel sich das nimmt, was ich eigentlich ihm schenken wollte – so weit reichte meine Fantasie nicht. Umso mehr gefällt es mir aber nun.

Ciel hakt die Finger links und rechts an meinen Hüften unter den Stoff des Höschens und zieht es ebenfalls an meinen Beinen herab. Dann liegen seine Hände wieder auf meiner nackten Taille und er dreht mich mühelos auf den Bauch.

Ich weiß, was passiert, bevor er es macht. Er kniet über meinem Rücken, dann streckt er seinen Arm an meinem Kopf vorbei. »Öffne den Mund«, weist er mich an und ich gehorche. »Und sieh ihn an«, fordert er leise, als er mir den zusammengeknüllten Slip zwischen die Lippen schiebt. Ich schnaufe, als ich mich selbst auf der Zunge schmecken kann, mein eigener Geruch mir in die Nase steigt und das Gefühl doch ein ganz anderes ist, als ich es mir selbst ausgemalt habe.

Caleb stößt ein ähnliches Geräusch aus, als er regungslos dabei zusieht, wie Ciel sich über mir aufrichtet, meine Haare mit einer Hand zu einem Zopf zusammenfasst und meinen Kopf daran zurückzieht.

Ein heißer Schauer läuft über meinen Rücken. Vergessen ist das Gefühl, das hier wäre falsch.

Das hier ist das Richtigste, was er tun kann.

Und ich denke, das weiß er, nur deshalb macht er es.

Ich zucke nicht zusammen, als Ciels andere Hand sich von hinten um meinen Hals legt. »Ich weiß, dass du keinen Grund hast, mir zu vertrauen«, flüstert er und streicht mit dem Daumen über meinen Kehlkopf. Ich schlucke trocken gegen den provisorischen Knebel. »Aber ich weiß, was ich hier mache.« Irgendwie glaube ich ihm das. Diese Worte kommen mir nicht bekannt vor. Sie gehören nicht dazu. Aber sie zeigen, dass er mir wirklich ein gutes Gefühl vermitteln will.

Und das schafft er. Ich zucke nicht zusammen, als er leicht zudrückt. Erst sanft, weil er sicher damit rechnet, dass ich darauf anders reagiere, als es ... vorgesehen ist.

Aber ich glaube ihm wirklich, dass er weiß, was er tut. Er ist ein Killer. Er weiß, wie man Menschen umbringt – und wie nicht. Und jetzt gerade ... jetzt gerade will er mich nicht töten. Diese Gewissheit sorgt dafür, dass ich die Augen schließe und mich in seinen festen Griff fallen lasse. *Dann bin ich halt naiv, Caleb – dafür erfüllen sich meine Fantasien doch, bevor mein Leben endet.* Und allein das ist es wert.

»Sehr gut«, raunt Ciel an meinem Ohr, wieder so leise, dass Caleb es sicher nicht hören kann. Mir jagt sein dunkler Ton einen weiteren Schauer über den Rücken und das Pulsieren in meinem Becken nimmt wellenartig zu.

Es fühlt sich so viel besser an.

Ciels Lippen treffen auf mein Ohr, auf mein Schulterblatt, meine Wirbelsäule. Auf allen Hautpartien, die er berührt, hinterlässt er ein angenehmes Kribbeln, das tief in mein Inneres kriecht.

Als seine Lippen den Ansatz meines Hinterns berühren, lässt er mich los. Dafür rutscht er zwischen meine Schenkel, zieht meinen Po in die Höhe und spreizt meine Backen mit seinen Händen. Schon dabei habe ich Mühe, mich auf meinen Armen aufrecht zu halten. Wie er es befohlen hat, sehe ich zu Caleb, als Ciels Zunge in mich eindringt.

Noch viel besser als in meiner Vorstellung.

Ich keuche abgehackt in den Slip, sehe, wie Caleb hart schluckt und in seiner Miene die verschiedensten

Emotionen tanzen. Es sieht aus, als würde er sich am liebsten auf Ciel stürzen – nur, um dann was zu tun?

Ihn abhalten?

Mich *retten*?

Es selbst beenden?

Mitmachen?

So dunkel, wie sein Blick wird, so nervös, wie seine Hände in seine Hosentaschen gleiten, als müsste er sich selbst verbieten, damit auf Ciel einzuschlagen, weiß ich, dass ich ihm nicht egal bin. Aber ich habe ihm geglaubt, dass er mich nicht auf diese Weise berühren will.

Immer tiefer taucht Ciels Zunge zwischen meinen Schenkeln ab, hinein in meine Nässe, die mir an den Beininnenseiten hinabläuft. Mit klopfendem Herzen beiße ich auf den Slip, um nicht zu laut zu werden. Ich will nicht, dass Ciel hört, was er mit mir macht, auch wenn die Feuchtigkeit zwischen meinen Schenkeln ihm alles verraten dürfte, was er wissen muss.

Obwohl ich weiß, was passieren wird, zucke ich zusammen, als Ciel seine Finger dazunimmt. Er dehnt mich, fickt mich mit kurzen Stößen, erst sanft, dann immer mehr. Immer tiefer. Und es wird immer schwieriger, Caleb anzusehen. Meine Augen rollen unkontrolliert in ihren Höhlen, je höher die Wellen über mir zusammenschlagen. Ich habe das Gefühl, jeden Moment zu explodieren.

Und Ciel merkt das auch. Sofort passt er sein Tempo an, lässt mich am Orgasmus vorbeischrammen, saugt dann wieder an meiner Klit, stößt seine Finger in mich und variiert das Tempo.

Ich hasse ihn.

Ich liebe ihn.

Das Gefühl, er könnte mir wehtun, hat sich in den

hintersten Winkel meines Körpers verkrochen. Das wird er nicht.

Nicht jetzt.

Meine Arme zittern, je länger ich mich auf ihnen aufstemme. Auf meinem Nacken spüre ich den feinen Schweißfilm, der meine Anstrengung verrät.

Dabei mache ich ja nicht einmal etwas.

Als Ciel sich hinter mir aufrichtet, weiß ich, was er tun wird, bevor ich den Reißverschluss seiner Hose höre.

Ciel fragt nicht noch einmal, vermutlich verrät ihm mein Körper das, was ich ohnehin nicht über die Lippen bekomme. Ich will ihn, aber ich werde es garantiert nicht aussprechen. Das Gefühl, als ich ihn zum ersten Mal zwischen meinen Schenkeln spüre, ist ungewohnt. Seine glatte Spitze streicht über meine Klit, einmal, zweimal, bevor Ciel sich langsam, nur wenige Zentimeter, in mich schiebt. Ich schnaufe in den Knebel, kralle mich mit beiden Händen in die Laken unter mir. Es wird wehtun. Ich ahne es und kann mich dennoch nicht entspannen. Mein Körper fühlt sich an, als würden mehrere Stromstöße durch ihn hindurchgejagt werden, so sehr flimmert die Anspannung in mir.

Doch dann hält er inne. Seine Hand rutscht über meinen Rücken, streichelt meine verschwitzte Haut in meinem Nacken, bevor er meinen Hals von hinten umfasst.

»Halte dich an mir fest«, verlangt er und wartet, bis ich sein Handgelenk des Arms umfasse, mit dem er sich neben mir aufstemmt. Damit weicht er von der Vorlage ab. Doch ich finde seine Idee gar nicht so verkehrt. Es fühlt sich gut an, etwas Lebendiges zu haben, an dem ich mich festhalten kann. Mit nur einer freien Hand fällt es mir schwer, den Oberkörper aufrecht zu halten. Daher lasse ich es ohne Gegenwehr zu, dass Ciel mich weiter nach unten drängt, bis ich mit der Wange auf dem Bett liege. Erst dann löst er die Hand von meinem Nacken.

Mein Herz flattert nervös, als er meinen Hintern weiter in die Höhe zieht und meine Pobacke knetet. Immer wieder spüre ich seinen Schwanz an meiner Mitte, doch er lässt sich Zeit. Zeit, die er laut meiner Vorlage eigentlich nicht hat.

Aber er rammt sich nicht einfach in mich, sondern schiebt zunächst wieder seine Finger zwischen meine nassen Falten. Ich stöhne auf, als sie über meinen Kitzler reiben; so genau und treffsicher, dass sich alles in mir verlangend zusammenzieht. Ich keuche immer hektischer, während mein Blick wild umherzuckt. Caleb sieht immer noch aus, als wäre er auf dem Sprung. Doch er bleibt stehen und sieht mit unleserlicher Miene dabei zu, wie Ciel seine Finger durch seinen Schwanz ersetzt.

Er greift in meine Hüfte und dann stößt er sich in mich. So fest, so plötzlich und doch so vorhersehbar, dass das Schwindelgefühl, das mich in der gleichen Sekunde erfasst, nichts mit dem Schmerz zu tun hat, der durch meinen Körper jagt.

Diesen hätte ich mir schlimmer vorgestellt.

Und habe ihn auch schlimmer beschrieben.

Ciel gibt mir dennoch ein paar Sekunden, um mich an das ungewohnte Gefühl, derart ausgefüllt zu sein, zu gewöhnen. Denn das bin ich wirklich. Er fühlt sich so groß und so breit an, dass ich mich frage, wie er überhaupt in mich passt und ich nicht vor Schmerzen schreie. Es ist ein anderes Gefühl, das in mir überkocht, als er sich zurückzieht und erneut in mich stößt. Er schont mich nicht, nur in den ersten drei Stößen ist es, als wolle er sich überzeugen, dass ich es aushalte – dann wird sein Rhythmus schneller. Und härter.

Ich stöhne und hechle in mein Höschen, als er meine

engen Wände dehnt und sich immer wieder aufs Neue in mir vergräbt. Die unterdrückten dunklen Töne, die aus seiner Brust dringen, entfachen dieses Feuer in mir, von dem ich bisher nur gehört und darüber geschrieben, es aber nie selbst erlebt habe.

Doch ausgerechnet Ciel ist es, der mich genau das fühlen lässt, was ich fühlen wollte.

Und es ist so viel besser als erwartet. So, so viel besser.

Tränen fluten meine Augen, als mir klar wird, was ich hier eigentlich tue. Das ist der Moment, in dem Caleb vortritt. Nervös ringt er seine Finger. »Hör auf, Ciel!«, fährt er ihn an, doch der denkt gar nicht daran.

»Vergiss es«, bringt er abgehackt und deutlich zusammengerissen hervor und legt seine freie Hand erneut fest von hinten um meinen Hals. Gleichzeitig drückt er mich tiefer in die Matratze und fickt mich weiter in regelmäßigen Stößen. Ich mache instinktiv ein Hohlkreuz, biege mich ihm entgegen und pariere jeden Stoß. Caleb starrt mich wütend an und ich starre ebenso wütend zurück. Ich weiß nicht, warum gerade er jetzt ein Problem hat. Ich hätte ihn Ciel vorgezogen.

Aber bei meiner begrenzten Zeit, die mir noch bleibt, sehe ich es nicht ein, wählerisch zu sein.

Und Ciel ist nun nicht unbedingt eine schlechte Alternative, wie er mir eindrücklich beweist.

Hinter mir spüre ich Ciels Körper, wie er sich über mich lehnt, und der veränderte Winkel sorgt für einen wahren Tornado in mir. Bei jedem weiteren Stoß habe ich das Gefühl, er spießt mich auf, so tief und fest dringt er in mich ein. Ich kann Calebs Blick nicht länger halten oder gar deuten. Ich schwebe zwischen den umherwirbelnden Empfindungen und kann mich auf keine davon konzentrieren.

»Fuck, Eden«, knurrt Ciel in diesem Moment mit einer Stimmlage, die ich an ihm noch nie gehört habe. Es klingt, als würde er noch etwas sagen wollen, doch er verkneift es sich. Stattdessen lässt er seinen Körper sprechen. Er pumpt weiter in mich. Immer härter, immer unkontrollierter, was mein eigenes Empfinden immer weiter nach oben steigen lässt. Ich zittere und zucke unkontrolliert, aber Ciel beschränkt sich darauf, mich zu vögeln. Er legt weder Hand an meine sensible Stelle, noch lässt er mir die Möglichkeit, selbst für Erlösung zu sorgen. Er hält mich fest in seinem Griff, bis er ruckartig in mir verharrt, dann spüre ich, wie er sich schubweise in mir entlädt. *Ich war so kurz davor.*

Aber das weiß er. Deswegen hört er auf.

Seine Hand ist warm und feucht, als er sie von meinem Hals löst. Er stützt sich neben meinem Kopf auf, küsst mich auf die Wange, dann zieht er sich aus mir hervor, gleichzeitig das speichelnasse Höschen aus dem Mund. Warm sickert sein Sperma aus mir heraus und läuft meine Schenkel hinab.

Ciel richtet sich auf, schließt seine Hose und dann ...

... lässt er mich liegen.

Unbefriedigt und benutzt.

Genau so, wie ich es in meinem Manuskript geschrieben habe. Das, das zuletzt auf meinem Mac geöffnet war. Und das nicht von mir ...

Kapitel 20
Caleb

»Bist du jetzt zufrieden?«, schnauze ich Eden an, als die Tür gerade hinter Ciel ins Schloss gefallen ist. Ich kann das drückende Gefühl auf meiner Brust nicht einordnen. Ich weiß, dass ich sie verletzt habe, indem ich ihr gesagt habe, ich würde sie nicht ficken wollen.

Aber es war notwendig. Ich wollte das Richtige tun – ein einziges fucking Mal, verdammt – und scheitere immer wieder aufs Neue. Dieses Mädchen will sich einfach nicht helfen lassen.

Wie bitte sollte ich ahnen, dass sie Ciel an sich heranlässt, nachdem er sie erst vor wenigen Tagen grün und blau geschlagen hat!

Hat sie es nur getan, um mir eins reinzuwürgen?

Wenn ich so eine Aktion jemandem zutrauen würde, dann der verrückten Eden.

Sie zieht die Bettdecke über ihren entblößten Körper und weicht meinem Blick aus. Ohne dass sie es sagt, sehe ich ihrem blassen Gesicht an, wie sie langsam wieder im Hier und Jetzt landet und realisiert, was sie getan hat. Es war eine Kurzschlussreaktion. Ganz sicher.

So hat sie sich ihr erstes Mal bestimmt nicht vorgestellt.

Und mich sollte nicht interessieren, wie sie sich ihr erstes Mal vorgestellt hat. Ich bin ganz sicher kein gutes Vorbild, was das angeht. Diese ganze Moralscheiße, Rücksichtsnahme und was weiß ich noch alles. Aber nie hat eine Frau, der ich die Unschuld genommen habe, danach derart ausgeschaltet ausgesehen wie Eden in diesem Moment.

In mir lodert die Wut auf, kämpft sich durch die drückende Leere in mir.

Wieder schnaube ich, bevor ich ihr die Decke vom Köper ziehe. Sie quietscht leise und wendet mir ihr Gesicht zu. In ihren Augen stehen Tränen. Schon wieder, immer noch oder jetzt erst recht – ich habe keine Ahnung.

Normalerweise fällt es mir nicht schwer, Menschen und ihre Verhaltensweisen zu deuten. Eden bildet da eine große Ausnahme. Ich habe nicht den leisesten Schimmer, was wirklich in ihr vor sich geht. Sie springt nicht einmal ansatzweise auf meine übliche Masche an. Sie reagiert immer völlig anders, als ich es erwarte oder versuche zu provozieren.

Dabei fällt es mir sonst so leicht.

Es sollte mir egal sein. *Sie* sollte mir egal sein. Ich habe ganz andere Probleme. Ich habe schon dafür gesorgt, dass Ciel sie aller Voraussicht nach nicht umlegen wird, das muss reichen. Dennoch kratzt es an mir. Ich *hätte es doch tun sollen.*

Das unterdrückte Beben ihrer Finger entgeht mir nicht, genauso wie ihre gesamte Anspannung, die der aufgebaute und nicht vollendete Orgasmus in ihr hinterlassen hat.

Ciel ist ein Arsch. Ohne die Hände auf ihr gehabt zu

haben, habe ich dennoch gesehen, wie nah dran sie war. Wenn er sie schon unbedingt auf diese Weise ficken musste, hätte er es doch wenigstens zu einem vernünftigen Abschluss bringen können.

Ich sollte sie ebenfalls liegen lassen und mich verpissen. Ich bin weder Edens Retter noch irgendein netter Typ, der die Scheiße anderer ausbadet. Ich bekomme ja nicht einmal meinen eigenen Scheiß geregelt.

Und obwohl ich das weiß, strecke ich nun meine Hand nach ihrem Oberarm aus und ziehe sie auf die Füße.

»Lass mich los«, meckert sie und stößt mich von sich. Ich ignoriere sie und schleppe sie ins angrenzende Badezimmer, wo ich sie direkt unter die offene Dusche schiebe.

»Du kommst jetzt erst mal zur Besinnung.« Mit diesen Worten stelle ich das Wasser an und bleibe vor ihr stehen, damit sie nicht flüchten kann, als das kalte Wasser auf ihre erhitzte Haut trifft.

Sie kreischt.

Ich halte ihr den Mund zu.

Ciel muss nicht noch einmal unaufgefordert hereinplatzen und all meine Pläne durcheinanderbringen. Das schaffe ich auch hervorragend allein.

Eden beißt mich.

Gott, diese Frau macht mich wahnsinnig.

»Bist du verrückt?« Ich reiße meine Hand zurück und starre ungläubig auf meine Haut, auf der ganz deutlich ihre Zahnabdrücke zu sehen sind.

»Du ... du bist so ein Arschloch«, schluchzt sie und sinkt ermattet gegen die Fliesenwand in ihrem Rücken. Ich ziehe sie zurück.

»Ach, da kommst du wahnsinnig früh drauf! Warum machst du diese Scheiße? Kannst du nicht einfach deine Klappe halten, warten, bis dein Vater das Geld lockermacht, und dann verschwinden? Warum bringst du dich selbst immer wieder in Gefahr, du dummes Ding?«

Ich habe mich so in Rage geredet, dass ich mittlerweile genauso nass bin wie sie. Mit beiden Händen an ihren nackten Schultern stehe ich dicht vor ihr unter der Regendusche, die meine Klamotten binnen Sekunden vollständig durchnässt.

Ihre Oberarme zieren eine Gänsehaut und ihre Zähne klappern aufeinander, als sie trotzig ihr Kinn hebt, um mich anzufunkeln.

»Das kann dir doch egal sein«, spricht sie die Wahrheit aus. »Ich bin dir egal. Du hast deutlich gemacht, dass ich für dich nichts anderes bin als ...«

»Als?«, hake ich nach, als sie nicht weiterspricht.

»Als ... ich weiß es nicht.« Ihre Stimme wird mit jedem Ton leiser und der Ausdruck in ihren Augen verliert an Kraft, als sie matt durch mich hindurchblickt.

Mit zusammengebissenen Zähnen greife ich nach dem Thermostat und stelle die Wassertemperatur ein. Als es nach wenigen Sekunden wärmer wird, bibbert sie immerhin nicht mehr. Trotzdem wirkt sie derart desillusioniert, dass es mir den Magen verknotet. Ich will sie so nicht sehen.

»Scheiße, Eden, wenn du nur einen Ton gesagt hättest, dass du das nicht willst, hätte ich Ciel abgehalten. Warum ... warum hast du dich darauf eingelassen?« Ich muss mich zusammenreißen, um sie nicht zu schütteln. Ich bin verdammt wütend und ich weiß nicht, auf wen sich diese Wut richtet. Auf sie. Auf Ciel, logisch. Aber auch auf mich. Ich hätte sehen müssen, dass sie es eben doch nicht will.

»Wie kommst du darauf, ich hätte es nicht gewollt?«

»Weil du weinst? Jetzt und schon, als er dich viel zu hart gefickt hat.«

Eden fängt an zu lachen, doch der Ton, der da aus ihrem Oberkörper kommt, hat nicht viel mit Belustigung zu tun. »Er hat nur das gemacht, was ich wollte, und nur deshalb habe ich es zugelassen. Im Gegensatz zu dir, Caleb. Wenn du es anders gemacht hättest, hätte ich dich gelassen. Dir vertraue ich. Ciel nicht.« Sie schnieft leise. »Aber ich wollte es. Und ich wollte, dass du es bist, aber du hast ja deutlich gemacht, wie wenig ich dir bedeute und …«

Ich habe keine Ahnung, was sie da redet, ich will nur, dass es aufhört. Und ehe ich weiß, was ich tue, presse ich meine Lippen auf ihre. Sie wimmert erstickt, schiebt mich aber nicht von sich. Ihr Mund fühlt sich warm, weich und *gut* an. Obwohl sie ihre Lippen zu einem wütenden Strich presst und der Kuss nicht viel mit einem echten Kuss gemein hat, schmecke ich sie. *Peach.*

Oh, Peach. Das hier läuft nicht gut für uns beide.

»Du musst das jetzt nicht machen, weil ich dir leidtue, du Arsch«, keucht sie nach ein paar Sekunden und klammert sich an meinem nassen Hoodie fest.

»Ich mache nie etwas, weil mir etwas leidtut«, erwidere ich an ihren Lippen und unterdrücke mit aller Mühe ein Augenrollen. »Halt den Mund und nerv mich nicht, wenn du willst, dass ich das in Ordnung bringe, was Ciel nicht hingekriegt hat.«

Sie reißt den Kopf ruckartig zurück. »Er hat genau das getan, was ich in meinem allerersten Buch beschrieben habe«, faucht sie und stößt mich weg, ohne meinen Pullover im Endeffekt loszulassen. Gottverflucht, sie ist genauso hin- und hergerissen wie ich.

Nur langsam verstehe ich, was sie mir gerade erklärt hat. »Ciel hat … dein Buch gelesen?«

»Das Manuskript, nehme ich an, ja«, schmettert sie mir entgegen. »Er hat sogar die gleichen Worte genutzt wie der Kerl in meinem Buch. Ich wusste jeden einzelnen Schritt, bevor er ihn gemacht hat.« Ihre Augen verengen sich, als sie sich mir wieder wütend entgegenreckt und ihre Lippen dicht vor meine bringt. »Auch den Teil, dass er in mir kommt und dann abhaut.«

Ich mahle mit dem Kiefer. Eden ist verrückt.

»Wieso schreibst du so eine Scheiße?«

Sie lacht wieder auf, klingt aber nicht unbedingt belustigt. Vielmehr scheint jetzt die Frustration durch. »Keine Ahnung. Frauen lesen gern über Arschlöcher.«

»Gott, das ist so verrückt, ich weiß gar nicht, was ich darauf sagen soll«, spreche ich meine Gedanken aus. Unsere Lippen schweben noch immer dicht voreinander. Zugegeben: Als Ciel sie geküsst hat, wirkte es ... echt. Dabei bin ich mir sicher, dass es ihm leichtfällt, von einer Rolle in die andere zu schlüpfen. Er hat Eden etwas vorgemacht, ohne ihr wirklich etwas vorzumachen. Das ist ... ebenfalls verrückt.

»Hat es dir gefallen?«

Eden beißt sich auf die Unterlippe und erwidert meinen Blick. »Ich schätze, für mein erstes Mal war es ... ziemlich gut.«

»Ziemlich?«, hake ich nach und lege meine Hände an ihre nackte Taille. Jetzt ist es ohnehin egal.

Sie legt ihren Kopf in den Nacken und presst ihre kleinen Titten an mich. Berührungsängste hat sie nicht.

Aber die hat man wohl nicht, wenn man solche abstrusen Dinge schreibt wie sie. Ich weiß nicht, ob ich wissen will, was sonst noch so in ihrem Kopf los ist.

Scheiße, ich mag sie.

Und wenn ich ehrlich zu mir bin, ist das keine neue Erkenntnis.

»Ich hätte besser ein anderes Ende geschrieben«, gesteht sie mir leise und ihre geröteten Wangen verraten, wie aufgewühlt sie innerlich noch immer ist. »Aber ich bin dennoch froh, dass Ciel sich an die Vorlage gehalten hat.«

Ich starre abwechselnd von ihren Lippen auf ihre Brüste, lasse meinen Blick über ihre helle Haut gleiten, bis mein zuckender Schwanz die Situation übernimmt.

»Fuck, Eden, es ist nicht gut für dich, wenn ich dich will«, murmle ich und senke meine Lippen auf ihre Schläfe.

»Ich dachte, du willst mich nicht«, zischt sie und kratzt aufgebracht mit ihren Nägeln über die Haut meines Nackens, als sie ihre Hände dorthin schiebt. Wahrscheinlich ist das keine bewusste Handlung, sondern zeigt nur ihre innere Unruhe. Sie will wütend auf mich sein und sie darf es auch sein, weil ich genau das provozieren wollte. Sie *sollte* lieber wütend auf mich sein, als sich an den Gedanken zu klammern, ich könnte in diesem Leben jemand sein, der für sie eine tragende Rolle spielt.

Das werde ich nicht.

»Möglicherweise war das nicht ganz ehrlich von mir«, gebe ich so leise zurück, dass das Rauschen des Wassers meine Worte verschluckt. So wie Eden mich ansieht, hat sie sie dennoch gehört.

Ihre Augen verengen sich. »Ich verstehe dich nicht«, schnauft sie und holt so tief Luft, dass ich denke, sie bricht gleich erneut in Tränen aus. Doch diesmal kann sie sich zurückhalten, auch wenn sichtlich nicht mehr viel fehlt. Sie schimmern bereits wieder in ihren noch rot unterlaufenen Augen. Gott, andere Frauen würden längst weinend und schluchzend und flehend mit umklammertem Oberkörper in der Ecke sitzen und in Psychopathenmanier vor- und zurückwippen. Aber Eden behauptet sich, sucht sich unermüdlich ihren Weg aus dem Abgrund, an dessen Rand sie längst hängt. Sie will nicht loslassen, weil sie weiß, dass niemand da sein wird, um sie aufzufangen. Ciel und ich stehen eher am Rand und sind kurz davor, ihre letzten Finger von der Kante zu lösen. Ciel vermutlich mit einem Fußtritt, ich, indem ich sie sanft löse und ihr dann grinsend beim Fallen zusehe.

Sie weiß das und trotzdem steht sie hier. Unerschrocken, mit bebenden Lippen und einer auslaufenden Pussy. Ich weiß nicht, ob ihr das helfen kann.

»Ja, da sind wir schon zwei«, flüstere ich auf ihre Frage. »Eden …« Seufzend streiche ich ihr eine rote, nasse Strähne aus der Stirn und sehe ihr weiter unverwandt in die Augen. »Ich entwickle ungesunde Besitzansprüche, wenn … wenn mir eine Frau zu nahe kommt.« Ich tippe mir selbst gegen den nassen Stoff oberhalb meiner Brust. »Dadrin, meine ich.«

Es rattert hinter Edens Stirn. »Bist du etwa ein Frauenmörder, der seine Ex-Freundin erst gestalkt und dann umgebracht hat, weil sie sich von ihm trennen wollte?« Ich runzle die Stirn, als ich ernsthaft über diesen Vergleich nachdenke. War ihre Frage mit einem leicht amüsierten Unterton unterlegt, entgleist ihr Blick immer mehr, je länger ich mir für meine Antwort Zeit lasse. Ich muss trotz allem grinsen. Ein bisschen gesunde Vorsicht ist dann doch noch in ihr vorhanden. »Caleb«, flüstert sie und weicht nun doch vor mir zurück. »Sag mir bitte nicht, dass …«

»Ich habe sie nicht umgebracht«, sage ich genervt. »Aber ich habe genug andere Dinge getan, dass sie nun jeden Grund hat, mich zu hassen.«

»Okay.«

»Okay«, wiederhole ich ungläubig. »Du bist die Härte, Eden.«

Seufzend sackt sie mit ihrer Stirn an meine Brust und erinnert mich daran, dass ich dringend aus diesen durchnässten Klamotten rausmuss. »Sorry, aber ich würde jetzt gern entweder schlafen oder …«

»Oder?« Scheiße, wir wissen beide, worauf das hier hinausläuft. Sie ist nach wie vor geil und ich werde mir diese Gelegenheit nicht noch einmal entgehen lassen. Eden weiß Bescheid und ist verrückt genug, es mit meiner echten Version aufnehmen zu wollen. Dann müssen wir wohl gemeinsam herausfinden, wo uns das hinführen wird. Ich habe es satt, nur dabei zuzusehen, wie ich selbst immer wieder vor eine Wand renne. Aus mir wird in diesem Leben kein guter Mensch. Und mein Kind werde ich dadurch auch nicht sehen dürfen, wenn ich jetzt einen auf Gutmensch mache. Es wird nie erfahren, dass es mich gibt, also ist es auch scheißegal, wenn ich weiterhin krumme Dinge drehe oder »unsere« Geisel vögele und damit ihren Zustand ausnutze.

Eden stöhnt leise, als ich meine Hände an ihre Brüste schiebe. Ihre kleinen Nippel sind so hart und empfindlich, wie sie aussehen.

»Oder du bringst das zu Ende, was Ciel nicht …« Sie seufzt entzückt, als ich ihre Brustwarze zwischen meinen Fingern rolle, und presst sich mir entgegen. »… was Ciel nicht getan hat, weil … weil er …«

Weil er meinen Tipp befolgt hat, nett zu ihr zu sein.

Anders nett, als ich gemeint habe, aber nun gut. Solange es bei Eden entsprechend ankommt …

Ich lasse sie nicht aussprechen, senke meine Lippen erneut auf ihre und diesmal öffnet sie ihren Mund für mich. Unsere Zungen treffen sich und Edens leises Keuchen sorgt für eine schmerzhafte Enge in meinem nassen Schritt.

Ich muss aus diesen Klamotten raus.

Vorher manövriere ich sie aber mit einer Hand an ihrem schlanken Hals an die Wand in ihrem Rücken. Sie umklammert meinen Unterarm, sieht mir in die Augen und mit ihrem Blick fleht sie mich nahezu an, es richtig zu machen. Wieder prallen unsere Lippen aufeinander, diesmal eine Spur härter. Sie küsst vorsichtig und sanft, doch mit jeder Sekunde wird sie forscher. Ihre Fingernägel graben sich in meine Unterarme, sie zerrt an ihnen, doch ich lasse sie nicht los, auch wenn ihre Gesichtsfarbe immer mehr abnimmt. »Ich werde dich nicht erwürgen, also lass einfach locker und genieß es, kurz mal nicht denken zu müssen.«

Ja, Breath Play ist nicht gerade eine jungfrauentaugliche Spielart, aber sie ist ja auch keine Jungfrau mehr. Und streng genommen halte ich ihren Hals nur ein bisschen fest. Ich habe bei Ciel gesehen, wie gut es ihr gefallen hat, als er sie in dieser Hinsicht dominiert hat. Dass sie sich darauf einlassen konnte, obwohl sie sich sonst beinahe ins Höschen macht, sobald er auftaucht, ist schon verrückt. Aber das ist eben Eden.

Sie gibt ein leises Knurren von sich, ihre Fingernägel bohren sich weiter spitz in meinen Arm und zeigen, dass sie sehr wohl noch in der Lage ist, derartige Befehle an ihren Körper zu senden. Grinsend beuge ich mich vor, beiße in ihre Unterlippe und genieße ihren leisen Schmerzenslaut. Mit der anderen Hand fahre ich an ihrem flachen Bauch herab. Er zuckt, kaum dass ich ihn berühre, und ihre Nasenflügel zittern, während sie den Kuss benommen erwidert. Sie ist so hingebungsvoll.

Trotzdem lasse ich von ihr ab, vergrabe mein Gesicht an ihrer Schulter, lasse ihren Hals aber nicht los. Stattdessen mache ich hier weiter, fahre mit der Zunge über ihr Schlüsselbein, lecke über ihre nasse Haut, beiße in ihre Schulter. Und Eden genießt auch das. Sie lehnt an den Fliesen, ihre Hand nur noch locker auf meinem Unterarm, ihre Lider flattern immer hektischer, während sie all die Empfindungen nicht so schnell verarbeiten kann, wie ich sie in ihr erzeuge.

Doch als ich meine Hand weiter nach unten schiebe, ihren Venushügel streife und schließlich zwischen ihre noch immer feuchten Schamlippen, zuckt sie zurück. Und das leider mit einem derart leidenden Geräusch, dass ich es nicht ignorieren kann.

Ich richte mich auf, löse meine Hand um ihren Hals und sehe sie an. »Doch nicht?«, frage ich und sehe es in derselben Sekunde in ihren Augen aufblitzen. Nicht wütend, es wirkt eher peinlich berührt. Ich runzle leicht fragend die Augenbrauen. »Alles okay, Eden?«

»Jaja, mach weiter«, keucht sie und dann ist da wieder dieses Blitzen, das mich irritiert, als sie meine Hand zurück zwischen ihre Beine schiebt. Und wieder zuckt ihr Unterleib, als ich sie nur sanft berühre, auch wenn sie alles gibt, um ihre Reaktion zu überspielen.

»Es tut dir weh«, schlussfolgere ich und ziehe die Hand weg. Es ist nicht sonderlich überraschend, so hart, wie Ciel sie gevögelt hat, und es noch dazu die erste Erfahrung dieser Art für sie war. Ich habe genug Jungfrauen in meinem Bett gehabt, um zu wissen, wie das läuft. Selbst wenn man es nett macht, sind die meisten erst einmal für mehrere Tage bedient.

»Quatsch, es …«

»Halt den Mund.« Ich bringe die Worte so leise und fest hervor, dass sie zum gefühlt ersten Mal tatsächlich auf mich hört. Ich weiß, was sie will, und ich weiß auch, wie ich ihr das geben kann – sie nicht. Sie würde nehmen, was sie kriegen kann, damit sie endlich zu ihrem Orgasmus kommt. Ich wette, ihre Pussy ist verdammt wund und selbst ein Finger ist ihr gerade zu viel. Scheißegal, wie erregt sie auch ist.

Als ich vor ihr auf die Knie sinke und ihren Oberschenkel auf meine Schulter lege, weiten sich ihre Augen. Ihre kleinen Titten wackeln im Takt ihres heftigen Atemrhythmus und die unterschiedlichsten Emotionen tanzen über ihr Gesicht. Da ist Überraschung, Neugierde, Lust – aber auch Scham.

»Caleb, ich ... nicht, ich ...« Sie hält keuchend inne und ich kann die Zerrissenheit bestens in ihrer Miene ausmachen.

»Entspann dich«, sage ich mit einem leichten Lächeln. Ich bin mir ziemlich sicher, woher ihr Problem rührt. Sie hat keine Berührungsängste, aber ich schätze, es ist ihr unangenehm, dass Ciel vorher in ihr war. Und ja, das finde ich auch nicht geil, aber ich setze darauf, dass das Wasser den Großteil seiner Spuren längst mit sich genommen hat.

Und wenn nicht ... dann ist es mein Problem, aber nicht ihres.

Meine Hände finden den Weg an ihren knackigen Arsch und auch hier stelle ich fest, dass er wie für mich gemacht ist. Er hat die perfekte Größe, ist stramm, weich und pfirsichrund.

Oh, Peach. Du sollest laufen, solange du noch kannst.

Nicht vor Ciel. Sondern vor mir.

Wahrscheinlich wird Ciel sie am Ende gehen lassen. Aber ich?

In dem Moment, in dem ich mit dem Gesicht zwischen ihren Schenkel abtauche, bin ich mir nicht mehr sicher, von wem in dieser Geschichte die eigentliche Gefahr für Eden ausgeht.

Kapitel 21
Eden

Mein Körper fühlt sich an, als würde er nach und nach von innen heraus verbrennen, und mit jeder Minute wird das Gefühl schmerzhafter. In meinem Unterleib lodert ein Feuer, das nichts mit dem zu tun hat, das ich so oft in meinen Büchern geschrieben habe. Ich wusste, dass das erste Mal wehtun könnte, und das hat es, auch wenn Ciel sich merklich zurückgehalten hat. Doch das, was gerade in meinem Inneren um sich greift, fühlt sich viel schmerzhafter an als das, was Ciels Penis in mir ausgelöst hat.

Jede Berührung ist mir zu viel, und doch drücke ich Caleb nicht weg, als er seine Hände fester um meinen Hintern legt und mit seinem Gesicht zwischen meinen Schenkeln abtaucht. Als seine warme Zunge gegen meinen Kitzler stupst, stöhne ich auf. Zu dem allumfassenden Schmerz in meinem Unterleib gesellt sich ein anderes. Ein warmes Rauschen überdeckt für wenige Sekunden alles andere und sorgt dafür, dass ich den Kopf zurück an die Fliesen sinken lasse. Das warme Wasser läuft über meine Brüste hinweg, umspült Calebs Kopf, seine tätowierten Arme, seine Hände, seine Wangen, seinen Mund an meiner empfindlichsten Stelle, die gerade wirklich verdammt empfindlich ist.

Wieder trifft seine Zunge auf diesen gereizten Punkt und wieder überdeckt das Gefühl jeden anderen Schmerz in mir. O Gott, warum tut das so weh?

Calebs Finger bohren sich tiefer in das Fleisch meines Hinterns, ziehen meine gespreizte Mitte tiefer auf seine Lippen. Wieder explodiert ein harter Schmerz in mir, als seine Zunge in mir verschwindet.

Es ist unangenehm – verdammt unangenehm –, und doch fühlt es sich berauschend an. Seine Zunge ist weich und samten, er ist vorsichtig und gleichzeitig fordernd. Caleb weiß, wie er sie einsetzen muss, damit ich das Atmen ausstelle und die anrollende Welle den Schmerz direkt wieder abebbt. Ich greife kopflos in seine Haare, halte mich an ihm fest, während ich mich schwer atmend an den Fliesen winde. Meine Beine bestehen nur noch aus Gummi und ich weiß, würde er mich nicht festhalten, könnte ich nicht mehr stehen.

Die Laute aus meiner Kehle kommen schnell und abgehackt, als ich mich im Rhythmus seiner Zunge an seinem Gesicht bewege. In mir wütet ein Tornado, ein wilder Tanz aus Schmerz, Glück, Freiheit und Befangenheit. So viele gegensätzliche Gefühle, die mich nicht mehr klar denken lassen. Ich will mehr, ich will weg, ich will alles und nichts.

Stöhnend lasse ich den Kopf in den Nacken fallen und hoffe, Caleb erkennt die Tränen auf meinem Gesicht nicht, die sogleich vom Wasserstrahl fortgespült werden.

Es ist zu viel.

Und zu wenig.

»Peach«, grollt er zwischen meinen Beinen und sieht zu mir auf. Ein Bild, das mein Herz und meinen Magen komische Dinge tun lässt.

»Bitte«, flehe ich und weiß gar nicht, worum. Er soll aufhören, weitermachen und alles gleichzeitig.

Anscheinend versteht Caleb mich besser als ich mich selbst. Doch diesmal konzentriert er sich auf meine glühende Klit, die unter der kleinsten Berührung zu zerspringen droht. Und genau das tut sie, als er sie mit kreisenden leichten Berührungen seiner Zunge umspielt. Mein Körper verkrampft sich erneut, die Welle schlägt über mir zusammen, raubt mir für wenige Sekunden den Atem, bis der Schmerz das Gefühl ist, das wieder die Oberhand ergreift.

Caleb richtet sich auf, noch immer in seine Klamotten gehüllt, die nass an seinem Körper kleben. Den Blick aus seinen palisanderfarbenen Augen kann ich nicht gut deuten. Vorsichtig legt er beide Hände an meine Wangen, dann beugt er sein Gesicht zu mir und streift meine bebenden Lippen mit seinen. Nur sanft, nur vorsichtig tastet er sich an diesen Kuss heran und ich ahne, warum er das tut.

Ich kann mich selbst auf seinen Lippen schmecken und noch etwas anderes, doch das schreckt mich nicht ab. Mit einem leisen Seufzen schiebe ich meine Hände über seine Schultern, weiter in seine Haare und öffne die Lippen für ihn. Er drängt seinen Körper an meinen und keucht leise, als seine Zunge meiner Einladung folgt und in meinen Mund schlüpft.

Es schmeckt wie eine verboten heiße Mischung aus mir selbst, Ciels herber Männlichkeit und ... Blut. Blut, weil ich bestimmt geblutet habe, als Ciel mich entjungfert hat. Und doch hat Caleb all das nichts ausgemacht, mir dennoch einen Orgasmus mit seiner Zunge zu schenken. Je länger unsere Zungen sich umkreisen, ich ihn und *alles* schmecken kann, desto mehr sickert die Erkenntnis in meinen Kopf: Ich habe mich ohne ein Kondom von

Ciel vögeln lassen. Sein Sperma ist in mir. Begleitet von einem überforderten Geräusch lege ich den Kopf in den Nacken.

Atmen. Atmen. Atmen. Nicht verrückt werden.

Hat er mir deshalb die Pille mitgebracht?

Hat er die ganze Zeit darauf spekuliert, dass das hier passiert?

Oder ... hätte er mich einfach so genommen, auch wenn ich ihm signalisiert hätte, ich würde nicht wollen?

Dachte er, dass Caleb und ich ... und wenn ja ... warum, wenn er mich doch töten wollte?

Diese Gedanken überfordern mich – und trotz allem will ich nichts rückgängig machen. Ich weiß jetzt, wie sich Sex anfühlt.

Auch wenn dieser Orgasmus lange nicht so gut und erfüllend war, wie ich ihn mir in meinen Träumen ausgemalt habe. Aber dafür kann Caleb nichts und ich hoffe, er merkt nicht, wie ich mit dem diffusen Gefühl in mir zu kämpfen habe.

Calebs Kuss wird ruhiger, seine Finger halten mich an der Taille aufrecht. Sein Daumen streicht sanft über meine Haut und ich verliere mich mit jeder Sekunde mehr in ihm. Immer mehr kann ich *ihn* schmecken. Caleb. Und seine Küsse sind etwas, von dem ich nicht genug bekommen kann, wie ich schon im Gefängnis gemerkt habe. Ich fühle mich bei ihm sicher. Und so beschützt, dass alles andere in den Hintergrund rückt. In diesem Moment will ich nichts anderes, als ewig so dicht an ihm unter dem warmen Strahl zu stehen.

Doch ich merke auch, wie der Kuss ihn nicht kaltlässt. Seine Erektion in der nassen Jeans presst sich an mein Becken, doch der Gedanke, er könnte mich nun auch noch vögeln wollen, lässt ein ersticktes Wimmern in meiner Kehle entstehen.

Ich habe Angst vor dem Schmerz. Und allein dieser Gedanke ängstigt mich.

»Ist alles okay, Eden?«, fragt Caleb und lässt von meinem Mund ab, um mir in die Augen zu sehen.

»Jaja, klar«, keuche ich und sehe zur Seite, weil ich befürchte, er könnte meine Angst in meinen Augen ablesen.

»Okay. Wenn du meinst.« Caleb tritt sichtlich unzufrieden zurück und greift sich an den Nacken, um in der nächsten Sekunde seinen nassen Hoodie darüberzuziehen. Zum Vorschein kommt seine tätowierte Brust, an der mein Blick nur kurz hängen bleibt. Denn dann greift er an seinen Gürtel und schiebt sich seine Hose samt Boxershorts von der Hüfte und steigt heraus. Er kickt sie zur Seite, während sein Blick auf mir liegt. Ich versuche derweil, mit der Fliesenwand in meinem Rücken eins zu werden und nicht auf seinen steil aufragenden Penis zu starren.

Ich weiß genau, wie das nun in meinen Büchern ablaufen würde. Der skrupellose Kerl würde sie nun einfach ficken, ungeachtet ihres Zustands, den er allerdings ganz sicher erkennen würde – weil das Klischee das so will. Und es würde ihr gefallen, weil er ihre tiefsten Sehnsüchte erkennen und umsetzen könnte.

Aber ... das hier ist kein Buch und ich weiß, dass ich es nicht ertragen könnte, wenn er mich nun wirklich auch noch will. Dazu ist dieser diffuse Schmerz in meinem Unterleib einfach zu ... zerstörerisch.

Ich blinzle gegen das aufsteigende Panikgefühl an und klammere mich an mich selbst, als mir klar wird, dass er natürlich völlig zu Recht etwas von mir erwartet. Er hat mich geleckt – natürlich muss ich ihm dafür etwas zurückgeben.

Als er auf mich zutritt und erneut an meine Taille

greift, löst sich ein peinliches Quietschen aus meinem Hals, das der Furcht vor dem zu erwartenden Schmerz zuzuschreiben ist. »Lass mich … lass mich das anders machen«, stammle ich mit sich überschlagender Stimme und will vor ihm auf die Knie sinken. Ich habe schon Blowjobs gegeben, das bekomme ich trotz dieser Schmerzen sicher hin und …

»Was tust du da, Peach?« Caleb hält mich fest und wirft wieder einen Blick in meine Augen.

»Ich …« Ich kämpfe gegen die Tränen an und bekomme keinen weiteren Ton heraus.

Gott, diese Art Bücher sind so verdammt unrealistisch.

»Komm schon, du siehst echt bettreif aus.« Caleb schmunzelt leicht, auch wenn diese Geste seine Augen nicht erreicht. Er stellt das Wasser aus, schiebt mich aus der Dusche und wickelt erst mich, dann sich in ein überdimensionales Badehandtuch.

Mit jeder Sekunde falle ich weiter in mich zusammen und gebe mich diesem Strudel hin, der mich immer weiter in mein kaputtes Inneres zieht.

Caleb trocknet mich ab und drückt mich auf den Badewannenrand. Er trocknet sich ab. Dann geht er vor mir in die Hocke, was ich nur durch einen Nebelschleier wahrnehme. »Ich bin sofort wieder da.« Er küsst mich auf die Stirn und zögert kurz, mich allein zu lassen, doch schließlich wendet er sich mit einem beinahe besorgten Blick ab und verschwindet – ist aber, wie angekündigt, kurz darauf mit einem Stapel Kleidung in der Hand zurück.

Er zieht sich an, während ich unbeweglich weiter in meinem Handtuchwrap auf dem Badewannenrand hocke und gegen die Schmerzen atme. *Das ist doch nicht normal?*

Und falls doch: Dann will ich nie wieder Sex haben.

»Du kannst mit mir sprechen, Eden«, sagt er, als er sich vor mir aufbaut und mein Kinn mit einem Finger anhebt.

Träge blicke ich zu ihm auf und lasse es zu, dass er mich aus dem Handtuch befreit, mir ein großes Shirt über den Kopf zieht und einen Slip über die Beine streift.

»Danke«, sage ich nur und verbeiße mir einen weiteren Schmerzenslaut, als ich hinter ihm her ins Zimmer wanke. Ich will tatsächlich nur noch schlafen – und ihm nicht zeigen, was in mir los ist.

Und ... nicht allein sein. Caleb bleibt unschlüssig im Zimmer stehen, als ich mich auf dem Bett zusammenrolle. »Könntest ... könntest du heute ausnahmsweise bei mir bleiben?«, frage ich schwach, wie ich bin, und hoffe, er fasst das nun nicht als Einladung auf, mich doch noch zu ficken. Calebs Miene verrät nichts darüber, was er von meiner Bitte hält. Er mustert mich ein paar Sekunden, dann bildet sich ein leichtes Lächeln auf seinen Zügen. Ein sanftes. Eins, das impliziert, dass er ahnt, was ich von ihm will.

»Dann rutsch mal rüber, Peach.« Bei seinem Kosenamen für mich bildet sich eine Gänsehaut auf meinen Unterarmen. Sein Tonfall ist so warm, dass mein Herz sich verlangend zusammenzieht. Ich mag diese Version von ihm.

Wie gefordert rutsche ich an den Rand des Bettes, Caleb steigt hinter mich, schlingt seinen Arm um meine Taille und schiebt seine warme Hand unter mein Shirt. Liegen bleibt sie auf meinem Bauch. Als würde er wissen, was für ein Kampf gerade in meinem Unterleib ausgefochten wird. Die Wärme, die von seiner Handfläche ausgeht, betäubt ihn tatsächlich ein wenig, als wäre er meine eigene, lebendige Wärmflasche.

Caleb vergräbt sein Gesicht in meinem Nacken, als

ich meine Hand auf seine schiebe. Es fühlt sich gut an. Und richtig.

»Das eben meinte ich ernst«, murmelt Caleb in meine Haare. »Sprich mit mir. Das machst du doch sonst auch, hm?« Ich kann sein Lächeln fühlen, als seine Lippen über meinen Nacken gleiten.

»Es ist alles gut«, lüge ich. »Danke, Caleb.«

Er brummt etwas Undeutliches in meine Haare, erwidert aber nichts.

Aber was soll ich schon sagen? Dass ich den ersten Sex maßlos unterschätzt habe? Nein. Diese Blöße werde ich mir nicht geben. Nach der Nacht wird es sicher wieder besser sein. Also kuschle ich mich fester an ihn und merke genau, wie er mit seinem Becken wegrutscht. Es tut mir leid, dass ich mich nicht um seine Bedürfnisse kümmern kann – andererseits schmilzt mein Herz bei dem Gedanken, dass er für mich zurücksteckt.

Und mit dieser Gewissheit, dass meine Traumvorstellung von Mann doch gar nicht derart unrealistisch ist, schlafe ich schließlich ein.

Als ich wach werde, ist es im Zimmer dunkel; was durch das fehlende Fenster aber auch kein Wunder ist. Calebs leise, tiefe Atemzüge hinter mir verraten, dass er noch fest schläft. Und das Ziehen in meinem Bauch ist noch immer da.

Als ich mich bewege, zuckt ein glühend heißer Schmerz durch meinen Unterleib, der mir für kurze Zeit den Atem raubt.

Mit Tränen in den Augen warte ich ab, bis das wellenartige Gefühl abebbt, dann rolle ich mich so leise wie möglich zur Seite, pflücke ebenso vorsichtig Calebs Arm von mir und steige vom Bett. Doch da rast schon die nächste Schmerzwelle durch meinen Unterleib und zwingt mich fast in die Knie. Was ist denn das?

Hat Ciel irgendwas in mir kaputt gemacht, verdammt?

Ich wanke auf das Badezimmer zu und weiter auf die Toilette. Als ich mein Höschen herabstreife, erwarte ich beinahe, einer Blutfontäne zu begegnen, doch der Slip weist nicht einmal eine dunkle Spur auf.

Auch als ich das WC benutze, löst sich ebenfalls kein Blut aus mir, was mich einerseits beruhigt, andererseits verdammt beunruhigt. Diese extremen Schmerzen kenne ich nur von der Periode.

Als ich mir die Hände wasche, begegne ich meinem bleichen Gesicht im Spiegel. Der Cut auf meiner Augenbraue ist noch leicht zu sehen, ebenfalls die Veilchen, die an meiner Wange und meiner Schläfe hellviolett hervortreten.

Mein Mund ist staubtrocken, als ich mich abwende und zurück ins Zimmer schleiche. Caleb liegt auf dem Rücken, die Augen geschlossen. Ich mustere ihn kurz. Dieser traurige Zug um seine Augen, den ich so oft in seiner Mimik erkenne, ist verschwunden. Er wirkt wie ein ganz normaler Mann, auch wenn ich weiß, dass er das nicht ist. Noch immer habe ich Karls Aufzählungen im Ohr, für welche Taten Caleb einsaß – und immer noch sitzen müsste, hätte Ciel ihn nicht aus dem Gefängnis geholt.

Mein Unterleib zieht noch immer, als ich mich zurück zu ihm legen will, und so halte ich abrupt inne. Vielleicht finde ich ja irgendwo eine Schmerztablette. In meinem eigenen Bad nicht, das habe ich bereits mehrfach durchsucht. Doch ich habe nicht mitbekommen, dass meine Zimmertür abgeschlossen wurde, und so versuche ich es einfach. Ich husche durch den Raum, lege meine Hand an die Klinke und ... die Tür gleitet tonlos auf.

Okay. Ja dann.

Ich spreche mir selbst Mut zu und trete in den Flur, in dem in diesem Moment kleine, in den Boden eingelassene Lichter angehen, die wie eine Flugzeugbeleuchtung im Gang anmuten. *Verdammter Bewegungsmelder*.

Hastig schließe ich die Tür und hoffe, ich habe Caleb nicht geweckt, dann schleiche ich weiter in den offenen Bereich, in dem sich die Küche anschließt. Hier sorgen ebenfalls kleine Leuchten dafür, dass ich mich in der Dunkelheit bewegen kann, ohne ein großes Licht einschalten zu müssen.

Doch irgendwie praktisch.

Ich schleiche weiter zur Küche, öffne ein paar Schubladen, aber auf so etwas wie eine Medikamentenschublade treffe ich leider nicht. Das wäre auch zu einfach gewesen.

Seufzend drehe ich mich um die eigene Achse, aber nichts in diesem Wohnbereich wirkt so, als könnte ich hier fündig werden. Alles ist offen, clean und ... leblos.

Erneut rauscht ein fieser Schmerz durch meine Eingeweide, als ich mich umdrehe. Okay, scheiß drauf. Ich sollte Caleb wecken und ihn um Hilfe bitten.

Ich schleiche mit hängenden Schultern zurück, halte aber inne, als mein Blick auf den Kühlschrank fällt. Kurzerhand öffne ich ihn und bin etwas erschlagen von seinem Inhalt. Himmel. Mit all diesen ausgefallenen Lebensmitteln könnte Ciel auch ein Sternerestaurant leiten. Aber ich will nichts essen, sondern etwas trinken.

Eine Flasche Orangensaft in der Kühlschranktür

zieht meine Aufmerksamkeit auf sich. Ich zögere nicht, schnappe sie mir – Ciel wird sie sicherlich nicht vermissen, und selbst wenn, ist mir das herzlich egal – und drücke die Tür wieder zu.

Die Hand schon am Deckel drehe ich mich um und bekomme den Schreck meines Lebens, als ein großer Männerkörper vor mir aufragt.

Mit einem leisen Schrei der Überraschung lasse ich die Flasche fallen, die Ciel jedoch geistesgegenwärtig auffängt.

»Na hoppla«, bringt er schmunzelnd hervor und wirft einen Blick auf meine Beute. »Kein Messer? Irgendwie habe ich damit gerechnet, du würdest deinen ersten Ausflug in die Freiheit anders nutzen, als meinen Kühlschrank zu plündern.«

»Nicht lustig.« Ich verziehe das Gesicht, schiebe mich an ihm vorbei und versuche, mir nicht anmerken zu lassen, wie scheiße es mir gerade geht.

»Okay, nicht lustig, hast du recht.« Er macht einen Schritt zurück, um mir den Weg zu versperren. »Du wolltest etwas trinken.« Ich presse mich mit dem Rücken an die Kücheninsel und sehe irritiert dabei zu, wie er mit einem weiteren Schritt an einen Hochschrank tritt, ein Glas von der obersten Ablage angelt und den Orangensaft einschenkt. In dem Moment, als er sich zu mir zurückdreht, fühlen sich meine Beine so wacklig an, dass ich mich, einen weiteren Schmerzenslaut unterdrückend, auf die Arbeitsplatte ziehe. Ciel beäugt mich skeptisch und reicht mir das Glas.

»Danke«, nuschle ich, weiche seinem Blick aus und nippe an dem kühlen Getränk, während mein Unterleib erneut krampft. Ich atme tief ein, um dem Schmerz irgendwie zu entkommen, doch es ist zwecklos. Fahrig stelle ich das Glas neben mir ab, bevor ich mich mit den Ellenbogen auf den Oberschenkeln abstütze. Keine Haltung, die sonderlich unauffällig ist, aber ich kann weder aufrecht stehen noch gerade sitzen, ohne dass schmerzende Blitze durch meinen Körper jagen.

Aus dem Augenwinkel sehe ich, wie Ciel sich durch die Haare fährt, dann tritt er vorsichtig neben mich, hält aber Abstand. »Hey, ich habe nicht vor, dir wieder wehzutun«, bringt er leise hervor. »Ich dachte, scheiße ... ich dachte, das vorhin ... das hättest du verstanden.« Er überwindet auch den letzten Abstand, kommt näher und umfasst mein Kinn, weil ich ihn immer noch nicht ansehe. Ich habe keine Angst vor ihm. Vielleicht hätte ich das, aber gerade bin ich damit beschäftigt, vor Schmerz nicht zu weinen. Und ich glaube, das ist etwas, das ich vor Ciel noch viel weniger zeigen darf als ohnehin schon in meiner Lage. Ich habe nicht vergessen, was das letzte Mal passiert ist, als ich mich ihm schwach präsentiert habe.

Ich umschlinge meinen Unterkörper mit meinen Armen und begegne seinem Blick, aus dem jede Kühle verschwunden ist. »Ich bringe dich nicht um, wenn du dich an ein paar Spielregeln hältst, okay?« Ich zucke mit den Schultern. Auch das ist mir gerade irgendwie recht egal, auch wenn er ziemlich ehrlich klingt. »Eden«, spricht er leise weiter. »Es tut mir leid, was ich getan habe. Ich weiß, dass das stumpf klingt, deshalb habe ich es bisher auch nicht gesagt. Du hast keinen Grund, mir zu glauben, du hasst mich, und das kann ich verstehen. Hat Caleb dir nicht gesagt, dass wir das versuchen anders zu regeln? Ich will ...«

»Es tut nur so weh«, unterbreche ich seinen leisen Redeschwall mit einem so jämmerlichen Ton in der Stimme, dass ich mir prompt auf die Unterlippe beiße und mein Herz anfängt zu rasen, als er sich ein Stück vor mir aufrichtet. Doch er hebt nicht erneut die Hand, er stürzt sich nicht auf mich. Stattdessen sieht er völlig verwirrt aus. Er lässt mein Kinn aber auch nicht los, sondern starrt mir unverwandt in die Augen. So tief, dass ich sie hektisch einatmend wieder schließe und weiter gegen die aufsteigenden Tränen ankämpfe.

»Was tut weh, Eden?«, fragt er leise und fährt sanft mit seinem Daumen über meine Wange.

Ich schlage die Augen wieder auf, weil ich mir einfach nicht anders zu helfen weiß. Mein Unterleib brennt so dermaßen, dass ich nicht länger dagegen ankomme. »Da«, keuche ich und deute mit meiner Hand knapp auf meinen Schoß. Er braucht wenige Sekunden, um zu verstehen, dann ziert ein dunkler Schatten seine Miene. Doch in dieser Sekunde schießt ein solch starker Schmerz durch mich hindurch, dass ich nach vorne falle. Ich stoße mit meiner Stirn gegen seine Brust und halte mich wimmernd in seinen Unterarmen fest, während ich gegen die Schmerzwelle atme. »Bitte, Ciel«, jammere ich an seiner Halsbeuge. Hat er schon immer so gut gerochen? Ich verkrieche mich förmlich an seinem Hals, an dem es so gut nach ... Sonne, Glück und Frieden riecht, dass es nicht zu diesem Mann passt, den ich kenne. »Hast du ...?« Ich realisiere erst da, wie er sich verspannt, und halte ebenfalls inne.

Er räuspert sich, schiebt mich aber nicht weg. »Habe ich was?«, hakt er nach.

»Eine ... eine Schmerztablette«, keuche ich. Tonlos nickt er und pflückt mich nun doch von sich, damit er zurücktreten kann.

»Bleib hier sitzen, ja?«

Ich nicke ebenfalls und ringe meine Hände in

meinem Schoß. Ciel verliert keine Zeit und verschwindet, doch dann höre ich, wie er an eine Tür hämmert. »Aufstehen, Caleb, unserer Geisel geht es nicht gut!«

Um Gottes willen.

Nur wenige Minuten später taucht er wieder im offenen Wohnbereich auf, Caleb im Schlepptau. Dieser reibt sich müde über das Gesicht und sieht genauso irritiert aus wie Ciel, der mit einer Tasche in der Hand auf mich zuhält.

»Leg sie auf die Couch«, weist er Caleb an, während er die Tasche auf dem dazugehörigen Couchtisch auskippt.

»Was ist passiert, Eden?«, flüstert Caleb, als er Ciels Bitte, Anweisung oder wie auch immer ich es bezeichnen soll, nachkommt und mich kurzerhand auf seine Arme hebt, um mich zur Couch zu tragen.

»Es tut weh«, keuche ich schwach, ohne genauer zu erklären was. Ich weiß es schließlich selbst nicht.

Calebs Miene ist düster, als er mich auf dem Designerstück absetzt, mir aber nicht von der Seite weicht. Ciel ist schon dabei, eine Spritze aufzuziehen. Ich strampele matt mit den Beinen und schüttle den Kopf. »Eine Schmerztablette, keine ... keine Drogen!«, keuche ich, als er gegen die Spritze schnipst und sich aufrichtet. »Oder was auch immer das ist! Du sollst mich nicht narkotisieren oder umbringen oder ...«

»Deshalb habe ich dich geholt«, unterbricht Ciel mich ruhig und sieht dabei Caleb an, der immer noch verwirrt wirkt, so sehr kräuseln sich seine Augenbrauen. »Sag ihr, dass ich ihr nur helfen will. Ich schätze, meinen guten Absichten traut sie nicht unbedingt.« In seinen Worten schwingt ein Unterton mit, einer, den Caleb zu verstehen scheint, ich nicht unbedingt. Ich habe aber auch gerade mit dem zu kämpfen, was mein Körper hier veranstaltet. Er nickt knapp auf den Tisch, Caleb folgt dieser Geste mit dem Blick, dann atmet er tief ein und sieht zu mir.

»Das ist nur Morphium, Eden.« Er sieht zurück zu Ciel. »Könntest du mir vielleicht trotzdem kurz erklären, warum du ihr das spritzen willst?«

»*Nur* Morphium«, keuche ich entsetzt, doch die beiden Männer ignorieren mich.

»Weil es ihr aus irgendeinem Grund ziemlich dreckig geht und das schneller wirkt als alles andere.« Ciel setzt sich an die Kante der Couch und zieht meinen Arm zu sich heran.

Ich blicke hektisch zu Caleb, der sich sichtlich unschlüssig über das Gesicht reibt. »Einmal.«

»Ich will sie nicht abhängig werden lassen«, gibt Ciel trocken zurück.

Ich würde gern anmerken, dass ich auch hier bin und sie mit mir sprechen können – doch da fegt der nächste Schmerz durch meinen Unterleib, so stark, dass ich mich zusammenkrümme, keuche und mir die Tränen in die Augen schießen. Ciel zieht die Spritze geistesgegenwärtig zurück, die ich ihm sonst aus Versehen aus der Hand geschlagen hätte.

Die Männer tauschen einen Blick, dann nickt Caleb und geht neben meinem Kopf in die Hocke. Er schnipst mir gegen die Wange. Ich nehme meinen Blick von Ciel, sehe zu Caleb, der in dem Moment den Mund öffnet. »Hey, Eden, ich ...«

Weiter kommt er nicht, weil Ciel in diesem Moment ohne weitere Vorankündigung die Spritze in meinen Oberarm rammt.

Ich atme scharf ein, als er die Stelle anschließend

kurz tätschelt, während Calebs Lippen sich zu einem kurzen Schmunzeln verziehen.

»Du ... du wolltest mich ablenken«, keuche ich und weite entsetzt die Augen, als ich dieses kurze Manöver verstehe.

»Hat ja funktioniert«, mischt sich Ciel ein, wirft die Spritze achtlos auf den Tisch und dreht sich dann wieder mit dem Oberkörper in meine Richtung. »Also, Eden. Wo tut es weh?«

Ich verenge die Augen, als ich bereits merke, wie mein angespannter Körper sich langsam entspannt. Der stechende Schmerz wird von einem dumpfen Pochen abgelöst, was wesentlich erträglicher ist. »Da ... da«, stammle ich und mache erneut eine knappe Geste über meinen Unterleib.

Caleb wendet Ciel den Kopf zu. »Ich habe schon gemerkt, dass da irgendwas nicht stimmt. Wie hart hast du sie bitte gefickt, dass ...?«

Ciel bringt Caleb mit einem dunklen Blick zum Schweigen. »Ich denke, wir beide wissen, dass das hier nicht normal ist.«

Ich schließe beschämt die Augen, doch einer von ihnen berührt mich sanft am Oberarm, eine Geste, die mich sofort beruhigt. »Sie war so nass und ich, trotz ihrer genauen Anleitung, die wesentlich brutaler geschrieben war, echt vorsichtig.«

Okay, doch wieder unangenehm. Ich lasse die Augen zu und brumme ungehalten, als Zeichen, dass ich nach wie vor anwesend bin und sie hören kann.

Das stört sie aber nicht. Sie reden einfach weiter über mich, als wäre ich nicht da.

»Für Jungfrauen-Sex trotzdem 'ne Spur zu hart, meinst du nicht?«, fragt Caleb provozierend.

»Sie hat dir ja die Möglichkeit gegeben, es anders zu

machen«, gibt Ciel ebenso angespannt zurück. »Aber du hältst ja lieber an der beschissenen Idee fest, Held zu spielen.«

»Ich habe nicht …«

»Könnt ihr damit aufhören?«, mische ich mich immer noch mit geschlossenen Augen ein. »Ich wollte das. Alles. Keiner von euch kann etwas dafür.« Denke ich.

»Was hast du mit ihr gemacht?«, fragt Ciel, während gleichzeitig jemand von ihnen mein Shirt hochschiebt.

»Hallo? Ich bin hier«, fauche ich und reiße die Augen auf. Es sind Ciels Hände, die an meinem Bauch liegen, doch er sieht nicht mich oder meinen freigelegten Unterleib an, sondern nach wie vor Caleb.

Sie ignorieren mich weiterhin.

»Es beendet«, knurrt Caleb.

»Wie?«

»Das geht dich überhaupt nichts an«, murmle ich hektisch, doch Ciel hebt nur eine Hand in meine Richtung.

»Es geht jetzt nicht darum, wer wie was mit dir getan hat, sondern was dabei mit dir passiert ist, verstanden? Keine Frau hat solche Schmerzen nach dem Sex, auch nicht, wenn es das erste Mal war.« Ich presse die Lippen zusammen, kann aber nicht lange an mich halten.

»Und was befähigt dich dazu, dich als Arzt aufzuspielen?«

»Wer hat mich nach Schmerzmitteln angefleht?«

»Sie hat gefleht?«, fragt Caleb und streicht sich genervt über das Gesicht.

»Ging schon«, wiegelt Ciel sofort ab. »Also. Ich brauche Details.« Mit einem Seitenblick auf mich, den ich spüre, aber nicht sehe, fügt er an: »Und keine Scham.« Während er das sagt, schiebt er seine Hände auf meinen Bauch.

»Ich werde dir nicht genau erzählen, was ...«

»Ich habe sie nur geleckt«, unterbricht Caleb meinen Protest. »Es hat ihr da schon wehgetan, nur hat sie da nicht die Zähne auseinanderbekommen.«

Ciel nickt nachdenklich, ich hingegen schließe wieder die Augen, um der Situation wenigstens ein bisschen zu entkommen.

Es ist nicht unbedingt peinlich, aber ... unangenehm. Sehr.

»Sieh mich an«, sagt Ciel in diesem Moment und ich spüre den Druck seiner Hände auf meinem Bauch.

Nur ungern komme ich seiner Aufforderung nach, doch Ciel ist längst damit beschäftigt, verschiedene Stellen zu drücken. Immer mal wieder fragt er, ob es anders wehtut, aber es verändert sich nichts. Und ich muss zugeben, es hört und fühlt sich ziemlich ... professionell an, was er da tut.

Doch schließlich zupft er mein Shirt mit unleserlicher Miene wieder zurecht, ohne eine Diagnose loszuwerden. Zumindest nicht zu mir. Er beugt sich zu Caleb und flüstert etwas, das ich nicht verstehe, dann richtet er sich wieder auf. »Blutest du?«, fragt er ruhig, während sein Blick zu meinem Höschen zuckt.

»W-wie meinst du das?«, hauche ich mit verengten Augen. Ich will ihn nicht ansehen.

Ciel verzieht keine Miene. »Nicht, weil ich dich so verletzt habe. Das habe ich nicht. Ich rede von deiner Periode.«

Stumm schüttle ich den Kopf und füge erst nach wenigen Sekunden an: »Das ... das habe ich erst vermutet, weil das immer so ist, wenn ich meine Regel habe, aber ...«

»Das ist immer so?«, unterbricht Ciel mich ungläubig. »Du hast solche Schmerzen, dass du nicht mehr stehen kannst?« Seine Stirn kräuselt sich und ich kann dabei zusehen, wie es dahinter arbeitet. Warum? *Können ihm meine Schmerzen nicht völlig egal sein?*

Ich zucke mit den Achseln und merke, wie sich mein Unterleib immer mehr entspannt. Und dann geht es schnell. Mit jeder Sekunde fühle ich mich besser. Gott, was für ein Wundermittel. Ich greife an Ciels Arm, ein breites Grinsen auf meinem Gesicht. Das hier ist zwar völlig abstrus, doch all das, die Umstände, jetzt gerade und generell, sind mir in diesem Moment völlig egal. Ich kann wieder atmen, ich kann mich wieder bewegen und die Schmerzen sind wie weggeblasen. »O Gott, Ciel, ich liebe dich«, hauche ich und falle erleichtert zurück auf die großen Kissen. Am liebsten würde ich vor Erleichterung weinen, aber das verkneife ich mir dann doch.

Seine Augenbraue zuckt amüsiert in die Höhe, mehr Reaktion erlaubt er sich nicht. Caleb schnaubt ebenfalls deutlich belustigt, doch er wird schnell wieder ernst. Beide Männer mustern mich, als hätte ich eine so schwerwiegende Erkrankung, dass ich nicht mehr lange zu leben habe – was einfach nur ironisch ist, schließlich will zumindest einer dieser Männer mich tot sehen.

Oder?

Hat er eben in der Küche wirklich gesagt, er und Caleb hätten einen anderen Plan?

Und selbst wenn ... kann ich ihm das glauben? Ich denke nicht.

Da ich endlich wieder klar denken kann, fügen sich die Prioritäten in meinem Kopf langsam wieder in die richtige Reihenfolge. »Du hast kein Kondom benutzt«, murmle ich und zögere, ihn anzusehen. Trotzdem kann ich mir diesen Vorwurf nicht verkneifen.

»Ja.« Ciel verengt die Augen und sein Blick wird scharf. »Ich weiß, dass du die Pille nimmst.«

»Du hast sie mir eingepackt«, entgegne ich. »Aber du kannst nicht sicher sein, dass ich sie wirklich noch nehme. Von Krankheiten mal ganz zu schweigen, nimmst du also einfach in Kauf, ich könnte schwanger werden, weil ...«

Erschrocken halte ich inne, weil er seine Faust so laut, so hart direkt neben meinem Kopf gegen die Lehne der Designercouch schlägt, dass mein Herz einen Schlag aussetzt und ich zusammenzucke.

»Du nimmst die Pille, das *weiß* ich«, blafft er mich wutentfacht an. »Denkst du ernsthaft, ich würde das Risiko eingehen, dich zu schwängern?« In seinen Augen tobt ein Sturm, der von jetzt auf gleich aus einem lauen Wind entstanden ist.

Ich blinzle panisch. In diesem Modus macht er mir wieder eine Heidenangst. »W-weil ... weil du mich ohnehin töten willst?«

Ciel schnaubt spöttisch und er sieht wieder so aus, als würde er gleich auf mich einprügeln. Doch bevor das passieren kann, landet Calebs Hand regulierend auf Ciels Schulter. »Komm schon, Ciel. Lass es gut sein.«

Ciel schnaubt noch einmal, streicht sich die Haare aus der Stirn und braucht ein paar Sekunden, um die Fassung wiederzuerlangen. Als er es schließlich tut, sieht er mich anders an. Gefasster und vielleicht mit einem kleinen schlechten Gewissen in der Miene.

Ich bleibe dennoch regungslos liegen und wage es nicht mehr, etwas zu sagen. Mein Herz rast.

Ciel nimmt meine Hand und streicht entschuldigend über meinen Handrücken. »Tut mir leid. Ich wollte dich nicht so anfahren. Es ist nur ... ich achte da schon drauf, okay? Ich will nicht ... wollte nicht ...« Er verstummt, streicht sich über die Stirn und stammelt für ihn sehr untypisch weiter: »... nur ... nur mich so genau an deine Vorlage halten, wie du sie geschrieben hast. Sorry.«

Ich nicke rasch, auch wenn ich von seinem plötzlichen Ausbruch noch immer schockiert bin.

»Okay, hör zu. Ich handle hier mit allem. Wenn du also mal irgendwas brauchst, Medikamente, deine Pille … sag einfach Bescheid, okay? Ich deale in recht großem Stil – nicht nur mit Kunst.«

Wieder nicke ich nur befangen. Ciel ist eine tickende Zeitbombe.

Er atmet hörbar laut ein, Caleb weicht ihm keinen Zentimeter von der Seite, die Hand noch immer auf seiner Schulter. Ciel lässt es zu. »Tut mir leid«, schiebt er noch einmal leiser nach und langsam ebbt auch der Sturm in seinen Augen ab, dafür huscht sein Blick zu meinem Bauch. »Wie sieht's aus?«

Erleichtert, dass wir uns anscheinend wieder auf halbwegs sicherem Terrain bewegen, stoße ich ein Seufzen aus und nicke mit flatternden Lidern.

»Ich entnehme deiner Reaktion, dass es besser wird, ja?«

Ich nicke heftig. »Danke … wirklich, vielen Dank, Ciel. Ich …«

Er hebt eine Hand, um mich zu unterbrechen. »Passt schon. Caleb bringt dich gleich wieder ins Bett.«

»Jap, mach ich.« Caleb reicht mir ein Glas Wasser. »Beim nächsten Mal sagst du vorher Bescheid, wenn es dir so dreckig geht, alles klar?« Seine Miene ist finster, als er mich genau dabei beobachtet, wie ich das Wasser dankbar trinke.

Bevor ich allerdings nachfragen kann, was nun schon wieder sein Problem ist, spricht Ciel an mich gewandt weiter. »Sieh zu, dass du noch ein bisschen schläfst. Morgen haben wir … Pläne.« Er grinst leicht. »Hoffen wir mal, dass du bis dahin wieder fit bist. Wäre sonst schade drum, wenn du das verpasst.«

Ich rapple mich auf und ergreife dankbar Calebs Hand, die er mir entgegenhält, um mich auf die Füße zu ziehen.

Die stechenden Schmerzen sind wirklich weg. Gott sei Dank.

»Was für Pläne?«, frage ich und sehe skeptisch zwischen den beiden so unterschiedlichen Männern hin und her, die sich plötzlich doch recht einig zu sein scheinen.

»Morgen«, Ciel räuspert sich, »oder eher heute ist Silvester, Eden. Was würde sich für unseren Neustart denn besser eignen als der Start eines neuen Jahres, hm?« Er stupst mir auf die Nase, dann tritt er zurück und räumt damit das Feld für Caleb. »Und du hättest ihr ruhig erzählen können, dass ich nicht länger vorhabe, sie unter die Erde zu bringen.«

»Ich wollte keine falschen Hoffnungen in ihr wecken«, schnauzt Caleb leise zurück. »Ich kenne dich doch auch kaum – und nichts für ungut, aber du mit deinem festgetackerten Lächeln siehst aus wie der perfekte Lügner.«

Ciel lacht leise auf, widerspricht Caleb aber nicht. »Mir gefällt die Idee, eine kleine Diebin aus ihr zu machen.« Er zwinkert mir zu. »Schlaf gut, Eden.« Damit schnappt er sich seine Tasche und lässt mich und Caleb zurück.

Keine Ahnung, was ich von alldem halten soll, aber es reicht, dass sich ein Gefühl in mir ausbreitet, das alles andere mit einem Schlag verdrängt.

Ich glaube, man nennt es Hoffnung.

Ziemlich penetrante Hoffnung, die von einem nervösen Kribbeln in meinem Magen unterstrichen wird. Vielleicht ist es auch eine andere Art Flattern, das sich zu diesem Gefühl gesellt.

Was weiß denn ich, was das über mich aussagt – aber

diese beiden Männer, die nun nicht unbedingt viel mit dem Prinzen auf dem weißen Ross gemein haben, haben es mir irgendwie angetan. Jeder für sich.

Verdammt – vielleicht entwickelt sich diese Geschichte doch gar nicht so schlecht.

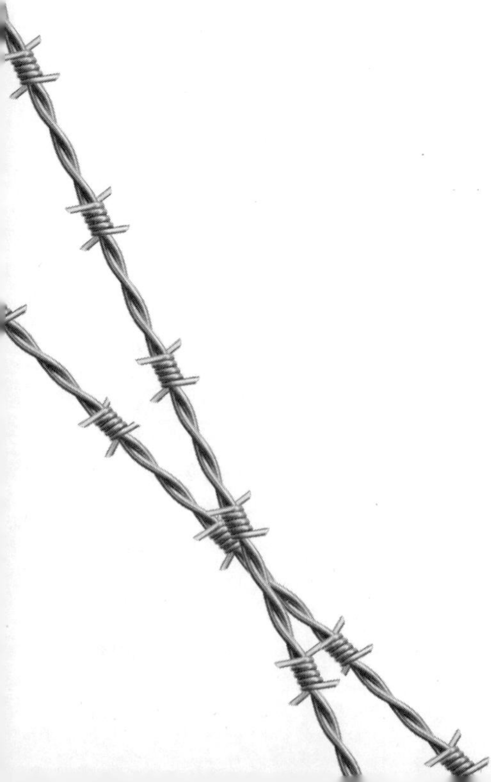

Kapitel 22
Ciel

Wie macht er sich?

Seit mehreren Minuten starre ich nun auf Duncans Nachricht und weiß nicht, was ich antworten soll. Mein Daumen schwebt untätig über dem Tastenfeld, immer wieder setze ich an, schreibe und lösche es gleich darauf. Ich sollte Caleb hier beschäftigen, damit er in London nicht erneut seine Ex-Freundin nervt. Es war viel einfacher gedacht.

Ich habe weder damit gerechnet, dass Caleb sich auf mich stürzen und versuchen würde, mich abzustechen, noch, dass er meine zwei Seiten innerhalb weniger Stunden verstehen und akzeptieren würde. Und schon gar nicht, dass er wirklich nur meinen Handlanger spielen will – was er hervorragend macht und sich nebenbei noch um meine Geisel kümmert, die eigentlich gar nicht existieren dürfte. Ich habe das Gefühl, zwischen den Stühlen zu stehen. Zwischen meinem Geschäftspartner und guten Freund aus London und ... einem Typen, zu dem ich irgendeine kuriose Verbindung habe, weil er genauso kaputt ist wie ich. Und einem Mädchen, das zu ihm gehört und irgendwie auch nicht und ebenfalls recht verrückte Gedankengänge hat, wie ich in ihrem Manuskript gelesen habe.

Aus dieser dämlichen Freundschaftsaktion ist binnen Tagen so viel mehr geworden, was ich nicht auf dem Schirm hatte. Ich gebe wirklich viel auf Duncans Meinung, aber was Caleb angeht, bin ich mir nicht mehr sicher. Klar – er hat bestimmt viel Scheiße gebaut, aber das haben wir alle.

Und ich fürchte, ich habe mich, wie Caleb sagte, in eine Sache eingemischt, die viel zu persönlich ist. Mit der kleinen Rothaarigen, die niemals so reagiert, wie man es denkt, wird es nicht besser.

Er wird euch keine Probleme machen.

Ich schicke die nichtssagende Nachricht ab, bezweifle aber, dass er sich damit abspeisen lassen wird. Aber darum kümmere ich mich dann, wenn es so weit ist. Seufzend stecke ich mein Handy weg und erhebe mich von der Couch, um nach Eden zu sehen. Caleb hat sich am Vormittag verabschiedet, weil er ein paar Dinge für mich klären soll, was er, ohne zu murren, hingenommen hat. Zu diesem Zeitpunkt war sie wohl schon wach, aus ihrem Zimmer kam sie bisher trotzdem nicht.

Wahrscheinlich, weil sie weiß, dass ich hier bin. Ich hoffe dennoch, dass sie auf Caleb gehört hat und fertig ist.

Ich klopfe an ihre Zimmertür und warte, bis ich einen leisen Laut dahinter vernehme. Auch wenn wir Sex hatten, ist mir klar, dass sie nicht ab sofort den Wohltäter in mir sieht. Das wäre äußerst dumm.

Und das ist sie auch nicht, auch wenn Caleb sie ständig naiv nennt.

Nein, hinter ihren beiden Fassaden steckt etwas anderes. Weder sie noch Caleb sind dumm. Caleb ist verdammt emotional und überspielt es zu jeder Sekunde mit einer kalten Maske, Edens größtes Problem bin trotz allem nicht ich, sondern ist ihre Familie, zu der sie unter keinen Umständen zurückwill. Sogar so wenig, dass sie sich mit mir und meiner anderen Seite arrangiert.

Zunächst schiebe ich die Tür nur auf und bleibe in deren Rahmen stehen. Vielleicht brauche ich ihn auch, um mich kurz abzustützen, weil mein Blick auf Eden fällt, die in dem dunkelgrünen, figurbetonten Kleid noch hübscher aussieht, als ich es mir beim Kauf ausgemalt habe.

Caleb war für Schwarz, aber Schwarz ist langweilig und passt nicht zu Eden. Auch dieses Kleid braucht nicht viel, es ist allein die Frau, die in ihm steckt, die es zu etwas Besonderem macht. Und dabei ist es nicht einmal tief ausgeschnitten. Im Gegenteil. Die Ärmel sind lang, es ist hochgeschlossen und der fließende Stoff reicht ihr bis an die Knie. Durch einen schrägen Schlitz an der Taille scheint ihre helle Haut hindurch.

»Oh, wow«, sagt Eden in dem Moment und starrt mich ähnlich intensiv an. »Warum müssen immer die Monster so gut aussehen?« Sie blitzt mich herausfordernd an und kommt auf ihren hohen Absatzschuhen sicher auf mich zu. Sehr sicher. Mit einer Geste, die sie nicht zum ersten Mal macht, streicht sie ihre perfekt gestylten Haare über die Schulter und bleibt dicht vor mir stehen. Nicht ohne erneut an meinem Smoking herabzusehen. Das Funkeln ihrer grünen Augen harmoniert mit dem

Ton des Kleides und ich muss mich zusammenreißen, nicht allzu offensichtlich hart zu werden.

»Passt das nicht zu dem Klischee, das du so detailliert beschreibst?«, will ich wissen und lehne weiterhin defensiv am Türrahmen.

»Das Klischee will, dass die Protagonistin überlebt«, hält sie lediglich dagegen und späht über meine Schulter. »Wo ist Caleb?«

»Ein paar Dinge erledigen.« Ich mustere sie, diesmal mit einem Fokus, der nicht auf ihrem schlanken Körper liegt. Ihr Gesicht ist dezent geschminkt, ihre Augen dunkel betont, ihr Stand aufrecht und selbstbewusst. Nichts an ihrer Haltung erinnert mehr daran, wie sie heute Nacht vom Schmerz gezeichnet durch die Gänge geschlichen ist. »Wie geht es dir?«, frage ich dennoch. Eden ist der Typ Frau, der viel erdulden und noch mehr überspielen kann. Zuerst waren diese Annahmen eine These, die aber mit jedem Tag, den ich sie hier unten beobachte, mehr zu einer Erkenntnis über sie heranreift. Mein Blick bleibt an ihrem flachen Bauch hängen. »Wieder besser?«

Nun flackert doch eine Emotion durch die Wildnis ihrer Augen, die ich deuten kann. Es ist ihr unangenehm, wie sie sich mir – und vielleicht Caleb – präsentiert hat. Und vielleicht mag sie es, dass ich mich nach ihr erkundige und sie dabei nicht schon wieder spüren lasse, in welchen Rollen wir alle stecken.

»Wieder gut«, sagt sie kurz angebunden und sieht naserümpfend zu mir auf. »Danke. Das Zeug war echt gut.«

Ich lasse mich zu einem Grinsen hinreißen. »Du hast mir heute Nacht schon deutlich gemacht, wie …«

»Das«, unterbricht sie mich und bohrt mir einen Finger samt sehr spitzem Nagel in die Brust, »war im Überschwang der Erleichterung so dahergesagt. Ich liebe dich nicht, meine Gefühle für dich sind das absolute Gegenteil.«

Mein Grinsen wird breiter, dennoch habe ich nicht vor, darauf etwas zu sagen. Uns ist beiden klar, dass das hier zwischen uns nicht auf Liebe basiert.

»Also, was ist jetzt?«, fängt sie wieder an zu plappern. »Was haben wir vor? Warum musste ich mich so aufbrezeln? Warum ist Caleb nicht da und warum siehst du aus, als würden wir …?«

Ich lege ihr einen Finger auf die Unterlippe und schüttle leicht den Kopf. »Heute ist Silvester und wir werden feiern.«

»Ohne Caleb.« Die Resignation ist in ihrer Stimme deutlich heraushörbar und auch in ihrem Gesicht kann ich die Unsicherheit wieder aufflammen sehen, als ich nicke.

»Caleb arbeitet für mich und ist auch gar nicht der Typ dafür, auf derartigen Veranstaltungen abzuhängen.« Zudem hat er mich gebeten, heute etwas Abstand zu bekommen – Eden aus den Augen lassen will er dennoch nicht. Er wird da sein, aber nicht so, wie Eden sich das wohl wünscht. »Pass auf«, fange ich an und mache einen Schritt auf sie zu, um ihr Handgelenk festzuhalten. Sie erstarrt sofort und blickt mich aus ihren riesigen, unschuldigen grünen Augen an. Sie zuckt noch einmal, als ich lediglich mit dem Daumen über die zarte Haut oberhalb ihres Pulses streiche.

»Du kannst echt nett sein«, wispert sie und schlägt die Augen nieder. »Aber denk ja nicht, ich falle auf diese Nummer rein, Ciel. Das kannst du die anderen glauben lassen, aber nicht mich. Ich sehe …«

»Du hast völlig recht damit, was du gesehen hast«, unterbreche ich sie und ziehe sie langsam an mich heran. »Aber ich spiele keine Rolle, Eden. Ich komme im Normalfall wirklich gut mit Menschen aus – und sie mit mir.«

Sie schnaubt leise. »Und alle anderen entsorgst du eben einfach.«

»Das ist das, was du über mich denkst«, erwidere ich entspannt und hebe meine freie Hand, weil sie schon die Lippen zu einer Erwiderung öffnet. »Auch völlig zu Recht. Unsere erste Begegnung war nicht gerade das … übliche Vorgehen.« Wieder flattern ihre Lider, weil sie ganz offensichtlich mit ihrer Nervosität zu kämpfen hat. Ich weiß, dass ich mich auf dünnem Eis bewege, als ich meine Finger an ihre Stirn hebe und sanft darüberfahre, weiter hinab zu ihrem Auge und zur Wange, auf der die Blessuren meiner Behandlung durch das Make-up nicht mehr ersichtlich sind. »Es tut mir leid, Eden. Wenn du mich lässt, würde ich dir einen Neustart vorschlagen.« Sie hebt ihren Blick und sieht mich unschlüssig an. »Mit dem Versprechen, dass ich nicht mehr vorhabe, dir so wehzutun oder dich am Ende dieser Geschichte umzubringen.«

Sie nickt langsam, doch in ihren Augen kann ich deutlich lesen, dass sie mir nicht ein Wort glaubt. Sie lässt mich auflaufen, zwingt sich ein falsches Lächeln ins Gesicht und will sich an mir vorbeidrängen, doch ich schiebe mich erneut vor sie, um ihr den Weg abzuschneiden.

»Du bist nicht so naiv, wie Caleb das immer behauptet.«

»Richtig«, sagt sie schneidend, was im absoluten Kontrast zu ihrem lieblichen Lächeln steht. »Du willst es dir nur einfach mit mir machen, damit ich dich nicht nerve oder vollheule, bis du die Kohle von meinem Dad hast und du mich aus dem Weg räumen kannst.« Zu den nächsten Worten muss sie sich zwingen, was ihr tiefes Einatmen mehr als deutlich macht. »Und wahrscheinlich hoffst du darauf, mich noch einmal ficken zu können.«

Ich hebe beide Augenbrauen und ziehe sie wieder ein Stück an mich heran. »Dir ist klar, dass ich das für dich getan habe? Wer wollte so unbedingt erleben, was sie da so tagaus, tagein geschrieben hat, hm? Ich war das nicht. Ich habe keine Probleme, Frauen für Sex in mein Bett zu ziehen, ganz zu schweigen davon, dass Jungfrauensex nichts ist, was in meinem Alltag ständig vorkommt.« Sie holt zischend Luft und nun kämpft sich die Wut in ihre Miene, die ich mit einem Zwinkern zurückverbanne. Sie springt auf meine Gesten an. Das gefällt mir. »Im Gegenteil«, spreche ich weiter, »ich bin in der glücklichen Lage, meine Bettpartnerinnen auswählen zu können.« Sie weicht meinem Blick aus und starrt mit zusammengepressten Lippen über meine Schulter, macht aber keinerlei Anstalten, sich von mir zu lösen. »Also, noch mal zum Festhalten: Ich habe deinen Frust beendet. Genauso wissen wir beide, dass ich die Nummer nicht zu Ende gebracht habe, weil ich mich an dein Manuskript gehalten habe, damit du eine Sicherheit hast, die du ansonsten von mir eben nicht hattest. Noch dazu der kleine, aber nicht unerhebliche Fakt, dass du dir deinen Orgasmus dann von Caleb abholen konntest, was ohne mich ebenfalls nicht möglich gewesen wäre, obwohl du wolltest, dass er es ist. Nicht ich. Also ... Eden.« Ihr Atem kommt schwerer und sie traut sich für wenige Sekunden, meinen Blick zu erwidern. »Ich habe dir bewiesen, dass ich gewillt bin, dir meine andere Seite zu zeigen. Sehr gerne von jetzt an auf meine Weise. Glaub mir ... der Sex ist so viel besser, wenn er auch beendet wird, und ich stelle mich dir gern zur Verfügung, dir auch das zu zeigen.« Bei meinen Worten, die ich ihr nur noch ins Ohr geraunt habe, spüre ich genau, wie sie sich versteift. Und noch schwerer atmet. Ihr Körper ist ganz meiner Meinung, ihr Kopf hingegen noch nicht. Aber damit habe ich auch nicht gerechnet. Das kriege ich hin.

Es ist eine meiner leichtesten Übungen, auch wenn ich sie tatsächlich nie bei einer Frau anwenden musste, die bereits gesehen hat, was für Abgründe in mir lauern.

Aber Eden jagen diese Abgründe keine Angst ein – zumindest nicht so sehr, dass ich sie als hoffnungslosen Fall einstufe. Ich gebe ihr eine ernst gemeinte Chance zu überleben und es ist in ihrem Interesse zu hoffen, dass sie sie ergreift. Ich schätze sie klug genug ein, das zu erkennen. »Damit es dabei bleibt und du ab sofort nur noch mit der netten Seite in mir zu tun hast, gebe ich dir eine kleine Ciel-Gebrauchsanweisung mit. Wenn du dich an die hältst, wird dir nichts passieren.« Ich muss wieder grinsen, als sie nun sichtlich verwirrt zu mir aufblickt.

»Eine Ciel-Gebrauchsanweisung?«

Ich nicke ernst. »Auch wenn du es nicht glauben kannst, was absolut verständlich ist, bin ich mit einer recht großen Toleranzgrenze gesegnet. Ich lasse mit mir reden, ich überdenke Entscheidungen, hinterfrage.« Nur deshalb lebt Caleb noch. Das sage ich ihr nicht, denken kann sie sich das vermutlich dennoch. Ich formuliere es nicht so drastisch. »Nur deswegen stehen wir beide jetzt hier. Du kannst mich reizen, du kannst mir Kontra geben, du kannst mir auch mal deinen Fingernagel in die Brust jagen, mehr als eine kleine Strafe fängst du dir dafür nicht ein. Ich bin nicht jähzornig, Eden.«

Sie seufzt und legt den Kopf in den Nacken, um mich gespannt anzuvisieren. Mit einem Schritt dränge ich sie zurück an den Schreibtisch, umfasse ihre schlanke Taille und hebe sie auf die Platte, was sie, ohne zu protestieren, zulässt. »Es gibt zwei Dinge, die du im Umgang mit mir vermeiden solltest, damit so etwas«, ich streiche über ihre Schläfe, »nicht noch einmal vorkommt.« Schmal lächelnd denke ich daran, wie übel ich sie zugerichtet habe. »Ich habe mich in diesen Momenten nicht im Griff und so gern ich mich dann beherrschen könnte ... ich kann es nicht. Ich kann es nicht und ich werde es niemals können, komm also bitte um deinetwillen nicht auf die Idee, mich dahingehend herauszufordern.«

Für eine Weile forscht Eden in meinen Augen, dann räuspert sie sich und legt ihre Hände an meine Brust. So wie es hinter ihrer Stirn arbeitet, denke ich, ist dies eine ganz intuitive Geste. »Wenn ich schwach bin?«, murmelt sie fragend und mit kratziger Stimme.

Ich schüttle wieder den Kopf. »Nein, das ist es nicht. Du kannst so viel vor mir zurückweichen oder so viel weinen, wie du willst.« Ich räuspere mich. »Ich verstehe, wenn das dein Instinkt mir gegenüber ist, aber das musst du nicht. Du solltest mich nur nie wieder anflehen – und nicht vor mir auf die Knie fallen. Beides in Kombination noch viel weniger, wenn du das Monster in mir nicht hervorlocken willst.«

Sie öffnet erneut den Mund, ohne etwas zu sagen, dann nickt sie langsam. »Beides habe ich getan.«

Ich nicke ebenfalls. »Und es ist nur Caleb zu verdanken, dass ich dich nicht ... nun ja. Du weißt, was ich meine. Lass es mich nicht noch aussprechen.«

Ihre Handfläche auf der Brust trifft mich unerwartet, und doch weiß ich sofort, dass ihr plötzlicher Wutausbruch sich nicht gegen mich, sondern vielmehr sich selbst richtet. Das Blitzen in ihren Augen ist eindeutig. »Ich will dir nicht glauben, du Arsch!«

Grinsend lasse ich es zu, dass sie mich von sich schubst, doch sie bleibt auf dem Tisch sitzen und starrt mich an. »Aber du tust es«, stelle ich lächelnd fest. Zumindest denkt sie darüber nach, dass ich ihr die Wahrheit sagen könnte, das ist schon einmal ein erster Schritt.

Sie schnauft ungehalten und verschränkt ihre Arme. »Ich verstehe, warum Anastasia sich Hals über Kopf in dich verliebt hat. Zu anderen Frauen bist du bestimmt ständig so … so …« Sie bricht ab.

»So was?«, hake ich amüsiert nach. Ihre Worte interessieren mich brennend. Natürlich ist mir aufgefallen, dass die kleine Angestellte von Francis' Anwesen mich mit brennenden Wangen angestarrt hat. Es fällt mir tatsächlich nicht schwer, Frauen ein gutes Gefühl zu vermitteln. Außer Eden. Aus nachvollziehbaren Gründen.

»Wenn du so guckst, wie du guckst, traut dir doch niemand zu, einfach kurzen Prozess zu machen!«, schnauft Eden ungehalten. Sie hat ganz offensichtlich Probleme damit, die passenden Worte zu finden, und das ist okay. Es zeigt mir nur, dass sie mich nicht hassen *kann*. Auch wenn sie es müsste.

»Du möchtest mich auch mögen«, erkläre ich und trete wieder auf sie zu. Sie lässt zu, dass ich meine Hand an ihre Wange lege. »Und glaub mir, ich mache viel lieber das hier mit dir als gewisse andere Dinge.« Ich ahne, dass sie nicht so schnell vorhat, mir zu verzeihen, aber der Kuss überrumpelt sie. Und genau darauf habe ich spekuliert. Wenn sie meinen Worten nicht glauben kann, muss sie sie fühlen.

Und das tut sie. Mit jeder Sekunde, die meine Lippen auf ihren liegen, mein Daumen über ihren Nacken streichelt, gibt sie ihren inneren Widerstand auf. Unsere Zungen treffen sich, erst vorsichtig, doch dann rutscht sie auf dem Schreibtisch vor, greift in den Revers meines Sakkos und zieht mich zu sich heran. Ich mag es, wie Eden küsst. So unschuldig und gleichzeitig so verdammt verdorben, wie es schon durch ihre Bücher zu vermuten war. Sie schmeckt süß und fruchtig und zu gut, um sie einfach kaltzumachen. Ja, ich mache hier das Richtige, auch wenn mir der weitere Verlauf dieser Geschichte sicher noch einiges an Ärger einbringen wird.

Als ich nach wenigen Minuten den Kopf hebe, sind ihre Lippen geschwollen und ihr Blick verklärt.

»Scheiße, verdammt«, keucht sie und macht nichts, um sich von mir zu lösen. Sie starrt mich einfach nur an. »Denk ja nicht, ich nehme dir das ab!«

»Warum nicht?«, frage ich. »Was hätte ich denn davon, dir Lügen aufzutischen, dich mit auf eine Silvestergala zu nehmen, dir Paris bei Nacht zu zeigen, wenn ich ohnehin vorhabe, dich auszulöschen? Müsste ich mir dann so viel Mühe mit dir geben?«

»So viel Mühe«, wiederholt sie augenrollend.

»Ich könnte dich einfach hier anketten, bis es Zeit wird, dich zu entsorgen«, halte ich ihr die andere Alternative vor Augen. Sie schluckt, als meine Worte, die ich ihr eigentlich nicht sagen wollte, in ihren Verstand sickern. Anderseits ist eine Portion Wahrheit vielleicht gar nicht so schlecht.

»Du willst das Geld von meinem Dad und dann ...«

»Und dann lasse ich dich gehen oder ...« Ich stupse ihr gegen die Nase, eine Geste, von der ich weiß, wie die Frauen drauf abfahren, und auch bei Eden verfehlt sie ihre Wirkung nicht. Ihr Blick wird weicher und gleicht nicht mehr dem einer Statue. »Ich sorge dafür, dass du unter dem Radar neu anfangen kannst. Hier in Paris. Du kannst dir hier ein neues Leben aufbauen. Deine Bücher schreiben. Was auch immer du willst. Hier habe ich Kontakte, die dir nützlich sein können. Woanders nicht ... aber ich werde dich nicht aufhalten. Es ist deine Entscheidung.«

»Was ... was willst du dafür von mir?«, fragt sie überrumpelt.

»Nichts – oder zumindest nicht wirklich viel. Nur dein Stillschweigen über meine Identität. Man kennt mich hier, aber obwohl alle ahnen, was ich mache, kann es mir niemand nachweisen. Das soll so bleiben. Und genau aus diesem Grund wirst du mich auf ein paar kleinere, ungefährliche Diebestouren begleiten.«

Ihre Augen weiten sich, als sie den Plan versteht. »Dann hänge ich mit drin«, flüstert sie und nickt heftig. »Klar. Das ... das ist gar kein Problem. Das mache ich gern, Ciel, wenn ...«

Ich beuge mich wieder vor und ersticke ihr hastiges Stammeln mit meinen Lippen auf ihren im Keim. »Caleb hatte recht«, flüstere ich vor ihrem Mund. »Es macht keinen Sinn, dich umzulegen, wenn du doch gar keine Gefahr darstellst. Wir regeln das anders, in Ordnung?«

In ihren Augen blitzt es entschlossen. »Wenn du das wirklich ernst meinst ... also ...«

»Meine ich. Brauchst du einen Blutschwur?«

Eden grinst, dann schiebt sie mich entschlossen von sich, springt auf die Beine und streckt die Schultern durch. »Ich werde auf dich hören, Ciel, aber ... aber ich bleibe skeptisch.«

Etwas anderes habe ich nicht erwartet. »Das ist in Ordnung. Und nun lass uns Silvester feiern. Stoßen wir auf unsere neue Verbindung an.« Eden atmet tief ein, dann greift sie meinen dargebotenen Arm und folgt mir durch die Kellerwohnung nach oben. Mit jedem Schritt wird ihre Haltung entschlossener – und ich ahne, dass das einzig daran liegt, dass sie nun wieder eine Portion Hoffnung geschöpft hat. Die Kleine hat wieder ein Ziel, an das sie glaubt. Und ich mag das Funkeln im

Dschungel ihrer Augen, als sie mich über die Schulter ansieht.

Zu allem bereit, was sie tun muss, um diese Sache zu überleben.

Sie wird sicher eine ganz hervorragende Diebin abgeben. Und nur, weil mir dieser Gedanke wirklich gefällt und ich äußerst ungern unschuldige Frauen umbringe, die ihr Leben noch vor sich haben, habe ich Calebs Idee zugestimmt.

Und verdammt – ich stehe auf Diebinnen.

Kapitel 23
Eden

In den buntesten Farben explodiert das Feuerwerk über den Dächern von Paris. Es zischt, es explodiert, es blinkt, Menschen fallen sich in die Arme, während der Schnee in großen Flocken auf uns herabfällt.

Es könnte so schön sein.

Ich müsste nur diese beschissene Hoffnung zulassen, die seit dem Gespräch – und dem Kuss – mit Ciel in mir heranreift wie ein schnell wachsendes Krebsgeschwür. Ich will nicht, dass sie wächst, aber mit jeder Silbe und jedem Blick, die er an diesem Abend an mich gerichtet hat, bin ich schneller geschmolzen als Schokolade in der Sommersonne.

Als ich zur Seite sehe, begegne ich erneut seinem aufmerksamen Gesichtsausdruck, auch wenn meine Sicht durch die Maske, die er mir gegeben hat, leicht beengt ist. Sie ist notwendig, damit ich nicht erkannt werde, schließlich läuft in London eine groß angelegte Suche nach mir, die nicht an den Landesgrenzen haltmacht. Und da ich keinerlei Interesse habe, von den Privatdetektiven meines Vaters oder der Polizei eingesackt zu werden, trage ich sie.

Obwohl er mich nicht festhält oder mich maßregelt,

lässt er mich dennoch nicht aus den Augen. Ich weiß, dass ich nicht frei bin. Es fühlt sich dennoch so an, weil es ohnehin keinen Ort gibt, wo ich ansonsten gern sein würde. Bei Caleb vielleicht – aber auch er ist da. Nur nicht bei mir. Er steht mit etwas Abstand zu mir am Geländer des Hoteldaches, auf dem wir nun mehr seit einer halben Stunde inmitten vieler anderer Gäste auf den Höhepunkt dieser Silvestergala gewartet haben. Mit keinem Ton hat er sich an diesem Abend bemerkbar gemacht, dennoch merke ich, wie er manchmal flüchtig zu mir sieht. Ich weiß nicht, warum er das tut. Ciel benimmt sich anders. Vorbildlich. Er bedrängt mich nicht, er droht mir nicht, dafür ist er so ehrlich charmant, wie ich es noch nie bei einem Mann erlebt habe. Und ich hatte in meinem Leben viel mit vermeintlich charmanten Männern zu tun.

Ciel passt im Gegensatz zu Caleb hervorragend auf diese Gala. Er hat für alle hier in diesem noblen Hotel ein sanftes Lächeln parat, er ist wortgewandt, die Frauen hängen an seinen Lippen, die Männer sehen in ihm einen wichtigen Geschäftspartner. Und doch bin ich es, die von ihm am meisten Aufmerksamkeit bekommt. Die Art gute Aufmerksamkeit, nach der sich jede Frau heimlich sehnt, es aber nur ungern zugibt. Er sorgt dafür, dass ich mit Getränken versorgt bin, er schleust mich an unangenehmen und langweiligen Gesprächspartnern vorbei, an Frauen, die mich mit ihren Blicken töten, weil ich mit Ciel hier bin und nicht sie. Es ist schwer zu übersehen gewesen, wie sehr die Frauen um seine Aufmerksamkeit buhlen. Kein Wunder, so verdammt gut, wie er in diesem schwarzen Smoking aussieht, der seinen definierten Körper betont. Nichts an ihm erinnert mehr an den Mann, der mir noch vor wenigen Tagen so viel Angst eingejagt hat, dass ich weinend vor ihm davongekrochen bin.

Er sieht mich anders an. Auch jetzt ist sein Blick warm und frei von dieser Eiseskälte, mit der er mir nicht nur einmal ohne Worte gezeigt hat, was mein Part in dieser Geschichte sein wird. Ich ertappe mich immer öfter dabei, ihm nicht nur glauben zu wollen, sondern es zu tun. Dabei gebe ich mir Mühe, skeptisch zu bleiben. Wirklich. Nur leider kann sein Charme meinen Schutzwall zum Bröckeln bringen, als wäre er lediglich aus Pappe errichtet und Ciels Lächeln ein wütender Tornado.

»Wie gefällt dir meine Stadt?«, fragt er und tritt neben mich. Sanft legt er eine Hand auf meine Schulter, schiebt sich unauffällig hinter mich, sodass wir beide über den Rand des Daches in den Nachthimmel schauen, der noch immer von bunten Explosionen erhellt wird.

»Deine Stadt?«, frage ich amüsiert und sinke schon an seine Brust, ehe ich überhaupt verstehe, was ich da tue. Doch als ich mich, erschrocken über mich selbst, aufrichten will, hält er mich immer noch sanft, aber dafür ziemlich dominant, an Ort und Stelle.

»Meine Stadt«, wiederholt er mit einem tiefen, beeindruckenden Timbre in der Stimme. Er redet derart selbstsicher und dominant, dass ich nicht für eine Sekunde in Erwägung ziehe, über diese doch recht großspurige Behauptung zu lächeln. Nein, wenn Ciel so etwas sagt, klingt es wie eine verdammte Offenbarung. »Ich bin nicht der Bürgermeister, kann dir aber trotzdem wesentlich mehr Türen und Tore öffnen als so mancher Typ in vermeintlich besserer Position.«

»Hm«, mache ich nur, weil ich ihm wenigstens nicht noch Bewunderung zukommen lassen will. Auch wenn es zweifelsohne das ist, was ich gerade empfinde. Ich habe leider eine Schwäche für Männer wie ihn. Es ist nicht unangenehm, so nah vor ihm zu stehen. Es ist alles andere als das und in mir kämpfen mein Gewissen und mein neugieriger Drang nach der Grauzone darum, wer meinen Körper zum Handeln bewegen darf. Es zeichnet sich längst ein Sieger dieser stummen Fehde ab. Mit klopfendem Herzen suchen meine Augen nach etwas, das nicht Ciel ist, um sich darauf zu richten.

Rechts in der Ecke neben einem riesigen Blumenkübel mit einem noch größeren Olivenbaum, dessen Zweige über die gläserne Balustrade reichen, entdecke ich Caleb. Mit verschränkten Armen lehnt er daran und sieht in die Tiefe. Für die laut explodierenden Feuerwerkskörper über unseren Köpfen hat er keinen Blick übrig. Er ist anders als alle anderen Menschen auf dieser Gala gekleidet; er trägt ausschließlich Schwarz, und auch das eher, als würde er heute noch einen illegalen Boxring betreten und nicht auf einer Silvesterfeier mit der reichen Elite des Landes feiern. »Was genau macht Caleb für dich?«, will ich leise von Ciel wissen und sehe zu ihm auf. Er folgt meinem Blick nur kurz, dann zuckt er knapp mit den Schultern.

»Jetzt gerade?« Er grinst und stupst mir – schon wieder – auf die Nase, die als Einziges von meinem Gesicht unter der Maske zu sehen ist. »Auf dich aufpassen, vermute ich.«

Ich gebe ein ungläubiges Geräusch von mir, ehe ich mich daran hindern kann. »Das sieht nicht so aus.«

»Glaub mir, er wäre schneller hier, als ich dir etwas antun kann.« Wieder ein aufgesetzt freundliches Zwinkern. »Aber das haben wir ja geklärt, nicht wahr? Du gibst mir keinen Grund dafür und im Gegenzug bekommst du die Freiheit, die du dir wünschst.«

»Das klingt viel zu gut«, präsentiere ich ihm leise meine Gedanken und umschlinge mich selbst mit meinen Armen. Es ist verdammt kalt und der Mantel, den Ciel mir gekauft hat, ist zwar warm, aber ich bin leider eine verdammte Frostbeule.

»Wir müssen es nicht komplizierter machen, als es ist. Ich habe die Lage anfangs falsch eingeschätzt. Das tut mir leid.« Er reibt über meine Arme. »Und ich werde das gern so oft wiederholen, bis du mir glaubst, dass ich das ehrlich meine.«

Ich glaube ihm längst.

Aber das sage ich nicht.

»Und was macht er sonst für dich? Warum hast du ihn aus dem Gefängnis geholt? Kennt ihr euch?« Wenn nicht, ging der Übergang von „Ich hole den Trottel aus dem Knast" zu „Wir haben nun zusammen eine Geisel" definitiv zu schnell. Ich bin ja nicht doof und beobachte und analysiere die beiden. Und doch habe ich keine Ahnung, was genau das zwischen Caleb und Ciel in der Vergangenheit war, aber beide kannten den jeweils anderen, das war offensichtlich. Nur jetzt ... jetzt sehen sie sich anders an. Und ich habe nicht den blassesten Schimmer, wie ich das finden soll.

»Das sind viele Fragen«, weicht Ciel mir aus und schiebt mich näher an die gläserne Front. Okay, verstanden. Er wird mir keine davon beantworten. Stattdessen hebt er seine Hand und deutet auf die vor uns liegende Stadt. »Siehst du das? In solchen Nächten ist der Eiffelturm viel hübscher als im grauen Winterwetter.« Natürlich sehe ich, was er meint. Das Pariser Wahrzeichen ist beleuchtet und das Feuerwerk macht es gleich noch ein wenig beeindruckender, als es ohnehin schon aussieht.

»Das würde ich gern mal von Nahem sehen«, spreche ich meine Gedanken erneut ungefiltert aus und ziehe den Mantel enger um mich.

»Jetzt?«

»Jetzt?«, frage ich überrascht zurück und drehe mich

gänzlich zu Ciel um. Er umfasst meine Schultern und die Wärme, die von seinen großen Händen ausgeht, löst ein wohliges Gefühl in mir aus. Es ist erschreckend, wie leicht es ihm anscheinend fällt, zwei komplett konträre Gefühle in mir auszulösen. Erst Angst, jetzt Sicherheit. Und ich weiß, dass gerade das ihn erst wirklich gefährlich macht.

»Klar. Die Party hier ist ohnehin vorbei. Ich wurde gesehen und habe mit den wichtigsten Leuten gesprochen, jetzt können wir zu den angenehmeren Parts der Nacht übergehen. Du magst das hier doch gar nicht, richtig?« Sein Blick ist wissend. Dabei habe ich mir heute wirklich Mühe gegeben, den Schein zu wahren. Ich kann mich hervorragend in der gehobenen Schicht bewegen, ich bekomme auch ein paar französische Floskeln hervor, ohne zu stammeln. Und doch hat Ciel gemerkt, dass ich mich bei diesen Veranstaltungen unwohl fühle. Er ist wirklich aufmerksam. Das gefällt und imponiert mir – aber es macht mir auch Angst. Ciel ist niemand, dem man etwas vormachen kann. Und vermutlich ist er genau deshalb in dieser Position, in der er ist.

»Es war nett«, weiche nun ich einer richtigen Antwort aus. Denn das war es tatsächlich. Netter als alles, was ich mit meinen Eltern und Steven bisher besuchen musste. Trotzdem wird diese Art Veranstaltung in diesem Leben nicht mehr zu meinem bevorzugten Zeitvertreib.

»Ich mag sie auch nicht sonderlich, sie sind für meine Arbeit aber unerlässlich«, erklärt er leise und reicht mir wieder seinen Arm. Ich trete an seine Seite und lasse mich von ihm von der Dachterrasse führen. Aus dem Augenwinkel bemerke ich, dass Caleb uns mit etwas Abstand folgt. Er hat heute nicht einmal etwas gegessen oder getrunken. Er hält sich am Rand auf, redet mit niemandem und seine Miene ist noch viel verschlossener als ohnehin schon. *Er wirkt traurig.*

Damit könnte ich irgendwie umgehen, auch wenn ich mir wünsche, er würde sich mir anvertrauen. Doch dazu kann ich ihn nicht zwingen und ich werde mich ihm auch nicht aufdrängen. Womit ich nicht umgehen kann, ist diese kalte Schulter, mit der er mir immer wieder begegnet. Er muss doch auch spüren, was ich spüre, wenn er nicht diese Mauer vor sich hochzieht!

Seufzend fange ich Ciels Blick auf, doch er sagt nichts dazu, auch wenn er sich sicherlich denken kann, was in mir vor sich geht. Ich habe nie einen Hehl daraus gemacht, dass ich Caleb mag.

Ciel bringt mich auf direktem Wege in die Tiefgarage, wo sein Fahrer auf uns wartet. Caleb gesellt sich zu uns, sagt aber immer noch kein Wort, als wir kurz darauf durch die Nacht fahren. Geschäftig tippt Ciel auf seinem Handy herum, sein Chauffeur ist ebenso still. Nur ich verspüre wieder das Bedürfnis, gegen diese drückende Stille anzureden. *Aber was?*

Nur mit viel Mühe schaffe ich es, die Klappe zu halten. Genau so lange, bis ich zwanzig Minuten später neben Ciel auf der leicht zugeschneiten Wiese stehe und zu dem beeindruckend großen Turm aufsehe, der in der blinkenden Nacht tatsächlich wunderschön aussieht. Dann kann ich nicht mehr an mich halten.

»Gott, das ist so schön«, staune ich und drehe mich einmal im Kreis. Zugegeben, der Champagner in meinem Blutkreislauf lässt mich meine nach wie vor vorhandene Skepsis vergessen und richtet meinen Fokus dafür auf die schönen Dinge. Die Atmosphäre. Den vermeintlichen Neustart. Silvester. Paris. *Ciel.*

Er steht neben mir, die Hände in den tiefen Taschen seines langen Mantels vergraben, und er sieht mich so verdammt intensiv an, dass allein dieser Blick ausreicht, um etwas in meinem Magen davon zu überzeugen, ein paar Runden auf einem ziemlich schnellen Karussell zu drehen. Ich weiß, dass ich ihm nicht vergeben dürfte, was er mit mir getan hat. Aber andererseits ist er seitdem so anders. Und noch dazu war er als erster und einziger Mann in mir. Und das genau so, wie ich es wollte. Die Wahrheit ist, dass ich ihn nicht hassen kann. Dafür finde ich ihn zu spannend – und meinem Traummann zu ähnlich. Mit jeder Minute, die verstreicht, habe ich mehr das Gefühl, doch in meiner ganz eigenen Geschichte gelandet zu sein. *Und dann gleich mit zwei Männern.*

Doch dieses Gedankenkarussell und die Gefühlsachterbahn in mir sind in der Realität wesentlich zermürbender, als ich es mir ausgemalt habe.

Um uns herum stehen Pärchen, Freunde, Gruppen, die allesamt im Silvestertaumel untergehen. »Gefällt es dir hier?« Ciel tritt näher an mich heran und ich muss das Bedürfnis, mich an ihn zu schmiegen, mit aller Macht unterdrücken. *Das hier ist eben nicht mein Buch, verdammt.*

Stattdessen zwinge ich mich zu einem freundlichen Nicken und genieße die Kälte der Nacht und die Stimmung, die von all den feiernden Menschen um uns herum ausgeht. Zum ersten Mal seit langer Zeit fühle ich mich frei, was verdammt ironisch ist, schließlich bin ich noch immer seine Geisel. Aber ich bin freier als bei meinen Eltern. Das reicht mir für den Moment vollkommen.

»Können wir hier eine Runde spazieren gehen?«, frage ich und sehe erwartungsvoll zu Ciel auf, der mein Lächeln erwidert und den Abstand zwischen uns verringert. Der Schnee knirscht leise unter seinen Fußsohlen, als er vor mir stehen bleibt, mir die Maske vom Gesicht nimmt und in seiner Hosentasche verschwinden lässt.

»Hier draußen brauchst du die nicht mehr. Es ist so viel los, dass wir dieses Risiko eingehen können. Mischen wir uns unter die Leute.« Er greift nach meiner Hand und ich lasse mich von ihm durch die dicht an dicht stehenden Menschen manövrieren. Ich lausche den Gesprächsfetzen, die ich aufnehmen kann, größtenteils französischen Worten, die sich so fremd anhören, sehe in strahlende Gesichter, die mir immer mehr eigene Zuversicht schenken.

Es bringt niemandem etwas, allen voran mir selbst, wenn ich mich in Selbstmitleid suhle. Ich werde an einen guten Ausgang der Geschichte glauben – weil ich es ohnehin längst tue.

Zaghaft lächle ich Ciel an, als wir uns immer weiter vom belebtesten Teil des Platzes entfernen. Er erwidert mein Lächeln ebenso sanft und drückt zusätzlich meine Hand.

Der Teufel hat viele Gestalten. Ich habe oft genug über sie geschrieben. Aber Ciel ... ist kein Teufel. Vielleicht ist er ein Monster. *Ein nettes Monster*.

Als wir schließlich unter einem Baum stehen bleiben, sehe ich mich um und entdecke Caleb, der mit etwa zehn Metern Entfernung hinter uns hergeht. Er sieht auf den Boden und bemerkt erst spät, dass wir nicht weitergehen. Ruckartig bleibt er stehen, sein Blick schweift über Ciel, dann zu mir, bevor er den Kopf zur Seite dreht, mit den Kiefern mahlt und seine Hände in den Hosentaschen ballt.

»Was ist mit ihm?«, frage ich Ciel, doch er zuckt nur leicht mit den Schultern.

»Ich glaube, das ist nichts, woran du etwas ändern könntest.«

Ich fürchte schon. Kann es sein, dass Caleb eifersüchtig ist? Das würde bedeuten, dass ich ihm eben doch nicht egal bin.

Ich rümpfe die Nase. »Darf ich mit ihm sprechen?«

Ciel neigt schmunzelnd den Kopf und streicht sich durch die Haare. »Sicher. Ich halte dich nicht fest, Eden.«

Tief einatmend löse ich mich von Ciel und halte die wenigen Schritte auf Caleb zu. Er mustert mich argwöhnisch, sein Blick gleitet an mir herab, bevor er einen Mundwinkel hebt. Es wirkt spöttischer, als es seine wenigen Worte sind. »Ist alles okay?«

»Mit mir schon«, erwidere ich gereizt. »Und mit dir? Willst du jetzt gar nicht mehr mit mir sprechen?« Als er nichts sagt, stöhne ich auf und bohre ihm meinen Finger in die Schulter. Er schiebt meine Hand von sich, sagt aber immer noch nichts. »Du hast mir nicht mal ein frohes neues Jahr gewünscht!«

»Ein frohes neues Jahr, Eden«, presst er hervor. »Ich hoffe, du überlebst es.«

So bissig, wie seine Worte klingen, befeuert er diese in mir glimmende Wut und ich treffe ihn erneut an der Schulter. Und wieder bleibt er nur stehen und sieht mich stumm an. Nein, nicht stumm. Genervt. Caleb ist genervt von mir und das treibt mir nun zu meiner Wut auch noch Tränen der Ohnmacht in die Augen.

Ich will nicht, dass er mich so sehr ... hasst. Ist es das, was er für mich empfindet? Weil ich was genau getan habe? Mich in sein Leben eingemischt? Das ergibt alles recht wenig Sinn.

In mir brodelt es, jede Faser meines Körpers ist angespannt und mein Herz pumpt das Blut viel zu schnell durch meine Venen.

Schritte auf dem Kiesweg lassen mich herumfahren. Ciel zieht mich an seine Seite und manövriert mich weg von Caleb. »Lass ihn, okay? Gib ihm etwas Zeit.« Er legt einen Arm um meine Schulter und hält mich nun doch fest, fast, als wollte er nicht, dass ich mich erneut Caleb aufdränge. Ironie, wo wir gerade schon davon sprachen. Das hier ist doch ein schlechter Witz.

Caleb schnauft und marschiert noch genervter los.

»Was?«, brülle ich ihm aufgebracht hinterher, mache mich von Ciel los und ignoriere damit seinen gut gemeinten Rat, der offenkundig keine Anweisung war – sonst würde er mich ja weiter festhalten. An der körperlichen Situation sollte es nicht scheitern, wir haben schließlich schon festgestellt, dass er mir vollkommen überlegen ist. »Wenn du ein Problem hast, sag es, verdammt, und verkriech dich nicht immer wieder in deinem verdammten Schutzpanzer! Ich habe es satt, Caleb! Ich dachte, wir beide …«

»Eden«, mahnt Ciel ruhig und schiebt mich wieder in Richtung des hohen Baumes am Wegesrand; weg von den Leuten, die in der Mitte des Platzes in Grüppchen versammelt stehen.

»Es ist doch wahr«, murmle ich mit zittriger Stimme. »Der Mann leidet unter Stimmungsschwankungen! Mal ist er so verdammt nett, dann wieder sieht er mich an, als wollte er mich am liebsten töten und …«

»Glaub mir, so sieht er dich nicht an«, unterbricht Ciel meinen Vorwurf scharf. Seine Stimme klingt schneidend und seine Hand um meinen Oberarm drückt fester zu. »Es hat nichts mit dir zu tun.« So wie Ciel klingt, weiß er, womit es sonst etwas zu tun hat. Aber er wird nicht deutlicher. Er hat auch keine Chance dazu, denn plötzlich ist Caleb wieder da. Er umfasst meine Schulter und reißt mich so ruckartig von Ciel weg, dass ich nach hinten stolpere. Schwer atmend fährt er sich durch die schwarzen Haare, als müsste er sich kurz sammeln, dann baut er sich vor mir auf.

»Hör auf, ihm jedes Scheißwort abzukaufen wie eine hilflose Babykatze, Eden! Er lässt dich vielleicht überleben, wenn du dich zusammenreißen kannst, aber er. Ist. Nicht. Dein. Verdammter. Freund!« Nun bohren sich seine Hände mit jedem Wort fester in meine Oberarme und fast wirkt es, als wollte er mich schütteln – so wie Ciel es schon einmal getan hat. Der jedoch steht nun mit einem undurchdringlichen Gesichtsausdruck neben uns.

Haben sie jetzt die Rollen getauscht, oder was?

»Ich verstehe dich nicht, Caleb!«, schleudere ich ihm entgegen und mache mich von ihm los, um zurück zu Ciel zu flüchten. »Du bist genauso wenig mein Freund, das zeigst du mir ja immer wieder! Ich mache mir lediglich Sorgen um dich, also …«

»Du sollst aufhören, dir um *mich* Sorgen zu machen, verdammt!«, brüllt Caleb nun zurück und marschiert wie ein eingesperrter Tiger im Zoo am Gitter auf und ab, während sein Blick von mir zu Ciel und zurück zuckt. »Du solltest dir viel mehr Sorgen um dich selbst machen, aber du suchst die Gefahr ja regelrecht! Das tust du schon die ganze Zeit! Wer wollte vergewaltigt werden, wer …?«

»Bullshit!«, feuere ich dagegen. »Ich habe dir schon einmal gesagt, dass mein Bauchgefühl recht ausgeprägt ist und mich noch nie getäuscht hat! Bei dir nicht, bei Ciel …«

»DAS ist Bullshit!«, fährt er mich aufgebracht an. »Du kennst mich nicht! Du weißt nicht, was ich getan habe und zu was ich in der Lage bin. Und Ciel verzeihst du einfach, wie er dich behandelt hat und …«

Wieder unterbreche ich ihn. »Ich muss nicht wissen, was du getan hast, weil es für mich keine Rolle spielt,

Caleb! Ich habe dich erlebt und das genügt mir vollkommen. Ich will leben und ich will und werde Ciel vertrauen, weil er mich auch einfach nur in den Keller sperren könnte! Er hat sich entschuldigt! Mehrfach! Er redet mit mir, was man von dir nicht gerade behaupten kann. Also lass diese dämlichen Anschuldigungen und lass mich das hier genießen!«

Ich weiß nicht mehr, was richtig oder falsch ist. Vermutlich, nein, korrigiere: Ganz bestimmt sind beide Männer nicht sonderlich vertrauenswürdig. Aber ich habe es satt, mich von Caleb hin und her schleudern zu lassen, wie es gerade in sein Stimmungsbarometer passt. Vor Wut hebt sich mein Brustkorb immer schneller und Calebs Miene ist ähnlich gereizt.

Er will gerade etwas erwidern, da zerrt Ciel mich zu sich heran. »Das reicht hier jetzt, die Leute gucken schon, verdammt.« Seine Stimme ist leise, schneidend, aber nicht wütend. Dafür klingt er entschlossen.

Ehe ich genau verstehe, was er tut, drängt er mich rigoros weiter. Mit dem Rücken stoße ich gegen Calebs Brust, spüre seine Hände, die sich rein instinktiv an meine Schultern legen, während wir weiter zurückstolpern. Im selben Moment nimmt Ciel mein Gesicht in beide Hände und küsst mich.

Okay.

Das kam unerwartet. Ich weiß nicht, was hier passiert. Ich weiß nur, dass das, was Ciel gerade mit seinen Lippen und seiner Zunge tut, etwas völlig anderes ist als das, was ich bisher erlebt habe. Das hier ist kein Kuss. Also doch, schon, aber ... es ist nicht mit dem vergleichbar, was er bisher mit mir getan hat. Und auch nicht mit dem, was Caleb mit mir getan hat. War der Kuss im Gefängnis etwas monumental Weltveränderndes, ist es nun ein Kuss, der mein gesamtes Universum durcheinanderwirbelt. Ja, die Gefühlsexplosion in meinem Inneren, auf meiner Zunge, meinen Lippen, ist am ehesten mit dem Urknall zu vergleichen. Alles wird neu aufgestellt. Meine Gedanken, meine Gefühle, meine Vorsätze, die ohnehin auf ein wackliges Gerüst gebaut waren. *So küsst kein Monster.* Das ist der Beweis.

Und mein Körper hört nicht länger auf mich. Ciels Kuss ist derart herausfordernd, süchtig machend und verheißungsvoll, dass mein Körper in Sekunden in Flammen steht. Das leise, kehlige Geräusch, das ich mir selbst zuordnen kann, lässt auch Caleb innehalten. Sein Griff um meine Schultern lockert sich, dafür schiebt er seine Hände an meine Taille. Als er sich von hinten an mich drängt, ist das Gefühl ein anderes. Er ist vielleicht noch immer wütend, aber er stößt mich nicht mehr von sich. Im Gegenteil. Es dauert ein paar Sekunden, dann verstehe ich erst, dass dieses leichte Kitzeln an meinem Hals seine Lippen sind. Sein schwerer Atem, der an mein Ohr dringt, spiegelt seine Zerrissenheit. Er ringt mit sich, ob er mich wegschieben will, doch Ciel drängt mich immer näher an Caleb und nach Sekunden habe ich das Gefühl, mich zwischen den beiden Männern aufzulösen. Unsere Grenzen verschwimmen. Die körperlichen, aber auch die im Geiste. Und meine sowieso.

Ich lehne meinen Kopf, so weit Ciel es zulässt, zurück, lande auf Calebs Schulter und er nutzt meine Einladung sofort, indem er seine Lippen hungrig auf meinen freigelegten Hals presst. Plötzlich sind überall Hände auf meinem Körper, die ich nicht länger zuordnen kann. Sie streichen über meine Wange, meinen Hals, öffnen meinen Mantel, schlüpfen darunter und legen sich auf meine Brüste. Hier im Schutz der Nacht, unter dem hohen Baum am Rande des Platzes, so eng zwischen den beiden Männern, kommt nicht für eine Sekunde ein Gefühl in mir auf, das an Scham erinnert.

Mein Gesicht steht lichterloh in Flammen, als ich umgedreht werde und in Calebs dunkle Augen blicke. Nur kurz, denn nun ist er es, der mich beinahe grob an sich reißt und den Kuss fortsetzt, den Ciel begonnen hat. Wütend beißt er in meine Lippe, ich beiße ebenso wütend zurück. Ciel rahmt uns ein, streichelt mich und nun ist er es, der meinen Hals mit seinen Lippen bearbeitet. Wesentlich sanfter, als Caleb mich küsst, und genau das, diese Diskrepanz zwischen den beiden absolut unterschiedlichen Männern, die sich nun auch noch absolut untypisch verhalten, lässt mich fühlen, als wäre ich im höchsten High einer besonders intensiven Droge gefangen. Ich will mehr. Und ich weiß, dass ich sehr schnell danach süchtig werden kann. Vielleicht bin ich es längst. Das hier ist so viel besser, als ich es mir je ausgedacht habe. *Und so viel spannender als das vorbestimmte Leben an Stevens Seite.*

Heiß trifft Calebs Zunge auf meine, sie umkreisen sich, sein Keuchen erfüllt die Luft, Ciels Brummen dicht an meinem Ohr jagt durch meine Venen.

Ich kann und will …

»Ist bei Ihnen alles in Ordnung, Madame?« Ich brauche ein paar Sekunden, um zu verstehen, dass diese Frage der fremden Männerstimme an mich gerichtet ist. Caleb lässt mich los, tritt von mir zurück, Ciel ebenso. Ohne mich zu ihm umzudrehen, mache ich ungehindert ein paar ungelenke Schritte vor und blicke einem Mann in dunkler Uniform ins Gesicht.

Ein Polizist.

Der Strahl seiner Taschenlampe trifft mich, gleitet an mir herab, bevor er ihn auf Ciel und Caleb richtet.

»A-alles okay«, stammle ich mit kratziger Stimme, die

von den Gefühlen gekennzeichnet ist, die wie wild durch mein Innerstes rasen. Der Hitze nach zu urteilen, die in meinen Wangen lodert, bin ich knallrot.

»Kommen Sie bitte einmal ein paar Schritte mit mir mit«, befiehlt er leise und streckt seine Hand nach meinem Oberarm aus. Rückwärtsgehend zieht er mich mit sich und behält die beiden Männer in meinem Rücken genau im Blick. Als ich mich in Bewegung setze, lässt er mich los und seine Hand wandert zielgerichtet an seine Hüfte. Ich muss nicht hinsehen, um zu wissen, dass er an seine Waffe greift.

Mein Herz rast, als ich hektisch über die Schulter sehe. Ich bin nach wie vor eine Geisel. Eine, die vor ein paar Tagen noch von ihrem Entführer offenbart bekommen hat, bald erschossen zu werden.

Das hier ist meine Chance zu entkommen. Ich müsste nur sagen, dass ich in Gefahr bin.

Mein rationales Denken ist also noch vorhanden, danke, Gehirn!

Mein Mund öffnet sich trotz dieser Einsicht nicht.

Mein Blick fällt auf Ciels, den ich trotz der Dunkelheit sehr gut deuten kann. Er lächelt entspannt, doch in seinen Augen tobt ein Sturm. Er beobachtet mich ganz genau und ich weiß, dass ich ihm und seinen Leuten ohnehin nicht entkommen würde.

Sollte ich es denn wollen.

Und dahingehend ... bin ich mir nicht sicher.

Und ich lüge mich gerade selbst an. Ich bin mir sicher. Ich will nicht vor diesen beiden Männern flüchten. Schon gar nicht mithilfe der Polizei – denn dann würde ich schneller wieder in meinem protzigen Apartment stehen und von Steven dazu gezwungen werden, sein Steak zu braten, als mir lieb ist.

Rasch wende ich mich wieder dem Beamten zu, der

erst stehen bleibt, als wir außer Hörweite sind. Ich komme seiner Frage zuvor, indem ich so unschuldig wie möglich zu ihm aufsehe. »Gibt es ein Problem, Sir?«

Er mustert mich und dieser Blick jagt mir eine Gänsehaut über den Körper. Weiß er, wer ich bin? Er sieht aus wie ein einfacher Straßenpolizist – keiner, der in wichtigen Entführungsfällen am Schreibtisch sitzt.

Oder?

Oder?

»Das wollte ich Sie fragen«, sagt er leise und mustert mich noch immer mit einem Blick, der mir unangenehm ist. »Wurden Sie von diesen Männern bedrängt?«

Ich schüttle stumm den Kopf, was ihm nicht reicht. »Kommen Sie mit zum Streifenwagen. Wir nehmen Ihre Daten auf und«, er senkt die Stimme, »da können wir frei reden.«

Es ist eine Kurzschlussentscheidung, die mich die Beine in den Boden rammen lässt. Mein Kopfschütteln wird entschlossener. »Es ist alles in Ordnung, Officer. Meine Begleiter und ich …« Ich räuspere mich, senke die Lider und hoffe, er springt auf diese Nummer an. »Wir sind manchmal etwas aufbrausend. Es ist nicht immer ganz einfach, drei Meinungen unterzubringen, in unserer Konstellation noch viel weniger.« Ich zwinge mich zu einem gekünstelten Lächeln. »Wir sind noch nicht so lange zusammen und manchmal kocht dann doch die Eifersucht über, verstehen Sie?«

Sein Gesicht wird blass, als es hinter seiner Stirn rattert. »Sie wurden nicht bedrängt?«, hakt er unsicher nach und wieder sieht er mich an, als würde er mich eigentlich etwas ganz anderes fragen.

Ich lache auf und tätschle seine Schulter in dem harten Stoff der Uniform. »Oh, mitnichten. Ich kann mich manchmal gar nicht entscheiden, wen von beiden ich zuerst will. Sie verstehen schon, wen von beiden ich heute Nacht in mein Bett …«

»Ich verstehe«, unterbricht er mich und nun ist er derjenige mit einem hochroten Kopf. »Sie können mich ansonsten gern zum Streifenwagen begleiten und wir …«

»Nicht nötig, vielen Dank«, sage ich leiser. »Ich weiß es sehr zu schätzen, dass Sie so aufmerksam sind. Aber bei mir ist wirklich alles in Ordnung.«

Er mustert mich noch einmal, schwenkt mit dem Lichtkegel der Taschenlampe hinter mich, bevor er knapp nickt und sich abwendet. »Dann wünsche ich Ihnen ein frohes neues Jahr.« Er tippt sich an die Mütze, ich erwidere die Floskel rasch und kehre mit klopfendem Herzen zu Ciel und Caleb zurück, die mich unverwandt ansehen. Ciel mit einem zufriedenen Lächeln im Gesicht, Caleb … Calebs Miene kann ich nicht deuten.

Und ich versuche es auch gar nicht. Er sollte doch auch wissen, dass es mehr als dämlich von mir gewesen wäre, auf diese Chance einzugehen. Im schlimmsten Fall hätte Ciel kurzen Prozess mit uns allen gemacht.

Dieser tritt nun erneut vor mich, tauscht einen knappen Blick über meinen Kopf mit Caleb, deutet nach rechts, dann sieht er mich an. So intensiv, so … stolz, dass mein Magen schwer wird.

»Ich wusste, dass ich dir vertrauen kann, Kleines.« Seine Daumen streichen über meine Wangen. »Danke für diesen Vorschuss. Wir kriegen das alles hin, in Ordnung?« Sein warmer Atem trifft auf meine Lippen und ich erzittere. Ich kann nur auf sie starren, als seine Worte wie eine sündige Verheißung meinen Kopf vernebeln.

Wir kriegen das hin.

Ich kann ihm trauen, richtig?

Es hat sich etwas verändert.

Kapitel 24
Caleb

Der Bulle sieht mich nicht kommen und als ich ihm von hinten meinen Arm um den Hals lege, meine Hand in dem schwarzen Lederhandschuh über seine Atemwege presse, ist es längst zu spät. Ich bringe Menschen nicht unbedingt gern um, aber als Ciel mir eben diese Anweisung gegeben hat, musste ich nicht lange überlegen. Das Risiko, dass er Eden erkannt haben könnte, ist zu groß.

Und obwohl ich kein wahnsinnig großer Fan von Eden in der ungeraden Gleichung von Ciel und mir bin, weiß ich, dass sie noch viel weniger in ihr Leben nach London passt. Sie soll nicht gefunden werden.

Das Genick des Mannes knackt so laut, dass es ihr leider nicht entgeht, auch wenn Ciel sie versucht abzulenken, indem er sie zur Seite lotst, ihr Gesicht in beide Hände nimmt und sie küsst. Zumindest versucht er es. Während ich den leblosen Körper langsam zu Boden sinken lasse, bekomme ich aus dem Augenwinkel mit, wie Eden sich in seinem Griff windet, doch Ciel schaltet sofort und erstickt ihren Schrei seinerseits mit einer Hand auf ihrem Mund. Ich muss ihm zugutehalten, dass er es erst auf die freundliche Weise versucht hat.

Das hat sie nun davon. Ich würde in seiner Situation genauso reagieren, da muss sie mich nicht hilflos anstarren wie das kleine Babykätzchen, das von der Mutter getrennt wurde. Wann wird sie verstehen, dass ich nicht der Gute in dieser Geschichte bin!

Ich lasse den Bullen die letzten Zentimeter auf den Boden fallen. Der gefrorene Laubhaufen knackt unter dem Gewicht des dumpf aufschlagenden Körpers. Kaum liegt er, drehe ich mich um und halte auf die beiden zu. Als sie mich näher kommen sieht, hört sie auf zu zappeln und Ciel lässt zu, dass ich ihm Eden nahezu aus dem Arm reiße. Ich baue mich vor ihr auf, umfasse ihre zarten Schultern viel zu fest, doch das Adrenalin, das durch meine Adern peitscht, lässt mich darauf keine Rücksicht nehmen. »Das hast du jetzt davon, wenn du so einen Aufstand machst«, knurre ich sie leise an. »Sein Tod geht auf deine Kappe, Peach. Das ist dir klar, oder?« Sie hätte mich nicht anschreien müssen wie ihren untreuen Lover, um damit die Aufmerksamkeit der Bullen auf uns zu ziehen. *Scheiße naiv*. Wie immer.

Doch verdammt, vermutlich war ihr das nicht klar. Ich bereue meine Worte in der Sekunde, in der sich ihre grünen, gutgläubigen Augen mit Tränen füllen. Ihr Mund öffnet sich, doch sie schreit nicht mehr. Sie sagt gar nichts, sondern röchelt wie ein nach Luft schnappender Fisch, als sie beinahe an der verschissenen Erkenntnis erstickt.

»Er hat dich schon vorher erkannt, er ist uns schon eine Weile auf den Fersen«, lügt Ciel und umfasst ihre Schulter, um sie nun von mir wegzuziehen. Er ist wesentlich kontrollierter als ich. »Ich hätte Caleb so oder so den Auftrag gegeben, ihn auszuschalten.« Er drückt sie an seine Seite und drängt sie sanft in Richtung Parkausgang, während er mit der freien Hand blind eine Nachricht verschickt. »Es hat sich allerdings als kleiner Loyalitätstest hervorragend angeboten. Und du hast ihn bestanden, das ist doch was, oder?« Ciel bedeutet mir mit einem Blick, ihre andere Seite abzusichern, während er die Umgebung im Blick behält. Ein Polizistenmord bleibt nicht lange unentdeckt, das muss er mir nicht erklären. Grimmig stapfe ich neben ihr her und versuche, gegen die aufkeimende Wut anzukommen. Mit Erfolg. Ich halte meine Klappe, aus der ohnehin nur Scheiße kommt, wenn Eden mich aufregt, und lasse ihr leises Schluchzen nicht an mich heran. Diese Schwere, die sich in meinem Brustkorb ausbreitet und im Grunde immer da ist, erinnert mich daran, warum ich überhaupt hier bin. Und hier sein muss. Ohne Eden, vorzugsweise.

Scheiße.

Mein Kopf raucht und irgendwas in mir explodiert alle drei Sekunden. Ich kenne dieses Gefühl. Der Hunger in mir breitet sich aus, meine Handinnenflächen werden feucht, je tiefer ich in diese Schlucht herabfalle.

Eden stolpert mit gesenktem Kopf zwischen uns her, bis wir die Straße erreichen. In der Sekunde, in der wir zwischen den Bäumen auftauchen, löst sich der schwarze Wagen, in dem zwei Männer auf uns auf Abruf gewartet haben. Elliot und ... der andere heißt irgendwas mit P, glaube ich. Im Namenmerken bin ich allerdings schlecht, außerdem hat Ciel einen Haufen austauschbarer loyaler Leute; minus der zwei, die ich als Beweis meiner Kompetenz kaltgemacht habe.

Zu meinen aktiven Gang-Boss-Zeiten wäre ich dennoch verdammt neidisch auf seine Kontakte und Hierarchien gewesen, jetzt hingegen ist es mir scheißegal.

Praktisch ist nur, dass Ciel einen verdammt riesigen

Drogenvorrat in seinem Luxuskeller bunkert – und ich freien Zugang dazu habe.

Ich spüre das Tütchen Koks in meiner Hosentasche wie einen verdammten Eisenklotz. Genervt reibe ich mir über das kalte Gesicht, als wir endlich im Wagen sitzen. Ciels prüfende Blicke brennen sich seitlich in mich, doch ich weiche ihnen aus. Ich weiß, dass diese Sache ein Test ist. Ein Test, wie sehr ich mich unter Kontrolle habe.

Nur semigut.

Erst als wir seine klimatisierten Hallen betreten, erwidere ich seinen nervigen Blick, vor allem, um zu wissen, was er jetzt vorhat. Mit Eden. Er hebt beide Augenbrauen, bevor er unmissverständlich auf Eden herabblickt, die er nach wie vor im Arm hält und weiter in Richtung ihres Zimmers schiebt, nachdem er ihr aus dem Mantel geholfen hat. Ich werfe meine Jacke nachlässig auf sein hässliches Designersofa und ringe mit mir, weil alles in mir danach schreit, den Frust irgendwie loszuwerden.

Aber ich will ihn nicht mit ihr allein lassen, sosehr diese Scheiße auch in mir wütet. Nach diesem elendigen Silvesterbrief von Paige, der mich heute Morgen erreicht hat, noch so viel mehr als sonst. Ich bin schon längst eingeknickt und der Drogentrip war scheiße gut und gleichzeitig hat er mich zerstört; und das, obwohl es nur Gras war. Es ist ein Scheißgefühl, nicht Herr über die eigenen Sinne zu sein. *Auch* wenn es nur Gras war. Gras ist quasi legal. Aber ich will das gute Zeug. Und ich bin ein verdammter Loser, dass ich das denke.

Selbst im Knast war es leichter, clean zu bleiben.

Mit zwei Fingern auf die Nasenwurzel gepresst, stoße ich die Tür zu ihrem Zimmer mit der Schulter auf und halte sie für Ciel und Eden auf. Er lässt sie los und sie sackt augenblicklich vor ihrem Bett zusammen, umklammert ihre aufgestellten Knie mit ihren Armen und vergräbt schluchzend ihr Gesicht darauf. So einen Einbruch hatte sie nicht mal, als sie den Typen mit dem Schlüssel selbst erstochen hat.

Ciel streicht sich durch die Haare und geht neben ihr, aber mit etwas Sicherheitsabstand, zu Boden. Ich lasse mich kurzerhand auf ihre andere Seite fallen und sage kein Wort. Ich habe schon viel zu viel gesagt. Ich wollte heute nicht mit ihr reden, um sie eben nicht all die Scheiße spüren zu lassen, die mich innerlich auffrisst und nichts mit ihr zu tun hat. Ich merke dennoch, dass sie mein abweisendes Verhalten verletzt.

Und das ist auch gut so. Ich bin nicht gut für sie. Ich brauche keine Wiederholung von der Sache mit meiner Ex.

Und Ciel ist ebenso wenig gut für sie.

Trotzdem ist er es nun, der über ihren eingezogenen Kopf einen Blick zu mir wirft, bevor er ihr prüfend eine Hand auf die Schulter legt. »Er musste es tun, Kleines«, erklärt er in einer Tonlage, mit der er sicher jede Frau binnen Minuten zu sehr fragwürdigen Dingen überreden kann. »Er hat dein Gesicht gesehen und dein Vater sucht dich. Auch über Londons Grenzen hinweg. Das weißt du. Und du willst nicht zurück, wir haben doch darüber gesprochen, hm? Du bist jetzt eine von uns.« Er drückt ihre Schulter und auch bei Eden verfehlt diese vermeintlich freundliche Ader, die er ihr präsentiert, ihren Sinn nicht. Sie hebt den Kopf, wischt sich die Tränen mit dem Handrücken von den Wangen und nickt.

»Aber er war unschuldig.«

»Manchmal muss man für seinen eigenen Hintern solche Entscheidungen treffen. Sein Leben oder dein Leben?«

Sie schnieft leise und atmet zittrig ein. Ihr Leben –

auch wenn sie es nicht ausspricht. Jeder Mensch ist zuallererst egoistisch, gerade und vor allem dann, wenn es um solche existenziellen Fragen geht. Mein Blick wandert an ihr herab. Ihre Fingerknöchel treten weiß hervor und ihr Oberkörper, den sie immer noch an ihre Knie presst, bewegt sich hektisch unter ihren unregelmäßigen Atemzügen.

Das Koks in meiner Tasche brennt sich durch den Stoff in meine Haut und ich bin so kurz wie sehr, sehr lange nicht mehr davor, dem Drang nachzugeben.

Fuck.

Genervt von meinem eigenen dreckigen Gefühl, mich nicht im Griff zu haben, reibe ich mir über das Gesicht. Mein Atem kommt gehetzt. Ich muss mich ablenken.

Nur wie?

Eden sieht mit tränennassen Augen zu mir, ihre Wange noch immer auf ihre Knie gebettet. Sie braucht auch Ablenkung.

Ehe ich groß darüber nachdenken kann, komme ich auf die Beine, zerre Eden mit mir hoch und stoße sie grob aufs Bett. Sie sieht mich aus ihren riesigen, vor Überraschung geweiteten Augen an, als ich ihr das Kleid mit wenigen Handgriffen ebenfalls unnötig grob vom Körper schäle. Mein Herz jagt in meiner Brust und mein Blick fokussiert sich allein auf das aufgelöste Mädchen vor mir.

Sie wollte härter angepackt werden – das kann sie meinetwegen haben. Ich weiß schließlich, dass sie mich will.

Und ein guter Fick war schon immer behilflich dabei, den Kopf wenigstens für wenige Minuten freizubekommen.

»Warte«, kommt es ausgerechnet von Ciel, der etwas

in den Händen dreht, was sich nach einem kurzen Blick als Joint herausstellt.

Was zum Teufel ...? Ich will Eden ficken, um eben nicht erneut rückfällig zu werden. Doch als er den Joint anzündet, reicht er ihn nicht mir, sondern setzt sich an die Bettkante und hält ihn Eden vor die Lippen.

Sie versteht noch viel weniger, was das nun soll.

»Das wird es dir in vielen Punkten leichter machen«, erklärt er kryptisch und nickt auffordernd.

»Ich nehme keine Drogen«, keucht Eden und dreht den Kopf zur Seite.

»Dann wirst du nachher wieder vor Schmerzen um Morphium betteln, wetten?« Ciel zieht den Joint weg und nimmt selbst einen Zug, bevor er seine Worte näher ausführt. »Gras ist schmerzlindernd. Außerdem kannst du damit besser verdrängen, was vorhin passiert ist. Probier es aus, Eden.«

Sie kneift die Augen zusammen, als sie unsicher von Ciel zu mir sieht. Ich zucke halbherzig mit den Schultern. Ciel hat mir von seiner Vermutung erzählt, was Eden fehlt, und da er mir ebenfalls erzählt hat, dass er durchaus weiß, was er da diagnostiziert, wird er schon recht haben. Auch wenn ich bezweifle, dass Joints eine angemessene Schmerzprophylaxe darstellen. Dafür eine, die funktioniert.

Aber ich kann mich nur wiederholen: Ciel ist nicht der Held in Edens persönlicher Geschichte. Und ich – erneute Wiederholung – auch nicht. Und das werde ich auch nicht. Sie tummelt sich schreckhaft und gleichzeitig mutig im Maul des Löwen und es ist nur eine Frage der Zeit, bis dieser zuschnappt. Und Löwen haben verdammt spitze Zähne. Es bleibt die Frage, wie viel am Ende von Eden übrig bleibt.

»Tut es immer so weh?«, haucht sie in diesem Moment und streckt tatsächlich ihre Hand nach Ciel aus. Anstatt dass er ihr den Joint überlässt, hält er ihn wieder an ihre Lippen.

»Nein, Sex tut nicht weh«, erklärt er, als sie vorsichtig den wahrscheinlich ersten Zug ihres Lebens nimmt. »Zumindest nicht auf diese unschöne Weise, wie du es erlebst«, fügt er schmunzelnd an, wird aber direkt wieder ernst, als er weiterspricht. »Ich schätze, ich habe eine Idee davon, was dein Problem ist. Ich kenne einen Arzt, der sich wiederum sehr gut damit auskennt.« Er hält ihr den Joint auffordernd erneut entgegen. »Ich würde vorschlagen, wir lassen das demnächst abklären. Vorausgesetzt, du willst das. Ich würde es dir aber empfehlen.«

Scheiße, er redet wie ein Arzt.

Diese Situation ist verdammt kurios. Eden halb nackt zwischen uns, ich kurz vor einem erneuten Ausraster und Ciel, der die Ruhe selbst ist und Drogen wie Bonbons verteilt. An seine verdammte Geisel, die er ursprünglich umbringen wollte und verprügelt hat.

Ich wette, wir liefern Eden gerade ziemlich viel Inspiration für ihre kommenden Geschichten. Kann ja nur ein Bestseller werden. So eine Scheiße denkt sich doch kein Normalsterblicher aus.

»Meine Ärztin meinte immer, Schmerzen wären normal und ich solle mich nicht so anstellen«, krächzt sie, als sie noch einen tiefen Zug nimmt. »Scheiße, das ist gut.« Sie nimmt Ciel den Joint aus der Hand und zieht erneut daran. Und noch einmal, während sie genüsslich die Augen schließt. »Das beruhigt ja voll schnell.« Sie sieht abwechselnd zu uns. »Wahrscheinlich komme ich einfach nicht gut mit Schmerzen klar. Soll ja solche Frauen geben.«

Ich kann ein Lachen nicht länger unterdrücken, auch wenn mich ihre Worte über ihre Ärztin innerlich aufwühlen. Eden klingt abgeklärt und völlig souverän und ich kann mir nur vorstellen, wie es für sie war, tatsächlich eingebläut bekommen zu haben, dass ihr Zustand normal wäre. Ich verstehe immer mehr, wieso Eden ist, wie sie ist. So verrückt. Sie ist nämlich nicht verrückt. Diese Art, die Dinge anzugehen, resultieren lediglich aus der Behandlung, die sie von ihrer Familie und ihrem Umfeld erfahren hat. Sie schreibt sich ihre eigene Welt. In ihrer existiert sie nur – und erträgt.

Und sie erträgt eine Menge. Auch uns. Ciel und mich. Weil sie längst hoffnungslos ist und an ihr eigenes Happy End nicht mehr glaubt.

Aber ich denke, Ciel und ich sind auf einem guten Weg. Ich werde nicht zulassen, dass auch diese Frau zerstört wird. Und schon gar nicht von mir. *Von uns.* Was nicht heißen soll, dass ich sie in Ruhe lassen will. Das kann ich nicht.

Ohne selbst am Joint gezogen zu haben, spüre ich, wie Edens Ruhe auf mich abstrahlt. Plötzlich ist das Bedürfnis, mich selbst abzuschießen, um dem nervigen Gedankenkarussell zu entkommen, gar nicht mehr so präsent. Ciel lässt mir nur einen knappen Seitenblick zukommen, während er sich das Hemd aufknöpft.

»Erinnerst du dich daran, was ich gesagt habe?«, will er von ihr wissen, als er es hinter sich auf den Boden wirft.

Eden sieht erneut zwischen uns beiden hin und her, dann nickt sie und lässt sich von Ciel den letzten Rest des Joints aus der Hand nehmen. »Ja ... wir machen das jetzt auf deine Weise.« Sie formuliert es wie eine Aussage, ihre Stimme hebt sich am Ende des Satzes aber wie eine Frage.

Ciel löscht die Glut unter seinem Schuh auf dem Betonboden, bevor er beide abstreift. »Richtig.« Er lächelt wie ein verdammter Gentleman und obwohl ich Typen wie ihn normalerweise nicht ernst nehmen kann, ist es bei ihm anders. Vielleicht liegt das daran, dass ich weiß, wie er tickt. Nämlich alles andere als *normal*.

»Ohne Anleitung«, präzisiere ich und schiebe mich zwischen Edens Schenkel, die sie, ohne zu zögern, für mich spreizt. »Wir beide haben nämlich ein bisschen mehr Ahnung von der Materie als du, Peach.«

Sie grinst gelöst, auch wenn die Unsicherheit nach wie vor an ihrer Fassade kratzt. »Das ist okay.«

Ich sehe von ihr zu Ciel, der uns ruhig beobachtet. »Und diesmal beenden wir es.« Es ist keine Frage, dass ich in der Wir-Form spreche. Ohne uns abgesprochen zu haben, ist es klar, dass wir diesmal gemeinsame Sache machen.

Edens Iriden stürmen, als sie hektisch nickt und sich erwartungsvoll über die Unterlippe leckt. Als Ciel nun wieder zu mir sieht, erkenne ich die Frage in seinem Blick. Er wartet ab, was ich vorgebe, weil er genau weiß, dass Eden mir mehr vertraut als ihm.

Er macht es einem verdammt schwer, ihn nicht zu respektieren.

Eigentlich sind Typen wie er – und ich – wesentlich egoistischer, was das angeht. Aber neben dieser eiskalten Seite existiert wirklich noch eine ziemliche nette Version von ihm. Natürlich – wenn er so eng mit Duncans Geschäften verbunden ist.

Ohne ihn besser zu kennen, weiß ich, dass er diese Art Eden gegenüber nicht spielt. Und das ist ein Problem. Eden spürt es ebenfalls, das sehe ich in ihren Augen. Sie hat ihm längst verziehen. Aber nur weil er eben auch nett, zuvorkommend und was weiß ich noch alles ist, bedeutet es nicht, er ist ungefährlich. Und allein aus dem Grund werde ich weiterhin auf sie aufpassen müssen, damit sie sich nicht noch tiefer in die Scheiße reitet, als sie ohnehin schon steckt.

Aber jetzt geht keine Gefahr von ihm aus. Jetzt wollen wir gerade alle drei dasselbe. Und das ... ist nichts Schlechtes.

Kapitel 25
Eden

Caleb lehnt sich über mich und sein mittlerweile so vertrauter Geruch nach Sandelholz und einem Hauch Minze dringt in meine Nase, als er mich auf die Schulter küsst. Obwohl er im Gegensatz zu mir und Ciel nicht am Joint gezogen hat, hat sich seine Anspannung binnen Sekunden gelegt.

Ich weiß weder, was überhaupt der Grund dafür war, noch, warum sie so plötzlich von einer auf die andere Sekunde verschwunden ist. Aber das ist sie. So grob, wie er das Kleid von mir gezerrt hat, so gegensätzlich sanft ist die Berührung seiner Lippen, als er sich bis zu meinem Hals küsst. Seine Finger gleiten über mein Schlüsselbein, weiter hinab zu meinem Bauch. Das Zimmer ist erfüllt vom süßlichen Grasgeruch, der mein Denken mit jeder Sekunde mehr abdriften lässt. Ich hebe seufzend meine Hände und schiebe sie unter Calebs Hoodie. Unter dem dicken Stoff ist seine Haut warm und weich, und das, obwohl sein Oberkörper so muskulös ist, dass ich jede Erhebung unter meinen Fingerspitzen fühlen kann.

Gott, ich will nichts anderes tun, als ihn hemmungslos zu betatschen. Er scheint mein Verlangen zu sehen, richtet sich kurz auf, um sich den störenden Stoff über den Kopf zu ziehen, dann schwingt er sich über meine Beine und schiebt mich gleichzeitig weiter an den Rand des Bettes, weg von der Wand. In nahezu der gleichen Bewegung öffnet er meinen BH und zieht ihn mir von den Schultern, bevor er ihn auf den Boden wirft. Die kühle Luft des Zimmers sorgt sofort dafür, dass sich meine Nippel aufrichten. Doch Caleb denkt gar nicht daran, meinen Brüsten die Aufmerksamkeit zu geben, nach der sie sich sehnen.

Dicht neben meinem Gesicht kniet er sich hin, während sein Blick kurz zu Ciel zuckt, der die Reste des Joints auf dem Schreibtisch abgelegt hat und nun zurück zum Bett kommt. Caleb deutet zwischen meine Beine.

»Mach sie ordentlich nass.«

Um Gottes willen. Seine Intonation klingt so schmutzig, so ... verdorben, dass mein Mund austrocknet. Ich schlucke hart, um die Nervosität aus meiner Kehle zu vertreiben, als Ciel Calebs Worten, ohne zu zögern, nachkommt und sich wie ein Raubtier auf Beutezug langsam und bedacht zwischen meine Beine schiebt. Im Gegensatz zu sonst scheint nun Caleb den Ton anzugeben.

Und das, obwohl Ciel derjenige ist, der angeblich jegliche Befehlsgewalt innehat. Doch jetzt will ich nicht länger über die merkwürdige Verbindung zwischen den beiden Männern spekulieren.

»Es ist mir ein Vergnügen.« Ciels Stimme ist warm und so freundlich, dass ich den alten Ciel beinahe vergessen habe. Er macht es einem sehr leicht, ihn als das zu sehen, was er einen glauben lassen will. Er umfasst meine Oberschenkel und reibt mit seinen Daumen beruhigend über meine Haut. Dabei hält er mich genau im Auge; so wie Caleb, dessen Hand sich um meinen Hals schlingt.

Das hat er schon einmal getan, aber jetzt zieht er mich ein Stück nach oben, zu sich. Seine braunen Augen funkeln wie flüssige Schokolade, als er mich mit einem hungrigen Blick betrachtet, wie ich meine Hände an seine lege und ein überrumpeltes Krächzen von mir gebe. Ich bekomme kaum Luft. Doch das scheint ihn eher zu begeistern, statt abzuschrecken.

»Lass dich fallen und vertrau uns, dass wir dir zeigen können, wie gut so etwas«, er nickt zu Ciel, der weiter über meine Oberschenkel streichelt und seine Hände dabei immer weiter hochschiebt, »sein kann.« Mein Körper steht längst in Flammen.

»Du tust mir weh«, jammere ich alibimäßig, was ihm ein berechnendes Grinsen auf sein Gesicht zaubert.

»Gut ist nicht zwangsläufig sanft. Merk dir das.« Seine Finger schließen sich fester um meine Kehle, gleichzeitig drückt er mich zurück auf die Matratze und öffnet mit der anderen Hand seine Jeans. »Wir werden deine süße Pussy schonen, aber alles andere nicht.«

Ach herrje.

Seine Worte werden immer schmutziger und ich liebe alles daran.

Ich huste, als ich einen leisen, zustimmenden Laut von mir geben will.

»Hast du das schon mal gemacht, Peach?«

Was er meint, ist eindeutig. Mein Herz rast, als ich zu seiner Hand sehe, in der er seinen Schwanz langsam, mit festen Bewegungen reibt. Ohne meinen Hals loszulassen. Als ich wieder in sein Gesicht sehe, ist sein Grinsen düster und spöttisch, weil er ganz sicher erkennt, wie sich die neuartigen Gefühle in mir abwechseln, als würden sie auf einem riesigen Trampolin um die Wette springen. Neugierde, Furcht, Verlangen, Respekt, Vorfreude, kleine moralische Bedenken. Es ist ein ständiges Auf und Ab, dass mir ganz schwindelig wird.

Doch ehe ich antworten kann, zieht Ciel mir mein

Höschen von der Hüfte. Ein kalter Luftzug trifft auf meine erhitzte Mitte, die längst nass ist, obwohl mich niemand der Männer großartig berührt hat.

Ich keuche auf, als Ciel seinen Daumen federleicht und prüfend über meinen Venushügel streicht und weiter hinab. Vor Überforderung presse ich die Schenkel zusammen, genauso wie meine Augen.

»Also fehlende Nässe sollte nicht unser Problem sein.« Ich reiße die Augen entsetzt wieder auf und spüre, wie meine Wangen kribbeln. »Scheiße, Eden, hab dich nicht so. Wer schreibt hier die moralisch verwerflichen Bücher?« Ciel beugt sich vor und dann ist es seine Zunge, die sanft über meine empfindlichste Stelle fährt und ebenfalls schnell zwischen meine Beine taucht. Ein Beben schüttelt meinen Körper, das noch anhält, als er den Kopf hebt, um mich anzusehen. »Das ist ein Kompliment. Caleb hat dir gerade etwas gesagt. Lass uns machen und entspann dich. Es ist geil, wenn dein Körper uns auf diese Weise sein Vertrauen zeigt.« Er hat ja recht.

Mit allem. Zudem ist er längst nicht mehr der brutale Typ, vor dem ich Angst habe. Ich will sie beide – und das auf genau die Weise, die sie vorgeben.

Als er mein stummes Verständnis in meinen Augen erkennt, spreizt er meine Beine weiter, kompromisslos und gleichzeitig verdammt einfühlsam. Ich gebe meine letzte kleine Gegenwehr auf, lasse die Knie zur Seite fallen und sehe mit hektisch flatternden Lidern wieder zu Caleb, der sich ein Stück auf den Knien aufrichtet und meinen Hals loslässt, um an meinen Kiefer zu greifen.

»Keine Zähne, und am besten mischst du dich so wenig wie möglich selbst ein, verstanden?« Er gibt mir einen Klaps gegen die Wange, als ich nicht sofort antworte.

Ich bin überfordert und im Denken gehemmt, was

wohl auch dem nicht gewohnten Haschisch in meiner Blutlaufbahn zuzuschreiben ist.

Will ich deshalb abbrechen?

Auf gar keinen Fall.

»Das wird für dich unbequem, dafür umso besser für mich«, erklärt er weiter. Sein Blick ist noch immer eine Mischung aus Spott und ehrlichem Interesse an mir. Obwohl er es nicht wie eine Frage formuliert – ganz und gar nicht –, höre ich heraus, dass er auf meine Zustimmung wartet.

»Ich ... ich habe das schon mal gemacht«, keuche ich und nicke zustimmend. Dass meine Blowjobübungen weit zurück in meinen jüngeren Teeniejahren liegen und vermutlich nichts mit dem zu tun haben, was er gleich mit mir vorhat, führe ich nicht näher aus. Dabei kann ich meinen Blick kaum von seiner seidig glänzenden Spitze abwenden. Eine pochende Ader zieht sich über seinen Schaft und kurbelt tatsächlich die Speichelproduktion in meinem Mund an.

Vielleicht liegt das auch an dem Hitzeschub, der in diesem Moment durch meinen Körper jagt, als Ciel seine Zunge begleitet von einem schmatzenden Geräusch in meine Pussy schiebt. Ich keuche, rolle die Augen nach hinten und kralle meine Hand in das graue Bettlaken, weil es das Erste ist, was ich zu fassen bekomme.

»Ich bezweifle, dass du das schon auf die Art getan hast«, raunt Caleb, während er seinen Daumen in meinen Mundwinkel schiebt. Intuitiv öffne ich die Lippen, doch das war anscheinend nicht sein erklärtes Ziel. Mit einem dunklen Grinsen auf dem Gesicht nutzt er meine Einladung und schiebt seinen Zeige- und Mittelfinger ohne große Umstände in meinen Rachen. Als ich erschrocken zurückzucke, komme ich nicht weit. Caleb stößt mir seine Finger erneut in den Hals und drückt mich mit seinem festen Griff nur tiefer in die Matratze. Im selben Moment leckt Ciel über meine Perle, umspielt sie sanft, fest und wieder sanft, dass die Erregung in einer riesigen Welle über mich schwappt. Gleichzeitig würge ich gegen das störende Gefühl in meinem Rachen an und zerre mit der freien Hand an Calebs Handgelenk – doch ich bekomme ihn nicht einen Millimeter bewegt. Im Gegenteil. Je mehr ich mich wehre, winde und röchle, desto gröber werden seine Berührungen. Speichel schwappt ungehindert über seine Finger und mir treten die Tränen in die Augen, die meine Sicht von jetzt auf gleich behindern.

Ich bekomme keine Luft.

Ich möchte weinen, schreien und mehr davon.

Wieder rammt er seine Finger in meinen Hals, zieht sie hervor und wiederholt die Bewegung. Ich kralle mich an seinem Unterarm fest, verdrehe meine Augen erneut, als ich meine, den Würgereiz nicht länger aushalten zu können. Im gleichen Moment spüre ich Ciels Hände an meinen Oberschenkeln. Er weitet mich noch mehr, versenkt seine Zunge in mir und sorgt damit für absolut konträre Gefühle, die ebenso überschwappen.

Himmel und Hölle zur gleichen Zeit.

Genau wie die beiden Männer.

Und obwohl ich nicht will, kann ich mich beim nächsten Mal, als Caleb seine Finger tief in meinen Hals stößt, nicht zurückhalten. Ich beiße ihm – wirklich nur aus Reflex – in die Hand und ziehe den Kopf stöhnend zurück. Hustend versuche ich, mich zu sammeln, während ich mit tränenverhangenen Augen in seine sehe.

»Das war nicht schlecht, Eden«, lobt er mich mit einem süffisanten Grinsen. »Machst du das allerdings mit meinem Schwanz, kannst du morgen nicht mehr laufen.« Er umfasst meinen Kiefer erneut. Seine Finger sind nass.

Nass von meinem Speichel, was sich derart verboten anfühlt, dass mein Herz mir bis zum Hals schlägt.

Und die Hitze in meinem Schoß befeuert. Das hier ist furchtbar neu für mich. Klar, ich habe so etwas noch nie erlebt, habe aber über so etwas – zwei Männer auf diese Weise – auch nicht geschrieben. Dafür fehlte mir dann doch die Fantasie. Meine Bücher sind wohl weniger fragwürdig als gedacht.

Ciel hingegen ist überaus sanft, er wechselt das Tempo von schnell zu langsam, den Druck von fest zu leicht und treibt mich so langsam, aber absolut zielgerichtet in Richtung Erlösung, sodass alles andere, was Caleb mit mir tut, an Gewicht verliert. Das leise Brummen, das dabei aus Ciels Kehle dringt, und die Finger seiner Hände, mit denen er mich an Ort und Stelle festhält, befeuert dieses Gefühl noch mehr. Beide Männer haben sichtlich Spaß daran, was wir gerade tun.

Und das wiederum gefällt mir.

»Gib ihn mir«, fordere ich mit kratziger Stimme in Richtung Caleb. Hastig atme ich tief ein, als er sofort reagiert und an seinen Schwanz greift.

»Mund auf«, erwidert er nur knapp und sorgt diesmal nicht selbst dafür, sondern legt seine Hand erneut um meinen Hals. Er zieht mich ein Stück nach oben, sodass mein Nacken leicht überstreckt ist und ich nur noch knapp mit dem Hinterkopf das Bett berühre. Dann streichelt er mit dem Daumen über meinen Kehlkopf, als ich seinem Befehl nachkomme und den Mund öffne. »Noch weiter, Eden.« Seine Stimme ist eiskalt und gleichzeitig so intensiv, dass mir allein von der Art, wie er mit mir spricht, ein warmer Schauer über die Wirbelsäule rauscht.

Ich öffne die Lippen weiter und kämpfe gegen die in mir kämpfenden Empfindungen an. Allein die Haltung ist unbequem, seine Finger um meinen Hals zu fest, ich bekomme kaum Luft – doch dann ist da gleichzeitig dieses warme Rauschen, das von Ciels Zunge verursacht wird und ein Kribbeln nach dem anderen über meine Muskeln schickt.

So viel besser als in meinen Büchern.

So viel schmutziger.

Ich habe den Gedanken kaum zu Ende gedacht, da richtet Caleb sich weiter auf und stößt in der nächsten Sekunde mit seinem Schwanz zwischen meine Lippen. Er hält sich nicht damit auf, es langsam anzugehen. Seine Finger waren nur der Anfang und er hat allem Anschein nach vor, genauso weiterzumachen. Nur ist sein Penis wesentlich größer. Und breiter. Und fühlt sich besser an, auch wenn ich bereits nach wenigen Sekunden befürchte zu ersticken, so tief stößt er sein Becken vor und sich damit in meinen Hals. Durch meine Position gleitet er ohne Probleme tiefer. Immer tiefer. So tief, dass mir der verdammte Angstschweiß auf die Stirn tritt.

»Oh, fuck, du fühlst dich so gut an«, raunt er in dem Moment, in dem ich denke, nicht mehr durchzuhalten, und umfasst meinen Hals fester. Und diese Worte reichen, damit ich mich weiter zusammenreiße. Ich will ihm gefallen. Ich will es für ihn aushalten.

Er stöhnt auf, als er mit dieser Bewegung, dem festen Griff um meine Kehle, die mir den Sauerstoff abschnürt, den ohnehin schon knappen Platz in meinem Hals noch weiter beengt. Immer wieder stößt er in mich, immer mehr tanzen die schwarzen Flecken vor meinen Augen. Ob er in seiner Hand spüren kann, was er mit mir macht?

Zuerst hat mein Körper noch dagegen angekämpft, doch irgendwann übernimmt etwas anderes in mir. Ich hänge schlaff in seinem Griff, konzentriere mich einzig und allein darauf, den Mund weit offen zu halten, und lasse mich benutzen. Und ich liebe jede Sekunde davon.

Mein Denken ist wie ausgeknipst, jede Berührung fühlt sich so intensiv an, wie ich es noch nie gespürt habe.

Die Tränen rinnen mir nun über die Wangen, ich atme hektisch durch die Nase und wimmere. Geräusche, die in mir entstehen, die ich aber beim besten Willen nicht unterdrücken kann, als Ciels Zungenschläge immer fester werden. Alles, was ich tue, geht auf ursprünglichste Reflexe zurück. Mein Körper zittert, ich verkrampfe mich und dann ... dann richtet er sich auf und seine Berührung verschwindet.

Im selben Moment zieht Caleb sich zurück und gibt meinen Hals frei. Ich atme so scharf ein, dass es in meiner Lunge sticht. Caleb reibt mir über die Wange, dann beugt er sich vor und plötzlich liegen seine Lippen auf meinen. Ich wimmere überrascht, weil er mich so verdammt intensiv und sinnlich küsst, dass allein durch diesen Kuss ein erneuter Schauer durch meinen Körper jagt.

»Du solltest dringend aufpassen, was du zulässt, Peach«, raunt er gegen meine Lippen. »Halte dich von mir fern. Ich kann es nicht länger.«

Ich konnte es noch nie.

Und auch wenn ich spüre, dass er mich mit seinen Worten schützen will – vor sich selbst –, denke ich nicht einmal darüber nach, sie ernst zu nehmen.

Zwischen meinen Beinen pocht es heiß, und doch ist da nur die Kühle des Zimmers, die als leichter Hauch darauf trifft, als Ciel sich über mir aufrichtet.

»Tauschen?«, fragt er leise und Caleb folgt seinem Beispiel.

»Ungern«, sagt er mit einem leichten Lächeln und rutscht entgegen seiner Worte zurück. Die Matratze neben meinem Kopf sackt ein, als Ciel sich an derselben

Stelle positioniert, an der Caleb eben gekniet hat. So sehr, wie meine Wangen kribbeln, ahne ich, wie rot mein Gesicht ist, als er seine Hand sanft an mein Kinn legt.

Caleb greift ähnlich wie Ciel eben an meine Oberschenkel und stößt ein leises Geräusch aus, als er offenkundig meine gespreizte Weiblichkeit inspiziert.

Ich kann nicht darauf reagieren – und gerade ist es mir auch alles andere als unangenehm, so verletzlich zwischen den beiden Männern zu liegen. Etwas anderes in mir wütet viel zu einnehmend und lenkt meinen Fokus wieder auf das Wesentliche. Auf Ciel, der im selben Moment seine schwarze Stoffhose öffnet. »Nicht so tief, b-bitte«, krächze ich, als er es ist, der seinen prall erigierten Schwanz vor meinen Lippen positioniert. Es war nicht schlimm, was Caleb mit mir getan hat, im Gegenteil. Es hat mir gefallen, mich völlig wehrlos Caleb hinzugeben.

Aber erstens war es Caleb. Caleb vertraue ich dann noch eine Nuance mehr als dem Mann, der mich vor wenigen Tagen noch töten wollte. Und dann ist da noch der kleine Umstand, dass mein Hals sich bereits jetzt verdammt wund anfühlt.

Ciel deutet ein knappes Nicken an, dann zieht er mich mit seinen Fingern um mein Kinn ein Stück in seine Richtung. Ich öffne meine Lippen, noch bevor er mich dazu auffordert. Und dann, obwohl ich nicht gesehen habe, ob sie sich abgestimmt haben, prallen auch Calebs Lippen auf meine Klit.

Ich stöhne verzückt und völlig überrumpelt, weil mein Körper mit einem ganzheitlichen Zittern darauf reagiert. Ciel ist ähnlich gut bestückt wie Caleb, doch tatsächlich geht er wesentlich sanfter vor als Caleb. *Er streichelt sogar über meine Wange.* Und sein Blick aus diesen blauen Augen, die heute Abend alles andere als eisig wirken, treibt mir aus ganz anderen Gründen die Tränen in die Augen.

Ich habe das ultimative Gefühl, tatsächlich als Protagonistin in meiner eigenen Geschichte gelandet zu sein.

Ja, das mag komisch klingen, schließlich behandeln mich beide Männer nicht gerade auf Augenhöhe. Aber ich stehe auf diese fiesen Kerle.

Schon immer. Und diese beiden sind leider ziemlich perfekt, um meine dunkelsten Abgründe leuchten zu lassen.

Caleb murmelt etwas, das ich nicht verstehe, dann stürzt er sich ohne jegliche Zurückhaltung auf mich. Ich stöhne auf Ciels Schwanz, als Caleb einen Finger dazunimmt und ihn wesentlich sanfter, als er es in meinem Mund getan hat, in mich schiebt. Er krümmt ihn im perfekten Winkel gegen meine Bauchdecke, dass mein Körper unter ihm erzittert. Seine warme Zunge, die über meine Perle gleitet, daran saugt und sie umspielt, gibt mir beinahe den Rest.

Aber nur beinahe.

Ich kämpfe mit aller Macht gegen den heranstürmenden Orgasmus an, spanne meinen Beckenboden instinktiv an und mache es damit nur noch intensiver. Jede Berührung rauscht wie ein Tornado durch mich und setzt auch den hintersten Winkel meines Seins in ein alles vernichtendes Feuerinferno.

Ciel bleibt sanft. Und ziemlich ruhig. Seine Finger an meinem Kinn geben mir lediglich Halt, die Bewegungen seiner Hüfte sind minimal und zeugen davon, wie sehr er sich zurückhält. Damit gibt er mir die Gelegenheit, mich einzubringen. Und mit jeder Sekunde, die ich damit zubringe, meine Lippen um seinen Schaft zu schließen, ihn mit meiner Zunge zu umspielen, verfalle ich diesen Männern mehr.

Ich schließe die Augen, als seine Hand in meinen Nacken gleitet, um mich zu stützen. Und irgendwie ist er mir damit zu nett.

Als ich die Augen wieder öffne, gleichzeitig meine Zunge fester an ihm entlanggleiten lasse, glaube ich, erkennt er, was ich ihm damit zeigen will. Sein Blick verdunkelt sich, er öffnet seine Lippen einen Spalt und atmet tief ein. Allein das Geräusch, das dabei entsteht, ist ein verdammter Libido-Katalysator. Ich will, dass es ihm gefällt.

Ich will ihm und Caleb gefallen, verdammt. Und ich bin bereit, dafür eine Menge auszuhalten. Dass diese beiden Männer nicht auf Blümchensex stehen, ist offensichtlich.

»Gott, Eden, ich will dich ficken«, knurrt Caleb in dieser Sekunde und richtet sich über meinem Oberkörper auf. »Hältst du das aus?«

Ciel übernimmt den Part, meinen Kopf zurückzuziehen, damit ich antworten kann, was ich dann auch schwer atmend tue.

»Fick mich, Caleb«, flüstere ich mit kratziger Kehle und greife gleichzeitig nach seinem Oberarm. Calebs Atem trifft warm und hastig auf meine Haut, als er sich vorlehnt und in meinen Nippel beißt. Ich keuche erneut und werfe den Kopf zurück.

Es ist so verdammt gut und ich fürchte, wenn die Männer so weitermachen, werde ich mich noch in Teufels Küche bringen. Anderseits bin ich da doch schon ... nicht wahr?

Ich spreize meine Beine weiter und dränge mich ihm entgegen, als ich seine Spitze an meinem Eingang spüre. Er stützt sich mit einer Hand links von meinem Kopf ab, mit der anderen umfasst er meine Hüfte und dann treibt er sich mit einem Stoß in mich. Wir stöhnen beide gleichermaßen auf, doch viel Zeit, mich an dieses ausgefüllte Gefühl zu gewöhnen, geben mir beide Männer nicht. Diesmal ist es Ciel, dessen Hand an meinen Hals wandert. Ich öffne die Lippen, bevor er etwas sagt, und nun sind es beide, die sich an meinem Körper austoben, während ich lediglich aushalte.

Und genieße.

An gefühlt jeder Stelle meines Körpers spüre ich sie. Ich schmecke sie, rieche sie und das Zimmer ist gefüllt von unseren Geräuschen. Meinem erstickten Wimmern, das ich nicht länger unter Kontrolle habe, so tief vögelt Ciel meinen Hals.

Calebs Bewegungen sind kontrollierter, und doch jagt bei jedem Stoß neben der Erregung ein schmerzhaftes Ziehen durch meinen Unterleib.

Und er merkt es. Eine Gänsehaut jagt über meinen Körper, als er seine Lippen an meinen Hals legt und kurz innehält. »Ich kann aufhören, wenn es dir zu viel wird, Peach. Ich will dir nicht wehtun.«

Seine Stimme ist so tief von seiner eigenen Erregung gezeichnet, dass das nicht infrage kommt. Nicht, weil ich es nur seinetwegen aushalten, sondern weil ich es ebenfalls will.

Ich halte es aus.

Wieder gibt Ciel mir die Möglichkeit zu antworten, dabei hat Caleb so leise gesprochen, dass ich nicht weiß, ob er Calebs Worte überhaupt verstanden hat.

Mein Hals tut so weh, dass ich, statt zu antworten, lediglich nicke. Mit Tränen in den Augen, was den beiden Männern nicht entgeht. Doch sie stellen sich nicht über meine Entscheidung, dafür machen sie weiter. Aber etwas vorsichtiger.

Und das reicht, um erneut zwischen ihnen zu zerfließen.

Ich weiß nicht, wie lange sie so weitermachen. Alles verschwimmt. Meine Empfindungen wechseln sich ab, es schmerzt, die Lust jagt durch meinen Körper, mein Herz rast, mein Bauch kribbelt. Es ist viel zu viel und viel zu wenig.

Und als ich schließlich komme, folgen sie mir nahezu gleichzeitig, als hätten sie nur darauf gewartet. Ciels Sperma ist eine Wohltat für meinen geschundenen Hals und ich schlucke es gierig, als wäre es irgendeine süchtig machende Partydroge. Gleichzeitig verharrt Caleb so tief in mir, kreist sein Becken an meinem, als er mir alles von sich gibt.

Die dunklen Töne, die beide Männer von sich geben, mischen sich mit meinen leisen, höheren und ergeben eine Mischung, die perfekt miteinander harmoniert.

Ich glaube, wir können nicht abstreiten, dass zwischen uns eine Verbindung besteht, die recht ... gut funktioniert.

Was auch immer das für unser aller Zukunft bedeuten wird.

Kapitel 26
Ciel

»Ich wette, sie vergeigt es.« Caleb schmeißt die letzten paar Chips auf den Holztisch zwischen uns und lehnt sich mit verschränkten Armen zurück. Er ist seit ein paar Tagen – seit das mit ihm, Eden und mir eine unvorhergesehene Wendung genommen hat – wesentlich besser drauf. Dennoch beschäftigen ihn seine Ex und sein ungeborenes Kind noch immer. Logisch. Und nur weil ich ihn besser verstehe, als ich mir bei Duncans Anfrage ausgemalt habe, ist Caleb nun in dieser Position, in der er ist.

Caleb hat von mir einen ordentlichen Vertrauensvorschuss bekommen, den er allem Anschein nach gedenkt nicht auszunutzen. Ich respektiere ihn. Und ich *mag* ihn. Keine Ahnung, wie ich das Duncan erklären soll. Ich ignoriere seine Anrufe, was sicherlich nicht die klügste Idee ist. Aber eine bessere habe ich aktuell nicht und meine Prioritäten liegen auf etwas anderem.

Ohne Caleb anzusehen, lege ich die schwarzen Chips auf die strategisch wichtigsten Punkte der ausgedruckten Karte. »Ich denke, sie wird sich hervorragend machen«, widerspreche ich ihm und schiebe den letzten Punkt etwas weiter nach rechts. Die Chips stehen für unsere Männer, die Karte ist eine äußerst detaillierte Skizze des Museums, das ein Gemälde ausstellt, das schon heute Nacht den Besitzer wechseln wird. Ganz unabhängig davon, ob Eden es »vergeigt« oder nicht. Ich habe vorgesorgt und mein Team instruiert, dass jeder Einzelne von ihnen einen Blick auf sie haben wird.

Zur Absicherung, nicht weil ich ihr nicht traue.

Jeder macht Fehler und ich habe vor, ihren nicht zu ihrem Strick werden zu lassen. Nicht, wenn sie sich bemüht. Und das tut sie. Sie will mitmachen. Das sehe ich in ihren Augen, höre ich aus jedem ihrer Worte heraus. Caleb hatte mit seiner Einschätzung über sie recht. Sie ist eine verlorene Seele. Und ich habe einen Platz für sie. Genauso wie für ihn. Fähige Männer – und Frauen – kann ich immer gebrauchen.

Der einzige Chip mit einer anderen Farbe – Rot – steht für sie. Ich drehe ihn zwischen meinen Fingern, als Schritte aus dem Flur zu hören sind.

»Boss.« Elliot nickt erst mir zu, bevor er Caleb ähnlich knapp begrüßt, der auf dem Sofa gegenüber herumlungert. Meine Männer merken auch, dass Caleb längst einen Sonderstatus hat. Niemand von ihnen darf sich in meinem privaten Bereich aufhalten. Caleb hingegen bewegt sich hier so selbstverständlich, als würde er an meiner Seite Frankreichs Unterwelt kontrollieren.

Möglicherweise ist das längst so. Oder zumindest auf einem guten Weg genau dorthin.

»Was gibt's?«, frage ich und schließe den Chip in meiner Faust. Elliot sollte längst im Wagen sitzen, dafür warten wir schon zu lange auf die Hauptperson dieses Abends. Das Gemälde aus dem Museum zu holen, wird ein Kinderspiel und ist damit die perfekte Gelegenheit, um Eden in meine Geschäfte einzuführen. Doch sie lässt auf sich warten.

»Das Mädchen ist eben ohnmächtig geworden. Sollen wir …?«

Sie ist was?

Ich habe seine Worte noch nicht ganz verarbeitet, da ist Caleb schon auf den Beinen und im Flur zu den Zimmern verschwunden.

»Was?«, frage ich höchst einfallslos, als ich ebenfalls aufstehe und Caleb hinterhereile. Elliot bleibt achselzuckend stehen.

»Sie ist aus ihrem Zimmer gekommen und zusammengesackt, Pierre ist bei ihr.«

Jetzt nicht mehr, wie ich feststelle, als ich Edens Zimmer erreiche. Caleb beugt sich gerade über das Bett, in dem Eden in einem zu großen schwarzen Pullover und einer ebenfalls schwarzen Hose liegt. Sie trägt genau die Sachen, die ich ihr für unseren Ausflug gebracht habe.

»Geh mal zur Seite«, weise ich ihn an und schiebe ihn gleichzeitig an der Schulter weg. Er macht sofort Platz.

Edens Lider zucken, als sie sich stöhnend auf der Seite zusammenrollt und mit schmerzhaft verzogenem Gesicht zu mir aufsieht. »Könnte ich vielleicht noch einmal so eine tolle Spritze bekommen?«, fragt sie und atmet tief aus.

»Morphium?«, frage ich zweifelnd und hocke mich auf die Bettkante.

»Ja«, murmelt sie sofort. »Dann bin ich bestimmt fit. Ich weiß, dass ich zu spät bin, aber mein Kreislauf ist gerade nicht der beste.« Sie schnieft leise. »Es tut mir leid. Ich will wirklich mitkommen. Ich bin schon total aufgeregt und …« Das glaube ich ihr sofort. Sie plappert schon seit Tagen von nichts anderem und sieht sich schon als Meisterdiebin – etwas, das ich höchst amüsant finde und deshalb keinerlei Zweifel hege, sie würde diesen Ausflug vergeigen. Zumindest nicht absichtlich. Ihre Aufgabe ist für den Anfang zwar leicht, aber in diesem Zustand wird sie keinen Fuß aus diesem Keller setzen.

Mein Blick zuckt an ihr herab und verweilt kurz an ihrem Bauch. »Hast du deine Periode bekommen?«, unterbreche ich sie.

Caleb steht nur knapp neben uns und tritt nun zur Tür, um sie zuzuwerfen – und damit Elliots neugierige Ohren aussperrt.

»Ja«, sagt Eden und rollt sich keuchend auf den Rücken. »Der erste Tag ist immer am schlimmsten, aber das geht schon, wenn ...«

»Verstehe ich das gerade richtig?«, mischt sich Caleb ein. »Du bist ohnmächtig geworden, weil du deine Tage hast?«

Eden nickt nur, als wäre das etwas, das ihr regelmäßig passiert.

Weil es vermutlich genau das ist. Sie kennt es nur so und denkt, das sei normal.

»Paracetamol geht auch. Aber die Spritze war schon ...«

Ich schüttle knapp den Kopf und habe binnen Sekunden alle Pläne über den Haufen geworfen. Auch wenn ich sie lieber gestern als morgen in meine Geschäfte einbinden würde.

»Du bleibst im Bett.« Ich stehe auf und reibe mir den Nacken, als ich im Geiste die nächsten Schritte durchgehe.

»Aber ich will und ich muss mitkommen«, protestiert Eden und erhebt sich, nur um zischend Luft zu holen, so schwer fällt es ihr. Sie macht ein paar schwankende Schritte auf mich zu und sieht zu mir auf. »Ich weiß, wie wichtig es ist, dass ich ... dass ich das mache.«

Weil ich sie sonst töte.

Richtig.

»Wir verschieben das.« Ich dränge sie zurück aufs Bett. »Paracetamol bekommst du von mir, meinetwegen auch noch einen Joint. Das ist das höchste der Gefühle.«

»Aber ich …«

»Nein, Eden. Caleb bleibt hier und ich mache das heute noch einmal allein. Das passt schon.«

In ihren Augen blitzt etwas auf, das ich recht gut deuten kann. Im Gegensatz zu meinen Gefühlen, die daraufhin in mir aufkochen.

Erschreckend deutlich stelle ich fest, dass ich diese ständige Angst nicht mehr in ihnen sehen will. Ich habe ihr vor ein paar Tagen schon gesagt, sie gehört nun dazu. Das habe ich nicht getan, um sie wieder ins Bett zu bekommen. Nicht, damit sie meinen Schwanz bläst, wie sie es getan hat.

Sie gehört wirklich irgendwie dazu. Zu mir, zu Caleb.

Obwohl es nicht absehbar war, dass es ein »Wir« geben wird, gibt es eins.

Sie passt zu uns.

Und genau deshalb, weil ich wie in Caleb das Potenzial ganz deutlich in ihr sehe, will ich sie wirklich nicht umbringen. Es ist unlogisch und überflüssig.

Und es stört mich, dass sie das noch immer denkt, auch wenn ich sie verstehe. Denn Eden mag hoffnungslos sein, aber eben nicht naiv. Nicht, wie Caleb es ständig betont.

Aber das hat er nun schon eine Weile nicht mehr getan. Ich denke, er sieht es ähnlich wie ich. Sie versucht nur, ihren eigenen Weg zu finden – und dabei sich selbst.

»Du bleibst da«, sage ich entschiedener. »Macht euch einen schönen Abend und ruh dich aus.« Bevor ich zurücktrete, zwinkere ich ihr noch einmal zu. »Orgasmen helfen übrigens bei den Krämpfen genauso gut.« Ich sehe zu Caleb. »Kümmere dich darum und lass deinen Schwanz in der Hose.«

Eden sieht aus wie vom Zug überfahren, Caleb grinst deutlich amüsiert und sieht so aus, als würde er sich für ein paar Worte noch mir anschließen wollen, doch er zögert, als sein Blick deutlich besorgt zu Eden huscht.

»Ist schon gut«, sage ich leise, als ich an ihm vorbeigehe. »Das ist heute kein großer Coup. Ich komm klar. Wenn ich wieder da bin, kümmern wir uns um sie. Das ist kein Zustand.« Damit lasse ich beide zurück und gebe meinen Männern ein Zeichen, dass sie mir folgen sollen.

Alle.

Sollte ich mich also völlig in Caleb täuschen, gebe ich ihm gerade die beste Möglichkeit, um sie von hier wegzubringen. Doch ich denke nicht, dass er das tun wird.

Wie erwartet ist es keine Herausforderung, das Bild den Besitzer wechseln zu lassen. Wie üblich halte ich mich im Wagen auf, bis meine Männer das Gröbste erledigt haben. Sie sorgen dafür, dass die Sicherheitsanlagen ausgeschaltet oder zumindest außer Betrieb sind. In den seltensten Fällen zerstören wir die Technik – wir legen sie lediglich lahm. Meine Männer sind es auch, die die Umgebung im Blick behalten und mir das Go geben.

Um die eigentliche Umsetzung kümmere ich mich aber selbst.

Eigentlich wäre es Edens Aufgabe gewesen, neben mir unter den hohen Decken entlangzugehen, den silbern glänzenden Rahmen von der Wand zu nehmen. Es ist – trotz der Krümelangelegenheit – immer wieder ein erfüllendes Gefühl, wenn ein Plan aufgeht.

Ich hätte gern ihr Gesicht gesehen, wenn sie merkt, wie verdammt leicht es ist. Ich hätte ihren Wangen gern beim Erröten zugesehen, wenn sie mir dabei geholfen hätte, das Gemälde zu verpacken. Jetzt ziehe ich die weißen Stoffbahnen allein aus meinem Rucksack und wickele es eher lieblos darin ein. Wesentlich berauschender ist es, ein richtig exklusives Exponat zu stehlen. Eins, nach dessen Verschwinden ein Aufschrei durch die Kunstwelt geht, der es in die hiesigen Medien schafft.

Das wird hier nicht geschehen. Sobald der Nachtwächter aus seinem erzwungenen Schläfchen erwacht, wird er ziemlich schnell darauf kommen, welches Ausstellungsstück fehlt. Er wird einen Alarm auslösen, die Polizei wird kommen, der Museumsdirektor eingeschaltet.

Dieser ist im Übrigen ein guter Bekannter von mir. Er wird nicht lange brauchen, um auf mich zu kommen, und ich werde ihm seine Erkenntnis nicht ausreden.

Mehr wird nicht geschehen. Daher wäre es so gut für Edens Einstieg geeignet gewesen.

Ich klemme mir das verschnürte Paket unter den Arm und richte mich auf. Am Ende des kleinen Saals erkenne ich zwei meiner Männer. Sie nicken mir zu und ich weiß, was sie mir damit sagen wollen.

Alles ist okay. Würde mich auch sehr wundern, wenn es anders wäre. Es kann nichts schiefgehen.

Meine Schritte hallen von den hohen Wänden wider, meine Ledersohlen quietschen auf dem Marmorboden, als ich ohne Eile auf mein Team zugehe. Ohne etwas zu sagen, durchqueren wir die Eingangshalle des alten Gebäudes gemeinsam. Ich schätze es, allein zu arbeiten und meine Leute für jeden Einsatz neu zusammenzuwürfeln. Ich habe genug von ihnen und diese Art zu arbeiten verspricht mir mehr Sicherheit, als ständig die gleichen

Menschen um mich herum zu haben. Fühlen sich Menschen zu sicher, wird ihnen langweilig. Dann streben sie nach mehr, machen Fehler und mischen sich in Dinge ein, die allein in meinem Zuständigkeitsbereich liegen. Ich gebe die Anweisungen, ich fälle die Entscheidungen, ich plane die Raube.

Und manchmal die Morde. Aber eher selten. Ich schleuse mich wesentlich lieber in Galerien und Museen ein, als das Leben aus trüben Augen weichen zu sehen.

Dass Caleb und auch Eden in meinem privaten Bereich leben, ist lediglich der Geiselsache zuzuschreiben. Und dass ich mich mit Caleb – und Eden – besser verstehe, als ich angenommen habe, ist etwas, das nicht in meine gewohnte Arbeitsweise passt. Ich verspüre dennoch wenig Drang danach, etwas daran zu ändern. Ich finde es ganz nett, nicht jeden Abend allein in meinem Keller zu sitzen. Was auch daran liegt, dass Caleb und ich offen zueinander sein können, ohne dass der jeweils andere ihm einen Strick daraus drehen will.

Ohne lange zu überlegen, habe ich ihm Dinge erzählt, die andere Menschen verstören würden. Die mich deshalb verurteilen würden. Caleb hat nicht einmal mit der Wimper gezuckt – und er hält Eden gegenüber die Klappe. Ich habe es nach Duncans Erzählungen über ihn niemals vermutet, aber Caleb und ich schwimmen auf derselben Wellenlänge. Sein Problem mit ihm ist nicht meins und ich habe auch nicht vor, es zu meinem zu machen. Caleb bereut die Scheiße mit seiner Ex – wenn man hinsieht, erkennt man das an jeder seiner Taten.

Nur Eden gegenüber fallen seine Mauern langsam, aber sichtlich zusammen. Aber selbst das ist nichts, was mich sonderlich besorgt stimmt. Eden hängt ohnehin mit drin.

Ich umfasse das Gemälde fester, als wir in die Pariser

Nacht hinaustreten und ungehindert den Van erreichen. In mir keimt ein Gefühl, das ich nicht einordnen kann. Vielleicht ist es auch nur ein schlechtes Bauchgefühl. Eine Vorahnung.

Oder der ernsthafte Gedanke daran, etwas an meinen Strukturen verändern zu wollen.

Es ist ruhig, als wir zurückfahren. Hin und wieder spricht sich Pierre, der heute den Fahrer macht, mit Elliot ab, der die Umgebung vom Beifahrersitz im Auge behält. Aber niemand richtet sein Wort an mich. Weil sie alle wissen, dass ich in Ruhe gelassen werden will, wenn nichts Wichtiges geschieht.

Keine Ahnung, warum mich das ausgerechnet jetzt stört.

Ich lehne mich zurück, das Bild zwischen den Knien, und richte meinen Blick durch die getönten Scheiben des Kastenwagens. Nur wenig ist auf den kleinen Straßen los. Wir fahren abseits der Hauptstraßen, wie immer. Und doch wird mein Bauchgefühl immer schlechter, je näher wir meinem Museum kommen.

Als ich mich aufsetze und alarmiert auf mein Handy sehe, dreht sich Elliot zu mir um. Er hält ebenfalls sein Handy in der Hand.

»Ist was?«, frage ich und hebe mahnend beide Augenbrauen, als er nicht sofort antwortet.

»Keine Ahnung, bei dir?«

Nein. Mein Bauchgefühl bleibt nicht nachvollziehbar. Aber ich scheine nicht der Einzige damit zu sein. Was, wenn ich mich doch in Caleb getäuscht habe? Was, wenn er wirklich längst mit Eden unterwegs ist?

Nicht in ihrem Zustand.

Aber vielleicht spielen sie beide mir etwas vor.

Gott. Dann hätte ich verdient, dass sie beide entkommen.

Nein, es ist etwas anderes. Ich verenge die Augen. »Wenn irgendwas los ist, von dem ich wissen sollte, wäre jetzt eine hervorragende Möglichkeit, mir das mitzuteilen.«

Elliot wechselt einen kurzen Blick mit Pierre, dann zuckt er mit den Achseln. »Du weißt sicher, dass dein Kumpel bei dir rumlungert?« Er räuspert sich. »Also vor dem Museum. Rein kommt er ja nicht so einfach.« Er hebt sein Handy in die Luft. »Simon hat gerade geschrieben. Er hat ihn eine Weile beobachtet, aber er scheint auf etwas zu warten.«

Zuallererst denke ich an Caleb. So weit ist es schon. Ich bezeichne ihn längst als »Kumpel«. Sonderlich viele Freunde habe ich abseits von ihm ja nicht – nur Geschäftspartner. Aber Caleb sollte noch drin sein oder, wenn er abgehauen ist, wenigstens weit weg.

Bevor ich weiterdenken kann, fährt Elliot fort: »Wenn der schon aus London herkommt, wieso sagst du ihm dann nicht, dass du gerade anderweitig beschäftigt bist?«

Duncan.

Fuck. Was macht er hier?

Ich zwinge mich zu einem neutralen Gesichtsausdruck und winke mit einer Hand ab. »Ach das. Ich habe tatsächlich vergessen, dass er sich angekündigt hat.« Gespielt ruhig lehne ich mich erneut zurück und verstaue mein Handy wieder in der Hosentasche. *Fuck.*

Wenn er hier unangekündigt auftaucht, gibt es ein Problem.

Und ich kann mir denken, womit es zu tun hat.

Wenige Minuten später rollt der Wagen über den Asphalt. Mein Museum ist dezent beleuchtet und so erkenne ich den breiten Mann, der lässig angelehnt direkt vor dem Haupteingang an einer Straßenlaterne steht, ohne ihn suchen zu müssen.

»Kleine Planänderung«, erkläre ich mit gedämpfter Stimme, als wir in Schrittgeschwindigkeit durch die breite Straße rollen. »Ihr bringt das Gemälde hintenrum rein, lagert es im Vorbereitungsraum und dann verschwindet ihr über den gleichen Weg, den ihr reingenommen habt, verstanden?«

»Klar, Boss.« Sonderlich euphorisch klingt Elliot nicht. Er lässt seinen Kaugummi lauthals platzen und sieht über seine Schulter. »Lassen wir dich hier raus oder begrüßen wir deinen Freund zusammen?«

»Ihr lasst mich raus.« Der Wagen rollt aus und bleibt schließlich an der Straßenecke stehen. »Diesmal lasst ihr euch von niemandem überrumpeln«, sage ich noch, während ich aus dem Auto springe. »Reicht schon, dass zwei von euch auf Caleb reingefallen sind.«

Eine Antwort erhalte ich nicht, weil ich keine erwarte. Es war eine Anweisung, kein Diskussionsaufhänger. Außerdem weiß ich, wie ungehalten mein Personal Caleb gegenüber eingestellt ist.

Duncan löst sich sofort von der Straßenlaterne, als er mich auf der dunklen Straße auf sich zukommen sieht.

»Dun«, sage ich, als ich ihn erreiche. »Ich kann mich nicht erinnern, dass du dich angekündigt hast.« Meine Stimme ist untypisch scharf dafür, mit wem ich hier spreche. Aber auch mein Geschäftspartner – ich erinnere kurz: dessen Scheiße ich gerade beseitige – darf merken, wenn ich angepisst bin. Und das bin ich. Mir ist klar, was das hier ist, und ich werde äußerst ungern überwacht.

»Ich war gerade in der Gegend.«

»Selbstverständlich.« Mein Ton macht ihm klar, dass ich ihm kein Wort glaube.

Duncan tritt aus dem Lichtkegel und neigt fragend

den Kopf. Seine schulterlangen Haare fallen ihm ins Gesicht und verdecken seine Miene. Vermutlich absichtlich. »Gibt es ein Problem, Ciel?«

»Die Geschäfte laufen hervorragend.«

»Soso. Und was ist mit *meinem* kleinen Problem? Es tut mir leid, aber gewisse Personen in meiner Umgebung werden nervös, weil ich ihnen nichts über Calebs Verbleib sagen kann.« Er senkt die Stimme. »Weil du dich total rarmachst. Wir haben etwas anderes besprochen.« Er tritt näher. »Und es wäre wunderbar, wenn wir das nicht auf offener Straße klären müssten.« Sein Ton macht nun ebenfalls deutlich, wie er seinen Spontanbesuch bei mir findet.

Ich bleibe stehen. Mein Kopf arbeitet auf Hochtouren. Es wäre nicht von Vorteil, wenn Duncan in eine Szenerie platzt, in der Caleb sich mit Eden vergnügt – schon gar nicht ohne jegliche Überwachung. Aber selbst wenn sie nur gemeinsam auf dem Sofa abhängen oder Eden in seinen Armen schläft – nichts davon ist für Duncans Augen bestimmt. Ich sollte dafür sorgen, dass Caleb sicher weggesperrt ist und niedrige Arbeiten für mich erledigt.

Nichts davon trifft in diesem Moment zu.

Und doch fällt mir nichts ein, wie ich Duncan abhalten soll, ohne ihn noch skeptischer werden zu lassen. Aber ich kenne ihn immerhin so gut, dass ich denke, er wird wenigstens nicht meinen ganzen Laden zerlegen, wenn er mitbekommt, dass Caleb ein anderes Leben führt, als er es sich für ihn gedacht hat. Die Hauptsache ist doch, dass er seine Ex in Ruhe lässt. Und das macht er.

»Ich habe nichts vor dir zu verbergen. Am besten fragst du Caleb selbst, wie es ihm bei mir ergeht.« Ich verziehe zynisch das Gesicht, trete an ihm vorbei und nehme meine Sicherheitskarte aus der Hosentasche. Duncan folgt mir auf dem Fuß.

»Benimmt er sich?«, fragt er, als wir nebeneinander in die Eingangshalle treten. Die Glasschiebetür gibt ein leises Zischen von sich, als sie sich hinter uns wieder verschließt.

»Ist in Ordnung«, gebe ich vage zurück und lasse möglichst unauffällig einen Blick durch die Halle schweifen. Die roten Lichter der Überwachungskameras blinken und zeigen damit ihre ordnungsgemäße Funktion. »Da geht's lang.« Ich deute auf das Treppenhaus, das nach unten in meinen Keller führt.

Kurz halte ich die Luft an, als sich der Wohnbereich vor uns erstreckt. Doch weder Eden noch Caleb lungern auf den Sofas herum. Die Küche ist sauber und penibel aufgeräumt.

Mein schlechtes Bauchgefühl nimmt zu. Es ist verdammt still.

Vermutlich schlafen sie.

Es ist mitten in der Nacht.

Eden geht es nicht gut.

Natürlich schlafen sie.

»Hast du hier so etwas wie einen ...«, Duncan sieht sich suchend um, »Abstellraum für ungewollte Subjekte?« Bei seinen Worten bildet sich ein Kribbeln in meinem Magen. *Es stört mich, wie er Caleb bezeichnet.*

»Du meinst einen Kerker wie deine Zwillingsfreunde?« Ich marschiere entschlossen los. »Nein. Ich habe mehr Stil. Das Mädchen hat ein Zimmer.« Genau das visiere ich nun an. Ich werde Duncan schon erklären können, warum Caleb mit meiner Geisel kuschelt. Oder was auch immer er mit ihr tut.

Doch als ich die Tür aufstoße und in der nächsten

Bewegung den Lichtschalter betätige, weiß ich, dass mein Bauchgefühl mich nicht täuscht.

Das Bett ist leer.

Edens Kleidung und ihr Laptop verschwunden.

Sie sind tatsächlich weg.

Fuck.

Ende Band 1

Danksagung

Danke, dass ihr bis hierhin gelesen habt und der Geschichte um Caleb, Ciel und Eden eine Chance gegeben habt.

Das Zusammenfinden der drei war sehr speziell und ich bin mir sicher, ihre weitere Entwicklung wird es auch.

Auch bei dieser Reihe hatte ich wahnsinnig viel Unterstützung von meinen lieben Testlesemädels, allen voran Jacky und Ria (Caleb gehört dir, auch wenn du mir lange nicht geglaubt hast, was für ein zauberhafter Kerl in ihm steckt …) – ich danke euch, dass ihr nach all den gemeinsamen Büchern noch immer sprungbereit an meiner Seite seid! Ihr seid großartig.

Ein großes Dankeschön geht an die liebe Luisa, die erst seit Kurzem die Truppe mit ihrem Elan und ihrer wundervollen Art aufmischt. Dank deiner Motivation fliegen meine Finger nur so über die Tastatur!

Weil es hier sonst den Rahmen sprengen würde und ich so viel Unterstützung hatte, kürze ich die Aufzählung an dieser Stelle ab: Milena, Michelle, Lisa, Isabell, Eleonora, Libra, Maria, Jenny und Antonia: Danke, dass ihr immer so fleißig kommentiert, mit mir eure Begeisterung teilt und kritisch nachhakt. Es macht so viel Spaß mit euch!

Danke an alle anderen, ohne die ich schon so manches Mal die Nerven verloren hätte. Ihr wisst, wer ihr seid.

Ich hoffe, wir lesen uns im zweiten Band an gleicher Stelle wieder – bis dahin:

Macht's gut!
Eure Alessia

Ausführliche Triggerwarnung

Es geht um Gewalt, um Sex, um unerfüllte Lebensträume, heftige Schicksalsschläge, Schläge im Allgemeinen, um Blut, überholte Weltbilder, Drogenmissbrauch, genommene Chancen, übergriffiges Verhalten mit irreparablen Langzeitfolgen, Trauer, Krankheit und Tod.

Von Alessia Gold sind ebenfalls im Federherz Verlag erschienen:

Wie du mich berührst

Wie du mich hältst

Wie du mich ansiehst

Highland Rebels: Wir sind dein Verhängnis

Highland Rebels 2: Wir sind dein Untergang

Highland Rebels 3: Du gehörst zu uns

Highland XMAS Special (mit Mica Healand)

The Gang: Wir wollen deine Seele

The Gang 2: Wir sind deine Hölle

The Gang 3: Du bist unser Licht

Twin Deal: Verkauft an zwei Brüder

Twin Deal 2: Verliebt in zwei Brüder

Dark Blossom: Er ist Gift für dein Herz

Cherry Blossom: Sie ist Gift für sein Herz

Your last Christmas